DUMONT

Der Moldawier Tolyan Andreewitsch ist im krisengeschüttelten Italien mit seinem Ford Transit unterwegs. Auf der Suche nach seiner georgischen Teedose überfährt er um ein Haar ein junges Liebespaar, das sich das Leben nehmen will. Zu dritt reisen sie weiter. Die beiden Teenager haben gerade ihren Arbeitsplatz in der Zuckerfabrik von Termoli verloren. Der Moldawier erzählt ihnen die Geschichte seiner Jugend, um ihnen neuen Lebensmut einzuhauchen.

Pyotr Magnus Nedov wurde 1982 in der Sowjetunion geboren und lebt in Berlin. Aufgewachsen in Moldawien, Rumänien und Österreich. Studierte Keltologie, Romanistik und Filmregie in Wien, Paris, Moskau, Montréal und Köln. Er ist promovierter Filmwissenschaftler, Autor und Regisseur und arbeitete außerdem auch als Archäologe im Ausgrabungsareal rund um den Kölner Rathausplatz.

Pyotr Magnus Nedov

ZUCKER LEBEN

Roman

DUMONT

FSC
www.fsc.org
MIX
Papier aus verantwortungsvollen Quellen
FSC® C083411

September 2014

Umschlaggestaltung: Lübbeke Naumann Thoben, Köln
Umschlagabbildung: © plainpicture/neuebildanstalt
Satz: Julia Koch, www.kochjulia.de
Gesetzt aus der Albertina, Impact Label und Moms Typewriter
Druck und Verarbeitung: CPI books GmbH, Leck
Gedruckt auf säurefreiem und chlorfrei gebleichtem Papier
Printed in Germany
ISBN 978-3-8321-6268-9

www.dumont-buchverlag.de

WLADIMIR PAWLOWITSCH PUŞCAŞ GEWIDMET

KRISENBUCH EINS

LUFTZUG DES TODES

NICHTS IST WEDER GUT NOCH SCHLIMM,
DAS DENKEN MACHT ES DAZU.

WILLIAM SHAKESPEARE,
HAMLET, 2. AKT, 2. SZENE

TOLYAN ANDREEWITSCH

2011. IN DEN ABRUZZEN, ITALIEN

Es ist Freitag, der 22. Juli 2011. Das Begräbnis ist für Sonntag, den 24. Juli angesetzt.

Der erste Buchstabe: ein C. Ein C, gefolgt von einer kurzen Sequenz, die wie ein Code wirkt. Davor ein Adler, der seinen Kopf nach rechts verdreht hat, als wäre er bei der Morgengymnastik in einer unpassenden Pose von Fremden ertappt worden. Und als wollte er deswegen wegschauen. Der Vogel umklammert mit seiner linken Klaue ein Schwert, und in seiner rechten hält er krampfhaft ein schwer einzuordnendes Landwirtschaftsprodukt – entweder eine Feldfrucht oder einen Ährenzweig. Mit seinem Schnabel beißt er indes auf ein Kruzifix orthodoxer Art. Außerdem trägt der Adler ein Wappenschild auf seiner Brust; darauf ist der Kopf eines Auerochsen zu sehen, links davon ist ein Mond, rechts vom wilden Wiederkäuer eine strahlende Sonne und darunter ein Wiesenblümchen angebracht. Unter der Wappenkonstruktion und unter dem Greifvogel sind zwei Buchstaben unmissverständlich eingestanzt: MD. Dieses Kennzeichen gehört zu Tolyan Andreewitschs Ford-Transit-Minibus, der genau um 22.45 Uhr in den Abruzzen auftaucht.

Einige eingewanderte albanische Grillen besingen leise, aber dafür konstant den italienischen Sommer. Aus dem Minibus, wo Klein-Putin in lockerem Rhythmus vom Rückspiegel baumelt, ertönen entspannende Klänge, die den Fahrer in einen halb bewussten Zustand zwischen geistigem Schlummer und Meditation versetzen. Klein-Putins Pappaugen blicken dem Automobilisten wachsam ins Gesicht. Letzterer trägt plüschige Hauslatschen und ein Hemd aus weichem Material, das leger auf den Hüften liegt.

Die Visage des Fahrzeuglenkers ist angenehm – kleine Grübchen, deren sich zumeist Menschen erfreuen, die viel lachen, umrahmen seine Mundwinkel; eine weiße, keck in den Nacken gezogene Mütze verbirgt sein strohblondes, kurz geschnittenes Haar. Er wirkt wie ein alt gewordener Knabe, dem die durchlebten Jahre zwar unverkennbar ihre Spur aufgezwängt und sich gnadenlos wie Knüttelhiebe in Juchtenleder eingefurcht haben, dessen Lebensfreude sie jedoch nicht zu tilgen vermochten. Tolyan Andreewitsch lacht nicht. Vielmehr verzieht er sein Antlitz zu einem verkrampften Grinsen, bei dem ab und an ein goldener Zahn zum Vorschein kommt und ein wenig aufblitzt. So, als müsste er etwas Unerledigtes vollenden. Oder etwas sehr Kostbares, das er leichtsinnig verloren hat, wiederfinden.

Tolyan Andreewitsch drückt aufs Gaspedal. Der Himmel ist tief mokkafarben und mit Sternen gespickt. Sie sausen strahlend um Tolyan Andreewitschs Ford-Transit-Minibus. Und dann. Dann passiert es. Just als Tolyan Andreewitsch überlegt, ob er gerade die Ursa Major am Firmament ausgemacht hat oder ob es doch ein anderes Sternbild war, und in eine scharfe Linkskurve einschwenkt, erscheinen auf der Fahrbahn zwei Gestalten. Tolyan Andreewitsch ist sich beinahe gewiss, dass es zwei Menschen sind, die da vor ihm auf dem Asphalt liegen. Den Bruchteil einer Sekunde zögert Tolyan Andreewitsch: Ob er sich das Ganze nicht nur einbildet und einfach weiterfahren soll? Doch dann entscheidet er sich gegen diese Theorie. Der Moldawier reißt das Lenkrad nach rechts, nimmt die rechte Plüsch-Hauslatsche vom Gaspedal weg und zieht die Handbremse an. Die Reifen des Ford Transits quietschen, Tolyan Andreewitsch flucht, während sich der Minibus mit Gedröhn zweimal um die eigene Achse dreht, wie eine Eiskunstläuferin, die Pirouetten auf dem Eis beschreibt. Klein-Putin ahmt die Bewegung des Ford Transits am Rückspiegel schamlos nach, und das selbst nachdem der Ford Transit im Bankett zum Stehen gekommen ist, eine Staubwolke aufwirbelnd. Tolyan Andreewitschs Schädel kommt indes unfreiwillig in turbulenten Kontakt mit dem Lenkrad und kracht gegen die Hartplastikverkleidung. Dem Moldawier gehen seine weiße Mütze verloren und die Lichter aus. Er kann zwar die meditative Musik in seinem Auto wie vom anderen Ende eines Tunnels hören. Zu sehen vermag er aber nichts mehr. Außer der Dunkelheit, die ihn gänzlich, einer flauschigen Decke gleich, umhüllt. Auch die Musik wird allmählich leiser und gedämpfter, bis sie gänzlich zu einem sich drehenden akustischen Rauschen mutiert. Es vergeht einige Zeit, in der Tolyan Andreewitsch sich diesem Rauschen zu entziehen versucht, was jedoch nicht von Erfolg gekrönt ist. Am Ende des Rauschens: gleißendes Licht. Der Moldawier versteht, dass er sich tatsächlich in so was wie einem Tunnel befindet. Womöglich auch in einem überdimensionalen Trichter oder einem Wurmloch. Wie eine Motte fängt Tolyan Andreewitsch ohne sein eigenes Zutun an, Richtung Licht zu treiben. Plötzlich erkennt er neben sich einen durchsichtigen Alkoholbottich von Dimensionen, wie sie nur für Fabriken oder Industrieanlagen üblich sind. In dem Bottich befindet sich Direktor Hlebnik, erstarrt in der Pose des Rodin'schen Denkers. Direktor Hlebnik ist vollständig von einer Flüssigkeit umgeben, scheint aber dennoch trocken und lebendig zu sein. Tolyan Andreewitsch hebt den Arm zum Zeichen der Begrüßung. Hlebnik erwidert die Geste nicht, gibt dem Moldawier jedoch zu verstehen, dass er sich seinem Alkoholbottich nähern soll. Tolyan Andreewitsch rudert daraufhin beherzt mit Armen und Beinen Richtung Hlebniks Bottich. Als der Moldawier bereits so nah an Hlebnik gekommen ist, dass er den Bottich des Direktors mit ausgestrecktem Fuß berühren könnte, fängt der Direktor unvermittelt an, wie verrückt mit seinen Gliedmaßen zu fuchteln, schreit zweimal mit ukrainischem Akzent: »Hau ab! Deine Zeit ist noch nicht gekommen!«, und löst sich alsdann samt Bottich in Nichts auf.

HLEBNIK

1991. DONDUŞENI, MOLDAWISCHE SSR

Von Gaddafi und schlechten Ernten

In der rayonalen Zuckerfabrik des moldawischen Fünfzehntausend-Seelen-Dorfes städtischen Typus' Donduşeni, wie die offizielle Bezeichnung der Ortschaft lautet, betrachtet der zwischen zwei Zentrifugen eingehängte Zuckerfabrikdirektor Hlebnik zwei Kleinkinder, ein Mädchen und einen Jungen, beide ungefähr fünf Jahre alt, die gedankenverloren durch die Halle schlendern. Der Junge trägt einen Lenin-Anstecker und eine kirschrote Armbinde, während das Mädchen eine Netztasche mit einem halbierten ausländischen Teddybären darin transportiert. Im Hintergrund ertönt Paganinis Caprice Nr. 24 in der Ausführung von Jascha Heifetz, der mittels einer Seilvorrichtung wie ein sandinistisches Molekül knapp unter dem Dach der Abfüllhalle 2 der Zuckerfabrik schwebt. Nach einer Weile bricht der Junge mit dem Lenin-Anstecker das Schweigen – »Auf dem Weg nach Colombo hat Gaddafi in Taschkent Zwischenstation gemacht. Er wollte mich sprechen. Ich habe ihm mitteilen lassen, dass du bei uns weilst und ich ihn deshalb nicht treffen kann.« –, entnimmt seiner Brusttasche eine Schachtel filterlose Papirossy der Marke Weißmeerkanal und hält die Zigarettenpackung dem Mädchen entgegen.

»Zu Gaddafi haben wir gute Beziehungen. Er sitzt jedoch viel in der Wüste und betet«, sagt das Mädchen, zieht eine Weißmeerkanal aus der Schachtel und steckt sie sich in den Mund.

Der Junge mit der kirschroten Armbinde lacht.

»Gaddafi muss noch manches lernen und Erfahrungen sammeln. Er soll auch zu einem offiziellen Besuch zu uns kommen, wenn die Zeit reif ist.«

Der Junge steckt sich ebenfalls mit einer flinken Bewegung eine Weißmeerkanal in den Mund, zieht aus einem Jackenärmel einen zusammengeknüllten Zettel hervor, zündet sich die Papirossa an und fährt mampfend fort:

»Aber nun zum Geschäft: In Polen halten die Schwierigkeiten nach wie vor an. Jetzt haben sie Zuckerkarten eingeführt. Fleischkarten sollen folgen. Gierek hat mich mit Tränen in den Augen gebeten, ihm zu helfen.«

»Und?«

»Ich konnte ihm nichts versprechen.«

Eine unbehagliche Pause setzt ein.

»Und was ist mit … UNS?«, fragt das Kind mit dem Teddybär besorgt.

Der Junge mit dem Lenin-Anstecker beäugt das Mädchen scharf und fuchtelt mit seinem Zettel herum.

»Ich habe hier die Ziffern über den Stand unserer gegenseitigen Lieferungen. Wir haben euch 2000 Traktoren zusätzlich geliefert, davon 50 vom Typ K700 Kirowez. An Erdöl bezieht ihr jetzt 16 Millionen Tonnen von uns. Aber das reicht euch immer noch nicht. Ich verstehe gar nicht, wo das alles bleibt?!«

Das Mädchen macht ein trauriges, beinahe weinerliches Gesicht.

»Ab Mai hatten wir keinen Regen mehr.«

»Was heißt das?«

»Wir werden fünfzig Prozent weniger Kartoffeln ernten, nicht wie vorgesehen 195 Dezitonnen, auch nicht den Durchschnitt des Vorjahres, 173, sondern weniger als 100 Dezitonnen. Das Gleiche gilt für Zuckerrüben und Getreide. Wir schätzen den diesjährigen Verlust auf 8,4 Millionen Tonnen Getreideeinheiten.«

»Das ist schlecht.«

»Mehr als schlecht sogar. Wir sind jetzt gezwungen, für mindestens 1,5 Milliarden Dollar Getreide zu kaufen.«

Die Augen des Jungen leuchten kurz auf, so wie bei einem Raubtier, das Beute gewittert hat.

»Wo?«

Zuckerfabrikdirektor Hlebnik ist zwischen den Zentrifugen ganz Ohr.

Als das Mädchen mit dem Teddybären gerade antworten will, reißt die Verankerung der linken Zentrifuge mit einem starken Geklämper. Hlebnik stößt einen saftigen ukrainischen Dorffluch heraus. Die beiden Kinder sehen hinauf, und ihre Blicke treffen für den Bruchteil einer Sekunde auf die neugierigen und vom intensiven Alkoholkonsum während der Gorbatschow'schen Prohibition etwas wässrig gewordenen Pupillen des Zuckerfabrikdirektors. Augenblicklich verschwinden die Kinder, wie verschreckte Erdmännchen. Hlebnik sieht sich um. Jascha Heifetz ist auch nicht mehr da. Der Apparatschik atmet geräuschvoll aus.

Hlebnik ist verärgert. Normalerweise ist der Leiter der Zuckerfabrik von Dondușeni imstande, sich in seinen Träumen besser zu orientieren; und zwar vom Platz zwischen den Zentrifugen aus, wie er vor geraumer Zeit herausgefunden hat. Doch diesmal hat er die Kontrolle über den Traum verloren. Direktor Hlebnik ist jedoch erfahren genug in der Materie, um zu wissen, dass das, was er soeben gesehen hat, nichts Gutes verheißen kann. Womöglich muss er sich Sorgen machen um seine 40 Tonnen Zucker. Direktor Hlebnik beschließt, unverzüglich das Medium Lidia Iwanowna in dieser Angelegenheit zu konsultieren.

Des Mediums Prognose

Die pensionierte Kommissarin für Lebensmittelindustrie des Rayonalen Sowjets Nord der Moldawischen Sowjetischen Sozialistischen Republik (MSSR) und Trägerin des Rotbannerordens

Lidia Iwanowna Cernei lässt sich nichts anmerken. Ganz ruhig legt sie die Karten auf den Tisch, die sie in verschiedenen Anreihungen gliedert und aufdeckt. Sie murmelt etwas Mantraartiges vor sich hin, deckt einige Karten wieder zu, wieder auf, legt sie anders aufeinander, steht auf, holt von einem Regal ein 5-Liter-Einmachglas, das bis zur Hälfte mit einer undefinierbaren trüben Flüssigkeit gefüllt ist, und stellt es auf den Tisch. Anschließend verschwindet sie für kurze Zeit und kommt mit drei Hühnereiern wieder, schlägt sie an und befördert die Eidotter ins Glas, während sie Unverständliches vor sich hin murmelt.

»Bist du dir ganz sicher? Ich meine, sind das keine neurotischen Erscheinungen oder irgendein Gespinst aus dem Jenseits?«, fragt Direktor Hlebnik über den Tisch, erstaunt feststellend, dass die Eidotter eine eigenartige Symbiose mit der trüben Flüssigkeit eingehen und zischende Kreiselbewegungen im Glas beschreiben. Als es dann auf einmal ruhiger wird im Behälter, dreht Lidia Iwanowna eine verdeckte Karte in der Mitte auf.

»Das Signal ist ganz klar, Hlebnik. Und wenn du mir nicht glaubst, so kannst du gleich abhauen, ich hab schließlich sehr viele Klienten heute«, antwortet das Medium und deutet zum Verandafenster, durch das die lange Menschenschlange, die die Dienstleistungen Lidia Iwanownas benötigt, zu sehen ist. Jeder von ihnen hat ein Präsent für Lidia Iwanowna bereit: Wandteppiche, Ziegen, Fernseher, tschechische Kristalllüster, französische Parfums, Tausende von Weißmeerkanal- und Flötchen-Packungen, Einweisungsscheine für Kurortaufenthalte in Jalta und in Stavropol, Eingemachtes, Hermelinpelze, jugoslawische Massagegeräte, Zement, russische Winterschapkas, Beluga-Kaviar, handgefertigte Zahnprothesen aus russischem Rotgold, 20-Liter-Bottiche mit ukrainischen grünen Salztomaten, Lada-Zylinderkopfdichtungen, Gas, weißrussische Kreissägen, Ikonen, importierte Antibiotika, Heizkohle, Alkohol in jeder erdenklichen Form und Menge,

Doktorenwurst, und erst kürzlich sind Lidia Iwanowna zwei 9-mm-Makarows aus den transnistrischen Beständen der 14. Armee in Tiraspol von ihrer treuen Klientel entgegengebracht worden. Und wenn manchmal Bürger zu ihr kommen, die nichts entbehren können, so behandelt Lidia Iwanowna sie mit der gleichen Hingabe wie ihre übrigen Klienten, denn die Zeiten sind schwer und die Probleme des Moldawiers zahlreich.

Zuckerfabrikdirektor Hlebnik legt das Päckchen mit seiner Gabe neben die drei roten Telefone des Mediums, und zwar neben den Apparat mit der Aufschrift »Express-Leitung«, auf den Tisch. Der Apparatschik weiß, dass das Medium die chinesische Lebenswurzel Ginseng mag und sich über das Präsent freuen wird.

»Wann?«, flüstert er kaum vernehmbar.

»Morgen Mittag. Jelzin ist auf dem Weg. Und Kutschma auch«, antwortet Lidia Iwanowna mit einem Hauch von Unbehagen darüber, wie leicht es für sie ist, die Zukunft vorherzusagen.

»Ist es also so weit.« Direktor Hlebnik runzelt die Stirn. »Wo?«

»Das spielt keine Rolle, das Resultat wird das Gleiche sein.«

»Sag es mir bitte trotzdem.«

»Wenn du das unbedingt wissen musst: Das Treffen wird in Weißrussland stattfinden, im nebligen Białowieża-Moorland unweit des Dorfes Viskuli.«

»Aha. Und was wird dann passieren?«

»Es wird ein Chaos ausbrechen, in dem die, die einstmals geeint waren, sich trennen und bekriegen werden. Und es wird Blut vergossen werden. Und nicht wenige wird es geben, die ihr Hab und Gut verlieren und Hunger erleiden werden. Andere werden zu Reichtum und Macht gelangen. Und sie werden sich ruchlos und ohne Mitleid bedienen. Und das werden diejenigen sein, die die Zeichen der Zeit richtig zu deuten vermögen werden.«

Direktor Hlebnik verdaut ein wenig die erhaltene Information. Dann ändert sich etwas in seinen Zügen, in seinen Augen blitzt etwas auf, bevor der Zuckerfabrikdirektor sie zu engen Schlitzen zusammenzieht.

»Bin ich einer von … *ihnen?*«

Die pensionierte Kommissarin für Lebensmittelindustrie des Rayonalen Sowjets Nord der Moldawischen SSR und Trägerin des Rotbannerordens beäugt den Direktor der Zuckerfabrik von Donduşeni mit Mitleid und schüttelt leicht den Kopf.

»Du bist nicht einer von ihnen, Hlebnik.«

Auf des Diabetikers Stirn erscheinen einige Schweißperlen, doch Lidia Iwanowna nimmt weder darauf noch auf den gequälten Gesichtsausdruck des Zuckerfabrikdirektors Rücksicht und bedeutet ihm, das mit einem handgeknüpften moldawischen Wandteppich geschmückte Empfangsboudoir zu verlassen, da sie sich der Probleme der draußen Wartenden annehmen muss. Der Zuckerfabrikdirektor nimmt seine ganze Kraft zusammen, rafft sich schwerfällig vom Tisch auf, verabschiedet sich vom Medium mit Handkuss und Poklon und verlässt das Haus. Und genau in jenem Moment trifft Direktor Hlebnik die folgenschwere Entscheidung, die 40 Tonnen Zucker ihrem Schicksal zu übergeben und unverzüglich auszureisen. Direktor Hlebnik ahnt nicht, dass dieser Schritt die Bewohner Donduşenis dazu veranlassen wird, Jagd auf seine 40 Tonnen Zucker zu machen.

DOLCE DELLA LUNA

2011. IN DEN ABRUZZEN, ITALIEN

Cristina und Angelo

Es ist Freitag, der 22. Juli 2011. Das Begräbnis ist für Sonntag, den 24. Juli angesetzt.

22:46

Stille. Die zwei Teenager, die auf der Fahrbahn liegen, Cristina und Angelo, bewegen sich nicht. Der Ford Transit befindet sich im Bankett, regungslos und bedrohlich wie ein soeben erlegtes Großwild. Angelo horcht in die Nacht. Er kann lediglich Cristinas schweren Atem hören. Angelo öffnet die Augen. Die Staubwolke hängt noch in der Luft, als hätte sie das sadistische Verlangen, Cristina und Angelo, die soeben um ein Haar von einem Auto überfahren wurden, langsam zu ersticken. Angelo hustet. Noch benommen von dem, was soeben passiert ist, steht er auf und geht auf das Fahrzeug zu. Lehnt mit der Schulter an der Fahrertür. Als er seinen Kopf kurz nach links dreht, bemerkt er Cristina, die seinen Arm berührt. Sie ist blass. Ihre Hände zittern leicht. Angelo öffnet die Fahrertür. Ein etwa fünfundvierzigjähriger Mann liegt mit dem Kopf auf dem Lenkrad. Blut tropft aus einer auf den ersten Blick nicht auszumachenden Wunde. Angelo tastet nach dem Puls des Fahrers, kann aber nichts spüren. Angelo betrachtet stumm seine Hand: An seinen Fingern klebt Blut.

»Ich spüre keinen Puls«, sagt er leise, als hätte er Angst, einen Schlafenden aufzuwecken.

»Was? Was ist mit ihm?«

Cristina starrt Angelo mit ihren großen haselnussfarbenen Augen an. Zum ersten Mal kann Angelo etwas in ihren Augen erkennen, was er bei ihr noch nie zuvor gesehen hat: Angst. Blanke Angst.

»Er ist tot«, sagt Angelo.

Cristina stolpert einen Schritt nach hinten, vergräbt das Gesicht in ihren Händen und schluchzt leise. Ihre pechschwarzen Locken verdecken Hände und Gesicht.

»Ich hätte nie jemanden mit in die Sache reinziehen dürfen.«

Angelo wirft die Fahrertür zu, macht eine Runde um den Ford-Transit-Minibus, öffnet eine der hinteren Türen und steigt ein. Kommt heraus mit einem Plastiksackerl. Nimmt daraus eine gefüllte Semmel und beißt gierig hinein.

»Ein Mensch ist wegen uns gestorben … weil er uns nicht überfahren wollte. Und. Und du isst? Wie kannst du jetzt an Essen denken, Angelo?«

Angelo kaut konzentriert und mit viel Appetit, wie jemand, der seit mindestens zwei Tagen unfreiwillig hat fasten müssen. Dann streckt er das Plastiksackerl Cristina entgegen.

Sie lehnt zuerst ab, mit einem Anflug von Beleidigung sogar, doch bevor Angelo Gelegenheit hat, selbst hineinzugreifen und die zweite Käse-Wurst-Semmel mit Salzgurken zu verspeisen, nimmt das Mädchen die Semmel und beißt demütig hinein. Sie schließt die Augen. Als Angelo sie ansieht, wendet sie ihr Gesicht ab mit einer Mischung aus Schamgefühl und primitiver Befriedigung darüber, endlich ihren Hunger ein wenig gestillt zu haben. Die Angst und die Schuld kehren jedoch bald zurück. Dann bemerkt Cristina die Autokennzeichen.

»Was sind das für seltsame Nummern?«, fragt sie.

»Moldawien.«

»Was?«

»MD steht für Moldawien.«

»Woher weißt du das?«

Angelo dreht sich um. Cristina sieht ihn fragend an, als er aus den Augenwinkeln heraus das Geräusch und die Scheinwerfer eines herannahenden Autos ausmacht. Der junge Italiener gibt Cristina hektisch ein Zeichen, dass sie in den Ford Transit einsteigen soll, und schiebt den Toten, es ist Tolyan Andreewitsch, auf den Beifahrersitz. Der Junge nimmt hinter dem Lenkrad Platz, zieht Cristina ganz nah an sich heran und fängt an, sie auf den Mund zu küssen. Cristina will Angelo vehement von sich wegschieben; als sie ein Auto herannahen sieht, lässt sie es aber mit sich geschehen.

Ein blauer Alfa Romeo mit der weißen Aufschrift CARABINIERI wird langsamer und bleibt neben dem Ford Transit mit einer federnden Bremsung stehen.

»Probleme mit dem Auto, *ragazzi*?«, fragt sie ein lächelnder, Kaugummi kauender und sichtlich gut gelaunter Gesetzeshüter, der seine pilzförmige Carabinieri-Schirmmütze lässig nach hinten gezogen trägt.

Angelo tut so, als wäre er vom Erscheinen des Streifenwagens überrascht worden und lächelt verlegen. Cristina wischt sich die Lippen und schubst Angelo von sich weg.

»*Tutto okay! Grazie, Ispettore!*«

»Und was ist mit ihm los?«, fragt der glatzköpfige Kollege des Polizisten vom Beifahrersitz streng und deutet mit dem Finger auf Tolyan Andreewitsch.

»Vater ruht sich aus«, sagt Angelo.

»Und wir wollten eine Pinkelpause einlegen …«, lügt Cristina.

»Sieht aber nicht nach Pinkeln aus, das, was ihr da macht.«

Der Carabiniere mit dem Kaugummi lacht. Blickt Angelo scharf in die Augen.

»Ihr seid aber keine Geschwister, oder?«

»Wir sind Cousin und Cousine.«

Cristina wirft Angelo einen giftigen Blick zu; der Carabiniere mit dem Kaugummi grinst, zwinkert Angelo verschwörerisch mit dem Auge zu und rempelt seinen grantigen Kollegen mit dem Ellbogen.

»Schau, Leoluca, es ist Krise, und die da drüben haben nur Blödsinn im Kopf. Was sagst du dazu?«

Die strengen Gesichtszüge des Carabiniere mit der Glatze lockern sich unerwartet.

»Was soll ich schon dazu sagen, so war ich auch drauf in meiner Jugend.«

»Das war wohl noch, bevor du deine Glatze bekommen hast, was?«

Der Polizist mit dem Kaugummi bricht in schallendes Gelächter aus, während ihn sein schlecht gelaunter Kollege wortreich zum Teufel schickt. Dann, nachdem er sich ein wenig beruhigt hat, sagt er zu Angelo:

»Also, es gibt ein ruhiges Hotel hier ganz in der Nähe, 20 bis 25 Kilometer von hier; auf dem Weg zum Lago di Barrea. Da kannst du deinen Vater ausruhen lassen. Und schaltet beim nächsten Mal die Warnblinker ein, wenn ihr eine Pinkelpause einlegt, damit man euch sehen kann.«

»Vielen Dank, *Ispettore*. Wir werden hinfahren.«

»Also, wir müssen ohnehin in die Gegend. Wir bringen euch zum Hotel. Ihr folgt uns einfach. Dann könnt ihr in der Schule damit prahlen, unter einer Carabinieri-Eskorte herumgemacht zu haben.«

»Das ist gar nicht nötig, *Ispettore*. Wir schaffen es auch so.«

»Keine Widerrede. Oder sollen wir deinen Vater aufwecken? … Na siehst du. Auf geht's, *allora*, ihr schamlosen Gauner! *Andiamo*!«

Der blaue Alfa Romeo mit der Aufschrift CARABINIERI setzt sich wieder in Bewegung. Der grantige Carabiniere mit der Glatze schaltet das Blaulicht ein.

23:02

Die Besitzerin des Hotels »Dolce della Luna«, die achtunddreißig Jahre alte Mailänderin Monica Elisabetta di Garozzo, stöhnt auf vor Lust. Es ist ein gedämpfter Laut, fast ein animalisches Raunen, den die Rothaarige von sich gibt. Ihre linke Brustwarze, über der ein kitschig bunter Schmetterling eintätowiert ist, befindet sich im Mund ihrer sechzehn Jahre jüngeren Freundin und Mitarbeiterin Francesca Lombardo. Francescas Zunge kreist gewissenhaft um die Brustwarze ihrer Chefin. Von der Seite sieht es so aus, als würde Monica ihre nackte Mitarbeiterin stillen. Mit ihrer Linken streicht sie Francesca indes zart über die Wange, wie eine Mutter, die ihrem verschreckten Kind Trost spenden möchte. Kurze Zeit später wird das idyllische Bild jedoch ein wenig verzerrt, als Monica unvermittelt ihrer Angestellten die aufwendig lackierten Nägel ihrer rechten Hand oberhalb des Schlüsselbeins in den Rücken gräbt und sie senkrecht nach unten bis zu Francescas Hüfte durchzieht wie eine Katze, die sich am Kratzbaum die Krallen schärfen will, rote Striemen auf Francescas Rücken hinterlassend. Die zweiundzwanzigjährige Mitarbeiterin stöhnt laut auf. Mehr vor Schmerz als vor Lust. Francesca beißt sich daraufhin an Monicas Nippel fest und zieht ihrer Chefin mit der flachen linken Hand eine kräftige Watsche übers Gesicht. Monica packt Francesca sanft bei der Gurgel und flüstert ihr etwas Unanständiges ins Ohr, was die Zweiundzwanzigjährige mit Wonne erfüllt, ihrem seligen Gesichtsausdruck nach zu urteilen. Der kräftige Duft von Räucherstäbchen stimuliert den Raum.

Im Hintergrund laufen auf RAI 1 die Nachrichten. Der Ton ist ausgeschaltet. Auf dem Bildschirm ist ein lächelnder Silvio Berlusconi zu sehen, der im italienischen Parlament soeben eine Rede gehalten hat. Er winkt seinem Publikum großherzig zum Abschied, als wären alle anwesenden italienischen Abgeordneten seine Fans, und lässt sich von seinen Bodyguards und einer großen Meute an Reportern und Journalisten, die beim Anblick ihres Idols wie ausgeflippte Groupies wirken und alle gleichzeitig versuchen, ihm ein Mikro oder ein Tonaufnahmegerät in die Gurgel zu schieben, so scheint es, aus dem Palazzo di Montecitorio hinauseskortieren. Berlusconi nimmt diese Prozedur mit einer professionellen Gelassenheit hin, die darauf schließen lässt, dass es nicht oft vorkommt, dass er das Parlamentsgebäude allein betreten oder verlassen muss.

Das nächste Bild zeigt randalierende Bürger im fernen Reykjavík, die das isländische Parlament und die davor in gelben Signaljacken postierten Sicherheitsbeamten mit großer Begeisterung mit Pflastersteinen bewerfen. Hier und da wirft ein besonders engagierter isländischer Bürger pathetisch mit vor Schmerz verzerrtem Gesichtsausdruck, der sagen will: »Ich kann mir so was eigentlich nicht leisten, aber für die gemeinsame Sache ist mir kein Opfer zu schade!«, ein teures Bio-Ei auf das Parlamentsgebäude. Die skandinavischen Demonstranten können erfolgreich die meisten Fenster des isländischen Althings einschlagen und zünden anschließend ihr Parlamentsgebäude voller Enthusiasmus an, während frierende Vertreter der isländischen Polizei ihre Mitbürger eher lustlos mit Tränengasgranaten bewerfen. Eine Gruppe Demonstranten zündet dessen ungeachtet voller euphorischer Ausgelassenheit weinend die Flagge der isländischen Kaupthing-Bank an und trampelt auf dem Porträt des gutmütig lächelnden Premierministers Geir Haarde herum. Im Hintergrund ist eine umsichtigere isländische Politikerin zu sehen, die heimlich mit einem dicken Leitz-Ordner unter dem Arm aus dem Hinterausgang des brennenden Parlaments flieht, sich vorsichtig nach links und rechts umsehend.

Darunter wird mit leuchtender Schrift der Text eingeblendet: »In Island finden heute die schlimmsten Unruhen seit dem NATO-Beitritt des Inselstaates 1949 statt.«

Ein Wecker läutet hartnäckig.

»Ich mache mal meinen Rundgang«, flüstert Francesca und steigt unter dem Protest ihrer Chefin, Signora di Garozzo, aus dem Bett, zieht sich hastig einen Nachtmantel über, nimmt eine Obstschale mit einem scharfen Messer darin vom Nachttisch und geht zur Tür hinaus. Auf den Gängen ist nichts Verdächtiges zu hören. Bis auf ein leises Geflüster auf Serbisch, gefolgt von gedämpftem Gelächter, als würde dort jemand geistreiche Witze erzählen, hinter der Tür mit der Nummer 7.

»Nur Wladyka Borimirović schläft nicht«, flüstert die junge Frau ins Nichts und geht noch ein paar Schritte. Bleibt kurz stehen, bevor sie umdreht und Richtung Küche geht, um die Obstschale zurückzubringen. Plötzlich findet sie sich vor dem Gemach mit der Nummer 12 wieder. Francesca erinnert sich mit Unbehagen daran, dass sie das Zimmer noch nicht gemacht hat. Eigenartig, denkt Francesca, sie kann sich nicht an das Check-out der 12 erinnern, weiß aber ganz genau, dass das Zimmer nicht verlängert wurde. Kurzerhand beschließt sie, das Zimmer schnell aufzuräumen, um in der Frühe mehr Zeit im Bett mit Monica und für das Vorbereiten des Frühstücks zu haben. Francesca öffnet die Tür mit einem Generalschlüssel und macht das Licht an. Sie sieht einen Mann Mitte fünfzig, der das AS-Rom-Trikot mit der Nummer von Francesco Totti, der 10, trägt und an einem Strick von der Decke baumelt. Sein Kopf ist ein wenig zur Seite geneigt, so als wollte sich der AS-Rom-Fan an seiner eigenen Schulter ausruhen. Francesca legt die Obstschale auf den Boden, steigt auf einen Stuhl und schneidet den Dahingeschiedenen los. Sie kann den schweren Toten nicht halten, und der AS-Rom-Fan kracht auf den Boden, wo sie einen Zettel findet, auf dem mit energischer Handschrift gekritzelt steht:

Lieber ein anständiges Ende, als im Müll nach Essen zu wühlen.
30 Jahre Schufterei, und alles für den Arsch. Ihr könnt mich mal.
Pippo.

»Die Krise …«, sagt Francesca kaum wahrnehmbar, hebt den Zettel auf und verlässt Pippos Zimmer.

23:22

Cristina kramt in den Taschen von Tolyan Andreewitsch, während Angelo seelenruhig dem Carabinieri-Streifenwagen folgt.

»Wie kommt es, dass du so gut Auto fahren kannst?«

»Island.«

»Island?«

»Meine Mutter kommt aus Island. Ab und zu bin ich dort im Sommer; wir haben ein Haus in der Nähe von Akureyri. Wenn du kein Auto hast, bist du dort jedenfalls aufgeschmissen. Ohne Allradantrieb kannst du nur auf den gut asphaltierten Straßen fahren, und davon gibt es nicht so viele. Aber ich glaube, dir würde es dort bestimmt gefallen. Die Nordlichter und so …«

Aus einer der Taschen des Moldawiers zieht Cristina eine üppig gefüllte Geldbörse und einen italienischen Pass.

»Du hattest recht. Hier steht, dass er in Moldawien geboren wurde, Dondușeni, 1967, Tolyan Andreewitsch. Was mache ich damit?«

»Einstecken. Vielleicht brauchen wir das. Fürs Hotel oder so.«

»Du meinst, wir sollen mit einem Toten in einem Hotel einchecken? Bist du bescheuert oder was?«

Angelo schweigt. Sieht konzentriert auf die Straße. Das stumme Blaulicht der Carabinieri erleuchtet stumm die Straße und wirft eigenartige kobaltblaue Schatten auf sein Gesicht.

»Cristina, es tut mir leid wegen der Bullen.«

Das Mädchen schweigt und sieht aus dem Fenster.

»Geht's dir gut? Ich meine, besser, als … Ich meine, kann ich etwas tun, damit es dir besser geht?«

Der Junge sieht Cristina besorgt an.

Das Mädchen flucht.

»Hlebnik …«, ertönt es von irgendwo.

»Wie bitte?«

»40 Tonnen … Zucker«, hört der Junge, sieht aber deutlich, dass Cristina ihre Lippen nicht bewegt.

Tolyan Andreewitsch erwacht. Sein Schädel dröhnt, und der Nacken schmerzt, als hätte jemand längere Zeit auf ihn eingedroschen. Sein Kopf lehnt am kalten Seitenfenster des Autos. Das Fahrzeug wackelt ein wenig. Der Moldawier hört einen Jungen und ein Mädchen angeregt darüber diskutieren, ob sie jemanden bei den Behörden abliefern oder irgendwo am Straßenrand liegen lassen sollen; darüber hinaus kann Tolyan Andreewitsch der Konversation entnehmen, dass die Person, über die sie reden, bereits tot sein muss. Eine Zeit lang Stille. Der Moldawier denkt angestrengt nach, wie er wohl in das seltsame Bild hineinpasst. Der Junge am Steuer spricht wieder: Er thematisiert die Möglichkeit, diese gewisse Person im Lago di Barrea zu ertränken. Dann wird der Tote plötzlich mit seinem Namen – Tolyan Andreewitsch – genannt. Das beunruhigt den Moldawier, und er beschließt, sich als nicht geistig anwesend zu zeigen, solange sich der Ford-Transit-Minibus in Bewegung befindet, um bei einer günstigen Gelegenheit sofort reagieren zu können. Tolyan Andreewitsch wartet ungeduldig auf diese Gelegenheit. Die Neugier gewinnt jedoch bald die Oberhand, und Tolyan Andreewitsch macht sein linkes Auge einen Spaltbreit auf, um seine unmittelbare Umgebung auch visuell ein wenig auszukundschaften. Er erkennt dabei links außen einen etwa neunzehn Jahre alten Jungen, der routiniert seinen Minibus lenkt. Der Junge sieht sportlich aus und hat eine gesunde Hautfarbe, die darauf schließen lässt, dass er viel Zeit draußen in der Natur verbringt. Auf dem mittleren Vordersitz ein mageres junges Mädchen mit ziemlich weißer Haut. Die schöne Hand des Mädchens berührt die Schulter des Jungen hinter dem Lenkrad;

auf dem Handgelenk erkennt der Moldawier dichte dünne Linien, die wie verheilte Narben aussehen.

»Du willst doch, dass es mir besser geht. Oder?«

»Klar«, antwortet der Junge.

»Lass uns doch gleich mit dem Auto in den Lago di Barrea hineinfahren. Bringen wir's hinter uns«, flüstert das Mädchen.

Der Moldawier spürt ein Gefühl der Unruhe in sich aufsteigen.

Erst dann nimmt Tolyan Andreewitsch vom Alfa Romeo der Carabinieri Notiz, der mit eingeschaltetem Blaulicht, jedoch stumm, vor ihnen fährt. Darauf kann sich der Moldawier keinen Reim machen. Der Alfa Romeo bleibt an einer Abzweigung kurz stehen, macht ihnen ein Zeichen, dass sie nach links abbiegen sollen, und fährt geradeaus weiter Richtung Lazio.

Genau in diesem Moment reißt Tolyan Andreewitsch seine Augen auf, schmeißt sich über Cristina und packt Angelo mit einer blitzschnellen Bewegung bei den Hoden.

Dabei sieht der Moldawier dem Jungen direkt in die sich weitenden Pupillen, drückt die Geschlechtsorgane des Italieners ein wenig zusammen und sagt ruhig und bestimmt:

»Du hast genau zwei Minuten Zeit, um mir nachvollziehbar zu erklären, was du in meinem Auto machst, Junge.«

Es ist Samstag, der 23. Juli 2011. Das Begräbnis ist für Sonntag, den 24. Juli angesetzt.

00:01

Vor Francesca Lombardo, an der Rezeption des »Dolce della Luna«, stehen drei Gestalten. Tolyan Andreewitsch, der sich eine frische Wunde oberhalb der Augenbraue mit einem nicht mehr frisch wirkenden Taschentuch abtupft, ein Junge, der aussieht, als wäre er die letzten paar Nächte von Wildschweinen gehetzt worden, und ein verstörtes Mädchen, das latent aggressiv und abwesend die Hotelmitarbeiterin mustert, als sei sie ein verramschtes Ausverkaufsobjekt auf einem Flohmarkt. Francesca ist rot im Gesicht und atmet schwer. Als sei sie gelaufen oder als hätte sie einen schweren Gegenstand über Treppen geschleppt. Oder beides.

»Haben Sie meine Teedose gefunden?«, fragt der Mann. Francesca sieht den Moldawier an, als würde er in einer Zwangsjacke vor ihr stehen und sich nach dem Verbleib von Cesare Borgia erkundigen.

»Sie erinnern sich doch, der Mann mit dem seltsamen Namen; Zimmer 12. Ich war vor einer Nacht hier. Ich habe da …«

»… eine Dose vergessen in Zimmer 12?«, beendet Francesca den Satz für den Moldawier unerwartet mit einem nervösen Lächeln.

»Genauso ist es. Und ich muss sie unbedingt wiederhaben. Ich weiß, das klingt abgedroschen, aber es geht um Leben und Tod.«

Es gab eine gute und eine schlechte Nachricht für den Moldawier. Francesca hatte bei der Erwähnung der Dose georgischen Tees ein wenig verstört gewirkt, ja, aber keinesfalls überrascht. Sie hatte die Dose auch tatsächlich gefunden. Die Teedose war höchstwahrscheinlich also noch da. Die schlechte Nachricht war aber, dass Francesca dem Moldawier nicht sagen konnte, wo sich die Teedose im Moment befand, sie versicherte ihm aber, dass sie sich bei ihrer Chefin, Signora di Garozzo, erkundigen werde und, sobald sie Näheres sagen könne, ihn unbedingt darüber informieren werde. Als der Moldawier sich bei Francesca erkundigte, ob er den derzeitigen Gast von Zimmer 12 sprechen könne, meinte sie, das sei schwierig. Er habe nicht ausgecheckt, sei aber auch nicht wirklich da.

Die Teedose musste also bis morgen warten. Jetzt sitzt Tolyan Andreewitsch mit den beiden italienischen Jugendlichen im Zimmer, spießt mit der Gabel eine Tortellini und ein Stück Wurst auf und befördert beides in seinen Mund. Eines muss er ihr lassen: Francesca kann gut kochen, und das noch zu solch später Stunde.

Obwohl ihm auch der Gedanke kommt, dass die Rezeptionistin alles getan hat, nur um das Trio schnell loszuwerden. All seine Anforderungen an ein Zimmer sind schweigend akzeptiert worden, und Francesca hat ihm sofort die Zimmerschlüssel ausgehändigt; sie wollte nicht mal einen Personalausweis sehen oder ein Check-in-Formular ausgefüllt haben.

»Warum sind wir in einem Dreibettzimmer? Drei Einzelzimmer wären besser. Jeder für sich. Hier ist es wie in einem Schlaflager. Nie von Privatsphäre gehört oder so?«, fragt Cristina.

»Keine Sorge, *ragazza*. Morgen kriegst du deine Privatsphäre. In einer Gummizelle.«

»Was?«

Tolyan Andreewitsch kippt mehr Parmesan über seine Nudeln.

»Kleiner Scherz. Heute Nacht bleiben wir hier. Morgen, gleich nach dem Frühstück, rufe ich eure Eltern an. Sie sollen euch abholen. Was ihr dann macht, ist eure Sache.«

»Meine Eltern sind tot«, sagt Cristina.

Stille. Betroffene Blicke.

»Das stimmt doch gar nicht, Cristina«, wirft der Junge ein.

»Für mich schon. Für mich sind sie tot. Nur Rocco ist meine Familie. Aber dem bin ich egal.«

»Wer ist Rocco?«, will der Moldawier wissen.

»Ich glaube, das geht dich nichts an«, sagt der Junge, der die isländische Angewohnheit angenommen hat, grundsätzlich jeden zu duzen.

»Siehst du das hier?« Tolyan Andreewitsch zeigt auf seine geschundene Augenbraue.

»Seit ich heute wegen euch fast abgekratzt wäre, geht es mich sehr wohl was an. Sagt wenigstens Danke, dass ich nicht dem Alfa Romeo der Carabinieri hinterhergefahren bin, um den Bullen meine Version der Geschichte zu erzählen.«

»Fick dich doch!«

Cristina schiebt ihren leeren Teller zur Seite und geht raus auf den Balkon. Ein ausgestopfter apenninischer Wolfskopf mit gefletschten Zähnen sieht Tolyan Andreewitsch von der Wand aus vorwurfsvoll an.

00:30

»In der Heiligen Schrift wird dieses Wort oft verwendet. Zum Beispiel in den Psalmen: ›Darum werden die Frevler im Gericht nicht bestehen‹, Psalm 1,5, oder: ›Gnade und Gericht werde ich singen‹, Psalm 101,1. Der weise Salomon schreibt, dass ›das Gericht für alle vom Herrn kommt‹, Sprichwörter 29,26. Selbst der Erlöser hat gesagt, ich zitiere nach Johannes: ›Der Vater hat das Gericht ganz dem Sohn übertragen‹, Johannes 5,22; und ebenfalls bei Johannes heißt es an anderer Stelle: ›Jetzt wird Gericht gehalten über diese Welt‹, Johannes 12,31. Und auch der heilige Apostel Petrus schreibt in seinem ersten Brief, wie du zweifelsohne auch weißt: ›Jetzt ist die Zeit, in der das Gericht beim Haus Gottes beginnt‹, I Petrus 4,17. Was kann man daraus folgern?«, sagt Padre Piersanti Motadonna und sieht die Besitzerin des Hotels »Dolce della Luna« Monica di Garozzo erwartungsvoll an. Wie ein nachsichtiger Lehrer, der überprüfen will, ob sein Schüler endlich mal die Hausaufgaben gemacht hat.

»Dass Sie die Bibel auswendig gelernt haben?«

Padre Piersanti Motadonna verdreht demonstrativ die Augen. Dazu entweicht dem Mann Gottes zischend ein missbilligendes »*Sacramento!*« aus seinem dünn belippten Mund. Der Padre visiert scharf Monica di Garozzos Augen.

»Dass die Begriffe ›Gericht‹ und ›Krise‹ eine ähnliche Bedeutung haben; oder aber dass sie zumindest das gleiche semantische Feld teilen müssen.«

»Aha.«

Padre Motadonna nimmt kurz seine mit versilbertem Rand

versehenen Brillengläser ab und zeigt damit auf di Garozzos linken Busen.

»Tatsächlich ist es so, dass das Wort ›Krise‹ aus dem Griechischen kommt und so viel wie ›Gericht‹ bedeutet. Sehr zeitgemäß, wie ich finde …«

Ein leises Lächeln huscht über des Padre Gesicht.

»Ersetzt man also dementsprechend die oben genannten Passagen, ergäbe das Folgendes: Darum werden die Frevler in der Krise nicht bestehen; Gnade und Krise werde ich singen; die Krise kommt für alle vom Herrn; der Vater hat die Krise ganz dem Sohn übertragen; jetzt wird die Krise gehalten über diese Welt; jetzt ist die Zeit, in der die Krise beim Haus Gottes beginnt …«

Padre Piersanti dreht kleine Runden im Kellerraum des Hotels »Dolce della Luna« mit auf dem Rücken verschränkten Händen, wie ein Nonnenkranich. Dann bleibt Motadonna stehen und deutet plötzlich mit einem Finger auf eine von der Decke herunterhängende Wurst von beachtlichen Ausmaßen und sieht Monica an.

»Mortadella«, sagt die Mailänderin und zieht sich den dünnen Kimono enger um die Taille. »Unglaublich. Und sagen Sie, Padre, warum ist diese Krise über uns hereingebrochen?«

»Die Apostasie ist schuld.«

»Wie bitte?«

»Die Apostasie, der Abfall vom Glauben. Früher war es die Beulenpest, heute ist es Griechenland. In modernen Zeiten erfindet der Allmächtige eben auch moderne Strafen. Und Gott hat sich wahrlich effektiver Mittel bedient, damit die Menschen sich besinnen, ihr Gewissen wachzurütteln: Er traf sie durch die Banken, durch die Börse, durch die Finanzen, durch die Valuta. Er hat ungeheure Panik unter den Kommersanten und den Geldwechslern gesät; die Wechselstuben der ganzen Welt umgekippt, wie einst die Tische der Geldwechsler in Jerusalem.«

»Und wie lange wird diese Krise andauern?«

Der Padre legt an dieser Stelle eine viel bedeutende Pause ein.

»Solange die Seele der Menschen unverändert bleibt; solange die selbstsicheren Verursacher dieser Krise, die am Ufer ihres materiellen Wohlbefindens an der Wall Street verankert sind, sich ihrer Seele nicht bewusst werden und die Ungerechtigkeiten nicht zugeben, sich nicht dem Allmächtigen Gott beugen, nicht vor dem Herrn kapitulieren und in den Schoß der Heiligen Mutter Kirche zurückkehren. Bis dahin werden wir immer mehr Opfer der Krise zu beklagen haben. Dessen bin ich mir sicher.«

Padre Piersanti Motadonna beugt sich über einen Stapel Europaletten, auf dem der Leichnam zu sehen ist.

Die Striemen um den Hals des Krisenopfers sind blau angelaufen und deutlich sichtbar. Motadonna packt den Toten bei den Armen, während Monica den Dahingeschiedenen an den Füßen hochhievt und sie beide die Leiche zu einer Nische des Kellerraumes tragen. Dort angekommen betätigt Monica einen Knopf an der Wand, der hellgrün aufleuchtet. Ein Lastenaufzug steigt mit einem mechanischen Knurren zu den beiden in den Keller hinab und öffnet sich. Der Padre schiebt die Leiche in den Aufzug, und Monica drückt einen weiteren Knopf an der Wand, der den Lift dazu veranlasst, sich zu schließen und wie von Zauberhand wieder zu verschwinden.

»Aber jedenfalls, Padre, ich finde es unglaublich toll, dass Sie gekommen sind, um mir in dieser schwierigen Stunde beizustehen«, sagt di Garozzo und schreitet auf den Kellerausgang zu. Der Padre begleitet die Mailänderin mit einem kleinen Abstand.

»Wer schnell hilft, hilft doppelt, wie man sagt. Das ist für uns selbstverständlich. Schließlich sind wir Benediktiner ja die Stellvertreter Gottes auf Erden.«

Di Garozzo bleibt stehen und wirft Padre Motadonna einen entgeisterten und zugleich fragenden Blick zu.

»Kleiner Scherz, Monica. Kleiner Scherz. Alle fallen darauf rein. Auch du bist darauf reingefallen, nicht wahr?«

»In der Tat, Padre. Da haben Sie mich kalt erwischt.«

Monica lächelt und setzt den Weg fort.

00:36

Der Moldawier räumt das Geschirr weg. Ab und zu nimmt er einen Schluck aus einem gut gefüllten Glas Chianti.

»Warum seid ihr in dieser verlassenen Gegend unterwegs gewesen, Angelo? Termoli ist ja mindestens 150 Kilometer weg von hier.«

»Nach unserem Rausschmiss aus dem Zuccherificio, der Zuckerfabrik dort, wollten wir einfach weg. Das heißt, Cristina wollte weg. Weg von der Krise. Weg von der Zuckerfabrik und all den Problemen. Und ich konnte sie überreden, sie begleiten zu dürfen. Ich habe sie so lange damit genervt, bis sie zugesagt hat«, antwortet Angelo, steht auf und hilft Tolyan Andreewitsch.

»Warum wolltest du unbedingt mit ihr mit?«

»Ich habe mir Sorgen gemacht um sie, weißt du. Ich wollte dabei sein, damit ihr jemand helfen kann, wenn was ist. Verstehst du?«

»Und da wolltet ihr euch … ich meine, ihr wolltet da ernsthaft Selbstmord begehen?«

»Ja.«

»Und warum ausgerechnet die Abruzzen?«

»Wir hatten einen Kollegen aus Giulianova im Zuccherificio, der schon seit Ewigkeiten bei uns in Termoli, in der Abfüllhalle, arbeitete. Er hieß Calabrese. Ein alter einsamer Mann war das. Er hatte keine Frau, keine Kinder, keine Familie. Später erfuhren wir, dass er zwar schon mal eine Frau und zwei Töchter gehabt hatte, sie aber bei einem Autounfall in den frühen Achtzigern ums Leben gekommen waren. Für ihn war der Zuccherificio seither sein Leben. Und wenn es Zeit war, nach Hause zu gehen, war der alte Mann stets betrübt und schlecht gelaunt; und nicht wie alle anderen glücklich darüber, dass endlich Feierabend war. So war er drauf. Jedenfalls sagte er, dass wenn er jemals gefeuert werden würde, er in die Abruzzen gehen und nicht mehr zurückkommen würde und basta – das sagte er wirklich so: ›Und basta!‹ Calabrese schwärmte ständig von der wilden Schönheit der Gegend hier. So sind wir auf die Abruzzen gekommen.«

»Und was passierte mit ihm?«

»Er wurde zusammen mit uns gefeuert.«

»Scheiße.«

»Aus Sicherheitsgründen. Die Führung des Zuccherificio von Termoli hatte jedenfalls den Verdacht, Calabrese würde unter Altersdemenz leiden. Deswegen schmissen sie ihn raus, den guten alten Calabrese.«

Zur gleichen Zeit steht Cristina auf einem kleinen Balkon und starrt trotzig in die Finsternis der Nacht. Sie hält ein Handy in der Hand und wählt mit ihren beringten Fingern eine Nummer; der Name ROCCO mit einem roten pulsierenden Herzchen daneben leuchtet auf. Cristina sieht auf das Display. Es läutet einige Male; doch dann schaltet sich Roccos Mailbox ein. Es scheint, als hätte die junge Italienerin diese Prozedur schon oft hinter sich gebracht.

»*Ma che cazzo!*«, ruft Cristina und legt auf. Sie will das Handy auf dem Steinboden des Balkons zerbersten lassen; tut es dann aber doch nicht, wählt Roccos Nummer noch einmal – wieder ohne Erfolg –, steckt das Handy frustriert ein und blickt hinunter auf den Innenhof des Hotels. Auf dem Hof des »Dolce della Luna« fällt ihr ein schwarzes Bestattungsauto mit römischen Kennzeichen auf, an dem ein Sticker mit dem Logo von Radio Maria angebracht ist. Plötzlich erscheinen ein dürrer großer Mann in dunklem Talar und eine rothaarige Frau in einem Kimono, die einen Toten über den Hof zum Fahrzeug tragen.

»*Cara Monica.* Wir kennen uns doch schon, weiß Gott, sehr lange, und da beschäftigt mich doch eine wichtige Frage, die ich dir gerne stellen würde. Ich weiß, es mag jetzt unpassend erscheinen, aber …«

»Nur zu, Padre, fragen Sie.«

Sie erreichen das Auto. Sie legen die Leiche auf dem Boden ab. Der Padre sieht die rothaarige Frau besorgt an.

»Warum bist du noch nicht verheiratet? Und hast keine Kinder? Was ist da los? Ich meine, du wirst doch bald vierzig … Die Zeit eilt.«

Der Padre schließt den Wagen auf und beugt sich hinunter. Holt aus dem Gefährt so etwas wie eine Fernbedienung mit Joystick heraus. Spielt ein wenig mit dem Gerät herum. Die Frau im Kimono ist mit der Frage sichtlich überfordert und stottert etwas Unverständliches vor sich hin.

»Tja, wissen Sie, Padre, ich habe … wie soll ich Ihnen das anschaulich erklären? Ich glaube, ich habe noch nicht die … ich meine, den Richtigen gefunden.«

Überzeugend klingt ihre Antwort nicht. Die Hintertür des Bestattungsfahrzeugs öffnet sich automatisch, und ein schlichter, jedoch eleganter Sarg aus Metall fährt heraus und auf die Frau zu, die ein paar Schritte zur Seite macht. Eine elektrische Vorrichtung senkt den Sarg bis auf den Boden nach unten.

»Du bist hoffentlich nicht eine von denen, die mit dem gleichen Geschlecht in Sünde leben. Ich meine, du bist nicht vom anderen Ufer, Monica, oder? Denk an Sodom und Gomorrha, mein Kind. Weiche nicht vom Weg des Herrn ab!«

Monica hilft dem Priester, die Leiche in den Metallsarg zu befördern.

»Vielen Dank, Padre. Vor allem, wie soll ich sagen, tja, es ist immerhin ein Selbstmörder.«

Der Padre blickt Monica lange an.

»Ich schätze es sehr, dass du mir die Wahrheit gesagt hast. Das war sehr mutig von dir. Ein anderer an deiner Stelle hätte es verschwiegen. Deswegen will ich deinen Mut belohnen und mich der Sache annehmen, obwohl die Angelegenheit äußerst heikel ist. Wie hieß der Tote denn noch?«

»Filippo Calabrese. Soll ich seine Sachen holen?«

»Nicht nötig; das kann noch warten. Ich sehe gleich mal nach, in welcher Diözese er gemeldet ist.«

Der Padre lässt den Metallsarg samt Leiche wieder einfahren, und die Hintertüren des Wagens schließen sich. Cristina erkennt, dass da unten der tote Pippo Calabrese aus dem Zuccherificio von Termoli liegen muss. Das Mädchen starrt konzentriert hinunter.

Monica verabschiedet sich von dem Mann Gottes und küsst seinen goldenen, mit der Gravur OSB versehenen Ring. Der Padre steigt in den Wagen, holt ein iPhone heraus, tippt etwas ein und fährt los. Monica di Garozzo steht auf dem Hof des »Dolce della Luna« und blickt verträumt den Rücklichtern des sich entfernenden Fahrzeugs hinterher.

00:45

Der Moldawier sitzt dem Italiener an einem Tisch gegenüber. Zwischen sich haben sie nun eine angebrochene Flasche Wodka stehen. Tolyan Andreewitsch schenkt Angelo und sich ein Glas ein.

Angelo wirft dem Moldawier einen wütenden Blick zu.

»Ich würde zu gerne wissen, wer hinter dieser Sache steckt.«

»Also das kann ich dir verraten.«

»Wirklich? Aber sag nicht, es sei das Gericht Gottes oder der Teufel oder so was Bescheuertes.«

Tolyan Andreewitsch unterbricht kurz, sagt: »Auf deine Gesundheit«, kippt den Wodka runter und knallt das Glas wieder auf den Tisch.

»Nein, nein«, fährt er fort, »es ist Jean-Marc Gazagnes.«

»Wie bitte?«

»Jean-Marc Gazagnes. Leiter der Abteilung für Getreide, Zucker, Faserpflanzen und Futtermittel in der Europäischen Kommission: Brüssel, Rue de la Loi 14, 7. Stock, am Ende des Gangs. Knibbelt gerne an seinen Fingernägeln, schaut viel aus dem Fenster seines Büros, redet leise, gefasst und vor allem mehrsprachig. Seit zwanzig Jahren EU-Beamter, komplexe, undurchdringliche Regelwerke der Union, darunter die Liberalisierung des EU-Zuckermarktes, sind seine Spezialität.«

»Woher weißt du das?«, fragt Angelo und trinkt einen Schluck.

»Sagen wir mal, dass ich nicht unsensibel für das Thema Zucker bin.«

»Na jedenfalls, so ein Arschloch.«

»Nein, an deiner Stelle würde ich Gazagnes eine Ansichtskarte oder einen Dankesbrief schicken. Die Zuckerreform war notwendig und überfällig. Und das ist auch der Grund, warum einige Zuckerfabriken im Süden Italiens bereits 2006 geschlossen haben, dank Gazagnes Beschluss blieb aber dein Zuccherificio, also die Zuckerfabrik in Termoli, erhalten.«

»Und warum erzählst du mir das alles?«

»Weil es absolut bescheuert ist, sich wegen eines Rausschmisses aus einer Zuckerfabrik umbringen zu wollen. Vor allem, wenn man ein Teenager ist wie du und sein ganzes Leben noch vor sich hat. Deswegen glaube ich auch nicht, dass euer Freund aus Giulianova tot ist; sondern wahrscheinlich wandert er hier irgendwo fröhlich in den Bergen herum und genießt seine Rente«, sagt der Moldawier, ist mit seinen Gedanken jedoch nur bei seiner Teedose.

00:49

Es passiert etwas, was Cristina nicht erwartet hat: Das schwarze Auto bremst abrupt ab, braust im Rückwärtsgang auf den

Hotelhof zurück, fährt den automatischen Sarg heraus, lädt Filippo Calabrese mit einem dumpfen Geräusch vor Monicas Füßen ab, fährt den Metallsarg wieder ein und speit einen aufgeregten Priester heraus, der wie von der Tarantel gestochen Monica zuruft, er könne einem Apostat, einem Mann, der sich bereits in den Achtzigern vom Wege des Herrn abgewandt habe und aus der Heiligen Mutter Kirche ausgetreten sei, nicht mehr helfen. Der Mann Gottes fügt dem hinzu, dass die sündige Lebensart Monicas dem Ganzen sicherlich zugrunde liege und das Auftauchen des selbstmörderischen Zuckerfabrikarbeiters Filippo Calabrese in ihrem Hotel als mahnende Warnung Gottes aufzufassen sei, steigt wieder ein, ruft der perplexen rothaarigen Frau zweimal »Denk an Sodom und Gomorrha!« hinterher, steigt wieder aus, bedeutet ihr mit einem mahnenden Zeigefinger, dass er sie am Sonntag zur Beichte erwarte, steigt wieder ein, knallt die Tür mit einem zischend missbilligenden *»Sacramento!«* zu und löst sich samt Auto wie in nichts auf.

Als Cristina wieder ins Zimmer hereinkommt, sieht sie, wie Angelo den Moldawier scharf beobachtet, und fragt: »Wer ist denn jetzt dieser Hlebnik, und was hat es mit den 40 Tonnen Zucker auf sich?«

Tolyan Andreewitsch antwortet nicht. Er bemerkt Cristina und bittet sie, ihm seinen Pass und seine Geldbörse zurückzugeben. Das Mädchen kommt seiner Bitte nach, der Moldawier steckt seinen Pass ein, und als er feststellt, dass in der Geldbörse einige Scheine fehlen, schnippt er ungeduldig mit den Fingern Richtung Cristina, bis die junge Italienerin ihm drei 500-Euro-Scheine zurückgibt mit der Bemerkung, sie habe das Geld nur für den Notfall eingesteckt.

Der Moldawier geht gar nicht darauf ein und konzentriert sich wieder ganz auf den Jungen. Wie eine Schlange, die ihre Beute hypnotisieren will.

»Woher weißt du davon?«, fragt Tolyan Andreewitsch leise, aber bestimmt, wobei sein goldener Zahn ein wenig aufblitzt.

»Sagen wir mal, dass ich nicht unsensibel für das Thema Zucker bin …«, antwortet der Junge und lächelt.

Cristina schleicht sich von den Männern unbemerkt aus dem Zimmer.

01:10

Der serbische Kirchenvater Borimirović, der den hohen Rang eines Wladyka bekleidet, staubt mit Bedacht die Ikone des Heiligen Sava ab, die er eigens für die Zeremonie der Einweihung der neuen serbisch-orthodoxen Kirche in Rom von zu Hause mitgebracht hat. Borimirović reicht die Ikone seinem Sekretär Dušan; Dušan bekreuzigt sich nach orthodoxer Fasson drei Mal, packt den Heiligen Sava mit großer Vorsicht in einen Koffer und summt dabei das Lied *Nesanica*, in dem es um einen jungen Mann geht, der vor Liebeskummer für seine Angebetete keinen Schlaf finden kann, als ein schüchternes Klopfen an der Tür ertönt. Einmal. Und dann in einem kurzen Abstand wieder: Tok. Toktok. Tok. Die Tür geht einen Spaltweit auf, und vor den beiden Serben erscheint die sichtlich beunruhigte Hotelbesitzerin des »Dolce della Luna« Monica di Garozzo. Monica blickt zuerst Dušan an, dann die epische Gestalt des bärtigen Wladyka, über dessen Brust ein überdimensionales orthodoxes Kruzifix aus einfachem Holz hängt, sagt aber nichts.

»Да?«, fragt Dušan und fügt in tadellosem Italienisch hinzu: »Ich meine, ja bitte?«

Er ist lediglich mit großzügig geschnittenen Boxershorts und einem schwarzen T-Shirt bekleidet, auf dem die selbst erklärende Gleichung »Kosovo = Srbija« in kyrillischen Buchstaben aufgedruckt ist. Und es hat nicht mehr dafür gebraucht, dass Monica ihre ganze Sorge mit dem verstorbenen Zuckerfabrikarbeiter Filippo Calabrese in einer langen Serie kurzer Sätze von sich gibt.

Wladyka Borimirović betrachtet die fremde Frau eingehend, und dann wendet er sich an Dušan.

»Шта ће она?«, fragt der Wladyka seinen Sekretär Dušan.

»Ein Zuckerfabrikarbeiter hat sich in ihrem Hotel erhängt, wohl wegen der Krise. Die italienischen Behörden haben festgestellt, dass es Selbstmord war, und gemeint, sie würden keine Obduktion machen und dass man den Toten seiner Familie zuführen könne. Signora di Garozzo, die Besitzerin des Hotels, hat versucht, die Verwandten des Dahingeschiedenen ausfindig zu machen; es hat sich aber herausgestellt, dass er keine hat. Da hat sie wieder die Carabinieri kontaktiert. Die meinten dazu, sie würden den Toten frühestens am Montag abholen können, weil die Polizei derzeit wegen der Berlusconi-Demonstration in Rom voll ausgelastet sei und sogar Verstärkung aus der Umgebung holen müsse. Da Signora di Garozzo den Toten aber unmöglich bis Montag in ihrem Hotel lagern kann, würde sie ihn gerne sofort bestatten und bräuchte dafür sehr dringend einen Priester. Die Frau sagt: ›Ich bin sehr verzweifelt.‹«

Der Wladyka stellt Dušan drei Fragen, die Letzterer der Hotelbesitzerin zügig ins Italienische übersetzt.

»Ist der Dahingeschiedene getauft?«

»Ja. Ist er.«

»Ist er rechtgläubig getauft?«

»Wie bitte?«

»Ist der Zuckerfabrikarbeiter orthodox?«

»Nein, er ist katholisch.«

»Dann muss ihn ein katholischer Priester bestatten«, erklärt ihr Dušan mit einem Gesichtsausdruck, als sei die Mailänderin immer noch davon überzeugt, dass die Erde eine Scheibe ist. Signora di Garozzo spricht wieder schnell auf Dušan ein, wobei sie verstärkt gestikuliert, um ihrem Anliegen mehr Gewicht zu verleihen.

Wladyka Borimirović wartet geduldig mit auf der Hotelbesitzerin ruhenden Blicken und streicht sich durch den dichten Bart.

»Die sind auch alle bei der Berlusconi-Demonstration in Rom oder was?«, fragt er und bricht in ein dezentes Gelächter aus.

»Sie hat das versucht«, sagt Dušan, »aber es ging nicht, weil der Verstorbene seine Kirchensteuer seit den 1980ern nicht mehr bezahlt hat.«

Der Wladyka schweigt einen Moment lang.

»Der Kapitalismus ist den Katholiken wohl zu Kopf gestiegen.«

Er fängt an, im Zimmer hin und her zu gehen; bleibt dann stehen und verlangt, den Mann der Hotelbesitzerin zu sprechen. Nachdem schnell geklärt ist, dass Monica nicht verheiratet ist, weil sie noch nicht den Richtigen gefunden hat, richtet der Wladyka das Wort wieder in seiner melodischen Sprechweise an Dušan, als würde er mit seiner tiefen Stimme die slawischen Wörter singen.

»Sie mögen zum Aufbewahrungsort des Toten hinuntergehen und den Zuckerfabrikarbeiter gründlich waschen. Der Wladyka wird unterdessen alles für die Taufe vorbereiten.«

»Für die Taufe?«, fragt Monica.

»Да, für die Taufe.«

01:15

Tolyan Andreewitsch ist bereits ein wenig betrunken; er sieht Angelo mit einer nostalgischen und verträumten Miene an und lallt ein wenig beim Sprechen.

»Weißt du, Angelo, als ich in deinem Alter war, konnte mir keine Krise etwas anhaben. Ich hatte ein glückliches Leben in der Sowjetunion, und ich fühlte mich jedem und allem haushoch überlegen. Dem Westen sowieso: In der Schule lernten wir, dass die westliche Jugend sich Rambo-Filme anschaut, mit einer Mode der Gewalt und des Rassismus aufwächst, Drogenprobleme hat und dass die

Kinder der Armen in den NATO-Staaten vor Hunger verenden. Da spendete ich gerne 5 Kopeken für die Linderung der Armut in den Slums von Amerika und half sogar bei deren Kollekte. Ich hatte das Gefühl, Berge versetzen zu können. Ich brauchte es nur zu wollen.«

»Und was passierte dann?«

»Was dann passierte? Das Leben ging in seinen gewohnten Bahnen weiter. Jedenfalls so lange, bis langsam ein gesellschaftlicher Zersetzungsprozess begann: Eines Tages wurden die Löhne nicht mehr ausbezahlt. Die Staatsbetriebe schlossen einer nach dem anderen. Dann wurden die Geschäfte immer leerer, bis es wirklich nichts mehr zu kaufen gab außer diesen länglichen Aluminiumkämmen für 3 Kopeken. Und weißt du, was das Problem mit diesen länglichen Aluminiumkämmen für 3 Kopeken ist?«

»Was?«

»Sie schmecken nicht so gut ... Ja, und dann wurde schrittweise der Strom abgeschaltet und nichts ging mehr. Das Wirtschaftssystem und das Sozialsystem brachen gleichzeitig zusammen. Und plötzlich ging's jedem nur ums nackte Überleben. Um sonst nichts. Alles andere ist mit einem Schlag unwichtig geworden. Und wenn das eigene Überleben auf dem Spiel steht, dann ist der Mensch zu sehr vielem fähig ... er ist bereit, Dinge zu tun, die er unter anderen Umständen nie getan hätte ... verstehst du mich?«

»Na und? Was hat das mit der jetzigen Krise zu tun? Oder der Zuckerfabrik von ...«

»Das jetzt ist keine wirkliche Krise, Junge«, unterbricht Tolyan Andreewitsch, »1991, bei uns, das war eine wirkliche Krise. Eine hässliche Krise. Ohne Regeln und mit ungewissem Ausgang. Das ist jetzt genau zwanzig Jahre her.«

Plötzlich hält der Moldawier inne und starrt in die Ferne, als wollte er dort einen Geist vertreiben.

»Ich habe manchmal das Gefühl, dass bestimmte Ereignisse in Zyklen wiederkommen. Sie kommen immer und immer wieder ...« Der Moldawier macht dabei eine kreisende Bewegung mit der Hand. Dann beugt er sich näher zu dem Jungen und flüstert, so als würde er dem jungen Italiener ein wohlgehütetes Geheimnis verraten:

»Und wenn du ein solches Ereignis bereits kennst, dann kannst du beim nächsten Zyklus die ersten Anzeichen eines ähnlichen Ereignisses in der Regel deuten. Verstehst du?«

Angelo schweigt.

»Verstehst du mich, *mi capisci?*«

Tolyan Andreewitsch zündet sich eine moldawische Parliament an und pustet den Rauch an Angelo vorbei.

»Da ist etwas über das Älterwerden, was ich festgestellt habe. Es ist beinahe wie ein biologischer Wechsel in deiner Beziehung zur Welt: Wenn du fünfzehn, sechzehn oder siebzehn bist, da wächst du noch, und egal was passiert, egal wie beschissen die Lage ist, in der du dich befindest, du bist immer stärker als das Leben. Und dann, eines Tages, wachst du auf ... und das Leben ist auf einmal stärker als du. Und wenn dieser Tag in Moldawien kommt, dann solltest du besser darauf vorbereitet sein. Denn du kannst tief fallen.«

Der Moldawier nimmt einen tiefen Zug von seiner Zigarette, hält den Atem beängstigend lange an, exhaliert den Rauch, als würde er ein magisches Reinigungsritual vollziehen, und sagt:

»Es gab damals zwei Leute, die eines Tages aufwachten und plötzlich feststellen mussten, dass das Leben stärker war als sie. Der eine hieß Pitirim Tutunaru, und der andere war der Held der sozialistischen Arbeit Wladimir Pawlowitsch, genannt ›Ilytsch‹. Und, wie es der Zufall so wollte, hatten beide in großem Maße etwas mit einer Zuckerfabrik zu tun.«

40 TONNEN ZUCKER

1991. DONDUŞENI, MOLDAWISCHE SSR

> WENN DER MENSCH VON DEN UMSTÄNDEN GEBILDET WIRD, SO MUSS MAN DIE UMSTÄNDE MENSCHLICH BILDEN.
>
> KARL MARX UND FRIEDRICH ENGELS,
> DIE HEILIGE FAMILIE, 1844

Wladimir Pawlowitsch, genannt »Ilytsch«, und Pitirim Tutunaru

Der 65-jährige Zuckerfabrikarbeiter Wladimir Pawlowitsch Puşcaş, der seinerzeit dank seiner optischen Ähnlichkeit mit Parteiführer Uljanow mit dem liebevollen Spitznamen »Ilytsch« versehen wurde, betrachtet sein Spiegelbild nicht ohne Genugtuung.

Dort sieht er einen attraktiven Mann Ende vierzig in elegantem, aus einem polnischen Nomenklaturaladen importierten Nadelstreifanzug, der mit seiner dunklen Hornbrille mindestens genauso geheimnisvoll wirkt wie ein NKWD-General. Ilytsch entnimmt seiner Brusttasche einen kleinen Kamm, perfektioniert seine Frisur und montiert dann voller Sorgfalt und mit akribischer Genauigkeit den auf Hochglanz polierten Orden des Helden der sozialistischen Arbeit auf seinem Revers. Ja, es ist so weit. Der Tag der Tage ist gekommen.

Feierlich schreitet er auf dem wegen des akuten Benzindefizits leeren Lenin-Boulevard Richtung Zuckerfabrik, wo Ilytsch mehr als fünfundvierzig Jahre heldenhaft gearbeitet hat. Ilytsch sieht sich vor seinem ganzen Kollektiv eine Rede über die gemeinsamen Jahre in der Zuckerfabrik halten, über die großen Erfolge und die schwierigen Phasen in der Zuckerproduktion, die guten und die schlechten Zeiten, die sie stets im festen Glauben an eine bessere, sozialistische Zukunft, zusammengeschweißt Seite an Seite einherschreiten ließ. Anschließend würde Ilytsch Direktor Hlebnik für sein Vertrauen danken und ihm persönlich sowie auch dem Zuckerfabrikkollektiv in musikalischer Begleitung der Hymne der Sowjetunion alles Gute für die Zukunft wünschen und sein Pensionierungsgeschenk unter feierlichem Applaus und allgemeinen Glückwünschen entgegennehmen. Im Hintergrund würde eine Abteilung Pioniere mit Nelken-Sträußen in der Hand stehen und ihn, den Helden der sozialistischen Arbeit, mit Ehrfurcht um ein paar Ratschläge auf ihrem Weg in die Zukunft bitten. Direktor Hlebnik würde hierauf Ilytsch mit Tränen im Gesicht kameradschaftlich umarmen und das Bankett zu Ehren seiner Pensionierung eröffnen.

Ilytsch passiert das alte Lagerhaus, an dem ein zwei Meter großes Wappen der Sowjetunion aufgemalt ist, und betritt den Parkplatz der rayonalen Zuckerfabrik von Dondușeni, wo auf der linken Seite die angerostete Ehrentafel des Staatsbetriebs mit den vergilbten Fotos all jener, die sich um die Zuckerfabrik verdient gemacht haben, angebracht ist. Ilytsch bleibt stehen und sieht sich um.

»Das hier ist mein Lebenswerk«, flüstert der Held der sozialistischen Arbeit ehrfürchtig, den Blick auf den Schornstein der rayonalen Zuckerfabrik gerichtet.

»Schleich dich!«, fährt ein unbekannter, nach Speck duftender Wachtmeister, der mit einem Schlagstock in der Hand aus dem Wachhäuschen herauseilt, den Helden der sozialistischen Arbeit an. Wladimir Pawlowitsch erklärt dem Wächter, wer er ist und dass er in der Zuckerfabrik vom Direktor Hlebnik und dem Kollektiv erwartet wird. Der Wachtmeister sieht Ilytsch lange an und räuspert sich kurz.

»Tut mir leid, die Zuckerfabrik ist geschlossen. Und Hlebnik ist auch weg. Du darfst da nicht rein.«

»Wo ist Direktor Hlebnik denn hin?«, fragt Ilytsch.

»Amerika, sagt man«, erwidert der Wachtmeister, mustert Ilytsch mit einer Mischung aus Staunen und professionellem Mitleid und bietet dem Helden der sozialistischen Arbeit versöhnlich eine moldawische Zigarette der Marke Axt light an. Ilytsch lehnt ab.

»Du solltest dich beeilen, wenn du die Schuhlieferung unten beim UNIVERSAM nicht verpassen willst. Wer weiß, wann die nächste kommt. Da sind auch genug Leute aus der Zuckerfabrik, die können dir mehr sagen«, rät der Wächter dem Helden der sozialistischen Arbeit, zündet sich die Axt light an und deutet mit seinem ausgestreckten Schlagstock Richtung Universalladen.

»Sieh mal her, Wachmann.«

Ilytsch zeigt dem Wachtmeister seine wettergegerbten Hände.

»Ich habe diese Zuckerfabrik hier mit diesen Händen aufgebaut. Wer bist du, mir zu sagen, dass ich da nicht reindarf? Woher nimmst du dieses Recht? Und was ist jetzt mit dem Lohn der Leute? Mit meiner Rente? Wovon soll das Kollektiv jetzt leben?«, fragt Ilytsch, reißt ihm die Axt light aus dem Mund, in dem nur der angebissene vergilbte Filter der Zigarette zurückbleibt, und wirft sie dem überrumpelten Wachtmeister ins Gesicht.

Auf der Kotowskaja Nr. 43 sind eintausend Moldawier, zwei Dutzend Podolier und einige Händler aus dem Transnistrischen zusammengeströmt.

Die meisten von ihnen scharen sich schon seit den frühesten Morgenstunden von Entzücken erfüllt in einer langen Schlange und plagen einander mit hochbrisanten Fragen wie:

»Werden die 60 Rubel wohl ausreichen?« oder:

»Sag Maria, sie soll Onkel Sandu nach seiner Schuhgröße fragen, während ich hier auf den beschissenen Lkw warte!«

Genosse W. I. Lenin beobachtet angeheitert von seinem Sockel auf der gegenüberliegenden Straßenseite aus die fünf in Blauzeug gekleideten Arbeiter, die den Gitterkorridor fertig montieren. Vor dem fünfzehn Meter langen und eher schmalen Obstakel, das traditionsgemäß als Vorsichtsmaßnahme vor den anstürmenden Käufern, die davon abgehalten werden müssen, die UNIVERSAM-Angestellten zu erschlagen oder die Ware zu stehlen, am Tag jeder großen Schuhlieferung genau vor dem Eingang zum Universalladen aufgebaut wird, nehmen die 1000 Moldawier, 24 Podolier und 8 russischen Händler aus dem Transnistrischen routiniert ihre Startposition ein und betrachten mit apathischer Gleichgültigkeit das kleine Oktoberling-Mädchen in tadelloser Schuluniform, das sich über die versammelte Masse an Erwachsenen lustig macht und zu diesem Zweck vor der bröckelnden Betonfassade des UNIVERSAM Grimassen schneidet.

Am späten Nachmittag, als der URAL 4320 vom Lenin-Boulevard in die Kotowskaja einbiegt, ballt sich das explosive Gemisch aus Arbeitern, Geschäftsleuten, Kriegsveteranen erster und zweiter Klasse, Spekulanten, Intellektuellen, Gaunern aller Art, den Händlern aus dem Transnistrischen und dem Helden der sozialistischen Arbeit Wladimir Pawlowitsch, genannt Ilytsch, im Nu zu einem Keil zusammen und setzt sich zügig in Bewegung auf den langsam zum Stillstand kommenden Laster zu. Die Leute toben und stoßen, fluchend versucht auch Wladimir Pawlowitsch die Gelegenheit zu nutzen und die menschlichen Hindernisse aus dem Weg zu schaffen, um schneller zum Laster zu gelangen. Kräftige, schaufelartige Hände, die dem Traktoristenkollektiv der von Spekulanten infiltrierten Sowchose »Proletarischer Aufgang« aus Maramonovca gehören, packen die weniger gut gebauten Teilnehmer dieses Einkaufsprozesses, zumeist Teilnehmer am Großen Vaterländischen Krieg, die weiter vorne in der Schlange stehen, und schmeißen sie entweder um oder reißen sie zur Seite, wo sie mit dem Gitterkorridor kollidieren und so das Gleichgewicht verlieren. Ein Mann mit gebrochener Nase und einem ausgeschlagenen

Zahn, dem das Blut von der linken Gesichtshälfte mal über seine Roter-Oktober-Medaille, mal in die neu erstandenen Schuhe tröpfelt, lächelt beseelt.

Pitirim Tutunarus lilafarbenes Gefährt aus tschechoslowakischer Produktion passiert die kupferfarbenen kommunalen Chruschtschowki-Blocks, weicht einem mit glänzender Flüssigkeit gefüllten Schlagloch aus und biegt ab. Links und rechts ziehen ordentlich verputzte Steinhäuser mit geräumigen Veranden, Weinstöcken und Schrebergärten an dem jungen Moldawier vorbei. Eine Gruppe in Formation spazierender fetter Gänse durchquert gemütlich die Majakowskij-Straße und verschwindet hinter einem wellblechbedachten Brunnen, wo ein arroganter Kater seine linke Pfote mit der Zunge massiert und Tutunaru keines Blickes würdigt. Mit einem fröhlichen Nicken wird er des rot-weiß gestreiften, 1956 errichteten Schornsteins der rayonalen Zuckerfabrik von Dondușeni gewahr und tritt fester auf das Gas. Auf dem ehemaligen Schrottplatz der nordmoldawischen Rayonalhauptstadt sind drei Bürger um ein Loch versammelt, hinter ihnen Sonnenblumenfelder und saftige Hügel. Aufgestützt auf seinen Spaten erkundigt sich einer der schnauzbärtigen Moldawier bei einem gewissen Mischa im Loch, ob dieser auf etwas Metallähnliches gestoßen sei. Tutunarus Fahrzeug saust an ihnen vorbei, wickelt die Moldawier inklusive Mischa im Loch in ein Bouquet kräftigender Staub- und Abgasdüfte ein, ächzt ein wenig und zieht mit fröhlichem Gebrumm auf der Schotterpiste weiter zur Zuckerfabrik, eine der exklusiven Lokalitäten Dondușenis, wo es heißes Wasser zum Duschen gibt.

Eine Erinnerung aus dem Jahr 1946 platzt ungeladen in Ilytschs Gedächtnis, als er auf die Ladefläche des URALs steigt und deklamiert:

»Bewohner des ehemaligen Obstgartens der Sowjetunion! Dondușenier! Laboranten der Zuckerfabrik! Diesen Monat gibt es wieder keinen Lohn. Nur Coupons für Raduga-Waschmaschinen, die weiß der Teufel wann in den Handel kommen werden, und Kinokarten für Tarkowskijs *Nostalgia*.«

Ilytschs Worte versetzen die versammelten Einkäufer in einen merkwürdigen Zustand – hier und da wird geflüstert, hier und da denken manche Bürger an die Schuhe, zum Erwerb derer sie alle eingetroffen sind, während die Essenz der Masse Wladimir Pawlowitsch ungeteilte Aufmerksamkeit schenkt. So als sei es eine Zauberformel gewesen, die Wladimir Pawlowitsch von der Ladefläche des URALs entwichen ist, die die Einkaufsprozessteilnehmer unerwartet beim Schopf ihres Kollektivbewusstseins packte und in ihren Bann zwang.

1946 war Zhora Lewitski mit seiner ganzen Familie verhungert, zeitgleich mit Pavel Ciobanu mit seiner Familie und seinem Vater Dănilă, Vasile Călinescu mit der Familie, Babins Töchter Marița und Mascha mit ihren zwei Söhnen und einer Tochter, dann noch Costache Negrea und Petrea Lewitski mit ihren Ehefrauen.

Der Held der sozialistischen Arbeit fährt fort:

»Also, ich schlage vor, wir nehmen uns einfach das, was uns zusteht. Die Fabrik gehört eigentlich den Leuten, die dort arbeiten, und deswegen ... Es wird höchste Zeit, dass sich etwas ändert! Ein konkretes Produkt ist immer besser als eine nichtexistente Waschmaschine, und sei es auch eine defizitäre Raduga. Hlebnik wird eben dran glauben müssen. Holen wir uns seinen Zucker!«

Zu den einzigen Todgeweihten, die die Hungersnot von 1946 in seinem Dorf Cernoleuca überlistet haben, zählen Onisim Negrea und Wasiliy Mitrakow, die von den Katzen und Hunden des Dorfes gerettet wurden, sowie auch die Gebrüder Geras, die ihren Partisanen-Vater, den Helden der Sowjetunion Grigorij Iwanowitsch, aufaßen.

Im Duschraum der Zuckerfabrik leisten die nackten und sehr redseligen Zuckerfabrikarbeiterinnen Jewdochia und Alexeewna einem jungen Moldawier Gesellschaft. Sie kennen den jungen Pitirim Tutunaru seit seinem fünften Lebensjahr, als er ihnen am Bahnübergang von Dondușeni den Weg versperrte, sie am Ärmel zog und nach Brot verlangte.

Zuckerfabrikarbeiterin Alexeewna schrubbt Tutunaru den verspannten Rücken, während der junge Moldawier durch die Dampfwolke gebannt auf die Glühbirne im Umkleideraum starrt, so als würde er noch auf einen guten alten Freund warten. Nach einiger Zeit flackert die Glühbirne dreimal kurz auf, es wird stockfinster, und Tutunaru atmet beruhigt wieder auf und lehnt sich entspannt zurück.

Der Abendstromausfall ist da, also ist alles in Ordnung.

Er ist wieder in Moldawien.

Tutunaru verspürt eine wohltuende Müdigkeit und schließt die Augen. Hier in der Zuckerfabrik fühlt er sich geborgen. Jewdochia, deren eingeseifte Brüste wie pralle kasachische Honigmelonen im Dampf hin und her stolzieren, kommt mit einer faustdicken Kerze zurück, stellt sic auf den Türrahmen zum Umkleideraum und erkundigt sich nach Tutunarus Geschäften, während Alexeewna von Breschnews Zeiten schwärmt, als sie Zucker unter der Arbeitskleidung in eigens dafür geschneiderten Riesenschürzen hinausschmuggelte, um sich auf dem Schwarzmarkt modische Strümpfe aus dem Baltikum zu besorgen. Tutunaru erzählt den beiden Sowjetbürgerinnen seinerseits von seiner Eingebung, die ihn vor rund einer Woche heimgesucht hat.

Er hatte von seinem Nachbarn, dem Wilderer Lyoscha, von der schlechten Ernte in der Ukraine und der damit verbundenen Preissteigerung auf Kohlköpfe erfahren und spontan beschlossen, seinen tschechoslowakischen Kleintransporter mit Kohlköpfen vollzuladen und mit diesen den Zentralmarkt in Odessa zu erobern. Zu seiner großen Enttäuschung hatten die Russen aber viel früher als er davon Wind bekommen. Und bereits am ersten Tag nach seiner Ankunft in Odessa musste Tutunaru mit ansehen, wie mehrere Fuhren mit Saratower Kennzeichen auf das Territorium des Odesser Marktes einkehrten und mit ihrem Dumpingpreis-Kohl ganz Podolien überschwemmten. Tutunaru seufzt.

»Tja, es ist leider nicht mehr wie damals mit ›Bushs Füßchen‹. Diese kapitalistischen Tiefkühlhühner … Sieben große KAMAS-Ladungen haben wir damals mit Michas in nur einem Winter realisiert …«

»Seither bist du irgendwie anders geworden, Junge«, wirft Jewdochia ein.

»Tja, seither habe ich Hühnerfleisch nicht mehr angerührt, als Dank für das gute Geschäft. Ich glaube, du hast recht: die Tiefkühlhühner haben mich irgendwie verändert. Ich glaube, ›Bushs Füßchen‹ haben einen besseren Menschen aus mir gemacht.«

»Das kann ich nicht beurteilen, aber verkauft haben sich deine ›Bushs Füßchen‹ gut.«

Tutunaru lacht.

»Gut? Wie verrückt haben die sich verkauft! Als hätten die Leute bei uns zum ersten Mal in ihrem Leben Hühnerfleisch zu Gesicht bekommen. Aber wisst ihr was? Ich glaube, es ist nicht das bisschen überteuerte armselige Tiefkühlhuhn, das unsere Leute händeringend kaufen wollten … Mitnichten. Man sollte die metaphysische Intuition der Menschen bei uns nicht unterschätzen.«

Die Troika beginnt mit dem gegenseitigen Abtrocknen. Jewdochia stimmt das alte Volkslied über den schwarzen Raben an.

»Was denn dann?«, fragt Alexeewna, die einen flauschigen Slip mit der Aufschrift *Sunday* über ihre fleischigen Schenkel hinaufbalanciert. *Meine Lieferung!*, schießt es dem jungen Tutunaru unwillkürlich durch den Kopf.

Tutunaru grinst:

»Den zauberhaften, lieblichen Hauch des unzugänglich fernen freien Amerika, den ›Bushs Füßchen‹ unwiderstehlich verbreiteten. Versteht ihr? Das ist es, was die Menschen tatsächlich kaufen wollten. Ein Stück Amerika, das du nach der Arbeit auftaust, auseinanderreißt, in die Pfanne wirfst und schmatzend aufisst!«

Die Traktoristen der Sowchose »Proletarischer Aufgang« erreichen als Erste die Abfüllhalle 2 der Zuckerfabrik von Dondușeni. Mit einem Spatenhieb ins Gesicht und ein paar schmierigen Kreuzschraubenzieher-Nierenstichen neutralisieren sie die Milizmänner, die diesen Teil der Zuckerfabrik bewachen, und nehmen ihnen die Makarow-9-mm-Pistolen weg.

Die zwei beliebten Kolchosenschweißer, die Gebrüder Ciprian und Aurel, die die zweite Vorhut der Angreiferkolonne bilden, versetzen den ortsansässigen Nachtwächter Fedya mit einer in Stoff eingewickelten 3-Liter-Kefirflasche der Marke Maschenka von hinten in einen unerwarteten Schlummerschlaf. Ihre Fackeln erhellen die Hauptzentrifuge, die wie ein gutmütiger gelber Käfer im Raum zu schweben scheint. Am Rand des Lichtkegels auf der Plattform von Ebene 3 steht ein Mann mit einem großzügig geschnittenen Handtuch mit Blumenmuster um die Hüften und rezitiert ein Gedicht, in dem die Rede von Weizenfeldern, Fellatio in Strohhütten während der Herbsternte und Maiskolbengrillen im Freien ist. Die Traktoristen halten wie verzaubert inne, lauschen der Stimme und vergleichen gedanklich ihre eigenen Erfahrungen mit den Schilderungen aus des halbnackten Mannes Poem, bis dieser das Gedicht fertig rezitiert hat und mit einer Verbeugung den Satz erklingen lässt:

»Und jetzt raus aus meiner Fabrik, ihr ungewaschenen Posswichte, ich habe an meiner Kreation zu schaffen!«

Die Traktoristen beschließen, dass der freche Mann der Direktor der Zuckerfabrik sein muss. Das muss Hlebnik sein. Wer sonst würde derart dreist auf die Situation reagieren, wenn die rayonale Hauptzuckerfabrik im Begriff ist, erstürmt zu werden? Hlebnik, nur Hlebnik, ganz klar. Es wurde sogar gemunkelt, dass Hlebnik neben der unmoralischen Exploitation der Zuckerfabrik in Dondușeni in der Epoche des »Ottepel«-Programms von Chruschtschow Verbindungen nach Amerika hatte schlagen können und schon bald sich eben dorthin abzusetzen beabsichtigte. Mit den hart erschufteten Rubeln und Coupons der Fabrikarbeiter, versteht sich.

Pfiffe, geröcheltes Gespött und aufgebrachtes Gebrumm folgen.

Mehrere springen auf und laufen die Treppe zur Ebene 3 hinauf. Der halbnackte Moldawier lässt sein erbsengrünes 3-Kopeken-Heft mit dem Gedicht fallen. Ein Elektriker mit einem länglichen Holzpflock in der Linken stößt einen Mitverfolger mit der Hüfte zur Seite und betritt die Ebene 3 mit einem stummen Schrei als Erster. Der halbnackte Bürger erkennt langsam die Gefahr für seine Sicherheit. Der Elektriker winkt ihm mit dem Pflock.

Der Mann mit dem Gedicht hält das Handtuch mit dem Blumenmuster fest, rennt los. Und rutscht aus.

Der Elektriker verdreht ihm die Hände mit der unter dem Namen »Milizgriff« bekannten Technik, die vielen Sowjetbürgern seit Govoruchins Detektivfilm *Den Treffpunkt darf man nicht ändern* ein Begriff ist. Der Sowjetbürger mit dem Gedicht erinnert sich ebenfalls an den Film und vergießt eine Schmerzensträne.

Hiebe.

Gestöhne.

Mehr Hiebe und Schläge, gefolgt von Verwünschungen.

Gestöhne, schweres Atmen.

Schmerzen.

Blut und Röcheln.

Und noch mehr Schmerzen.

Ilytsch taucht plötzlich in der Halle auf, schreit einen kurzen Befehl hinaus, reißt seine Arme hoch, und schon bald ergreifen zwei ölige Mechanikerhände seine Taille und heben den Helden der sozialistischen Arbeit in die Höhe. Vorsichtig wie eine Geburtstagstorte wird Ilytsch weitergereicht, bis seine Lackschuhe die Ebene 3 erreichen. Im Hintergrund eilen Jewdochia und Alexeewna zur Rettung Tutunarus, dem mittlerweile die Lichter ausgegangen sind. Der Elektriker verharrt noch immer über den halbnackten Moldawier gebückt und schaut erwartungsvoll auf, als er die Gegenwart des Helden der sozialistischen Arbeit wittert. Ilytsch nähert sich, bis er ganz nah am Körper des Sowjetbürgers mit dem Gedicht steht, ruft nach einer Benzinlampe, klaubt die Hand des halbnackten Mannes vom Metallboden und fühlt ihren Puls.

»Das ist nicht Hlebnik. Du hast die Hand erhoben gegen unseren unschuldigen Kommersanten Tutunaru. Schand und Fluch!«, sagt Ilytsch und tritt kräftig dem Elektriker mit seinem Lackschuh ins Gesicht, dessen Lippe platzt auf. Ilytsch befiehlt unverzüglich die Durchführung der in solchen Notfällen vorgesehenen Maßnahmen, reißt seine Arme abermals in die Höhe, lässt sich über den Köpfen der Masse zurück zur Hauptzentrifuge transportieren, verkündet, die Zuckerfabrik gehöre ab sofort ihnen und nicht mehr dem Staat, und weist die ihm gefolgten Sowjetbürger an, die Suche nach Hlebniks 40 Tonnen Zucker fortzusetzen.

Pitirim Tutunaru wird in das rayonale Krankenhaus von Donduşeni transportiert, unter dem Geleit mehrerer Leute, die dafür gesorgt haben, dass trotz des Benzindefizits ein Krankenwagen bereitsteht.

Die Hintertore der mosaikbestückten Fassade des rayonalen Krankenhauses der Stadt Donduşeni öffnen sich, und eine weiß bekittelte Gestalt mit einem importierten deutschen Stethoskop mit umschaltbarem Doppelkopf-Bruststück erscheint im Mondlicht. Des Doktors Gesicht ist mit Bartstoppeln übersät, und seine gefurchten Augenringe lassen auf eine rege Nachtaktivität schließen. Die Zuckerfabrikarbeiter mit Pitirim Tutunaru in den Armen beobachten den sowjetischen Arzt.

»Wenn man zu lange auf den Mond starrt, verblödet man. Bringt den Patienten rein!«, sagt der Doktor.

»Habt ihr die Doktorenwurst dabei? Ja, acht Kilo? Na, sehr gut.«

Der Doktor schiebt eine Liege zu sich, die mit blauem Kunstleder überzogen ist, und lässt Tutunaru darauf ablegen. Aus dem dunklen Nichts des Krankenhauses taucht plötzlich Schwester Lyubotschka auf, die dem Doktor das Bereitsein des OP-Raumes mitteilt.

»Uns ist das EKG-Faltpapier ausgegangen, und die Operationsleuchte spinnt ein wenig«, berichtet Lyubotschka.

»Das spielt bei Stromausfall ja sowieso keine Rolle.«

»Eine Schande ist es, zwei Stunden früher, und wir hätten ihn noch zur Abendstromzeit zusammenflicken können. Aber Ion von der Autowerkstatt hat einen Transformator, den könnten wir holen.«

»Hmm, nein, der ist in Iwanofrankowsk unterwegs. Wegen seinem Sonnenblumenkernbusiness«, meint der Doktor dazu, während sie Tutunaru durch einen kurvenreichen Krankenhauskorridor manövrieren. Der Doktor erinnert sich an die Geschichte seines neuen Patienten. Pitirim Tutunaru. Ein Querulant von der Sorte, der man seinerzeit den Eintritt in den Komsomol verwehrt hatte. Aufgrund seines Nichtkonformismus, seiner zu langen Haare, seiner Vorliebe für westlich-dekadente Kunst und wegen der Gerüchte um sein amoralisches und antisozialistisches Leben wurde er auch aus der Kunstakademie rausgeworfen.

Sein seliger Vater hatte ihm ein altes lilafarbenes tschechoslowakisches Gefährt hinterlassen, das Tutunaru hauptsächlich dazu nutzte, seine Tauschhandelstätigkeiten voranzutreiben.

»Tja, es läuft wohl alles schief für dich im Moment, was, mein Freund? Wird die Gilde wohl wegen der Zuckerfabrik den Fisch schicken«, flüstert der Doktor zu sich selbst mit auf Tutunaru gerichtetem Blick und denkt daran, dass seit dem letzten Coup Tutunarus mit ›Bushs Füßchen‹, die er zusammen mit Dubassarskij und seinen Leuten sämtlichen ukrainischen und moldawischen Kasernen für 10 Rubel pro Stück angedreht hat, auch schon viele Monate vergangen sind.

In jener Nacht erscheint Pitirim Tutunaru im Traum eine an Wermut, Baldrian und Federgras reiche podolische Steppenlandschaft mit einförmigem Bewuchs, in der verschiedenstimmige Grillen den Sommer sanft, aber nachhaltig besingen. Die Steppe ist gesegnet mit an üppige Frauenformen erinnernden Hügeln, die einen buschigen Flusslauf flankieren, in dessen Mitte Tutunaru in weißen Shorts auf dem Deck einer langsam dahingleitenden Segelyacht liegt. Am anderen Ufer rennt der Bulibascha von Otaci mit einem weißen Seidentuch Tutunarus Yacht hinterher und wird immer kleiner. Nach einer Kurve erscheint ein Dorforchester mit einem mehrköpfigen Frauenchor in ethnologischer Tracht. Die Frauen tragen wie für Mittsommer geflochtene Blätterkronen und singen zusammen eine traurige Abschiedsdoina für Tutunaru, der ihnen freundlich zuwinkt. Bald verschwinden auch diese, und Tutunaru betritt den Westen. Italien. Eine Stadt am Fluss. Es eröffnet sich ein großer Kanal, auf dem Gondeln umherreiten. Im Hintergrund ist ein ähnlicher Turm wie der der Zuckerfabrik von Dondușeni zu sehen, aber ansonsten ist es Venedig. Wie durch einen dichten Nebel vernimmt Tutunaru zudem zwei moldawische Stimmen, die über medizinische Angelegenheiten debattieren und eigenartigerweise auch über eine zu bauende Datscha.

»Ich hab schon Steine und Zement für das Fundament bestellt. Das Stück Land, das ich vom dahingeschiedenen Grischa gekauft habe, eignet sich wunderbar für den Kartoffelanbau. Ich hab schon Spritzmittel gegen den Colorado-Käfer besorgt. Der wird mir die Ernte nicht verderben. Aber das Beste, Lyuba«, hier macht die männliche Stimme eine Pause, und Tutunaru kann ein Geräusch vernehmen, das so klingt, als sei ein Metallgegenstand auf Steinboden gefallen. Die männliche Stimme stößt einen Fluch aus.

»Verfickte Aluminiumschale! Ich werd noch taub bei dem Geklimper.«

»Tupfer?«, meldet sich die weibliche Stimme zu Wort.

»Ja, gib mir den Tupfer. Das hier muss auch genäht werden, sieht ziemlich schlimm aus. Kannst du vielleicht die Kerze da drüber halten? Ja, so. Aber pass auf, dass kein Wachs in die Wunde tropft.«

Die männliche Stimme hustet einmal und ändert wieder ihren Tonfall.

»Das Beste, liebe Lyuba, ist die Nähe zum Wald. Natürlich. Das ist angesichts unseres idyllischen Winters ein wichtiges Kriterium. Wenn mal die Kohle ausbleibt, verschwinde ich einfach schnell mit der Hacke im Wald, und das Heizproblem ist gelöst!«

Die Stimmen sind im Hintergrund weiterhin vernehmbar, doch Tutunaru muss sich anstrengen, um auszumachen, wovon der Mann und Lyubotschka sprechen. Und deswegen blendet er die Geräuschkulisse aus dem Hintergrund einfach aus. Das geht sehr leicht von der Hand, und Tutunaru freut sich über seine Allmacht wie ein Kind. Den starken Geruch von Spiritus kann Tutunaru aber nicht loswerden, und so schwebt dieser weiterhin mit ihm über die Lagunenstadt. Tutunarus Yacht navigiert indes gekonnt durch Venedig; und das ohne sein Zutun. Die Luft duftet salzig nach Meer und Wassergräsern. Die Bürger spazieren in farbenfrohen Faschingskostümen und sind guter Dinge. Sie sehen wohlgefüttert aus und tragen qualitätvolle Kleidung. Nichts scheint sie in irgendeiner Weise zu beunruhigen. Gelächter. »Produkteknappheit scheint es hier eindeutig nicht zu geben. Auch stehen die Leute nirgends Schlange. Ich muss mir unbedingt den Weg hierher merken …«, geht es dem Donduşenier Spekulanten durch den Kopf. Tutunaru verspürt eine starke Anziehungskraft, die von jenem Ort in Italien ausgeht, und so beschließt er, hierher zu ziehen und alles andere stehen und liegen zu lassen.

Dieser Wunsch wird noch größer, als Pitirim Tutunaru von einem stechenden Schmerz aus dem Traum gerissen wird, und zwar in dem Augenblick, in dem Lyubotschka mit der Nadel in einen nicht anästhesierten Körperteil Tutunarus einsticht, um eine Wunde zuzunähen. Der Doktor nimmt seinen Mundschutz ab und setzt ein freundliches Lächeln zur Beruhigung seines Patienten auf, der die Augen aufgerissen hat.

Tutunaru blickt in dem OP-Raum um sich. Er sieht Kerzen verschiedener Größen, die ein romantisches Licht mit langen Schatten auf Lyubotschkas blutbefleckten Kittel werfen. Er nimmt das sinistre Lächeln des Doktors wahr und verliert das Bewusstsein. In seinem neuen Traum erscheint Tutunaru eine Datscha voller Zucker.

Hlebniks Datscha

DU BIST EIN TIGER, DU BIST EIN LÖWE,
DU BIST EINE KATZE. DU KANNST DIE NACHT MIT
EINER RUSSISCHEN FRAU VERBRINGEN,
UND DIESE WIRD HOCHZUFRIEDEN SEIN.
WENN HIMMEL UND ERDE AN RINGEN BEFESTIGT
WÄREN, WÜRDEST DU DIESE RINGE ERGREIFEN UND
DEN HIMMEL ZUR ERDE NIEDERZIEHEN.

ISAAK BABEL

Der Ewig Hungrige Historiker Roma Flocosu (EHH R. F.) irrt auf der abgeholzten Kotowski-Allee umher. Er ist auf der Suche nach Essbarem. Seine Sinne sind scharf, seine Blicke flink und sein Geist allgegenwärtig. Der Hunger hat aus ihm einen sehr toleranten Menschen gemacht. Früher hätte er es sich zum Beispiel nicht vorstellen können, mit unstudierten Leuten längere Gespräche zu führen oder gar mit einem historisch ungebildeten Konservenfabrikarbeiter eine Freundschaft einzugehen. Sein Freundeskreis bestand aus wenigen Absolventen des Instituts für Marxismus-Leninismus und einigen monarchistisch angehauchten Skeptikern des historischen Materialismus, die insgeheim die Wiedervereinigung Moldawiens mit Rumänien unter dem im Schweizer Exil lebenden König Mihai I. forderten. Mittlerweile fand Flocosu jedoch, dass jeder Mensch etwas Besonderes und Wertvolles sei, von dem man etwas lernen konnte. Diese Lektion verinnerlichte der Ewig Hungrige Historiker aber erst jetzt, zu Beginn der Neunzigerjahre, als in Dondușeni der unpopuläre Rubel als Zahlungsmittel weitgehend von der Doktorenwurst abgelöst wurde und er sich eingestehen musste, dass sein rotes MGU-Diplom bestenfalls fünf Kilo Doktorenwurst wert war.

Der EHH R. F. schlendert in der absoluten Dunkelheit des Après-Stromausfalls bis zum Ende der Kotowskaja, biegt links in den Lenin-Boulevard ein und geht einige Minuten auf den aufgebrochenen Betonplatten des Gehsteigs, bleibt stehen, lässt einen klapprigen 72er-Moskwitsch vorbeifahren und überquert die Straße. Der Ewig Hungrige Historiker findet sich auf einer Wiese wieder, die von einigen Kastanien und Eichen gesäumt wird. In der Dunkelheit kaum erkennbar erstreckt sich entlang der Bäume ein ungefähr zwei Meter hoher Maschendrahtzaun. Und das über mehr als einen halben Kilometer. Der Zaun weist an einer Stelle ein großes Loch auf, das bislang von einem Transformator verdeckt worden war. Der Akademiker zwängt seinen länglichen und dürren Leib durch das Loch und durchquert das von Gebüsch und Birnbäumen überwucherte Gelände der Brotfabrik, bis er vor einem ihm bekannten URAL-4320-Laster mit der großen Aufschrift BROT steht. Flocosu vergewissert sich, dass der Nacht-*Storozh* nicht in seiner Nähe ist, springt auf den Laster auf, drückt die Türklinke zuerst nach innen und zieht sie dann ruckartig zu sich. Die Tür gibt mit einem Ächzen nach und springt auf. Der Ewig Hungrige Historiker schiebt routiniert seine dürre Hand hinein und entnimmt dem Lkw ein quadratisches Brot, das für die Morgenlieferung an das Lebensmittelgeschäft Nr. 25 auf der Belyaeva vorgesehen war. Vorsichtig schließt Flocosu die Tür wieder und verschwindet in der Botanik. Auf der anderen Seite des Zaunes, wo sich der EHH R. F. sicher und unbeobachtet fühlt, bleibt er stehen, reißt ein Stück vom erbeuteten quadratischen Schwarzbrot ab und befördert es in seinen wässrigen Mund. Vor Genuss verschließt der Akademiker ein wenig seine feucht gewordenen Augen und lässt ein leises Glücksseufzen ertönen. Er denkt darüber nach, dass es sehr fein wäre, in Italien zu leben oder in Polen, einem Land, von dem er viel Wunderbares gehört hat. Er erinnert sich an die Reiseerzählungen von Vadim dem Maler, der schon mal in der Nähe von Olsztyn mit sowjetischen Fleischwaagen gehandelt hat. Vadims Berichten zufolge gibt es in Polen Geschäfte, die jeden Tag über zwanzig Wurstsorten (jede von ihnen mindestens so gut wie die heimische Doktorenwurst) führen, und große UNIVERSAMs, wo man alles kaufen kann, angefangen von Socken und Stereoanlagen der Marke *International* bis hin zu Saiblingen, die halbwegs bei Bewusstsein vor ihren potenziellen Käufern in einem komfortablen Aquarium schwammen. Und dafür muss man nicht mal Coupons oder Dollar in der Tasche haben, man kann ganz einfach in polnischen Rubeln bezahlen. Und die Leute essen kapitalistische Gerichte wie Pizza oder amerikanische Fleischlaibchen mit länglichen, in Öl gekochten Erdapfelstückchen, die sie in ein dickflüssiges Konzentrat aus Tomatensauce eintunken, das sie liebevoll »Ketchup« nennen. Es gibt Bananen im freien Handel, und man muss niemanden bestechen oder stundenlang in einer Schlange stehen, um an eine Kiste Pepsi-Cola zu kommen. Dazu hören die Polen ungestraft dekadente Musik aus dem Westen wie Modern Talking oder Roxette und Metallica.

Das Erste, was Vadim der Maler getan hatte, als er bei Przemyśl polnischen Boden betrat, war, sich eine Banane zu kaufen und diese mit Bedacht zu essen, denn seine Freunde in Moldawien hatten ihm extra den Auftrag erteilt, ihnen genaustens den Geschmack dieser Frucht zu beschreiben. Vadim rekapitulierte den Bananengeschmack als eine Mischung aus Apfelmus, Gelatine und Brot mit der Konsistenz einer angefeuchteten Alyonuschka-Seife.

Der Ewig Hungrige Historiker merkt, dass er weit vom Weg abgekommen ist und sich nun in einem abgelegenen Teil der Stadt befindet, wo sich eine unasphaltierte Schotterpiste zwischen großzügig angelegten Wein- und Obstgärten einen steilen Hügel emporschlängelt. Dort trifft der Ewig Hungrige Historiker auf Tutunaru, der mit einer Parastas-Kerze in der Hand die Hausnummern der Datschas inspiziert.

»Grüß dich, Pitirim!«, ruft Flocosu und hält Tutunaru ein Stück vom erbeuteten Brot entgegen. »Wohin des Weges?«

Tutunaru, dessen Gesicht immer noch von seinem Dusch-Besuch in der Zuckerfabrik gezeichnet ist, bedankt sich, verspeist das Stück Brot und teilt dem EHH R. F. mit, dass er vorhat, in Hlebniks Datscha einzubrechen. Der Ewig Hungrige Historiker entgegnet Pitirim Tutunaru, Hlebniks Datscha sei weiter oben, auf dem Hügelrand, aber dass es da vermutlich nichts zu holen gebe, außer höchstens Ärger, da sie immerhin einem Nomenklatura-Mitglied, wenn auch einem nicht sehr hohen, gehöre.

»Ich mach's trotzdem. Ich hatte so eine Eingebung«, sagt Tutunaru und grinst. Auf fast identische Weise wie Chuck Norris, dessen Gesicht als Schwarz-Weiß-Druck auf Tutunarus Unterhemd zu sehen ist.

»Musst du wissen. Ach ja, das Kilo Doktorenwurst, das ich dir noch schulde, kriegst du, sobald ich ein wenig flüssiger bin«, sagt der Ewig Hungrige Historiker, wickelt den Rest vom Schwarzbrot in sein kariertes Hemd ein, um beide Hände frei zu haben, zieht sich routiniert auf die defekte Straßenlaterne hoch, die direkt am ungestrichenen Zaun der Datscha mit der Nummer 52 steht, klettert mühelos daran empor und springt über ebenjenen Zaun in das Radieschenfeld der Datscha. Dort verweilt der Akademiker einige Augenblicke lang und horcht. Als er sich sicher ist, keine suspekten Geräusche zu vernehmen, geht der EHH R. F. auf den *Saray* zu, wo er die Speisekammer vermutet.

Als sich ein Teil des Geländers aus seiner Verankerung löst und auf den Boden der inzwischen völlig verwüsteten Abfüllhalle 2 der Zuckerfabrik von Dondușeni herunterdonnert, bleibt Felix Edmundowitsch stehen. Durch seine senkrechten Pupillenschlitze nimmt er die wärmenden Lichtstrahlen auf, die sich mühsam den Weg durch die Staub- und Geröllflocken bahnen. Er muss husten und setzt seinen Weg schließlich fort. Felix Edmundowitsch klettert über einen Schutthaufen und trifft dahinter den auf einer umgedrehten Werkzeugkiste sitzenden Helden der sozialistischen Arbeit Wladimir Pawlowitsch, genannt Ilytsch, an. Ilytsch hält in seiner widerstandsfähigen Schweißerhand eine größere Sprottenkonserve und balanciert die in Tomatensaft getauchten Fischstückchen auf einem öligen 11er-Schraubenschlüssel zu seinem Mund. Felix Edmundowitsch sieht gebannt auf die Konserve. Ilytsch ist allein und bietet einen verwahrlosten Anblick: Seine Haare sind zerrauft, sein aus einem polnischen Nomenklaturaladen importierter Nadelstreifanzug hängt ihm in abenteuerlichen Lumpen vom Körper herab, seine kräftigen Backenknochen sind angeschwollen, nur Ilytschs dicke Hornbrille scheint wie durch ein Wunder heil geblieben zu sein.

»Ach, Felix Edmundowitsch, du bist noch hier?«, ruft Ilytsch mit müder Begeisterung, als er den unerwarteten Gast bemerkt, und stellt ihm die Konserve vor die behaarten Füße. Felix Edmundowitsch hustet leise und stiert Ilytsch mit einem alles durchdringenden Blick an.

»Ach, frag mich nicht, Felix Edmundowitsch. *Homo homini lupus est,* wie man sagt.«

Der Nahrungsopportunist verschlingt den Inhalt der Sprottenkonserve des Helden der sozialistischen Arbeit wortlos, bedankt sich bei Wladimir Pawlowitsch mit einem Blick und nähert sich ihm ein wenig. Und da hat Wladimir Pawlowitsch das Gefühl, als wollte der Rotfuchs ihm mit seiner Präsenz ein wenig Trost spenden, als würde Felix Edmundowitsch, der Fuchs, verstehen, dass Ilytsch von seinen Begleitern sofort fallen gelassen wurde, nachdem sie die Fabrik auseinandergenommen hatten und feststellen mussten, dass es im Zuckerwerk nichts mehr zu holen gab, dass Hlebniks Zuckerreserven nicht in der Fabrik waren und Ilytsch nicht wirklich wusste, wo der Direktor seine 40 Tonnen versteckt hielt. Ilytsch erhebt sich von der Werkzeugkiste und lässt seine Blicke durch die verwüstete Halle schweifen.

»Vielleicht weißt du, Felix Edmundowitsch, wo Hlebnik seine 40 Tonnen Zucker versteckt hat?«

Felix Edmundowitsch, der Fuchs, ist jedoch nicht mehr da.

Da sieht sich Pitirim Tutunaru in Zuckerfabrikdirektor Hlebniks zweistöckiger Datscha, die von einem bewaldeten Hügel aus die märchenhafte Landschaft hinter der Zuckerfabrik von Donduşeni beherrscht, wieder. Der Moldawier hatte zuerst gehörig gezögert, dann aber leise »Ach, scheiß drauf. Ohne Risiko kein Champagner!« gerufen, um sich selbst Mut zuzusprechen, einmal in die Hände gespuckt und sich an einem Nussbaum über den Bretterzaun auf die Seite von Hlebniks Ferienhaus gehievt; überraschend flink für einen Menschen, der soeben aus dem Krankenhaus entlassen wurde. Den Schlüssel fand Tutunaru unter einer Türmatte. Das hatte der Donduşenier Spekulant wohl einer überheblichen Nachlässigkeit seitens Direktor Hlebniks zu verdanken, denn welcher Sowjetbürger, der noch alle Tassen im Schrank hat, bricht schon in die Staatsdatscha eines Nomenklaturisten ein? Dass sich die Ereignisse derart rasant überschlagen und eine unerwartet unvorteilhafte Wendung für Hlebnik nehmen würden, darauf war der Zuckerfabrikdirektor wohl nicht gefasst gewesen. Dies bezeugt nun auch der Zustand der Datscha, die so aussieht, als hätte sie jemand in großer Eile verlassen. Von den 40 Tonnen Zucker ist in der Datscha jedoch keine Spur.

Es ist nach Stromausfall. Der junge Moldawier zündet seine Parastas-Kerze an, die er standardmäßig bei sich trägt, um sich nach Stromausfall ebenfalls gut orientieren zu können, und beleuchtet damit das eingerahmte Foto auf dem Schreibtisch, auf dem Direktor Hlebnik mit irgendeinem Stadtkomitee-Kumpanen vor der Kreml-Kantine, Granowski-Straße 2, posiert. Der Zuckerfabrikdirektor ist frisch rasiert, und seine Haare sind sorgfältig nach hinten gekämmt, wirken aber weder altmodisch noch allzu modern, sondern irgendwie dazwischen: funktional-halbmodern; wie der Anzug, in den Direktor Hlebnik gekleidet ist, der zwar gut, aber nicht zu elegant ist und weder einen Anflug von einer bourgeoisen Koketterie noch von einer anarchistischen Nachlässigkeit verrät, sondern ebenfalls funktional-halbmodern wirkt. Hinter Hlebniks Schulter ist eine kleine Gestalt erkennbar, die wachsam vor der Kreml-Mensa steht. Wahrscheinlich ist es ein KGB-Beamter, der am Eingang zur Kreml-Kantine die Dienstausweise des Zentralkomitees der KPdSU kontrolliert, denkt Tutunaru und schaut sich wieder den Zuckerfabrikdirektor genau an. Aus einem unerklärlichen Grund hat Hlebnik glänzend fettige Lippen. Tutunaru legt das Foto wieder auf den abgesehen von einer einfachen Standardlampe und einer kleinen Lenin-Büste leeren Schreibtisch des abwesenden Apparatschiks zurück und sieht sich weiter in Hlebniks Arbeitszimmer um.

Neben dem Schreibtisch eine gemütlich aussehende Couch aus schwarzem Lederersatz, zwei Besuchersessel, und ein kleiner Tisch; auf Letzterem befindet sich der illustrierte Band *Von der guten und bekömmlichen Kost* mit durchweg für den gewöhnlichen Sowjetbürger utopischen Rezepten, deren Zutaten im Normalhandel nicht erhältlich sind; dahinter eine verglaste Bücherwand mit allen Standardwerken des Marxismus-Leninismus und schön gebundenen Werken der russischen Literatur. Aber freilich kein *Samisdat* und nichts, was als nicht linientreu oder gar kompromittierend gewertet werden könnte. Tutunaru geht auf das Bücherregal zu, öffnet die Glaswand und stöbert durch die Bücher. Eine Staubschicht hat sich auf ihnen gebildet. Nur eines der Werke weist auffallend weniger Staub auf als die anderen, es ist die Erstausgabe von Gorkis *Mutter*.

Ein Verehrer des sozialistischen Realismus, denkt sich Tutunaru und schmunzelt. Pitirim Tutunaru greift zu Gorkis *Mutter*, merkt aber gleich, als er daran zieht, dass Gorkis Buch eine Kunststoff-Attrappe ist; er versucht es mit einem anderen Buch, kann dieses jedoch genauso wenig herausziehen. Pitirim stellt fest, dass auch alle anderen Bände in Hlebniks Bibliothek am Bücherregal festmontiert sind. Enttäuscht haut der Moldawier mit der Faust auf Gorkis *Mutter* und dreht sich weg.

Ein dezentes mechanisches Geräusch erklingt, ähnlich einem leisen Knurren. Tutunaru sieht sich um, ob vielleicht doch jemand da ist, in Hlebniks Datscha. Dann merkt der Spekulant, dass die Bücherwand ein kleines Stück hervorgetreten ist. Es ist ein Spalt entstanden zwischen dem verglasten Bücherregal und der Wand, der vorher eindeutig nicht da war. Tutunaru zieht die Bücherwand an sich, die sich deutlich leichter verrücken lässt, als er erwartet hätte, und sieht auf einmal vor sich eine Treppe, die nach unten in die Dunkelheit führt.

Unter dem Transparent einer vollbusig-muskulös-aufgebrachten Fabrikarbeiterin mit dem zum Kampf gegen den Klassenfeind verschriftlichten Aufruf »Wenn nicht ICH und nicht DU, WER dann?« kann Wladimir Pawlowitsch nach einigen Bemühungen endlich das obere Ende des Seils mit einer komplizierten Knotenkonstruktion an einem Metallzylinder festmachen. Er zieht sicherheitshalber einmal kräftig daran, um sich davon zu überzeugen, dass seine Improvisation stabil genug ist, und dann zündet sich der Held der sozialistischen Arbeit zur Belohnung eine Ballade an. Mit der Zigarette zwischen den Fingern kritzelt Wladimir Pawlowitsch folgende Abschiedszeilen auf ein Stück mit Schmieröl besudeltes Papier:

45 Jahre Schufterei und alles für den Arsch. Ihr könnt mich mal.
Ilytsch.

Ilytsch macht einen kräftigen Punkt, der das Blatt durchlöchert, faltet das Papier und steckt den Zettel samt Bleistift in die Innentasche seines aus einem polnischen Nomenklaturaladen importierten Anzugs, steht auf, zieht seinen Kopf in die selbst angefertigte Schlinge und geht zum Geländer der Plattform Ebene 3 mit der Ballade im Mund. Ilytsch überprüft den Schlingenknoten noch einmal und fängt mit einem Anflug von Unzufriedenheit an, diesen neu zu machen. Unten, wieder auf dem Schutthaufen sitzend, betrachtet Felix Edmundowitsch neugierig den Helden der sozialistischen Arbeit, der ihm die Worte zuruft:

»Felix Edmundowitsch, das hier ist kein Anblick für Füchse. Geh lieber woanders spazieren.«

Pitirim Tutunaru geht weiter in Hlebniks großzügig angelegtem Staatsdatscha-Weinkeller bis zu einer Abzweigung, wo sich ein ungesichertes Loch – ein »ungarisches« Loch – im Boden befindet. Tutunaru klettert an einer Holzleiter durch das Loch hinunter. Der junge Moldawier inspiziert die sich im *Podwal* der Staatsdatscha des Zuckerfabrikdirektors befindenden Flaschen und 3-Liter-Gläser mit Eingemachtem, moldawischem Rotwein und Kompott. Tutunaru beobachtet eine Zeit lang die verzerrte Spiegelung seines eigenen zerschundenen Gesichts in den Gläsern und lächelt. Als der Moldawier auf den Boden sieht, entdeckt er dort wahllos ausgebreitete Zeitungen, die allesamt über die nach dem XXVII. Parteitag beschlossene Gorbatschow'sche Prohibition berichten. Die rechte Ledersandale des Dondușenier Spekulanten zum Beispiel steht auf einem Artikel der Zeitung *Flämmchen*, in dem vom Traktoristen Bogdan Grisenko berichtet wird, der im Herbst des Jahres 1986 das örtliche UNIVERSAM in Zhmerinka betritt und zwei Flaschen der toxischen Chemikalie Gliftor erwirbt. Während der Mittagspause lädt der selbstlose Grisenko seine Arbeitskollegen auf ein Getränk ein. Zusammen mit diesen macht sich der

Landwirtschaftsarbeiter anschließend auf den Weg in die Werkstatt der Konstruktionsabteilung seiner Kolchose, wo zwei weitere Techniker einen Teil des Gliftors degustieren und in der Folge zusammen mit dem Traktoristen Grisenko auf dem örtlichen Friedhof landen.

In *Nüchternheit und Kultur* wird von den Erfolgen der Unionalen Freiwilligengesellschaft für den Kampf für Nüchternheit seit ihrer Gründung 1985 berichtet und gleichzeitig dementiert, dass Alkoholkonsum die Sexualperformanz steigern oder gegen die Tschernobyl-Radioaktivität schützen könne. Tutunaru hebt diesen Artikel auf, den jemand mit einem dicken blauen Filzstift markiert hat und macht es sich in einem zu einer Sitzgelegenheit umfunktionierten Weinfass des Zuckerfabrikdirektors Hlebnik bequem. Dort entdeckt Tutunaru auf einem kleinen Degustationstisch (ebenfalls aus Fassbrettern mit der Aufschrift »PURCARI-WEIN« zusammengezimmert) ein diesmal echtes Exemplar von Gorkis *Mutter* sowie einen weiteren Stapel an markierten Artikeln. Darunter die Todesmeldung des zu früh an Leberzirrhose verstorbenen Parteisekretärs Tschernenko.

Der gleich im Anschluss formulierte Aufruf des *Nüchternheit und Kultur*-Journalisten Bogrinowitsch »Unser aggressiver Kampf gegen Trunkenheit und Alkoholismus!« klingt wie eine Aufforderung, den dem Alkohol zum Opfer gefallenen Generalsekretär des Zentralkomitees der Kommunistischen Partei der Sowjetunion Tschernenko zu rächen. Er ist von einer langen Reihe von Parteifunktionären unterschrieben und mit einem roten Filzstift dick eingekreist. Darunter wird die Preisreduzierung der vaterländischen Fruchtsäfte erwähnt und der Umstand unterstrichen, dass Kefir und die beim Sowjetvolk beliebte Likörschokolade »Krokodil Genadij« von nun an aus dem Verkehr gezogen werden würden, um den Kampf gegen den Alkoholismus zu unterstützen.

»Was für Komiker«, entfährt es Pitirim Tutunaru beim Anblick einer Meldung über die alkoholische Psychose und die biblische Devastation beim Volk der Nivki in der Sachalin-Oblast, wo der Berichterstatter, schon wieder Bogrinowitsch, bei seinen Erkundungen in der fernen Region eine Zivilisation angetroffen hat, die nach seiner Einschätzung ausschließlich von Alkohol, Syphilis und Wirtschaftskriminalität dominiert wird. Und dann fällt es Pitirim Tutunaru auf: Der fünfzehnte Eintrag von oben in der Liste der Befürworter von Bogrinowitschs Aufruf »Unser aggressiver Kampf gegen Trunkenheit und Alkoholismus!« lautet auf Direktor Hlebniks Namen, wo, nach den Initialen W. W., seine Funktion als Vorsitzender des Nüchternheitskomitees des Rayons Dondușeni, Moldawische SSR, angeführt wird. Tutunaru stellt sich folgendes Bild vor: Zuckerfabrikdirektor Hlebnik sitzt bei einem defizitären nächtlichen Fläschchen moldawischen Cognacs im geheimen Weinkeller seiner Staatsdatscha und redigiert seine nächste Rede für die Versammlung des Nüchternheitskomitees. Inspiration holt er sich unter anderem beim verrückten *Nüchternheit und Kultur*-Korrespondenten Bogrinowitsch, dessen Artikel er, je nach Relevanz, mal mit einem blauen, mal mit einem roten Filzstift unterstreicht. Und vielleicht auch bei Gorkis *Mutter*. Womöglich war das Hlebniks Taktik, seine Position im Nüchternheitskomitee auszunutzen, um die Nomenklatura-Karriereleiter schneller emporzusteigen. Vielleicht, überlegt Tutunaru, waren Hlebniks angepeilte Wunschstationen: Zuckerfabrikdirektor, Abteilungsleiter in der Verwaltung, Leiter der Hauptverwaltung, Stellvertretender Minister, Minister und, warum nicht, Generalsekretär des ZK der KPdSU. Möglicherweise hätte er, Hlebnik, als Generalsekretär dann auch mal von seiner alten moldawischen Residenz in Dondușeni aus von seinem Telefon mit den roten Knöpfen Gebrauch gemacht: Generalsekretär Hlebnik drückt auf eine Taste, auf der anderen Seite der Leitung erklingt alsdann die servile Stimme des Ersten Sekretärs des Zentralkomitees eines noch aus dem Schulunterricht als exotisch bekannten Landes, Deutschlands zum Beispiel. Hlebnik erkundigt sich pro forma nach dessen Wohlbefinden, zitiert aus dem Gedächtnis einige programmatische Floskeln vom XXVII. Parteitag, à la: »Die allgemeine Krise des Kapitalismus vertieft sich. Unaufhaltsam schrumpft sein Herrschaftsbereich, immer deutlicher wird es, dass er historisch dem Untergang geweiht ist«, schlussfolgert motivationsspendend, dass »bei aller Ungleichmäßigkeit, Kompliziertheit und Widersprüchlichkeit die Bewegung der Menschheit zum Sozialismus und Kommunismus unaufhaltsam ist«, und erteilt dem Genossen in Berlin freundliche politische Empfehlungen. Unmittelbar danach greift Generalsekretär Hlebnik zum zweiten Apparat, den mit der militärischen Fernsprechleitung, und koordiniert (beispielsweise) mit dem Kommandanten der 11. Sowjetischen Garde-Panzerdivision in Dresden, oder je nach Lust und Laune mit einem anderen Kommandanten der in 777 Armeestützpunkten beherbergten 24 sowjetischen Divisionen in Deutschland, seine freundlichen politischen Empfehlungen. Danach würde sich Generalsekretär Hlebnik in seinem vor einer gefühlten Ewigkeit zu einer Sitzgelegenheit umfunktionierten Weinfass mit der Aufschrift »PURCARI-WEIN« zurücklehnen und mit Vergnügen daran denken, wie sie in der fremden Hauptstadt jetzt gleich anfangen würden, eiligst seine »Empfehlung« umzusetzen. Mit Genugtuung würde sich Hlebnik, Gorkis *Mutter* streichelnd, ein Gläschen moldawischen Cognacs über einem Artikel von *Nüchternheit und Kultur*-Journalist Bogrinowitsch genehmigen, darüber schmunzeln, wie er mal als Zuckerfabrikdirektor von Dondușeni mit seinem rayonalen Nüchternheitskomitee angefangen hat, die beschwerliche Nomenklatura-Karriereleiter hochzusteigen (doch, wie de Gaulle auch schon mal in einer Ansprache feststellte: »Ja, der Weg ist steinig. Aber der Weg ist schön!«), und mit einem komplizenhaften Augenzwinkern zur *Wertuschka* mit der speziellen Regierungsleitung greifen und verfügen, dass der Journalist Bogrinowitsch unverzüglich den Lenin-Orden und eine Nomenklaturastelle in der Zuckerindustrie bekommt.

Als dem Spekulanten Pitirim Tutunaru in dem zu einer Sitzgelegenheit umfunktionierten Weinfass mit der Aufschrift »PURCARI-WEIN« diese Gedanken durch den Kopf gehen, erscheint in seinem Sichtfeld eine hundeartige Kreatur mit rötlichem Fell, die mindestens ein halbes Kilo defizitärer Doktorenwurst im Maul transportiert. Tutunaru sieht das Tier verdutzt an; der Säuger erwidert stumm Tutunarus Blicke. Der Moldawier erhebt sich langsam, um das Tier nicht zu verschrecken, nimmt die dicke Parastas-Kerze von Gorkis *Mutter* und macht einen Schritt nach vorn, weg von Hlebniks Degustationstisch. Das Tier hustet, lässt die Doktorenwurst für wenige Augenblicke fallen, und, als der Fuchs sich Tutunarus Aufmerksamkeit sicher ist, nimmt er die Doktorenwurst wieder in sein Maul und rennt davon, so schnell ihn seine Beine tragen. Tutunaru eilt instinktiv der Doktorenwurst nach, joggt an den Gläsern von Eingemachtem und an dem ungarischen Loch vorbei, durch das er, mithilfe von Gorkis Kunststoff-*Mutter*, von oben gekommen ist, dem Fuchs mit der Doktorenwurst in einen langen Tunnel hinterher. Behutsam wählt Tutunaru seine Geschwindigkeit so, dass ihm einerseits die Parastas-Kerze nicht ausgeht und ihn andererseits der Fuchs nicht abhängt. Der Tunnel wird nach einigen Minuten deutlich breiter; wie aus dem Nichts tauchen auf dem Boden Schienen auf, die wie eine mythologische Metallschlange aus einem griechischen Epos in Doppelspur die Windungen, Höhenunterschiede und Neigungen des Tunnels beschreiben. Doch der Fuchs wird deswegen nicht langsamer. Tutunaru eilt, mit dem lässig grinsenden Chuck Norris auf seinem weißen Unterhemd, dem Säugetier nach. Bald begegnen sie einem aus der Ferne undefinierbaren weißen Haufen, der gegen die rechte Tunnelseite lehnt und sich mit jeder Sekunde mehr aufbläht: Es sind eintausend weiße, prall gefüllte Säcke (jeweils 40 Kilogramm schwer), auf denen die schwarze Aufschrift MOLDZUCKER angebracht ist. Die Zuckersäcke stapeln sich bis an die Decke und formen ein konzentrisches Labyrinth, in dem der Fuchs mit Tutunaru problemlos Fangen spielen könnte, wenn ihm danach wäre. Der Fuchs rennt jedoch, von den 40 Tonnen Zucker vollkommen unbeeindruckt, weiter und führt den moldawischen Spekulanten Pitirim Tutunaru über einen Schacht direkt in die Abfüllhalle 2 der Zuckerfabrik von Donduşeni.

Von dort aus sieht Tutunaru auf der Plattform von Ebene 3 den Helden der sozialistischen Arbeit Wladimir Pawlowitsch, genannt Ilytsch, mit einer Schlinge um den Hals. Ilytsch steht genau dort, wo Tutunaru während der Erstürmung der Zuckerfabrik sein Gedicht aus dem erbsengrünen 3-Kopeken-Heft rezitiert hat. Der Fuchs betrachtet Ilytsch aufmerksam, die Doktorenwurst immer noch in seinem Maul tragend. Rümpft ein wenig die Nase: Die Halle riecht nach einer Mischung aus muffigem Kaffee und Nagellackentferner. Ilytsch stürmt wie ein Olympionike auf das Geländer zu. Mit dem Strick um den Hals. Tutunaru schreit dem Helden der sozialistischen Arbeit etwas entgegen und gestikuliert dabei, als wollte er den Zuckerfabrikarbeiter bei seiner Aktion anfeuern. Ilytsch ist nur noch zwei Schritte vom Geländer entfernt. Vernimmt Tutunarus Rufe nicht. Den Rotfuchs mit der Doktorenwurst hat Ilytsch auch nicht bemerkt, er ist ganz auf seine Aufgabe konzentriert. Ilytsch springt mit leichtathletischer Leichtfüßigkeit auf das Geländer auf, mit beiden (dank der jüngsten Schuhlieferung beim UNIVERSAM von Donduşeni frisch beschuhten) Füßen, und hechtet mit sowjetischem Enthusiasmus, garniert mit einem gejaulten Schrei, in die Lüfte wie eine Tupolew 154, einer nicht rosigen Zukunft entgegen. Mit dem Kopf in der Schlinge fällt Ilytsch eine und dann eine weitere Ebene tiefer. Der

Rotfuchs schaut Ilytsch hinterher; in seinen Augen ist für einen aufmerksamen Betrachter der fallende Zuckerfabrikarbeiter zu sehen, der, so scheint es, die Iris des Fuchses von oben nach unten fein säuberlich, wie mit einer andalusischen Rasierklinge, durchtrennt. Der Fuchs lässt die Doktorenwurst fallen. Der moldawische Spekulant Tutunaru beobachtet, wie sich das Seil um den Hals des Helden der sozialistischen Arbeit strafft, kurz nachdem dieser Ebene 1 passiert hat; der fettige Metallzylinder schwingt indes unter Ilytschs Last wie eine frisch dem Fluss entlockte Regenbogenforelle im Todestanz zwischen den schmierigen Gitterstäben der Plattform von Ebene 3 hin und her. Zwei Meter über dem Boden bremst der Strick Wladimir Pawlowitsch ab und schüttelt den zappelnden Zuckerfabrikarbeiter einige Male im Würgegriff hin und her. Der Held der sozialistischen Arbeit faucht dabei wie ein angriffslustiger Schwan, ringt rot angelaufen mit hervorstechenden Augen nach Sauerstoff und rudert mit seinen (dank der jüngsten Schuhlieferung beim UNIVERSAM von Dondușeni frisch beschuhten) Füßen energisch, als würde er in die Pedale eines unsichtbaren Einrades treten, um das Gleichgewicht nicht zu verlieren. Dabei greift Ilytschs rechte Hand ein-zwei-dreimal am Seil vorbei, so, als wäre er sich noch unsicher, ob er sich am Strick hochziehen soll oder nicht.

Tutunaru eilt zum Helden der sozialistischen Arbeit und atmet den muffigen Geruch des Fuchses ein. Im selben Augenblick reißt der Metallzylinder einen Teil der Plattform von Ebene 3 aus ihrer Verankerung heraus, beschreibt mit einem zischenden Pfeifen einen Bogen, wirft Ilytsch wie einen Palatschinken über dem Schutthaufen ab und landet selbst einen Augenblick später mit einer akustischen Kanonade auf dem Fabrikboden.

Stille.

Muffiger Geruch.

Der Rotfuchs torkelt neugierig zu Ilytsch.

Nass.

Nass und kühl.

Eine Flüssigkeit klatscht ihm ins Gesicht.

Er fährt sich mit der Zunge über die Lippen und schmeckt einen seltsamen Schnaps: stark gewürzt und absolut geschmacklos, zugleich auch von einer unglaublichen Reinheit, als hätte man den Schnaps durch den Lubjanka-Computer laufen lassen. Bizarr. Als Ilytsch die Augen aufmacht, blickt er einem angebissenen Stück Doktorenwurst entgegen, das über ihm an einer stark behaarten Fuchsschnauze herabhängt. Es mieft nach abgestandenem Kaffee und ein wenig auch nach Socken, die zu lange in Galoschen steckten. Ilytsch erkennt Felix Edmundowitsch. Und lächelt. Hinter dem Fuchs grinst ihn Chuck Norris an, außerdem sieht er einen Kanister mit der Aufschrift »A 96«.

»Zu dämlich zum Sterben«, sagt Ilytsch zu Pitirim Tutunaru, der den Kanister mit der Bremsflüssigkeit langsam herunternimmt und auf dem Boden absetzt. Der Held der sozialistischen Arbeit befreit sich vom Strick. Felix Edmundowitsch lässt das Stück Doktorenwurst, das er extra für Ilytsch aufgespart hatte, über dessen Gesicht fallen. Hustet leicht auf und leckt mit seiner rauen Zunge über die Wangen des Zuckerfabrikarbeiters.

»Tutunaru, Pitirim Ionowitsch«, stellt sich der Spekulant vor und streckt Wladimir Pawlowitsch seine geschundene Hand entgegen. Ilytsch befreit sich vom Fuchs und lässt sich von Tutunaru hochziehen, während sich dieser auf die blauen Striemen am Hals des Helden der sozialistischen Arbeit konzentriert, um den pochenden Schmerz in seinen eigenen Körperextremitäten für einen Moment zu vergessen.

»Danke, mein Junge. Der Einfachheit halber: Ilytsch«, führt sich der Zuckerfabrikarbeiter lakonisch ein.

»Der kennt dich wohl, was?« Tutunaru lächelt mit vor Schmerz verzerrtem Gesicht und zeigt auf den Fuchs.

»Seine Mutter ist letztes Jahr von einer Erntemaschine erfasst worden. Wir haben ihn hier mit Milch und Zucker aufgepäppelt. Und die Mühe hat sich gelohnt: Schlau ist der geworden, sag ich dir, wie ein Tschekist!«

Ilytsch macht ein paar Schritte, leicht hinkend, und wedelt mit dem Stück Doktorenwurst wie mit einem eindeutigen Beweisstück in einem Schauprozess umher: »Welcher Fuchs kommt sonst heutzutage an eine defizitäre Doktorenwurst dieser Nomenklatura-Qualität ran?«, und beißt hinein. »Nur Felix Edmundowitsch. Ganz klar«, flüstert Ilytsch mit vollem Mund. »Wo hat er die her?«

»Ist wahrscheinlich aus Hlebniks Tunnel.«

»Hlebniks was?«

Ilytschs Pupillen weiten sich.

Fuchs Felix Edmundowitsch hat sich davon überzeugt, dass Ilytsch physisch außer Gefahr ist, hüstelt einmal leicht auf und trottet in gemütlichem Tempo, vom muffigen Geruch nach Kaffee und Socken eskortiert, unbemerkt seinen Geschäften nach.

»Da ist eine unterirdische Verbindung, die zu seiner Rayonskomitee-Datscha führt. In der Abfüllhalle 2.«

Kaum hat Tutunaru diese Worte artikuliert, schon setzen sich die zwei ungleichen Sowjetbürger in Bewegung, als hätte man sie verbrüht mit heißem *Kipetok*, Richtung unterirdische Verbindung zu Zuckerfabrikdirektor Hlebniks Nomenklatura-Bungalow.

Pitirim Tutunaru, weil er vor seinem geistigen Auge wieder die zauberhaft schimmernden Zuckersäcke im Tunnel sieht, sein Ticket nach Italien, dem Land seines Traums. Der Zuckerberg, sein Ticket, an dem er einfach vorbeigelaufen ist. *Wie konnte das passieren?*

Und Ilytsch, mit dem Stern des Helden der sozialistischen Arbeit auf seinem lumpenen Nadelstreif-Revers, weil er im Tunnel das Versteck von Hlebniks 40 Tonnen Zucker vermutet, mit anderen Worten: die gerechte Kompensation des Schicksals für seine verloren gegangene Zuckerfabrik-Pension.

DER 11. SEPTEMBER WIRD FÜR IMMER IN
UNSEREM GEDÄCHTNIS BLEIBEN!

steht in Kapitallettern und mit einer Überzeugung geschrieben, als würde die Parole für mindestens ein Dutzend Millionen Bürger einer Atommacht sprechen. Halblinks darunter ist das Foto eines etwa 60-jährigen Mannes in gut geschnittenem bürgerlichem Anzug, mit dicker Brille und gepflegtem Oberlippenbart zu sehen. Der Mann erweckt den Eindruck eines Landarztes, der viel zu früh wegen eines Notfalls geweckt wurde. Er hat, ohne zu zögern, sein bequemes Bett verlassen, um sich pflichtbewusst seines Patienten anzunehmen, dabei weder seine Garderobe noch seine Rasur vernachlässigt, so scheint es. Zwei Dinge passen aber überhaupt nicht zum äußeren Bild des blassen Landmedikus: Die kubanische Kalaschnikow, die der Mann fest umklammert, als müsste der Mediziner plötzlich seine Praxis verteidigen, und der abzeichenlose Schutzhelm auf seinem mit leuchtenden Augen (er wird seine Praxis verteidigen!) bebrillten Kopf. Daneben zeigt ein weiteres Foto ein scheinbar verlassenes, im spanischen Kolonialstil errichtetes Palais, aus dem Rauch aufsteigt. *Die Praxis des Landarztes?* Darüber zwei Militärflugzeuge, die in ihrer Vorwärtsbewegung, wie aus der Laune eines mächtigen Gottes heraus, eingefroren wurden. Unter dem hinteren Bomber ist ein ebenfalls eingefrorener Fleck zu sehen, der auf den rauchenden Palast fällt.

Ganz rechts außen auf dem Plakat thront in einem sorgfältig und ein wenig untersichtig kadrierten Porträt-Bild ein uniformierter Opa mit Schnurrbart und Schirmmütze hinter einem Schreibtisch. Er ist wohlgenährt und grinst auf den Betrachter herab mit der Genugtuung eines durchtriebenen Casanovas, der am Hochzeitstag weiß, dass er derjenige sein wird, der am Ende des Abends die Braut vernaschen wird, und nicht der Bräutigam.

Ein »g« und ein »o« penetrieren sein Porträt von links oben, aber das scheint ihn nicht im Geringsten zu stören. Die Buchstaben gehören zum geschwungenen kyrillischen Schriftzug:

ES REGNET ÜBER SANTIAGO (FR/BG 1975)

Darunter weniger pathetisch, in gewöhnlicher Schriftgröße, ebenfalls in Kyrillisch:

GENOSSEN UND -INNEN!

Das Nüchternheitskomitee des Rayons Donduşeni lädt seine Mitglieder (Gäste, die wie wir Trunkenheit und Alkoholismus den aggressiven Kampf angesagt haben, sind willkommen!) zu der allmonatlichen Filmvorführung im Kino »Zorile«, Serghei-Lazo-Straße 32–36, ein! Für ein gutes Sortiment an heimischen Säften und Mineralwasserprodukten sowie für das leibliche Wohl ist mit Doktorenwurst-Brötchen gesorgt. Ihr werdet mich fragen: Wadim Wladimirowitsch, welchen Film zeigen Sie uns heute?
Nun, wie jeder sowjetische Werktätige weiß, jähren sich heute zum 12. Mal die Ereignisse vom 11. September! Die amerikanischen Imperialisten hoffen und tun alles dafür, dass die Weltöffentlichkeit diesen Tag, den 11. September, vergisst. Doch wir in der Sowjetunion wissen: Am Dienstag, 11. September 1973, hat die CIA auf Befehl der US-amerikanischen Regierung den demokratisch gewählten Präsidenten Chiles, Salvador Allende, aus dem Amt geputscht und ermordet. Ersetzt wurde Allende durch die US-freundliche faschistische Militärjunta von Augusto Pinochet. 3000 ermordete chilenische Sozialisten am ersten Tag! Einen Monat später waren es 30000! Wie viele es heute sind, wissen wir nicht.
Doch so, wie die Welt schon zwei Jahre später, 1975, den Fall der letzten Bastion des Faschismus in Europa – ich spreche natürlich

vom frankistischen Spanien – gefeiert hat, wird sie den Fall der faschistischen Militärdiktatur Pinochets in Chile eines Tages auch feiern!
Heute gedenken wir der Opfer des 11. September, der Opfer des amerikanischen Weltimperialismus, und zeigen die französisch-bulgarische Koproduktion Es regnet über Santiago, *die den tragischen Ereignissen vom 11. September 1973 gewidmet ist. In den Hauptrollen zu sehen: Der sympathische Najtscho Petrov als Salvador Allende, Bibi Andersson als Monica Calve, Jean-Louis Trintignant als der Senator, John Abbey als CIA-Schurke und die bezaubernde Annie Girardot in der Rolle der Maria Olivares.*

GENOSSEN UND -INNEN!

Ich erwarte euch alle im Kino »Zorile« und hebe schon jetzt mein Glas Borzhomi-Mineralwasser auf euch, auf uns, denn wir, Werktätige der UdSSR, haben Grund zu feiern:
Die allgemeine Krise des amerikanischen Weltimperialismus vertieft sich. Unaufhaltsam schrumpft sein Herrschaftsbereich, immer deutlicher wird es, dass er historisch dem Untergang geweiht ist. Und wir in der Sowjetunion wissen: Bei aller Ungleichheit, Kompliziertheit und Widersprüchlichkeit ist die Bewegung der Menschheit zum Sozialismus und Kommunismus unaufhaltsam.

GENOSSEN UND -INNEN,

voll Inbrunst rufe ich euch zu:

UNSER AGGRESSIVER KAMPF GEGEN TRUNKENHEIT
UND ALKOHOLISMUS!

und:

ES LEBE DER MARXISMUS-LENINISMUS!
ES LEBE DIE SOWJETUNION!
ES LEBE DIE KPDSU!

****

HLEBNIK, W. W.,
Vorsitzender des Nüchternheitskomitees des Rayons Donduşeni, Zweiter Sekretär des Rayonskomitees der KPdSU des Rayons Donduşeni, Direktor der rayonalen Zuckerfabrik von Donduşeni

Darunter Hlebniks Unterschrift, mit dem Selbstbewusstsein eines ZK-Generalsekretärs über den Rundstempel des Nüchternheitskomitees und das Wappen der Moldawischen SSR gewalzt.

Die haarige Hand des Helden der sozialistischen Arbeit Wladimir Pawlowitsch reißt das Plakat herunter. Eine sorgfältig gesäuberte Glaskugel von seriösen Ausmaßen wird sichtbar. Daneben liegen einige lange Rohre, die ebenfalls in von Direktor Hlebnik handsignierte weiche Nüchternheitskomitee-Plakate penibel eingewickelt sind.

»Weißt du, was das ist?«

Ilytsch klopft mit dem Zeigefinger gegen den enthüllten Teil der Glaskugel und starrt hinein, als erwarte er, dass sich da gleich ein Marx-ähnlicher Zwerg hinter der dicken Glasmembran herauszwängt und Ilytsch mit einem »Servus, Ilytsch, wo warst du denn die ganze Zeit?!« begrüßt und dabei »Das Plakat ist ein Soldat, der direkt mit dem Volk spricht!« in seinen Bart kichert. Von dieser Vorstellung begeistert tänzelt Ilytsch zwei, drei Schritte zurück und streicht sanft über die Aufschrift MOLDZUCKER auf einem der tausend Zuckersäcke Hlebniks, die sich bis knapp unter die Decke stapeln. Auf Ilytschs Finger bleibt eine dünne weiße

Schicht Zuckerstaub haften. Der Held der sozialistischen Arbeit schmeckt den Zucker, der sofort süß-prickelnd auf seiner Zunge zergeht, und strahlt wie eine 700-Watt-Sowchos-Starkstrombirne: Er ist sich sicher, dass das Produkt von allerhöchster Qualität ist. Der Rentner inhaliert gierig eine weitere Prise dieser wunderbaren gezuckerten Luft, die, so scheint es Ilytsch, bereits angefangen hat, sein Leben in eine positive Bahn zu manövrieren.

»Nimm deine Griffel weg von meinem Zucker!«

»Wie bitte?«

»Die 40 Tonnen gehören mir. Ich habe sie zuerst entdeckt«, deklariert Pitirim Tutunaru.

»Und was willst du allein damit, mit 40 TONNEN ZUCKER?«

Tee trinken, Opa!, will der Moldawier sagen, verkneift sich das aber und antwortet stattdessen:

»Das ist mein Ticket raus aus der Krise, nach Italien, Ilytsch. Und es ist ein Einzelticket.«

»Italien?«

»Italien.«

»ITALIEN?!«, wiederholt Ilytsch ungläubig.

»Ja, du weißt schon: Pasta, Papst, Pinocchio, Mittelmeer, Chianti, Mafia: ITALIEN eben. Ich verkaufe den Zucker und fahre nach Italien!«

Ilytsch lächelt. Als wollte er sagen: *Warum nicht gleich Rio de Janeiro ...?* Laut sagt Wladimir Pawlowitsch aber:

»Wie kommst du denn da drauf? Bist du ein Fan von Adriano Celentano, oder was?«

»Hör zu, von mir aus kannst du einen 40-Kilo-Sack haben und dir noch zwei Stangen Doktorenwurst aus Hlebniks Räucherkammer nehmen« – Tutunaru deutet auf Hlebniks litauische Räucherkammer, in der der Fuchs Felix Edmundowitsch schon viel früher fündig geworden ist –, »aber damit hat sich die Sache dann auch.«

Ilytsch holt seinen Kamm hervor, stellt fest, dass der erst kürzlich im Zuckerfabrik-Kiosk erworbene Gebrauchsgegenstand infolge der unharmonischen Auseinandersetzung mit dem Sowjetvolk in der rayonalen Zuckerfabrik zerbrochen ist, und verteilt mit dem längeren Teil in der Hand sein spärliches Haaraufkommen gleichmäßig zu beiden Seiten seiner Geheimratsecken.

»Weißt du, was das hier ist?«, fragt Ilytsch und klopft wieder gegen die Glaskugel.

»Klar.«

»Und was?«

»Eine Destillierblase.«

»Und wofür braucht man eine Destillierblase?«

»Um Schnaps zu brennen.«

»Aha. Und wozu braucht man diese Dinger hier?«, fragt Ilytsch und deutet auf die länglichen Rohre neben der Destillierblase.

»Auch um Schnaps zu brennen. Wirst du mich jetzt jeden Bestandteil einzeln abfragen?«

Ilytsch lässt sich nicht aus der Fassung bringen und wartet.

»Das ist eine Schnapsbrennanlage. Hlebnik hat sie in ihre Einzelteile demontiert und in seine bescheuerten Nüchternheitskomitee-Plakate verpackt. Das sieht doch jeder Idiot«, sagt der junge Moldawier.

»Was, meinst du, hat Hlebnik damit gemacht?«

»Willst du mich jetzt verarschen?«

»Du willst also sagen, dass er damit Schnaps gebrannt hat?«

»Natürlich.«

»Und was hat er deiner Meinung nach dazu verwendet, als Rohstoff?«

»Na, seinen Zucker. Wozu sonst hätte er einen Tunnel von seiner Datscha zur Zuckerfabrik graben sollen? Sicherlich nicht, um eine Abkürzung zu seinem Direktorenbüro zu haben.«

»Gut. Du meinst also nicht, dass er einfach nur ein paar Tonnen Zucker unter der Hand verkaufen wollte?«

»Natürlich nicht. Schnaps bringt doch viel mehr Geld ein als Zucker! Hlebnik ist sicher ein bisschen verrückt, aber ich glaube nicht, dass er ein Idiot ist. Ein Idiot baut so was nicht.«

Ilytsch schnippt mit den Fingern.

»Rekapitulieren wir also: Wir haben hier Hlebniks Staatsdatscha. Das ist das eine. Was ist in ihr drin? In ihr befinden sich allerlei defizitäre kostbare Dinge: Eingemachtes, geräucherte Doktorenwurst und derlei mehr. Und, was wichtiger ist: ein getarnter unterirdischer Tunnel, der Hlebniks Staatsdatscha mit der rayonalen Zuckerfabrik verbindet. Darüber hinaus zwei Hauptelemente: zum einen 40 Tonnen Zucker und zum anderen eine komplette Schnapsbrennanlage. Richtig?«

»Richtig.«

»Warum willst du dann die 40 Tonnen Zucker verkaufen, anstatt sie zu Samagon zu verarbeiten und dann den Schnaps an den Mann zu bringen?«

»Weil ich vom Schnapsbrennen keine Ahnung habe; und ich will auch niemanden mit amateurhaft gepanschtem Samagon ins Jenseits befördern. So einfach ist das.«

Der Held der sozialistischen Arbeit muss herzhaft lachen und klopft Tutunaru auf die Schulter.

»Dann kann ich dich beruhigen, Junge.«

»Wie meinst du das?«

»Zufällig kenne ich einen Spezialisten auf dem Gebiet. Er ist ein erstklassiger Fachmann in Sachen Samagon-Zubereitung. Ein Mann mit langjähriger Produktionserfahrung, dazu hochmotiviert und absolut vertrauenswürdig.«

»Ach wirklich?«

Wladimir Pawlowitsch räuspert sich kurz, holt ein Stofftuch aus seiner Hosentasche, säubert sich damit das Gesicht, steckt es wieder ein, tippt mit dem rechten Zeigefinger auf den glänzenden Stern des Helden der sozialistischen Arbeit seines aus einem polnischen Nomenklaturaladen importierten zerrissenen Nadelstreifanzugs und sagt:

»Er steht vor dir!«

Tutunaru reagiert nicht.

Stille.

Der Donduşenier Spekulant grübelt. Er schielt abwechselnd zwischen der Destillierblase und dem Rentner hin und her.

»Und was willst du dafür?«

»Wir machen 50:50. Und ich darf in Hlebniks Nomenklatura-Bungalow bei freier Kost und Logis einkehren, als unsichtbarer Teil meines Gehalts sozusagen.«

»Mal angenommen, ich sage zu. Was passiert als Nächstes?«

Ilytschs Antwort kommt wie aus der Kanone geschossen:

»Wir setzen Hlebniks Werk fort, stellen Opium fürs Volk her und katapultieren uns mit eigener Kraft aus der Krise.«

»Und wie stellst du dir das vor?«

»Ich braue, du verkaufst. Ich habe die nötigen Kenntnisse, du weißt, wie man das Produkt an den Mann bringt. Das ist eine gewinnbringende Situation für uns beide. Ein Katapult in eine bessere Zukunft. Mit deinem Anteil am gemeinsamen Gewinn finanzierst du deine Abreise nach Italien. Und wenn du nach Italien weg bist, dann übernehme ich hier das Ganze.«

»Was meinst du mit: Dann übernehme ich hier das Ganze?«

»Ganz einfach: Ich mache hier in der Zuckerfabrik ein schönes sozialistisches Schnapswerk auf!«

»Ein SCHNAPSWERK?«

»Ja, du weißt ja: ›Sozialismus ohne Alkohol ist wie Kapitalismus ohne Werbung.‹«

»Ich glaube, dir hat die Bremsflüssigkeit nicht gutgetan.«

»Ich eigne mich sehr gut für eine verantwortungsvolle Führungsposition in einem Kollektiv. Ich werde das Schnapswerk als Direktor leiten. Das wird mein persönliches Großprojekt!« Dabei legt der Held der sozialistischen Arbeit die Betonung auf die Funktion »Direktor«. Der Held der sozialistischen Arbeit gibt dem jungen Spekulanten ein wenig Bedenkzeit. Und dann setzt er gleich nach:

»Was sagst du dazu, Pitirim, Hand drauf?«

Pitirim Tutunaru ist äußerst skeptisch, weil er weiß: Der durchschnittliche Sowjetbürger lügt, wenn es die Situation erfordert, mit großer Leichtigkeit jeden an – seine Kollegen, seine Vorgesetzten, seine Untergebenen, auch Kinder, Frau und Nachbarn, wenn es denn sein muss. Ilytsch ist da keine Ausnahme, er ist wie jeder gemeine Sowjetmensch fähig, Dinge zu sagen, zu denken und zu tun, die nichts miteinander zu tun haben. Und deswegen antwortet Pitirim Tutunaru das einzig Richtige:

»Opa, du kannst einen 40-Kilo-Sack Zucker haben und noch zwei Stangen Doktorenwurst dazu. Unsere Wege trennen sich hier und jetzt.«

Wladimir Pawlowitsch überkommt das schmerzliche Gefühl, nicht gebraucht zu werden und überflüssig zu sein; wie vorhin in der Zuckerfabrik auch, als die Leute, die sich ihm wenige Stunden zuvor mit Begeisterung angeschlossen hatten, ihn zusammenschlugen und wie ein kaputtes Werkzeug alleine zurückließen, als sie merkten, dass er nicht wusste, wo Hlebnik seine 40 Tonnen Zucker versteckt hielt. Für den Jungen empfindet Ilytsch jedoch auch eine Mischung aus Dankbarkeit und Schuldgefühl. Dankbarkeit, weil Pitirim ihm sicherlich das Leben gerettet hätte, wenn der Strick nicht gerissen wäre, und Schuldgefühl, weil er nicht verhindern konnte, dass der Mob auch ihn bei der Erstürmung der Zuckerfabrik zusammenschlug.

»Behalte deinen Zucker, Junge. Wenn du glaubst, ich will dir was Böses antun, liegst du falsch«, sagt der Held der sozialistischen Arbeit und macht sich hinkend auf den Weg nach draußen.

Pitirim schaut Ilytsch hinterher und spürt, wie in ihm ein Gefühl von unendlicher Traurigkeit aufsteigt, weil er Wladimir

Pawlowitsch soeben verstoßen hat wie einen alten Sack. Diese Bitterkeit breitet sich immer mehr in seinem Inneren aus, und auch die rügende Stimme seines Gewissen fängt an, den jungen Moldawier zu plagen, als wollte sie, von Engelchören begleitet, mahnen: *Wie kannst du nur so herzlos sein, Tutunaru, zu einem Menschen, der gerade auf wundersame Weise dem Tod entkommen ist?*

Und tatsächlich, denkt sich Tutunaru, eigentlich hätte sich der Held der sozialistischen Arbeit bei seiner Aktion in der Abfüllhalle 2 durchaus das Genick brechen können. Oder sogar müssen! Vielleicht gibt es aber auch eine andere logische Erklärung dafür. *Ob Ilytschs Halswirbel von einem Implantat aus leichtem und unzerstörbarem Titan zusammengehalten werden, von der Art, wie es im Raumfahrtzentrum in Bajkonur für den Bau von Sojus-Raketen verwendet wird?*

Pitirim versucht, alle Gedanken an Ilytsch zu vertreiben und stattdessen an etwas Angenehmeres zu denken, zum Beispiel, wie er mithilfe von Hlebniks Zucker ein neues Leben im krisenfreien Italien beginnen wird. Aber das alles nützt nichts, denn die schweren Gedanken um Ilytschs Vertreibung aus Hlebniks gezuckertem Nomenklatura-Tunnel nagen wie hungrige Ratten an Tutunarus Gewissen. Der junge Moldawier zwingt sich, über die Causa Wladimir Pawlowitsch noch einmal nachzudenken, und kommt zu folgender Erkenntnis:

Erstens braucht er Ilytsch, um schneller nach Italien zu gelangen, denn selbstgebrannter Schnaps, Samagon, ist bedeutend gewinnträchtiger als Zucker, und der alte Held der sozialistischen Arbeit kann als Einziger der beiden die Schnapsbrennanlage bedienen. Zweitens ist es auch in Ilytschs Interesse, Tutunaru schnell seine Ausreise nach Italien zu ermöglichen, damit er danach selbst alleiniger Herr über Hlebniks Nomenklatura-Datscha und die Zuckerfabrik sein kann, um darin sein sozialistisches Schnapswerk zu eröffnen. Drittens ist Tutunaru für Wladimir Pawlowitsch als Schnapsvertreiber von Bedeutung, und folglich hätte Ilytsch keinen Grund, ihn über den Tisch zu ziehen. Vorerst jedenfalls nicht.

Also läuft Pitirim Tutunaru dem Helden der sozialistischen Arbeit hinterher, holt ihn bei den Zuckersäcken ein und stimmt dem Deal zu.

Ilytsch quittiert den radikalen Gesinnungswandel des jungen Moldawiers mit einem Nicken, als hätte der alte Zuckerfabrikarbeiter die ganze Zeit über gewusst, dass Tutunaru doch auf seinen Vorschlag eingehen würde.

»Bist du bereit, Junge?«

»Wofür?«

»Um in Italien Pizzen zu backen für die Kapitalisten …«

»Hör zu, Ilytsch, ich will da nicht als unterbezahlter Pizza-Sklave wie Papa Carlo schuften oder als illegaler Asylwerber-Bauarbeiter verkümmern, was denkst du denn? Ich will dort ein freies, sorgloses Leben führen und mich mit meiner Kunst beschäftigen, in Venedig ausgelassen Karneval feiern und Chianti trinken. Mehr brauche ich gar nicht.«

»Ich sehe, mit dem Geschmack ist bei dir alles in Ordnung. Und was machst du als Erstes, wenn du nach Italien kommst?«

»Als Erstes kaufe ich mir die italienische Staatsbürgerschaft. Bei denen im Westen bekommst du nämlich alles für Geld. Warum? Weil dort die Bourgeoisie das Sagen hat: Die Bourgeoisie ist die Klasse der Besitzenden und aus diesem Grund Herrschenden. Mit anderen Worten: Alles eine Frage des Preises.«

»Und du glaubst, 40 Tonnen Zucker sind genug für ein Zuckerleben in Italien?«

»Hauptsache, es geht los. Wenn du mich fragst, sind 40 Tonnen Zucker gar kein so schlechter Anfang.«

»Aber eines muss dir klar sein, Pitirim: Sehr viele Menschen werden nicht zögern, uns beiden sehr wehzutun, um an das zu kommen, was wir hier haben.«

»Soll heißen?«

»Wir, du und ich, sind jetzt in Hlebniks Situation. Wir sind jetzt die Gejagten.«

»Darum müssen wir uns kümmern.«

»Aber vorher sollten wir den Generator finden.«

»Was?«

»Du glaubst doch nicht, dass Hlebnik seine Schnapsproduktion von einer minderwertigen staatlichen Stromversorgung abhängig gemacht hat, oder? Mit der Stromversorgung stehen und fallen alle großen Unternehmungen. Wie Lenin sagte: ›Kommunismus ist Sowjetmacht plus Elektrifizierung.‹«

Tutunaru grinst.

»Was denn?«, fragt Ilytsch.

»Im Schwall von Geschäften, Erscheinungen, Plänen … Verdämmerte langsam der Tag und entschwand. Zwei sind im Zimmer: Ich und auch Lenin. Er als Foto an weißer Wand.«

»Hör auf mit dem Blödsinn!«

»Du hast mit Lenin angefangen!«, sagt der Moldawier, macht eine Drehung und schreitet vor Ilytsch einher, sein Hinken nachahmend, und schwingt dabei rhythmisch die Parastas-Kerze hin und her, als wäre sie ein Dirigentenstab.

Im Staccato-Ton fährt der Dondușenier Spekulant fort, die Verse wie Salven eines AK-47-Sturmgewehrs zielgenau abzufeuern:

»Genosse Lenin, ich will dir berichten, nicht als Beamter, eher als Sohn. Genosse Lenin, ein gigantisches Verrichten steht uns bevor, doch wir meistern es schon!«

Die beiden ungleichen Männer, der junge Dondușenier Spekulant Pitirim Tutunaru und der Held der sozialistischen Arbeit Wladimir Pawlowitsch, der sein rechtes Bein ein wenig nachzieht, verschwinden langsam, aber sicher in den Tiefen von Hlebniks Tunnel. Mit einer dicken Parastas-Kerze leuchtet Tutunaru ihren Weg in eine bessere Zukunft aus.

DEJAN CALABRESE WIRD VERBRANNT

2011. IN DEN ABRUZZEN, ITALIEN

> EINER WIE ICH, DER 20000 MILLIARDEN AUF DEM KONTO HAT, MUSS SICH MIT LEUTEN WIE EUCH HERUMSCHLAGEN! ICH WERDE EUCH POSTKARTEN VON DEN BAHAMAS SCHICKEN.
>
> SILVIO BERLUSCONI

Es ist Samstag, der 23. Juli 2011. Das Begräbnis ist für Sonntag, den 24. Juli angesetzt.

02:16

»Und wie ging die Geschichte mit dem Zucker weiter?«, will Angelo wissen.

Stille. Der Moldawier reagiert nicht.

»Die Geschichte in Moldawien. Wie ging sie weiter?«

Der Moldawier starrt konzentriert auf die Tür.

Der italienische Jüngling tritt ganz nah an das Gesicht von Tolyan Andreewitsch heran, fast berühren sich ihre Nasenspitzen.

»Die Moldawiengeschichte … Wie geht sie weiter?«

Angelo schnippt mit den Fingern vor der Nase des Osteuropäers, doch jener starrt weiterhin in den Narrenkasten. Der Junge winkt genervt ab, als Tolyan Andreewitsch plötzlich doch etwas sagt:

»Hast du das gehört?«

»Was?«

Wieder einige Augenblicke Stille.

»Was denn?«

Angelo blickt nun auch auf die Tür.

»Ich höre etwas. Schritte. Da ist jemand«, flüstert Tolyan Andreewitsch.

»Wo?«

»Pscht!«

»Wo?«

»Draußen vor der Tür.«

Angelo schweigt.

»Da ist doch nichts.«

Der Junge winkt ab und setzt sich wieder an seinen Platz.

Auf einmal wird die Tür doch geöffnet, Cristina tritt ein.

»Filippo Calabrese ist hier.«

»Was?«

»Unten im Keller.«

»Siehst du? Hab ich dir gleich gesagt! Er genießt in vollen Zügen das Leben, euer Zuccherificio-Freund aus Giulianova!«, sagt Tolyan Andreewitsch. »Wie ich es dir erklärt habe, Junge, die Krise ist gar nicht so schlimm.«

Innerlich reitet Tolyan Andreewitsch auf einer Welle der Genugtuung, weil er weiß: Mit seiner Prognose zu Pippo Calabrese hat er die ganze Zeit recht gehabt.

»*Ecco! La vita è bella,* das Leben ist schön, *ragazzi*! Lasst uns doch mal euren Zuckerfabrik-Freund Pippo auf ein Stamperl Wodka zu uns einladen. Na, was sagt ihr? Ich weiß, es ist schon recht spät. Aber ein kurzer Besuch geht doch, oder?«

»Er ist tot.«

Stille.

»Wie, *tot*?«

»So tot, wie man nur sein kann: Er hat sich in seinem Zimmer erhängt, dort, wo du deine Teedose vergessen hast.« Cristina sieht kurz den Moldawier an und fährt fort: »Wie es aussieht, wegen der Krise. Zumindest hat das diese Lesbe dem bärtigen Serben gesagt. Er heißt auch nicht mehr Pippo, sondern Dejan.«

»Was?«

»Sie haben ihn umgetauft. Er heißt jetzt Dejan.«

»Was? Wer denn?«

»Die zwei Serben.«

»Die zwei *Serben?*«

»So ein rauschebärtiger Pope und sein Helfer. Aber jetzt sollten wir sofort runter! Ihr müsst das selbst sehen, die Taufe ist noch im Gange!«

Das arme Mädchen verliert den Verstand, sagt sich Tolyan Andreewitsch, ob des Zustands des Mädchens beunruhigt. Angelo und der Moldawier betrachten die junge Italienerin ungläubig, während Cristina auf Geheiß der beiden von ihren Beobachtungen erzählt: von dem katholischen Priester Motadonna, der zusammen mit der Besitzerin des Hotels Monica di Garozzo die sterbliche Hülle Pippo Calabreses auf den Hof des »Dolce della Luna« hinausgetragen habe und dann verschwunden sei, ohne die Leiche mitzunehmen, da Pippo seine Kirchensteuer seit langer Zeit nicht mehr bezahlt habe. Neugierig darüber, was der tote Pippo hier mache, habe das Mädchen Monica, der Lesbe,weiter nachspioniert.

»Woher weißt du, dass sie lesbisch ist?«, will Angelo wissen.

»Weil sie Francesca, der Rezeptionistin, ununterbrochen ihre Zunge in den Mund geschoben hat!«

»Cristina, bitte!«, unterbricht Tolyan Andreewitsch.

»Ja, was denn? Das hat selbst der steife Priester mit dem Elektro-Sarg gemerkt! Er hat innerhalb von fünf Minuten zweimal etwas über Sodom und Gomorrha gequasselt. Außerdem hat er ihr gesagt, dass ihr Leben mit dem gleichen Geschlecht in Sünde« – Cristina deutet mit ihren Fingern die Anführungsstriche in der Luft an und imitiert die bebende Stimme von Padre Motadonna – »wohl den Zorn Gottes in Form von Pippos Selbstmord in ihrem Hotel am Wochenende der großen Berlusconi-Demonstration hervorgerufen hätte. Und wisst ihr, was? Ich glaube, der komische Priester hätte nichts gegen ein Schäferstündchen mit Monica einzuwenden gehabt, so als Abwechslung von den Ministranten.«

»Cristina!«

Das Mädchen grinst, in ihren hübschen Augen ist zu lesen: Ihr seid einfach zu feige, die Dinge beim Namen zu nennen, obwohl ihr wisst, dass ich recht habe!

Monica habe mithilfe ihrer Geliebten Francesca, der Rezeptionistin – Cristina hatte sie wiederholt mal innige, mal tröstende Zungenküsse austauschen sehen –, Pippos Leiche wieder ins Haus getragen und danach den Gast im Zimmer 7, einen hochrangigen serbischen Popen auf Reisen, gebeten, ihr zu helfen, den Selbstmörder Calabrese zu bestatten. Der Pope habe lange gezögert, dann aber doch zugesagt, gleichzeitig allerdings die Bedingung gestellt, dass Pippo Calabrese post mortem die Konfession wechseln müsse, weil er eben katholisch sei und der Pope keine Katholiken bestatten könne, nur orthodoxe Christen, am liebsten serbisch-orthodoxe. Durch ein Schlüsselloch habe die junge Italienerin im Keller den Beginn der Zeremonie beobachtet, infolge derer der tote Katholik Pippo zum toten Orthodoxen Dejan wurde.

Das Mädchen hat bereits den Verstand verloren …, geht es dem Moldawier immer wieder durch den Kopf.

»Und wozu das Ganze? Warum hat Monica nicht einfach die Polizei gerufen?«, fragt Angelo, der der Geschichte ebenfalls nicht recht glauben will.

Bevor sie eine Antwort geben kann, geht der Osteuropäer dazwischen und meint, dass es ein langer Tag gewesen sei und dass es ihnen allen guttäte, ins Bett zu gehen. Cristina sträubt sich dagegen. Sie spricht etwas von der Begräbniszeremonie, die der Pope und sein Helfer für Dejan Calabrese veranstalten würden und zu der sie alle gehen müssten, doch Tolyan Andreewitsch lässt nicht locker und besteht auf Einhaltung der Nachtruhe. Das Mädchen meint pampig, sie müsse erst mal ein Bad nehmen, um sich zu beruhigen, schnappt sich ein Handtuch, geht ins Badezimmer und knallt die Tür zu.

»Das sind Halluzinationen, mein Junge. Ein wenig Schlaf wird deiner Freundin ganz guttun, wirst sehen. Kein Grund zur Beunruhigung: In dem Alter haben Frauen solche Hirngespinste. Das ist ganz normal.«

Angelo nickt müde. Erschöpft breitet sich der junge Italiener auf seinem Bett aus, ohne sich auszuziehen, und schließt die Augen, um sich ein wenig zu entspannen. Angelo will warten, bis Cristina aus dem Bad zurückkommt, und mit ihr noch mal unter vier Augen sprechen. Doch kaum dass Angelo seine übermüdeten Lider geschlossen hat, schläft der Junge sofort ein.

Angelo träumt:

Ein junges Mädchen, das noch keine zwanzig ist, steht mit dem Rücken zu ihm. Es trägt ein weißes gesticktes Tuch aus Seide, das es von den Schultern bis über die Knöchel wie eine Woge aus warmem Wachs einhüllt. Auf seinem Hals erkennt Angelo vier Muttermale unterschiedlicher Größe, die zusammen das Kreuz des Südens bilden.

»Männer mögen Frauen nicht, die sie anhimmeln. Das ist eine Tatsache«, flüstert die junge Frau.

»Wer bist du?«

Das Mädchen lässt das Tuch aus Seide fallen. Und dreht sich um. Seine Mädchenbrüste verbreiten einen sommerlichen Granatapfelblüten-Duft. Ein zuckerfarbenes Madonnen-Medaillon über den Brüsten fügt sich zusammen mit den gepiercten Brustwarzen der jungen Frau zu einem gleichschenkeligen Dreieck. Angelo starrt genau in die Mitte des Dreiecks und grinst. Die Teenagerin wirkt glücklich und auf eine engelhaft-unschuldige Art fröhlich, sodass Angelo das Bedürfnis verspürt, dies seltsame Geschöpf zu umarmen, um das Glück, das es ausstrahlt, in sich aufzunehmen und mit ihm zusammen glücklich zu sein, dann auf die Knie zu fallen, seine Schenkel mit Küssen zu übersäen und eine Hymne für es zu singen. Angelo lächelt. Er ist dem Mädchen dankbar, dass es da ist, dass es ihn mit seiner Gegenwart beehrt hat. Dann Blut. Angelo bemerkt das viele Blut auf dem Unterleib der jungen Frau. Und erschrickt. Das Blut passt nicht zum Bild des auf eine engelhaft-unschuldige Art fröhlichen Mädchens; es verunstaltet es zu einer optischen Dissonanz. Angelo gefriert das Lächeln auf den Lippen.

»Hab keine Angst. Es tut nicht weh«, sagt das Mädchen leise, und als wollte es Angelo beruhigen und dem Jungen beweisen, dass es keinerlei Schmerzen empfindet, berührt das Mädchen zart seine Scheide, aus der das Blut weichselrot trieft.

Es ist Cristina!

Angelo ruft mehrmals ihren Namen.

»Ich habe Rocco vergessen. Hörst du? Ich möchte, dass du mich liebst, so wie ich dich liebe. Ich möchte, dass du bei mir bleibst. Und mich nicht verlässt. Und mich glücklich machst. Wirst du es für mich tun?«, flüstert Cristina, als würde sie ein Gebet aufsagen, und streckt Angelo ihre linke Hand entgegen.

»Ich werde dich glücklich machen, Cristina.«

Angelo greift nach der blutigen Hand des Mädchens und drückt sie an seine Lippen. Küsst sie stumm und gierig. Cristina schmiegt sich an den Jungen.

Behutsam greift sie seine andere Hand, in der Angelo eine frisch geölte Beretta 92F, Kaliber 9 x 19 mm mit weißem Griff hält. Die Pistole glänzt; sie hat die Erhabenheit eines Kultgegenstands. Cristina lässt die Waffe langsam entlang ihres Halses, ihres Kinns und ihrer leicht gespreizten Lippen sanft ihre Wange streicheln, führt die Mündung der Beretta weiter in die Höhe ihrer linken Schläfe. Die Beretta ist leicht wie ein Fliederstrauß und verbreitet ein Gefühl von Intimität und Geborgenheit.

Der Junge weiß, was er zu tun hat.

Klick.

Er entsichert die Beretta.

»So ist gut. Mach mich glücklich.«

Das Mädchen errötet vor Erregung.

Angelo drückt ab.

Und wacht auf. Seine Blase drückt. Angelo kriecht aus dem Bett und bewegt sich leise durch das dunkle Zimmer Richtung Bad. Der Moldawier schläft und schnarcht dabei rhythmisch wie ein Lancia-Motor, Cristinas Bett ist leer. Die Tür zum Badezimmer ist verschlossen. Er klopft an und flüstert Cristinas Namen. Und dann: Die Tür zum Badezimmer geht auf, das Mädchen zieht ihn herein und schließt die Tür wieder ab. Im Badezimmer ist es ebenfalls dunkel. Nur ein schwaches Licht von draußen schimmert durch das milchige Glas des kleinen Badezimmerfensters.

Angelo stürzt wie ein Besessener Richtung Kloschüssel; dreht auf dem Weg hastig den Wasserhahn auf, so wie er das immer tut, wenn er auf die Toilette geht.

Cristina setzt sich auf den Boden und lehnt sich gegen die Badewanne.

»Das, was ich über Pippo erzählt habe, stimmt. Warum hätte ich da auch was erfinden sollen?«, fragt das Mädchen unvermittelt.

»Dann hat Pippo also das eingehalten, was er uns erzählt hat: Er ist nach seiner Entlassung aus der Zuckerfabrik in die Abruzzen gefahren und hat sich hier im Hotel erhängt.«

Cristina nickt und schenkt sich ein Glas Sekt ein. Angelo sieht das Mädchen verlegen an.

»Möchtest du mit mir trinken, Angelo?«

»Hör zu, Cristina, ich muss wirklich dringend pinkeln. Glaubst du, du könntest mich vielleicht einen Augenblick alleine lassen? Ich meine –«

»Mach ruhig. Mich stört das nicht.«

Angelo atmet tief ein und fängt an, seinen Hosengurt aufzumachen. Cristina nimmt einen Schluck aus ihrem Glas und beobachtet Angelo.

»Wegen mir musst du nicht im Sitzen pissen. Das sieht bei Männern sowieso irgendwie komisch aus. Onanier ruhig im Stehen.«

»Sehr witzig, Cristina. Wirklich.«

»Was?«

»Es heißt *urinier* und nicht *onanier* … Onanieren ist, wenn ich –«

»– was?«

»Ach, nichts. Vergiss es einfach.«

Als Angelo fertig ist, dreht er den Wasserhahn zu und setzt sich neben Cristina.

»Kannst du nicht schlafen?«, fragt ihn das Mädchen und reicht ihm mit der Bemerkung »Mit Empfehlung aus der Minibar« ein Glas Sekt.

Angelo trinkt einen Schluck und stellt das Glas wieder auf den Boden.

»Nein. Also, ich habe geträumt und bin plötzlich aufgewacht. Und dann musste ich dringend pissen.«

»Ein Albtraum?«

»Es war ein schöner Traum.«

»Und was hast du geträumt?«

»Ich weiß es nicht, ich kann mich an meine Träume nicht erinnern.«

»Und woher weißt du dann, dass es ein schöner Traum war?«

»Ich habe dieses Mädchen gesehen mit vier Muttermalen am Hals, die aussahen wie das Kreuz des Südens … im Traum, meine ich. Das ist aber auch das einzige Bild, an das ich mich erinnern kann.«

»Und? Was war so besonders daran?«

»Ich weiß nicht. Es war beruhigend und friedlich zugleich. Das Bild hat mich glücklich gemacht. Irgendwie.«

Angelo schaut verträumt zu Cristina.

»Was?«

»Irgendwie hat mich das Mädchen an dich erinnert.«

»Echt?«

Neben sich hat Cristina eine Sektflasche und einen kleinen schwarzen Rucksack. Sie streift den Rucksack mit ihren Blicken, als überlege sie, etwas da herauszuholen, dann, wieder Angelo mit den Augen fixierend:

»Du solltest das nicht tun.«

»Was?«

»Mich anhimmeln.«

»Und warum nicht?«, fragt Angelo interessiert.

»Frauen mögen Männer nicht, die sie anhimmeln. Das ist eine Tatsache.«

»Magst du mich also nicht?«

»Das habe ich nicht gesagt«, antwortet Cristina und tätschelt dem Jungen, der ein langes Gesicht macht, die Wange.

»Gib's ruhig zu: Du stehst nur auf solche Arschlöcher wie Rocco. Stimmt's?«

Cristina sieht ihn eine Zeit lang an, ohne etwas zu sagen. Dann, als wäre ihr endlich das eingefallen, was sie die ganze Zeit über sagen wollte:

»Ich weiß, was du jetzt brauchst.«

Das Mädchen gräbt entschlossen in dem schwarzen Rucksack herum. Daraus zieht sie einen größeren Schminkspiegel, eine Kaugummi-Packung, eine Plastikkarte – ihren italienischen Personalausweis – und einen neuen 20-Euro-Schein hervor und legt diese Utensilien neben sich ab. Aus einer kleinen zusammengeknüllten Plastikhülle, die sie einer bunten Kaugummi-Packung entnimmt, schüttet sie ein wenig weißes Pulver über dem Schminkspiegel aus. Geduldig verteilt sie mit ihrem Ausweis das Pulver gleichmäßig über den Spiegel, als wäre das Ganze eine seltsame Meditationsübung, und verteilt es in vier gleich lange und gleich dünne Linien. Sie leckt das weiße Pulver von der Karte ab und gibt Angelo den Spiegel.

»Was soll ich damit?«

»Halten. Und nicht bewegen.«

Cristina rollt den 20-Euro-Schein zu einem Trichter, beugt sich über den Schminkspiegel und zieht damit eine Linie durch das rechte und die daneben gelegene Linie an weißem Pulver gleich danach durch das linke Nasenloch in sich hinein. Das Mädchen tippt sich auf ihre delikaten Nasenflügel. Als sie sich an die kalte Badewanne zurückfallen lässt, spürt sie, wie ihre Zunge langsam taub wird. Sie lächelt.

»Jetzt du, Angelo. Die zwei Lines sind für dich.«

Der Junge beäugt sie erstaunt.

»Und was ist das?«

»Kokain.«

Der Junge weigert sich, das weiße Pulver anzutasten, vor allem, nachdem er erfährt, dass Cristina es von Rocco bekommen hatte. Schon wieder Rocco!, denkt sich der Junge: Den Typen wird man nicht los. Selbst wenn er nicht da ist, ist er doch irgendwie anwesend.

Dann aber, als Cristina ihn darum bittet und Angelo das Gefühl gibt, er sei für sie das Wichtigste auf der Welt, gibt er ihrem frechen Schmollmund nach. Auch um ihr zu zeigen, dass nichts dabei ist, sich zwei kleine Linien Kokain ins Hirn zu ziehen, und dass er das genauso kann wie sie oder wie Rocco oder wie wer auch immer.

Cristina schaut zu, wie die Linien auf ihrem Schminkspiegel in Angelos Nase verschwinden und sich der Junge allmählich entspannt.

Dann wiederholt sie die Prozedur: Auf ihrem Schminkspiegel bildet sie erneut vier Lines, die wieder durch das 20-Euro-Schein-Röhrchen abwechselnd in die Nasenlöcher der zwei Jugendlichen verschwinden. Dann befeuchtet der Junge auf Cristinas Anweisung hin seinen kleinen Finger und fährt damit über den Aufdruck »Repubblica Italiana« auf Cristinas Personalausweis, auf dem noch ein kleiner Rest des weißen Pulvers haften geblieben ist.

Allmählich wird Angelo redselig.

Er erzählt Cristina aus seinem Leben in Island.

Cristina hört ihm interessiert zu und lächelt ihn an. Das Mädchen spürt, wie ein unsichtbarer Aufzug sie in schwindelerregende Höhen hinaufbringt. Die Welt liegt ihr zu Füßen. Sie ist wunschlos glücklich. Sie kann tun und lassen, was sie will, und es macht sie glücklich, diesen Moment mit Angelo zu teilen und ihm zuzuhören. Es erfüllt sie mit einem Gefühl von innerer Ruhe und Glückseligkeit. *Das Leben liebt mich. Und ich liebe das Leben!*

»Du hast ein wunderbares Lächeln, Cristina. Und ich weiß genau, was es bedeutet!«, sagt Angelo aufgeregt, als hätte er Angst, seinen Gedanken zu verlieren oder von jemandem unerwartet unterbrochen zu werden.

»Und was bedeutet es?«

»Das kann ich dir genau sagen – es zeigt mir, dass du glücklich und auf eine engelhaft-unschuldige Art fröhlich bist.«

Cristina lacht. Und sie tut es nicht bösartig oder sarkastisch, sondern das Mädchen lacht ehrlich, offen und befreit, wie es Kinder tun, die nicht imstande sind zu lügen, sodass Angelo das Bedürfnis verspürt, dieses – wie dem Jungen scheint – himmlische Geschöpf zu umarmen, um das Glück, das es ausstrahlt, in sich aufzunehmen und mit ihm zusammen glücklich zu sein, dann auf die Knie zu fallen und Cristinas Schenkel mit Küssen zu übersäen.

Er ist dem Mädchen dankbar, dass es da ist, dass es ihn mit seiner Gegenwart beehrt. Cristina steigt in die Badewanne. Als sie sich über die Größe der Wanne wundert, in der drei Personen auf jeden Fall problemlos Platz hätten, fordert Angelo sie auf, mit ihm zusammen darin ein Bad zu nehmen.

»Was würdest du dafür tun?«, will Cristina wissen.

»Alles, was du willst.«

»Alles, was ich will?«

»Ja.«

»Schwörst du es?«

»Ich schwöre es.«

»Abgemacht!«, sagt Cristina, lässt Angelo als Zeichen der Übereinkunft ihre Hand schütteln und fängt an, den Jungen, der sich nun auch in der Badewanne befindet, auszuziehen. Der Junge wehrt sich dagegen und will stattdessen Cristinas Bluse aufknöpfen. Als er zu ungestüm daran zieht und den letzten Knopf abreißt, sieht er ein Tattoo. Vier dunkelblaue Sterne aus mutigen dicken Linien, die in der Konstellation des Kreuzes des Südens angeordnet sind. *Das Kreuz des Südens!* Angelo streicht vorsichtig mit dem Handrücken darüber, als wäre der in Cristinas Haut gestochene Himmelskörper lebendig. Er wirft Cristinas Bluse aus der Badewanne.

»Das Kreuz des Südens!«, ruft der Junge und stellt fest, dass Cristinas Haut über dem Gestirn ein wenig erhaben ist. Der italienische Jüngling knöpft nun auch den BH des Mädchens auf, als wäre es der einzig nächstlogische Schritt, dies zu tun. Cristina lässt den Jungen gewähren, kann sich dabei aber die Bemerkung »*Ecco*, der Junge ist high« nicht verkneifen, die sie wie für sich selbst flüstert. Angelo hört sie nicht, sondern starrt konzentriert auf das zuckerfarbene Madonnen-Medaillon über Cristinas Brust, während seine Hände hinter ihrem Rücken wacker mit dem BH-Verschluss kämpfen. Nach einigen Mühen, Ziehen und Zerren gibt der Verschluss endlich nach. Angelo wirft den BH aus der Badewanne hinaus, als wäre er ein Matrose, der sich von überflüssigem Ballast auf hoher See befreien will. Vor Angelos erweiterten Pupillen tut sich Wunderbares auf: zwei von geschwungenen, spitzen, schummrig-schwarzen Metallstiften delikat durchstochene dunkelrote Nippel. Zusammen mit dem zuckerfarbenen Madonnen-Medaillon bilden sie die Trinität eines gleichschenkeligen Dreiecks.

Angelo starrt in die Mitte des Dreiecks.

»Das ist die Dreifaltigkeit! Die Dreifaltigkeit!«, schreit der Junge. Nachdem er sich ein wenig beruhigt hat, sagt er leise zu sich selbst: »Den Linken. Näher am Herzen!«, und fährt mit seiner vom Kokain betäubten Zunge über den linken Busen des Mädchens, nimmt den gepiercten dunkelroten Nippel Cristinas in den Mund.

TOKTOKTOK.

Der Junge zuckt zusammen, sticht sich die Zunge an einem Ende des spitzen, schummrig-schwarzen Piercings des delikat durchstochenen dunkelroten linken Nippels Cristinas und lässt schimpfend von ihm ab. Sofort klatscht ihm eine Mädchenhand auf den Mund und dämmt Angelos Geschimpfe zu einem undefinierbaren geröchelten Laut, wie von einem amateurhaft abgedichteten albanischen Abflussrohr. Vor Angelos innerem Auge erscheint Rocco, der mit einem Baseballschläger auf die Badezimmertür einhämmert. Wäre Rocco ein Gemälde, hätte Angelo es jetzt gern mit einem Messer von oben bis unten zerstochen. Wie gerne er das getan hätte!

Cristina dreht den Wasserhahn in der Badewanne auf und stöpselt den Abfluss zu.

Warum hat er sich bloß die Decke über den Kopf gezogen?, fragt sich der Moldawier beim Anblick von Angelos Bett, ruft Cristinas Namen und wundert sich darüber, wie der Junge das Kunststück fertig bringt zu schlafen, ohne sich auch nur einen Millimeter zu bewegen. Er hatte hinter der Badezimmertür Geräusche gehört. Doch das Licht dort ist ausgeschaltet.

Was Cristina da bloß macht?

Tolyan Andreewitsch klopft wieder. Cristina antwortet nicht.

»Alles in Ordnung bei dir?«

Ein seltsames Röcheln ertönt auf der anderen Seite der Tür und dann, bald darauf, Cristinas Stimme:

»Lass mich in Ruhe. Ich hab Frauenprobleme. Ich komme allein zurecht.«

»Schön für dich, aber ich muss da jetzt rein, du störrische Göre! *Apri quella maledetta porta, mi hai capito?!* Mach die verdammte Tür auf, hast du mich verstanden?«, bricht es beinah aus dem Osteuropäer heraus, während seine Wangen vor Aufregung die Nuance einer zarten Morgenröte einnehmen.

Tolyan Andreewitsch versucht sich zu beruhigen und will das Mädchen fragen, wann es denn das Bad freimachen will und warum es denn dort im Dunkeln hocke, bei aufgedrehtem Wasserhahn noch dazu, entscheidet sich aber dafür, das Mädchen in seinem Zustand lieber in Ruhe zu lassen, und eilt aus dem Hotelzimmer hinaus, auf der Suche nach einem Alternativort, um seinen dringenden Stuhlgang zu absolvieren.

03:21

Angelo liegt ausgestreckt in der Badewanne und bewegt sich nicht. Nackt. Der hoteleigene Badeschaum des »Dolce della Luna« verbreitet den Duft von Lavendelhonig und Mandelmilch. Das Wasser schäumt über dem Jungen und auch über Cristina, die ihm gegenüber in der Wanne liegt und ebenfalls nackt ist. Sie spielt konzentriert mit ihren Silberringen, die sie nach Gutdünken im Schaum verschwinden und wieder auftauchen lässt. Dann bricht sie das Schweigen: Sie wundert sich darüber, dass der Moldawier Angelo nicht vermisst und sich auch nicht bei ihr nach ihm erkundigt hat.

Angelo antwortet nicht und spürt plötzlich eine prickelnde Berührung auf seinem Bein. Einmal. Und dann wieder. Und kurz darauf erneut: Es ist Cristinas Fuß, der sich mir nichts, dir nichts langsam seine Oberschenkel und Lenden hocharbeitet. Unheimlich unverschämt und unerwartet. Angelo ist überrascht und wirft dem Mädchen einen fragenden Blick zu. Cristina sieht dem

Jungen direkt in die Augen. Dabei spielt sie auf der Schaumoberfläche immer noch mit ihren Ringen, so als hätte sie nichts mit ihrem Fuß zu tun, der den Jungen unter Wasser fleißig stimuliert, was diesen zusammen mit dem Kokainrausch in einen Zustand der doppelten Ekstase versetzt.

Sein Aufzug fährt immer noch nach oben!

Das italienische Mädchen neckt und zupft die Hoden des Schülers weiter und gleitet mit ihren flinken Zehen auch darüber, scheinbar zufällig. Angelo pariert diese Schikane mit dem gleichen neutralen Gesichtsausdruck, mit dem ihn das Mädchen anschaut. Schließt seine Augen, vor Wonne und Dankbarkeit, und artikuliert einige Laute der Genugtuung. Dann hört das Zupfen und Necken im Genitalbereich des Schülers plötzlich auf. Was passiert jetzt? Der Junge spürt Cristinas Körper über sich. Sein Gehirn teilt ihm mit, dass er in das Innerste des Mädchens hineingleitet. Cristina, der Teufel soll dich verstehen!, denkt sich der Junge und genießt jede Sekunde des sich für ihn unerwartet Ereignenden zusammen mit den Engelchören, die dieses euphorische Gefühl aus dem Inneren des italienischen Teenagers besingen. Das Leben ist schön!, sagt sich Angelo und öffnet die Augen. Vor ihm tänzeln zwei große schwarze Engelsflügel auf und ab. Sie sind über den gesamten Rücken des Mädchens eintätowiert und reichen bis zum Po, über den ein Schriftzug in Cristinas Haut gestochen ist:

QUI SI PARRÀ LA TUA NOBILITATE

Überall der knisternde kristalline Schaum, der Cristina von den Schultern bis zur unruhigen Wasseroberfläche wie eine Woge aus warmem Wachs innig einhüllt. Zwischen Cristinas Schulterblättern gibt der nach Lavendelhonig und Mandelmilch duftende hoteleigene Badeschaum des »Dolce della Luna« etwas Unheimliches preis: noch ein Tattoo, das Motiv eines milde lächelnden Sensenmanns, mit überkreuzten behandschuhten Händen, in denen der Tod jeweils einen Molotow-Cocktail mit brennender Lunte und eine Sanduhr hält. Darunter die Verse:

la fama nostra il tuo animo pieghi
a dirne chi tu se', che i vivi piedi
così sicuro per lo 'nferno freghi.

Letzterer ist in Form eines wie im Wind wehenden Banners über das Haupt des lächelnden Sensenmanns in den Körper des jungen Mädchens eintätowiert worden. Angelo konzentriert sich wieder auf die Engelsflügel, die über ihm wippen. Er küsst einen von ihnen und spitzt beunruhigt die Ohren.

Ist der Moldawier schon zurück?

Doch jenseit der Badezimmertür ist nichts Verdächtiges zu hören. Leise plätschert das Wasser im Rhythmus von Cristinas Becken und schwappt ab und an auch über den Rand der Badewanne hinaus. Angelo zieht den Gummistöpsel. Das Wasser fließt ab. Der unwillkommene Gedanke an Rocco wurmt den Teenager wieder und kühlt die angenehme Wärme, die sich in seiner Brust eingenistet hatte. Er stellt sich vor, wie sich Cristina zu ihm umdreht und ihm zuflüstert:

»Ich habe Rocco vergessen. Hörst du? Ich möchte, dass du mich liebst, so wie ich dich liebe. Ich möchte, dass du bei mir bleibst. Und mich nicht verlässt. Und mich glücklich machst. Wirst du es für mich tun?«, mit einem Hauch von Melancholie in ihrer Stimme.

»Ich werde dich glücklich machen, Cristina«, verspricht Angelo den Engelsflügeln.

Das Wasser ist abgeflossen. Nur der Schaum hat sich an einigen Stellen gehalten. Cristina richtet sich auf, dreht sich mit dem Gesicht zum Jungen und schenkt ihm ein Lächeln. Angelo lächelt zurück, vor Glück. Da bemerkt er, dass sich der Schaum an einigen Stellen rot verfärbt hat. Der Junge bekommt es mit der Angst zu tun. *Blut?* Angelo sieht überall Blut, auf seinem Bauch und auf seinem pulsierenden Glied. Und auch auf Cristina. Ihr Unterleib ist blutig.

Angelo gefriert das Lächeln auf den Lippen.

»Hab keine Angst. Es tut nicht weh«, sagt das Mädchen leise, und als wollte es Angelo beruhigen und dem Jungen beweisen, dass es keinerlei Schmerzen empfindet, berührt das Mädchen zart seine Scheide, aus der das Blut weichselrot trieft.

»Ich werde dich glücklich machen, Cristina. Nicht Rocco.«

Angelo greift nach der blutigen Hand des Mädchens und drückt sie an seine Lippen. Küsst sie stumm und gierig. Cristina schmiegt sich an den Jungen.

»Stell dir vor, *che porcheria!*, ich hab sie gerade bekommen. Meine Tage, meine ich. Deswegen darfst du jetzt in mir kommen, Angelo«, sagt sie mit mütterlicher Zärtlichkeit, führt ohne Angelos Antwort abzuwarten den Penis des Schülers wieder in sich hinein, ergänzt mit einem Lächeln, dass laut Rocco Sex in der Periode die Menstruationszeit verkürze, und steckt Angelo, der bei der Erwähnung von Roccos Namen aufstöhnt, ihren rechten Zeigefinger in den Mund. Angelo keucht. Die beiden jungen italienischen Körper umschlingen einander in einem harmonischen Tempo, wie zwei Tango-Tänzer. Angelo lächelt.

Dann durchbricht das Mädchen diese Tango-Harmonie mit immer heftiger werdenden Stößen, die ihren Körper dem Jungen aufdrängen, als hätte Cristina es plötzlich sehr eilig, zum Höhepunkt zu kommen.

Angelo hat es jedoch nicht eilig: Er richtet sich auf, hält Cristina fest, zerkratzt ihr die Engelsflügel auf dem Rücken und auch den milde lächelnden Tod ein wenig, um das Mädchen zu verlangsamen, doch Cristina lässt nicht locker. Auch als Angelo die junge

Italienerin auffordert, langsamer zu werden, bewegt Cristina ihr Becken mit unverminderter Intensität, dabei wie ein Raubtier knurrend, und entschleunigt ihre aufdringlichen Stöße erst, als sie spürt, wie sich der Junge endlich in sie ergießt. Matt lässt sich Angelo auf den Badewannenwand zurückfallen und wirft dem Mädchen von dort aus einen bösen Blick zu.

»Ich bin nun mal egoistisch!«, sagt Cristina, haucht dem Jungen einen unschuldigen Kuss auf die Lippen und erinnert ihn an sein Versprechen.

»Was möchtest du denn, dass ich für dich tue? Wenn du wieder Sex willst, musst du dich eine Weile gedulden.«

»Ich möchte, dass du die Augen schließt und mir deine rechte Hand gibst.«

»Was, wieso?«

»Mach einfach.«

Cristina schnalzt mit der Zunge, was sie immer dann macht, wenn ihr jemand oder etwas auf den Geist geht. Das weiß Angelo, und deswegen kommt er ihrer Aufforderung nach, schließt seine Augen und streckt ihr die rechte Hand entgegen. Einige Augenblicke lang passiert gar nichts. Angelo will bereits die Augen öffnen und seine Hand wieder zurückziehen, als er spürt, wie die beringten Finger des Mädchens anfangen, seine Hand zu massieren. Dann hört Angelo, wie Cristina in ihrem Rucksack herumkramt, und bald darauf spürt er einen kalten Gegenstand, der die volle Fläche seiner nun entspannten rechten Hand ausfüllt.

Diese Hand hebt Cristina behutsam, wie eine Glasfigur, und lässt sie langsam entlang ihres Halses, ihres Kinns und ihrer leicht gespreizten Lippen zu ihrer Brust absinken. Dann verbiegt das Mädchen den Zeigefinger des Jungen ein wenig nach innen, küsst diesen und löst ein weiteres kurzes Geräusch in Angelos Hand aus, ein scharfes »Klick«, das der Junge nicht recht einzuordnen weiß. Deswegen reißt Angelo die Augen auf. Und erschrickt.

In seiner Hand entdeckt er eine mit weißem Griff versehene Pistole, die frisch geölt ist. Sie glänzt mit der Erhabenheit eines Kultobjekts. Angelo registriert, dass die Waffe entsichert ist und sein Zeigefinger auf ihrem Abzug ruht, sodass die kleinste Regung des Letzteren bereits einen Schuss auslösen müsste. Er will die Pistole loslassen, kann es aber nicht, denn Cristina hält mit ihren beiden Händen seine Pistolenhand fest gedrückt, oberhalb der eigenen Brust, deren weiße Haut wie eine Mischung aus feinem Elfenbein und weicher Seide im schwachen Licht schimmert.

Die Hand des Schülers zittert, wie ein wackliger sardischer Holzzaun.

»Soll das jetzt ein Witz sein?«

»Es ist eine Beretta 92F, Kaliber 9 x 19 mm.«

»Woher hast du, ich meine –«

»Es ist Roccos Beretta. Und jetzt drück ab. Versprochen ist versprochen.«

»WAS?«

»Ich möchte, dass du mich erschießt.«

03:43

Nebel.

Und eine feuchte Brise.

Und ein Knistern, ähnlich dem eines Lagerfeuers.

Mit verkrampfter Ostblock-Physiognomie starrt der Moldawier in den milchigen Nebel hinein, wie ein Pirat im Ausguck den Horizont auf der Suche nach einem Flecken Land durchlöchern würde, kann aber das Lagerfeuer nicht ausmachen. Und doch hört der Osteuropäer mit seinem wachen inneren Auge das Schmatzen von Flammen, die geduldig Holzscheite knacken und ihren eigenen Schatten lecken. Und entleert seinen Darm lautlos, nach Art eines geübten Spähers im Einsatz.

Hähnchen, *blya*!, denkt sich der Moldawier: »Benzin! Es riecht doch nach verbranntem Hähnchen und nach Benzin! *Pizdeț*!«

Tolyan Andreewitsch schlussfolgert, dass ein Gast des Hotels »Dolce della Luna« den nocturnen Drang verspürt haben muss, sich zu dieser Uhrzeit ein Hähnchen-Schaschlik über offenem Feuer zu braten.

Womöglich ein lustiger Faun aus Sizilien, wie es derer viele gibt, sagt sich Tolyan Andreewitsch, inspiziert seine rechte Hand und lässt das nasse, fasrige Gewächs wieder fallen, das er aus dem Biotop neben sich herausgezupft hat. Links von sich ertastet der Moldawier einen strammen Strauch Brennnessel, den er sogleich wieder in Ruhe lässt, denn obwohl die Pflanze vom medizinischen Standpunkt her über eine nicht zu vernachlässigende Heilkraft verfügt, als Toilettenpapierersatz eignet sie sich nicht.

So verharrt der Moldawier eine Zeit lang gedankenverloren in der Adlerstellung, kramt in sämtlichen seiner Taschen nach weichem, formbarem Papier – erfolglos – und gewährt seinem Anus einen lang gezogenen schrillen Furz der Enttäuschung.

Dann weht die Brise dem enthüllten Po des Moldawiers drei herzförmig-ovale Blätter einer ihm unbekannten botanischen Kreation entgegen, als hätte Mutter Natur von seiner misslichen Lage erfahren und beschlossen, ihm zu Hilfe zu eilen. Geistesgegenwärtig packt Tolyan Andreewitsch die schwach grau-filzig behaarten Blätter hinter sich und tut damit, was getan werden muss.

Just in dem Moment, in dem der Osteuropäer der Natur für ihre Kooperation gedanklich seine Dankbarkeit ausspricht, lichtet sich der Nebel und offenbart dem Moldawier mitten auf der hoteleigenen Streuobstwiese des Gastbetriebes »Dolce della Luna« das Ausmaß der Eurokrise, bei dessen Anblick dem Moldawier eine konzentrierte Ladung Blut in die übermüdeten Augen schießt, so, als hätte er bulgarischen Klebstoff gerochen: Zwei Männer, einer mit Bart und einer ohne, sowie zwei Frauen in eleganter Abendgarderobe braten über einem Stapel Europaletten einen Mitmenschen.

Kannibalismus.

»Hier in Italien. Im 21. Jahrhundert, *mîncați-aș* …«, flüstert der Moldawier.

Und die Menschen regen sich über die geborgte Konjunktur und Berlusconi auf.

Eine der Frauen, sie hat kurzes rotes Haar, vergräbt ihr Gebiss in etwas Knusprigem und kaut konzentriert.

Tolyan Andreewitsch stellt fest, dass er in der Rothaarigen die Gesichtszüge der Hotelbesitzerin des »Dolce della Luna« Monica di Garozzo ausmachen kann.

Signora di Garozzo?!

Die andere Frau schüttet indes noch etwas Benzin über den leblosen Bürger auf dem brennenden Stapel Europaletten. Sie hantiert ungeschickt mit dem Kanister – die Frau hat wohl sein Gewicht unterschätzt – und lässt einen großzügigen Benzinschwall auf die Leiche schwappen. Eine Stichflamme schießt aus dem Dahingeschiedenen empor und intensiviert den Geruch nach verbranntem menschlichem Fleisch.

Die haben einen ganzen Menschen aufgegessen, und jetzt beseitigen sie die Spuren, denkt sich der Moldawier und zieht sich die Hose hoch.

»Pa šta radiš, budala!? Polako, žena!«, ruft der bärtige Mann mit einem schwenkbaren Weihrauchfass in der Hand aufgebracht der Frau mit dem Benzinkanister entgegen, springt einen Schritt zur Seite und deckt sich Mund und Nase mit dem Saum seines sonderbar schwarzen Kaftans ab. Die Frau sieht den bärtigen Mann verständnislos an.

»Was? Was sagten Sie?«

»Piano, Signora. Piano! Basta adesso! Sachte, sachte! Es reicht jetzt, *Signora!«*, übersetzt ihr der zweite Mann beim Lagerfeuer, der stark

schwitzt in seinem bedruckten T-Shirt, auf welchem Tolyan Andreewitsch die kyrillische Aufschrift »Kosovo = Srbija« entziffern kann, und reißt der Italienerin den Benzinkanister aus den Händen.

Ein Gefühl von Traurigkeit überkommt Tolyan Andreewitsch ob dieses makabren Schauspiels, dessen unfreiwilliger Zeuge er geworden ist. Er inhaliert den balsamischen Geruch von Weihrauch, als er beobachtet, wie ein brennender Arm vom Scheiterhaufen auf das feuchte Gras hinunterpurzelt. Es zischt. Eine kleine Dampfwolke steigt zum Himmel hinauf. Der bärtige Mann mit dem Weihrauchfass gibt seinem »Kosovo = Srbija«-Kollegen eine Schnellanweisung auf Serbisch, und jener demoliert mit seinem *Baschmak* der Größe 47 eine auf dem Boden liegende Reserve-Europalette und entreißt ihr zwei Holzbretter, aus denen drei glänzende 100er-Nägel herausragen, packt mit ihnen präzise den qualmenden Arm des kremierten Bürgers und wirft ihn wieder auf den Scheiterhaufen zurück. Mit der Wendigkeit eines Menschen, der diesen Handgriff nicht zum ersten Mal ausführt. Die Frau, die mit dem Benzinkanister hantiert hat, bricht in Tränen aus. Und schluchzt. Und dreht sich vom Feuer weg zu Tolyan Andreewitsch. Der Moldawier erkennt sie wieder – es ist Francesca, die Rezeptionistin. Monica nimmt ihre Mitarbeiterin in den Arm und redet beruhigend auf sie ein. Francesca jedoch weint weiter, hysterischer noch als am Anfang. Die Hotelbesitzerin des »Dolce della Luna« nimmt Francescas Gesicht in die Hände, drückt ihr einen Kuss auf die Wange, sieht sie liebevoll an und klatscht ihrer Mitarbeiterin eine leichte Watsche ins Gesicht. Francescas Geheule hört augenblicklich auf, die Rezeptionistin entschuldigt sich sogar bei ihrer Chefin.

Und da fällt es dem Moldawier wie Schuppen von den Augen: Der Pope und sein Helfer! Es sind die zwei Serben, von denen Cristina gesprochen hat, denkt sich der Moldawier triumphierend.

Pippo Calabreses Beerdigung … Und lächelt, ein Goldzahn blitzt hervor. Doch sein Lächeln erkaltet umgehend, als er seine georgische Teedose in Monicas Händen erblickt.

04:00

»Georgischer Tee. *Georgischer Tee!*«, sagt Cristina völlig unerwartet. »Wer trinkt denn so was? Hast du schon mal was von *georgischem Tee* gehört? Oder von *Georgien*? Georgien. Gab's da nicht Krieg vor ein paar Jahren? Aber abgesehen davon, findest du es nicht komisch, dass der Typ wegen einer Packung Tee so ein Theater macht? Überleg doch mal. Der Moldawier ist durch Italien unterwegs. Irgendwas, irgend etwas *Wichtiges*, hat ihn in die Abruzzen verschlagen. Und das ist kaum das Gran-Sasso-Gebirge, er sieht nicht gerade aus wie jemand, der in seiner Freizeit darauf brennen würde, übers Wochenende im Campo Imperatore wandern zu gehen … Und dann. Dann bemerkt der Moldawier das Fehlen seines Tees und macht sofort kehrt, bloß um diese Packung georgischen Tees abzuholen, die er hier im ›Dolce della Luna‹ vergessen hat. Würdest du so was tun? Also ich. Ich würde das für keinen Tee der Welt machen! In der Nacht durch diese Gegend zu fahren ist kein Zuckerschlecken, noch dazu wie der Moldawier gefahren ist … Ich sage dir, Angelo: Der *georgische Tee* ist der Grund seiner Anwesenheit hier in den Abruzzen, wenn nicht vielleicht gar seiner Anwesenheit in Italien. Das bedeutet, dass in dieser Teedose etwas sehr Wertvolles versteckt sein muss. Etwas anderes als georgischer Tee. Er versteckt da was, *capisci*? Etwas, was wenig wiegt und kostbar ist – Crystal Meth zum Beispiel. Oder Heroin. Oder geschmuggelte Diamanten. Ich meine, was wissen wir schon von diesem Fremden? Er hat in seiner Geldbörse über acht Riesen gehabt. Das habe ich mit eigenen Augen gesehen. Einer, der so viel Geld mit sich trägt, hat in Wirklichkeit viel mehr. Und woher, frag ich dich? Vielleicht ist er nach Apulien unterwegs, um einem ungeduldigen Capo der Sacra Corona Unita die Diamanten zu überbringen. Oder Kalabrien. Vielleicht ist er Kurier der Camorra, wenn nicht einer kalabrischen Verzweigung irgendeines osteuropäischen Verbrecherklans. Ja, es müssen Diamanten im georgischen Tee sein. Und weißt du, was noch auffällig ist? Die Krise. Sie lässt ihn absolut kalt. Das heißt, dass er seine Schäfchen ins Trockene gebracht haben muss, finanziell. Und noch etwas: Als ich von Pippo Calabreses Tod erzählt habe, blieb der Moldawier ganz ruhig. Ich meine, wen lässt der Tod derart kalt? Nur jemanden, der den Tod kennt. Jemanden, der den Tod *gut* kennt – einen Killer zum Beispiel. Ein Killer. Fragt sich nur, warum er sich die Mühe gemacht hat, uns mitzunehmen. Vielleicht zur Tarnung. Zwei verwirrte Halbwüchsige zur Tarnung für einen Mafia-Kurier, Schrägstrich Killer ... Es müssen Diamanten sein. Mindestens. Jetzt sag du doch bitte auch mal was!«

Angelo schweigt, als wäre er gar nicht anwesend.

Das Mädchen betrachtet ausgiebig den glänzenden Schaft der Beretta, den es nach wie vor gegen seine Brust gedrückt hält, und überlegt, ob da überhaupt schon eine Patrone im Lauf ist. Dann spricht es weiter:

»Frauen mögen eigentlich sanftere Selbstmordmethoden. Tabletten zum Beispiel. Oder Pulsadern aufschneiden. Tabletten wären mir auch lieber, um ehrlich zu sein. Aber wir haben leider keine hier. Und Pulsadern aufschneiden. Das habe ich zwar schon ein paarmal versucht, *certo,* aber irgendwie war ich nicht konsequent genug. Ich schätze, ich kann kein Blut sehen. Und deswegen. Deswegen habe ich Roccos Pistole mitgehen lassen, als Notlösung. Sie sollte gut genug sein. Hör zu, Angelo, ich habe in meinem Abschiedsbrief alles aufgeschrieben. Mach dir keine Sorgen deswegen. Keiner wird dir etwas vorwerfen. Sie werden verstehen, dass du es gut mit mir gemeint hast. Dass du mir nur helfen wolltest und dass ich dich um deine Hilfe gebeten habe. Im

Prinzip ist es nichts anderes als eine Alternativform von Euthanasie. Angelo, ich bitte dich, drück endlich ab. Bringen wir's hinter uns.«

Stille.

Cristina wundert sich, warum der Junge nicht versucht, sich aus ihrem Griff loszureißen, und warum er nichts sagt, nichts antwortet auf das, was sie ihm erzählt. Das Mädchen redet weiter. Es hat vor, den passenden Moment abzuwarten, bis die Wachsamkeit des Jungen nachlässt, um dann blitzschnell mit dem Zeigefinger des Schülers den Abzug der Beretta zu betätigen und so den herbeigesehnten Schuss auszulösen.

»Erklär mir doch wenigstens, warum du wegen Rocco… Ich meine, ich kann das nicht verstehen. Der Typ ist doch ein mieses Arschloch!«, platzt es unerwartet aus dem Jungen heraus.

»Ich liebe ihn nun mal.«

»Das kapier ich nicht. Er hat dich doch wie Scheiße behandelt. Er hat dich betrogen. Du hast doch selbst gesehen, wie er dich betrogen hat. Er hat dich geschlagen, und, was noch schlimmer ist, er hat dich ignoriert. Nicht wahrgenommen. Und das nennst du Liebe?«

Cristina lässt sich Zeit.

Dann sagt sie in einem sanften Tonfall, als müsste sie einem Kind behutsam eine schlimme Neuigkeit mitteilen:

»Man kann es sich nicht aussuchen, wen man liebt, Angelo. Liebe ist blind. Und ich liebe Rocco nun mal, unabhängig davon, ob er mich auch liebt oder nicht. Ob er mich betrügt oder nicht. Viele Lieben sind so. Die meisten Lieben sind so. Meine Liebe zu Rocco. Du wirst mich jetzt bestimmt auslachen, aber die habe ich mir immer wie eine kleine Flamme vorgestellt, die ich speisen muss, damit sie nicht ausgeht. Und wenn du das Gefühl hast, dass du die Wärme dieser Flamme zum Überleben brauchst, dass ohne sie alles andere keinen Sinn mehr hat, dann bist du bereit, alles dafür zu tun, dass die Flamme nicht erlischt, *capisci quello che dico*, verstehst du? Zuerst habe ich ihr meinen Stolz und meine Unabhängigkeit geopfert. Dann, als ich merkte, dass das nicht genug war, um die schwache Flamme zu erhalten, fing ich an, für sie Menschen, die ich einmal kannte und die mir einmal wichtig gewesen waren, aufzugeben, einen nach dem anderen. Bekannte, Freunde, Familie. Und es ist immer noch nicht genug. Jetzt habe ich nichts mehr, was ich ihr noch opfern könnte. Nur mich selbst. Und weißt du was? Mit mir wird die Flamme sterben. Und das wird auch meine Rache an Rocco sein, für seinen Verrat. Vielleicht wird er dann merken, was er an mir gehabt hat, wenn ich tot bin. Vielleicht wird er an meinem Grab weinen … Wegen all dem, was er mir angetan hat. Vielleicht wird es ihm leidtun, aber es wird zu spät sein …«

»Und was ist mit *mir*? Ich liebe dich, Cristina. Ich möchte bei dir sein. Weil ich dich liebe. Ist dir das denn egal?«

Cristina sagt nichts.

Stille.

Cristina sieht durch ihn hindurch und schweigt.

Das Kokain. Angelo spürt es immer noch. Es pocht in seinen Schläfen, als wär dort ein zweites paar Lungen. Und es kitzelt seine Zunge. Er kann seinen Mitteilungsdrang nicht mehr im Zaum halten. Und so bricht es aus ihm heraus. Der Schüler spricht fieberhaft und schnell. Er wechselt unvermittelt das Thema und fängt an, über das System des Raubkapitalismus und die Ausbeutergesellschaft des Konsums zu erzählen, die er um sich herum sieht und die den Menschen zugrunde richtet:

»Der Durchschnittsitaliener, nennen wir ihn Giuseppe, arbeitet, um Geld zu haben, um Dinge anzuhäufen, die ihm, so glaubt er, Glück bringen müssten: Eine Wohnung, ein Auto, auf Kredit gekauft, sind das Mindeste. Diese Dinge benötigt er, um in der kapitalistischen Gesellschaft als erfolgreich zu gelten. Ohne sie ist Giuseppe in den Augen der Gesellschaft ein Versager. Und ein schlechter Konsument, also eine Bremse für das Wirtschaftswachstum und für den Wohlstand.

Die allgegenwärtige Werbung im Dienste des allgegenwärtigen, institutionalisierten Konsumwahns – das Land braucht schließlich Wirtschaftswachstum, Sicherung der Arbeitsplätze! – kitzelt noch mehr Geld aus seiner Tasche heraus. Dieses Geld gibt er dafür aus, sich noch mehr materielle Dinge zu besorgen, die ihn, so glaubt er, glücklich machen müssten. Doch um sich diese Dinge überhaupt leisten zu können, muss Giuseppe ihretwegen noch mehr von seiner kostbaren, ja unbezahlbaren Lebenszeit opfern. Dafür verschleißt er bereitwillig seinen Körper in nicht enden wollenden Überstunden, Woche für Woche, Monat für Monat, Jahr für Jahr, an einem Arbeitsplatz, der ihm nichts bedeutet. Wo er eine Tätigkeit verrichtet, die ihm auch nichts bedeutet. Die er nur deswegen ausübt, weil er sich Sicherheit wünscht. Die Sicherheit, all seine Rechnungen, Kredite, Zinsen und Steuern bezahlen zu können. Giuseppes Leben ist nichts als ein Zyklus aus Überweisungen, Rechnungen, Gebühren, Abgaben, Taxen und Steuererklärungen, worüber die Guardia di Finanza mit Aasgeieraugen wacht. Er muss alles pünktlich abbezahlen und am besten jedes Mal mehr – der Konsum muss schließlich gefördert werden, die Wirtschaft muss wachsen und mehr Zeug produzieren! Und schuften. Jeden Tag muss er schuften, wie ein Roboter. Und konsumieren. Und schuften. Und Schulden machen. Und noch mehr konsumieren. Und dafür noch mehr schuften. Und um seinen Arbeitsplatz bangen.

Das gilt für neunzig Prozent unserer Gesellschaft. Neunzig Prozent unserer Gesellschaft setzen sich aus aus solchen Giuseppes zusammen. Die restlichen zehn Prozent, das sind die Reichen. Für sie arbeiten der italienische Staat, die Regierung, Berlusconi. Für sie entwirft die Republik Italien unermüdlich Gesetze. Für sie schnürt der italienische Staat mit dem Geld, das er aus den anderen neunzig Prozent per Gesetz ausquetscht und vom Finanzamt eintreiben lässt, Euro-Rettungsschirme und Milliarden-Hilfspakete, für den Fall, dass die Reichen eine Bank, ein Unternehmen oder einen ganzen Wirtschaftszweig an der Börse verspekulieren sollten. Wie viele von diesen Typen, die die Krise verschuldet haben, wurden zur Rechenschaft gezogen? Wie viele von ihnen sind verurteilt worden? Wie viele von ihnen sitzen Gefängnisstrafen ab? Ah? Wie viele? Kein Einziger. *Nessuno!* Nicht einer. Ist das Gerechtigkeit? Ja, die Gerechtigkeit einer verlogenen, schizophrenen und kaputten Gesellschaft ist das. Gleichzeitig sorgt der Staat bei uns dafür, dass die Giuseppes, die neunzig Prozent der Bevölkerung, den Reichen, Italiens zehn Prozent, nicht mit dem Messer an die Gurgel springen, ihnen ja nicht den von flinken, steuerfrei unterbezahlten Asylantenhänden blank polierten Austernteller vor der Nase wegschnappen, ihnen nicht das eigene scharfe Muschelmesser bis zum Heft in ihren fetten Augapfel stoßen und dabei in ihre überfressene geliftete Fratze schreien: HER MIT DEM SCHÖNEN LEBEN, *CAZZI!* Ab und zu spuckt ihnen mit warmen Grüßen aus dem Mezzogiorno die Mafia in die Suppe und lässt sie im eigenen Müll versinken, wie in Neapel, so aus Spaß am Kapitalismus-Sport und am EU-Subventions-Sirtaki. Doch was wird aus Giuseppe, aus diesem von der westlich kapitalistischen Gesellschaft zum unmündigen Konsum-Roboter erzogenen Menschen? Irgendwann mal geht er an seinem Leben zugrunde – körperlich, mental. Er wird krank, kann nicht mehr so viel leisten, kann nicht mehr so viel schuften, kann nicht mehr so viel Zeug kaufen und damit das Wirtschaftswachstum ankurbeln. Und da verabschiedet die Gesellschaft Giuseppe, diese mittlerweile furchtbar uninteressant gewordene Steuernummer, mit einem Arschtritt und einer 500-Euro-Pension, wenn er Glück hat, in das aus den offiziellen Statistiken weggepuderte Prekariat. Ersetzt wird er durch einen frischen neuen Giuseppe, der unverzüglich in das System eingespeist wird. Und ich frage mich: Will *ich* dieser frische Giuseppe sein? Will ich der Ersatz eines kaputten, alten Giuseppe sein? Und für die Krise dieser Mailänder Lega-Nord-Bänker-Fettärsche jahrzehntelang bezahlen müssen? Von meinem Lohn aus einem schlecht bezahlten befristeten Job? Nein, danke. Ich will nicht dieser Berlusconi-Gesellschaft dienen. Ich nicht! Ich steige aus! Ich wollte glücklich sein. Mit *dir*. Aber da das nicht geht. Da du nicht willst. Wegen diesem *maledetto* Rocco. Ich könnte Mut finden, ein neues Leben anzufangen, aber ohne dich, Cristina, hat das für mich keinen Sinn. Wozu? Nur um physisch zu existieren, dahinzuvegetieren, körperlich, ohne wirklich bei dem Menschen sein zu können, der mir alles bedeutet? Ohne *dich*?«

Das Mädchen stellt fest, dass sich der Griff des Jungen um die Pistole gelockert hat, und drückt sanft auf den vom Zeigefinger Angelos umklammerten Abzug. Und schließt die Augen. Da reißt der Junge jedoch seine rechte Hand aus dem Griff des Mädchens. Die Hand zittert. Die geladene Beretta zittert mit ihr mit. Der italienische Schüler hebt die Pistole sehr langsam, als wäre sie aus Blei, und setzt die Mündung der Beretta an seine rechte Schläfe. Dabei sieht er Cristina direkt in die Augen. Dort kann er jedoch nichts erkennen, was darauf hinweisen würde, dass das Mädchen von seiner Todessehnsucht abgekommen wäre. Nach all den Bemühungen seit ihrem gemeinsamen Aufbruch aus Termoli und ihren Irrwegen durch die Abruzzen, Cristina umzustimmen, sie von ihrem Selbstmordwunsch abzubringen und es doch lieber noch einmal zu versuchen, muss sich Angelo nun eingestehen, dass es keinen Zweck mehr hat. Und je mehr der letzte Funke Hoffnung in ihm schwindet, umso mehr freundet sich der Junge mit dem befremdlichen Gedanken an, sich und das Mädchen endgültig aufzugeben. *Finita la commedia …*

Eine Träne rollt zögerlich seine Wange hinunter und tropft in die Badewanne.

Das Mädchen weint nicht. Es küsst den Jungen behutsam auf den Mund und sagt leise, voller Sanftmut: »Lass es uns zusammen machen.«

04:32

Der benzinbeschleunigte Leichenbrand hat sich beruhigt. Von Dejan Calabrese ist nicht mehr viel übrig. Wladyka Borimirović psalmodiert das Lob des jüngst konvertierten Krisenopfers, dreht kleine Runden um dessen kremierten Körper und schwenkt dabei regelmäßig sein Weihrauchfass, als würde er gezielt unsichtbare Koordinaten im nächtlichen Himmel des NATO-Staates anpeilen. Dabei murmelt der serbische Kirchenvater ständig etwas in seinen Bart hinein, mal laut, mal leise, mal geflüstert und mal gesungen in Reimen.

Die Bewegungen des Wladykas sind stets präzise, erhaben und erwecken den Anschein, als hätten sie genau so und nur in dieser Reihenfolge zu erfolgen und auf keinen Fall anders. Ab und zu bringt sich Wladykas Assistent Dušan mit Qi-Gong-artigen Bewegungen harmonisch in die Zeremonie ein, nimmt dem Kirchenvater mal das Epitrachelion ab, nimmt mit einem gezielten Griff das Weihrauchfass entgegen oder stimmt in einen Gesang organisch mit ein, ohne je Wladyka Borimirović bei seinem Tun zu behindern.

Etwas abseits platziert beobachten die zwei EU-Bürgerinnen Monica di Garozzo sowie ihre Freundin und Mitarbeiterin Francesca Lombardo mit zwei brennenden Kerzen in der Hand das Geschehen und tuscheln.

»Ist das eigentlich keine Sünde, Monica?«

Monica rollt mit den Augen.

»Monica, ist *das* keine Sünde?«

»Wir haben im Moment keine andere Wahl.«

Kurze Pause.

»Man hat *immer* eine Wahl, Monica. Du hättest mit Padre Motadonna nicht so schroff umgehen dürfen! Er hätte sich bestimmt umstimmen lassen. Immerhin ist er ein Mann Gottes.«

»Ja, sein Stellvertreter auf Erden, um genau zu sein.«

»Wie bitte?«

Monica beugt sich näher zu Francesca und flüstert der Rezeptionistin zu:

»Warum ist es so schwer zu verstehen? Wo soll ich jetzt im Hochsommer mit einer ledigen Leiche hin, die keiner vermisst und die keiner haben will? Ich möchte keinen Toten im hoteleigenen Kühlraum lagern, bis irgendwann irgendeiner ihn abholen kommt. Ich meine, jetzt mit der Krise, wo ein Liter Diesel 1,50 Euro kostet und sogar die Polizei ihren Sprit spart … das ist ja schon fast wie in so einem Buch von Silone. Und was sollte ich denn tun? Ihn vergraben? Das konnte ich nicht machen, ohne dem Mann wenigstens ein christliches Begräbnis zu gewähren. Und die Alternative wäre der Kühlraum gewesen, was eigentlich gar keine Alternative ist. Denk mal an das Lebensmittelgesetz – wenn jemand bei der Lebensmittelbehörde davon Wind bekommt, dass wir hier Leichen horten, können wir das Hotel gleich schließen. Und was passiert dann? Dann können wir die Hypothek nicht mehr abbezahlen; unser netter Unicredit-Berater Domenico Lotto, dieser abgeschleckte, karrieregeile Typ aus Moscufo, wird uns ein paar freundliche, aber bestimmte handsignierte Mahnbriefe per Einschreiben schicken, mit mindestens einer indirekten Anspielungen auf den möglichen Besuch des einen oder des anderen Gerichtsvollziehers darin, wie ich ihn kenne, wenn Lotto nicht selbst zu den mittlerweile 5200 Mitarbeitern gehört, die unsere Mustergroßbank bis 2015 wegrationalisieren will, und er nicht vielleicht schon selbst gefeuert wurde. Und weißt du, was dann passieren wird? *Niente*. Nichts. Den Mahnungen werden wir aus finanziellen Gründen nicht Folge leisten können, und dann exekutiert Unicredit per Gerichtsbeschluss das Hotel, unser »Dolce della Luna«, und wir landen auf der Straße. Nette Aussichten, nicht? Und was sollen wir dann machen? Unsere Pleite, eine von vielen Tausend allein dieses Jahr, wird keine Sau beeindrucken oder interessieren, das kann ich dir sagen. Außer vielleicht, wenn wir uns vor dem Finanzamt in Rom anzünden und darauf hoffen, dass Rai Uno einen Beitrag über unseren Krisentod im Fernsehen ausstrahlt. Dazu wird unser Premierminister Berlusconi auf einem seiner Mediaset-Sender sicher eine seiner klassischen Alles-ist-gut-Reden schwingen, den Vorfall seinen politischen Gegnern, diesen grimmigen Sparschlümpfen Monti und Co, in die Schuhe schieben, den Verzicht auf ein paar Dienstfahrzeuge erklären und feierlich die Investition eines Milliardenpakets in die Infrastruktur verkünden. Zum Beispiel in irgendein zwielichtiges Bauprojekt auf dem Territorium der kalabrischen Mafia, das seit vierzig Jahren nicht fertiggestellt wird, wie diese Autobahn zwischen Salerno und Reggio. Er wird sich mit einem breiten, geliften Grinser von seinem linken Ohr bis zu seinem rechten Ohr auf allen italienischen Fernsehkanälen verabschieden, für ein paar Stunden mit einer aus Nordafrika importierten minderjährigen Nutte Doktor spielen und dann selbstzufrieden zu irgendeinem EU-Krisengipfel mit Merkel und Sarkozy nach Brüssel fliegen. Aber da wird es für uns auch zu spät sein.«

»Und Gott?«

»Was, Gott?«

»Was wird Er dazu sagen?«

»Wer?«

»Na Gott!«

»Wozu? Zu Berlusconi oder zu unserer Pleite?«

»Nein, dass wir diesen Calabrese hier mitten in der Nacht verbrennen.«

»Gott wird es verstehen.«

»Meinst du?«

»Ja, *certo*. Er wird es verstehen.«

»Und was, wenn nicht?«

»Wenn er das nicht versteht, dann ist er kein Gott«, antwortet Monica um einiges lauter als beabsichtigt. Francesca schüttelt den Kopf und flüstert: »Wenn wir Calabrese wenigstens nach seiner Meinung dazu fragen könnten«, während sich Monica wieder auf das serbisch-orthodoxe Bestattungszeremoniell des wegrationalisierten Mitarbeiters der Zuckerfabrik von Termoli konzentriert.

Da bleibt der Wladyka plötzlich stehen, sieht Monica und Francesca an und richtet einen melodischen Satz auf Serbisch an sie, als hätte er ihre Konversation mitverfolgen können. Die Italienerinnen sehen Dušan Hilfe suchend an.

Jener überlegt ein wenig und antwortet mit dem Weihrauchfass in der Hand:

»Wladyka Borimirović sagt: ›Der Tod besteht nicht darin, dass man nicht mehr mitteilen, sondern dass man nicht mehr verstanden werden kann.‹«

»Verstehe. Besten Dank. Richten Sie ihm bitte aus, dass wir seine Weisheit sehr zu schätzen wissen«, sagt Monica.

»Jetzt die Opfergabe für die Seele des Toten«, sagt Dušan, wirft der rothaarigen Frau einen Blick zu und fordert sie auf, den georgischen Tee in ihrer linken Hand Francesca zu übergeben.

»Über dem Dahingeschiedenen!«, weist Dušan sie an, als sich die Hotelbesitzerin anschickt, ihrer Mitarbeiterin den georgischen Tee einfach in die Hand zu drücken. Monica macht zögerlich ein paar Schritte auf die Europalette mit den mittlerweile nur noch leicht qualmenden und dank des Benzins vollständig verbrannten Überresten Dejan Calabreses zu und fordert Francesca Lombardo, die Rezeptionistin, auf, an die andere Seite der Europalette heranzutreten. Als beide Frauen die entsprechende Position eingenommen haben und Signora di Garozzo das schmucklose Päckchen mit dem georgischen Tee über die Europalette reichen will, spürt sie eine Hand auf ihrer Schulter.

»*Scusi, Signora*, aber Dejan, möge ihm die Erde leicht sein, wie man bei uns sagt, hätte sicherlich gewollt, dass ich den georgischen Tee bekomme. Ich hänge sehr an dem Päckchen, wissen Sie …«, erklärt sich Tolyan Andreewitsch, wobei er Calabreses neuen Vornamen betont, wie nebenbei einen träumerischen Blick auf die Überreste des Krisenopfers wirft und das Päckchen mit dem georgischen Tee an sich nimmt. Wladyka Borimirović beäugt den Moldawier mit wohlwollender Neugier, Dušan starrt Tolyan Andreewitsch an und hält das leicht schwingende Weihrauchfass in seinen Händen, Monica öffnet ihren Mund und sagt dann doch nichts, Francesca Lombardo kneift die Augen zusammen, und in der Ferne versucht eine männliche Amsel mit ihrem optimistischen Gesang ein Weibchen anzulocken. Als plötzlich ein Knall durch die Nacht peitscht. Einmal und dann noch einmal. Gepaart mit dem schrillen Geräusch von Glas, das zersplittert.

»Das ist eine Beretta 92F, Kaliber 9 x 19 mm«, sagt der Serbe mit dem »Kosovo = Srbija«-T-Shirt.

Es ist 04:47 Uhr, Samstag, der 23. Juli 2011. Das Begräbnis ist für Sonntag, den 24. Juli angesetzt.

KRISENBUCH ZWEI

DIE KONKURRENTEN

ICH HÖRTE, WIE DEIN HAAR
ERST GALOPPIERT,
DANN STEHT,
WIE DIE KAPELLE NICHT MEHR WEISS,
WAS SIE NOCH SPIELEN SOLLTE,
ICH WUSSTE, DASS MAN WEITERTRANK,
OBWOHL MAN NICHT MEHR WOLLTE.
DIE NUTTEN SAGTEN NICHT,
WOHER DER SÜDWIND WEHT.

ONDŘEJ CIKÁN

LIEBE GRÜSSE AUS DEM »HOLZKLUMP«

1991. DONDUȘENI, MOLDAWISCHE SSR

Keine Konkurrenz

»Fabelhaft. FA-BEL-HAFT. Ich hätte nicht gedacht, dass du das so rasch hinkriegen würdest, Vadim«, sagt Tutunaru, zwinkert dem Maler zu, blättert in seinem bordeauxfarbenen sowjetischen Pass und befeuchtet den Zeigefinger, mit dem er die nummerierten Seiten durchforstet.

Und da ist es dann. Endlich entdeckt Tutunaru im hinteren Drittel seines Reisedokuments das Gesuchte, den direkten Ausweg aus der Krise und das Ende all seiner mit dem sowjetischen Sozialismus verbundenen Probleme. Tutunaru lässt seinen Zeigefinger auf der Seite 21 ruhen, lächelt zufrieden wie ein Hajduke, der gerade von einer erfolgreichen Mission zurückgekehrt ist, und schließt den Pass. Dann macht er ihn wieder auf, starrt noch einmal auf die Seite 21, verkrampft sein Gesicht, als hätte sich jemand darin übergeben, und schleudert das sowjetische Reisedokument auf die Tischplatte.

»Vadim, Vadim … Was zum Henker hast du gemacht?«

»Wie jetzt? Ich habe dir gleich gesagt, am Apparat, dass es eine Komplikation gegeben hat.«

»An was für einem Apparat?«

»Am Telefon. Ich habe dich doch aus Chișinău angerufen. Am Donnerstag, gleich nach dem Morgenstromausfall.«

»Moment mal, du warst gar nicht bei den Bibilaschwili-Brüdern in Odessa?«

»Doch. Aber angerufen habe ich dich von Arapu aus, vom Ministerium. Danach bin ich gleich zu den Bibilaschwili-Brüdern gefahren, nach Odessa, noch vor dem Abendstromausfall.«

»Das war Samagon im Wert von 5000 Dollar, den du einfach in den Sand gesetzt hast! 5000 Dollar!«, unterbricht ihn Tutunaru und streckt die fünf Finger seiner rechten Hand aus: »Wie soll ich dir das noch deutlicher veranschaulichen …?«

»Das ist mehr als eine Tonne Doktorenwurst!«, wirft der Ewig Hungrige Historiker Roma Flocosu aus dem Hintergrund ein und analysiert: »Eine Stange Doktorenwurst bekommt man für umgerechnet einen Liter selbstgebrannten Schnaps, Samagon, wenn man einen guten hat – und wir haben guten Samagon! So. Und wie viel wiegt eine normale Stange Doktorenwurst? Das weiß jeder Kolchosbauer: Eine Standardstange Doktorenwurst wiegt 750 Gramm. Das heißt also, dass man für 1500 Liter Samagon 1,125 Tonnen Doktorenwurst – Doktorenwurst! – bekommen kann. Oder anderthalb tausend Stangen Doktorenwurst!«

»Roma, halt die Klappe.«

»1125 Kilogramm Doktorenwurst! Eintausendeinhundertfünfundzwanzig Kilogramm DOK-TOREN-WURST! Das würd ich gerne mal auf einem Haufen sehen …«

Pitirim Tutunaru fixiert mit seinen Blick Roma Flocosus pummelige Augenringe, stumme Zeugen des chronischen Schlafmangels des moldawischen Akademikers.

»Du nicht?«, hakt der EHH nach, mit einem satten Lächeln im Gesicht, so als würde er gerade vor sich tatsächlich 1500 Stangen Doktorenwurst auf einem Haufen sehen.

»Jetzt tu nicht so, als wäre das das Ende der Welt, Pitirim.«

Tutunaru wendet sich wieder Vadim dem Maler zu.

»Wieso, glaubst du denn nicht an das Ende der Welt?«

»Nein.«

»Aber ich fange langsam an, daran zu glauben«, sagt Pitirim Tutunaru, zupft an seinem Bart und starrt auf einen fixen Punkt, als würde er vor seinem inneren Auge den langwierigen Destillationsprozess der 3 Tonnen Zucker zu 1500 Liter Samagon, die

Vadim gerade Kanister für Kanister ausgeschüttet hat, leidvoll nachempfinden.

Vadim der Maler nimmt Tutunarus Reisepass an sich und streicht mit dem Handrücken darüber.

»Jetzt nimm das doch nicht so schwer, Tutunaru.«

»Wie bitte?«

»Es gab Komplikationen.«

»Das ist keine Komplikation, *chizda mătii*, Vadim. Das ist Polen, *blya*. Polen! 500 Liter reinsten Samagons für so einen Wisch. Pro Person. Hast du Schwierigkeiten mit der Geografie und irgendwie Italien mit Polen verwechselt? Oder hast du dich bei den Bibilaschwili-Brüdern derart besoffen, dass du nicht mehr gemerkt hast, was sie dir in den Pass reinkleben?«

»Tatsache ist, dass es keine Visa für Italien gibt. Nicht für den Preis, nicht für den selbstgebrannten Schnaps und nicht in dem Zeitrahmen, den wir vorgegeben haben. Und wenn *du* imstande gewesen wärst, das Italien-Visum zu organisieren, warum hast du das dann nicht selbst gemacht?«

»Vadim, wer hat behauptet, ich zitiere: ›Besorg du nur den Samagon, um den Rest kümmer ich mich. Ich hab meinen Mann im Ministerium.‹? Du? Oder ich?«

Schweigen.

»War das denn nicht die Abmachung?«

»Die Abmachung war, dass ich die Isidora baue und von ihr Bilder male und wir diese Gemälde, zusammen mit deinen grotesken Italiengedichten, an reiche Italiener verkaufen, sobald wir in Italien sind. Mit dem Erlös und dem Rest unseres moldawischen Zucker- beziehungsweise Schnapskapitals kaufen wir uns die italienische Staatsbürgerschaft. Danach gründen wir diese Speditionsfirma, das Transportunternehmen zwischen Italien und Moldawien, von dem du gesprochen hast, gehen unserer Kunst nach und genießen das krisenfreie Leben in Italien. Das war die

Abmachung. Ich habe mich mit meinen Bildern in das Italien-Projekt eingekauft, sozusagen.«

»Ja, mit deinen Bildern, die du noch nicht gemalt hast.«

»Aber ich werde sie malen. Die Isidora hab ich ja schon gebaut! Oder etwa nicht?!«, ripostiert Vadim der Maler, reißt seinen Arm in der Pose eines proletarischen Übermenschen stolz in die Höhe und zeigt hinter sich, in die Abfüllhalle 2 der Zuckerfabrik von Dondușeni. »Außerdem habe ich die Papiere besorgt bei den Bibilaschwilis.«

»Für das falsche Land. Ich hätte dich das Visum selbst bezahlen lassen sollen, Vadim. Dann hättest du dir mehr Mühe gegeben und hättest dich nicht mit einem polnischen Visum abspeisen lassen.«

Vadim der Maler betrachtet den Dondușenier Spekulanten Tutunaru mit einem Anflug von Trauer.

»Aber selbst wenn es so wäre, dass wir nur bis Polen kämen, verstehe ich nicht, was dir an Polen nicht passt. Ich war selbst schon mal dort. Zweimal. Polen ist jetzt ein demokratisches Land. Mit freien Wahlen und so. Ich bin mir sicher, dass wir dort auch ein gutes Leben führen könnten, als Alternative zu Italien.«

»Kannst du dich erinnern, was vor dreiundzwanzig Jahren in Prag passiert ist, Vadim? Die Tschechen, die wollten auch demokratisch sein damals. Mit freien Wahlen und so. Und diejenigen, die so demokratisch sein wollten, wurden dann – bestenfalls, ich betone, *bestenfalls* – in eine Zuckerfabrik wie diese hier abkommandiert, um dort für den Rest ihres Lebens für den halben Lohn Zuckerrüben zu waschen. Ohne Aussicht auf Beförderung in die Abfüllabteilung. *Das* ist der Ostblock, Vadim. Der Ostblock. Bist du wirklich bereit, im Fall des Falles für den Rest deines Lebens Zuckerrüben zu waschen?«

»Mal doch den Teufel nicht an die Wand. Die Kommunisten kommen in Polen nie wieder an die Macht. Und selbst wenn, dann werden es sehr liberale Kommunisten sein.«

»Und weißt du, was der Unterschied zwischen einem Liberalen und einem liberalen Kommunisten ist?«

Vadim der Maler schweigt, als hätte er Tutunarus Frage überhört.

»Der Unterschied zwischen einem Liberalen und einem liberalen Kommunisten, Vadim, ist wie zwischen einem Stuhl und einem elektrischen Stuhl. Sicher, du kannst auch auf einem elektrischen Stuhl sehr bequem sitzen. Bis deine kommunistischen Liberalen den Strom einschalten. Und wenn das passiert, möchte ich nicht in Polen sein.«

»Dann bleiben wir eben bei Italien.«

»Unbedingt!«, antwortet der Donduşenier Schwarzmarktspekulant Tutunaru und zündet sich eine moldawische Zigarette der Marke Flötchen an.

»Weißt du, was ich nicht verstehe, Tutunaru? Mir machst du hier die Hölle heiß, sobald dir was nicht in den Kram passt, aber bei ihm sagst du nichts«, Vadim zeigt auf den Ewig Hungrigen Historiker: »Warum darf Roma mit nach Italien? Ich meine, was für einen Beitrag für das Italien-Projekt leistet Roma denn? Er war noch nie in Italien. Er kann kein Italienisch. Hat keine Verwandten dort und verfügt auch sonst über keine praktischen Fähigkeiten, die uns weiterbringen würden. Und trotzdem hast du ihn eingeweiht.«

Der EHH R. F. sieht Vadim den Maler mit seinen schlaflosen Augen neugierig an. Nicht etwa entsetzt oder enttäuscht, sondern einfach nur neugierig, während sich Pitirim Tutunaru innerlich die Frage stellt, ob es denn nicht tatsächlich besser gewesen wäre, seinen Italien-Plan allein durchzuziehen.

Da hätte er Hlebniks 40 Tonnen Zucker lediglich mit dem Helden der sozialistischen Arbeit Wladimir Pawlowitsch teilen müssen, hätte also 20 Tonnen Zucker für sich allein gehabt. Mit Ilytschs Hilfe hätte er dann die 20 Tonnen Zucker zu 10000 Liter Samagon verarbeitet und an den Mann gebracht. Um mit dem

Geld oder den daraus gewonnenen Wertgegenständen die Reise nach Italien anzutreten. Aber selbst wenn es ihm geglückt wäre, allein nach Italien zu kommen, so wäre er dann doch allein unter Fremden dort gewesen. Und hätte sich gar nicht an seinem neuen Leben erfreuen können. Deswegen ist es die richtige Entscheidung gewesen, sagt sich Pitirim, seine Freunde einzuweihen. Und selbst wenn ab und an etwas misslingt, wie die Sache mit dem Italien-Visum, so behält die Volksweisheit ihre Gültigkeit, die besagt, dass geteiltes Leid halbes Leid ist.

Es wär schön, noch ein moldawisches Mädel zu finden, das mit mir nach Italien käme …

Zu Vadim dem Maler sagt Tutunaru:

»Du würdest doch den armen Roma hier in Moldawien nicht der Krise zum Fraß vorwerfen und dann ein schönes Leben in Italien genießen können, oder?«

»Ich habe ja auch gar nichts dagegen, dass Roma mitkommt. Es freut mich sogar. Er ist mein Freund. Ich will damit auch nur sagen, dass hier mit zweierlei Maß gemessen wird.«

»Das stimmt nicht. Erstens ist Roma mein Assistent. Und zweitens ist Roma unser Bauopfer. Gewissermaßen.«

»Was ist er?«

»Vadim, wenn du eine schwierige Unternehmung in Angriff nimmst, musst du ein Opfer, eine Art *Bauopfer*, erbringen, damit diese Unternehmung von Erfolg gekrönt ist. Wir nehmen Roma umsonst mit nach Italien. Und das ist das Bauopfer, das wir erbringen, damit das Gebäude, das wir errichten wollen, unser Italien-Projekt also, metaphorisch gesprochen, nicht einstürzt. Man braucht ein philosophisches Gerüst für solche Dinge, weißt du? Du kannst nicht immer nur egoistisch handeln. Du kannst nicht immer nur nehmen und nichts zurückgeben. Verstehst du? Abgesehen davon empfiehlt es sich immer, bei bedeutsamen Unternehmungen einen Akademiker dabeizuhaben. Als Stimme der

Vernunft«, erklärt Tutunaru und inhaliert genüsslich den Rauch seiner Flötchen.

Darauf Schweigen.

Köchelndes Teewasser.

Aus dem Hintergrund meldet sich der Ewig Hungrige Historiker, mit ausgeglichener und für sein Erscheinungsbild unpassend munterer und wacher Stimme zu Wort:

»Wir sollten den Gespächsgegenstand nicht aus den Augen verlieren. Und beim Subjekt bleiben. Also bei der Lenin'schen Urfrage: ›Was tun?‹«

Tutunaru bemüht sich ernst zu bleiben:

»Roma, bitte ergreife das Wort!«

»Wir sollten nach einer Basis für eine realistische Lösung des Problems, nämlich wie wir am besten nach Italien kommen, Ausschau halten. Ich will damit sagen, dass wir zielgerichtet denken sollten. Und davon ausgehen, was wir haben. Und wenn wir uns das fragen, dann stellen wir Folgendes fest: Wir verfügen über ein echtes Visum für Polen. Das ist viel wert! Auf jeden Fall mehr als ein gefälschtes italienisches Visum. Das Wichtigste ist jetzt, so wie ich die Lage einschätze – und ich schätze sie sehr ernst ein –, so schnell wie möglich über die sowjetische Grenze zu kommen. Wenn wir erst mal in Polen sind, wird es nicht mehr so schwer sein, nach Italien zu gelangen. Deswegen glaube ich, dass Vadim unter den gegebenen Umständen richtig gehandelt hat. Ich schlage vor, wir halten uns an das ursprüngliche Szenario und fahren *über Polen* nach Italien. Und wir sollten zudem schnell handeln. Wer weiß, wie viel Zeit uns noch bleibt, bis sich die politische Lage noch weiter destabilisiert.«

Vadim der Maler nickt und stimmt so den Worten des Ewig Hungrigen Historikers zu.

»Die Stimme der Vernunft«, meint Pitirim. Und zuckt zusammen.

Es pfeift.

Laut.

Und immer schriller.

Angebrannter Kupfer brennt in seinen Nasenlöchern.

Und schiebt ihm eine Träne aus dem Tränensack. Es ist der angerußte Kochtopf über dem improvisierten Kartuschengaskocher, der sich auf dem Tisch befindet, in dem das Teewasser den Siedepunkt erreicht hat. Einige schwere Tropfen lösen sich aus dem Dampf heraus und fallen lustlos auf die monochrom karierte Plastiktischdecke, auf der die gleiche erntefrische rötliche Zwetschge hundertfach geklont wurde.

»Und hier stoßen wir bereits auf das erste technische Problem: Dollar oder andere Valuta haben die wenigsten unserer Kunden. Das heißt, dass wir den Alkohol in Wertgegenstände umtauschen müssen. Diese Wertgegenstände können wir aber nur schwer über die Grenze bringen«, gibt der Dondușenier Spekulant Tutunaru zu bedenken, kämpft gegen einen Hustenreiz an und dreht das Gas in dem Kocher ab.

Vadim der Maler greift nach einer Dose, entnimmt ihr einen Block Blättergewirr, das im Vakuum für die Ewigkeit zu einem Klumpen aneinandergesaugt wurde, und drischt beharrlich mit dem Nacken der Axt, die ihm der promovierte Historiker Roma Flocosu wortlos reicht, so lange darauf ein, bis das ziegelsteinförmige Produkt, getauft auf die Bezeichnung »TEE. Georgisch. Extra«, schließlich vor dem nach Terpentin, geräucherter Doktorenwurst und sowjetischem Rasierwasser duftenden Vadim kapituliert. Während dieser Prozedur sagt er:

»Darum kümmern wir uns, wenn wir die Wertgegenstände haben. Zunächst einmal sollten wir bei Ilytsch nachsehen, wie es mit der Schnapsproduktion aussieht und wie viel Samagon überhaupt zum Verkauf freisteht.«

»Dann fahre ich gleich mit einer kleinen Ladung Samagon nach

Corbu und besorge erst mal was zu essen für die nächsten Tage und ein wenig Benzin«, meint Tutunaru dazu.

Danach bereitet er den georgischen Tee vor, den Vadim der Maler von den Bibilaschwili-Brüdern mitgebracht hat, lässt ihn ziehen, bis sich das Wasser in den Tassen undurchdringlich schwarz gefärbt hat, und lässt dann mit der Spitze eines Kreuzschraubenziehers fadenweise Blütenhonig in die Tassen hinabgleiten, während er sich überlegt, dass es nicht schlecht wäre, irgendwo ein Italienischlehrbuch aufzutreiben.

Vadim der Maler schaut verträumt ins Nichts, als hätte er den Gedanken des Dondușenier Spekulanten lesen können, führt seine Tasse Tee zu den Lippen und bemerkt leise, wie zu sich selbst:

»Wir können von Glück reden, dass wir keine Konkurrenz haben!«

Hlebniks Cowboystiefel, unbeaufsichtigtes Vieh und ein Borsalino

3 Stunden später.

Es ist heiß zum Verblöden.

Der Ewig Hungrige Historiker Roma Flocosu sitzt aufrecht auf einer Bohle, die in zwei Holzbalken festgenagelt über dem Waldboden des Dondușenier Forstes schwebt, und gibt sich redlich Mühe, nicht an die Leiche zu denken.

Der »Karpaten 202-1«-Kassettenrekorder, den Wladimir Pawlowitsch Pușcaș anlässlich seiner Ernennung zum Helden der sozialistischen Arbeit von Zuckerfabrikdirektor Hlebnik seitens des Werkkollektivs der rayonalen Zuckerfabrik von Dondușeni persönlich überreicht bekommen hatte, hängt an einem langen, dicken, öligen Haken hinter Roma Flocosu in der überdachten

Scheune, Ilytschs ausgelagerter Schnapsbrennstation. Aus dem Kassettenrekorder des Iwanofrankowsker Radiokombinats ist die verrauchte Stimme Dieter Bohlens zu hören, der mit viel Hingabe *My bed is too big* singt.

Flocosu schlürft aus seinem schlohweißen Metallkännchen, auf dem der Aufdruck des sowjetischen Weltraum-Magellan Jurij Gagarin über der dicken kyrillischen Aufschrift »12. April 1961. UdSSR. Unser Mann im Kosmos.« selbstbewusst-sympathisch schmunzelt, eine trübe Flüssigkeit, die verdächtig nach dem heimischen Antischuppenshampoo »Sadko, reicher Kaufmann« riecht. Nach einer Weile legt der Akademiker die Gagarin-Tasse auf die Bohle ab und betrachtet den 1500-Liter-Alkoholbottich neben sich. Den Tank hat Flocosu schon vor einer Woche gesehen, voll, ehe Vadim der Maler die Italien-Papiere bei Arapu im Ministerium angefragt und einen Großteil des Schnapses mit der Lkw-Zisterne abgeholt hat. Jetzt ist der Bottich lediglich zu einem Sechstel mit Alkohol gefüllt, jedoch in diesem Zustand nicht minder anmutig: Durch die dicke durchsichtige Membran schimmert die nordmoldawische Sonne neckisch hindurch. Matt im oberen Teil des Alkoholbottichs. Und dort, wo der selbstgebrannte Schnaps ansetzt, glänzen die Sonnenstrahlen und vermischen sich mit dem Samagon, den sie erleuchten, als würden sie sich selbst mit der anarchistischen Begeisterung einer Meute Fünftklässler am Hochprozentigen betören.

Der EHH R. F. überlegt, wie es sich anfühlen würde, einfach in den Alkoholbottich hineinzuspringen und sich vom Samagon die Poren ein wenig kühlen und desinfizieren zu lassen. Gewiß hätte ein ausgewachsener Bürger Platz darin, wenn nicht sogar zwei, denkt sich der Akademiker und nimmt ein leistungsstarkes Kommandantenfernglas der Sowjetischen Armee zur Hand. Er richtet es auf die etwa 50 Meter entfernte Flussbiegung und lässt das Fernglas von links nach rechts in Fließrichtung des Baches gleiten, als müsste sich etwas essenziell Wichtiges dort im Strömungsbereich des Fließgewässers ereignen. Oder vor Kurzem ereignet haben. In Flocosus Sichtfeld ist nichts zu sehen – nur trübes Wasser, ein morscher Ast, der gegen die schwache Strömung ankämpft, und auf dem Ast ein gelangweilter Eisvogel, der lustlos durch die Gegend schaut, als würde er auf den Bus warten. Dahinter rascheln die Blätter der lichten Eichenfront im Donduşenier Wald, aus dem heraus gar nicht so selten Muffelwild und gestresste Wildsäue mit ihren gehorsamen Frischlingen den gelegentlichen Automobilisten auf der Straße nach Otaci erschrecken. Sonst nichts.

Die Schnapsbrennanlage verrichtet mit seligem Brausen und Brummen ihre Arbeit und tropft das Resultat ihrer Mühen selbstlos über einen 2,50-Meter-Schlauch in eine weiße Kinderbadewanne hinein. Der EHH R. F. springt auf, tritt aus der türlosen Scheune der ausgelagerten Schnapsbrennstation hinaus und schickt sich an, nach dem Helden der sozialistischen Arbeit zu rufen, als er plötzlich erstaunt innehält.

»Tut das nicht weh?«, fragt Flocosu stattdessen und bestaunt Wladimir Pawlowitsch bei seinem Tun. Der Held der sozialistischen Arbeit steht fünf bis sechs Meter von der Schnapsbrennanlage entfernt, barfuß, in einer Schlammpfütze, zwei volle Wassereimer neben sich, und drischt mit einem Brennnesselbündel in jeder Hand auf den eigenen nackten Oberkörper ein, und das mit dem Eifer eines religiösen Fanatikers. Der dank Krise rentenfreie Pensionist hält kurz inne und dreht sich Flocosu zu.

»Freilich tut das weh. Das brennt wie Sau.«

»Und warum machst du das?«

Ilytsch sieht den Ewig Hungrigen Historiker an wie ein Mensch, der nicht recht weiß, ob die Frage seines Gegenübers ernst gemeint ist oder nicht.

»Es hilft ausgezeichnet gegen Rheuma, Junge. Und baut den Stress ab. Der Ursprung aller Krankheiten, Roma, ist nämlich die

Abwendung des Menschen von der Natur. Der Mensch denkt heutzutage nur daran, sich von innen mit viel Nahrung und von außen mit Wärme und Komfort zu umgeben. Das führt zu Depression, Krankheit und Tod. Schau dir Tutunaru an. Ständig lief er wie auf Nadeln und bestellte bei mir immer mehr Schnaps, damit er die Italien-Visa besorgen konnte. Ich habe ihm gesagt: ›Pitirim, mach dir keine Sorgen‹, und habe erst mal für ihn den Samagon zubereitet. Habe ich etwa für mich schon Samagon gebrannt? Nein, für mich habe ich noch fast gar nichts destilliert. Jetzt hat Tutunaru seinen Schnaps bekommen, mehr als 2000 Liter, und was? Ist der Junge jetzt zufrieden? Nein, er ist nicht zufrieden. Jammert rum, dass es das falsche Visum sei. Jetzt will er mehr Schnaps, um Wertgegenstände zu besorgen. Und wenn er die hat, wird er etwas anderes finden, da wett ich mit dir. Und so ist der Mensch unserer Zeit, unzufrieden von der Wiege bis ins Grab. Ständig passt ihm irgendwas nicht. Ständig meint er, irgendjemandem gehe es besser als ihm und die Welt habe sich gegen ihn verschworen.«

Der Held der sozialistischen Arbeit drischt noch ein paarmal mit den Brennnessel-Bündeln auf seinen nackten Oberkörper ein und legt sie ab. Dann nimmt Wladimir Pawlowitsch einen Eimer Wasser und schüttet ihn sich über den Kopf, vollführt mit dem zweiten Eimer die gleiche Prozedur und gurgelt dabei laut auf.

»Und was schlägst du vor, Ilytsch?«

»Was ich vorschlage? Eine Banja wär jetzt nicht schlecht. Und ein Stück Pöckelspeck mit einer grünen Salztomate und einer herzhaft vollbusigen Kameradin dazu, um das sozialistische Leben gemeinsam zu zelebrieren!«

Der Rentner torkelt zur Scheune, von Roma Flocosu dicht gefolgt. Der promovierte Historiker holt den Helden der sozialistischen Arbeit ein, bleibt vor ihm stehen und sieht ihn eindringlich an.

»Ja. Was denn? Willst mich jetzt verführen oder was?«, erkundigt sich Ilytsch und grinst breit.

Flocosu starrt den Helden der sozialistischen Arbeit weiterhin an, als würde es um Leben oder Tod gehen. Mindestens.

»Was ist los mit dir, Roma? Ist was passiert?«

»Wir haben Besuch aus Amerika, Ilytsch.«

»Was haben wir?«

»*Besuch aus Amerika!*«, sagt der Ewig Hungrige Historiker Roma Flocosu noch einmal und zieht den Helden der sozialistischen Arbeit Richtung Flussufer.

Etwa fünfundsiebzig Meter von der Scheune entfernt liegt im Schatten einer Buche ein ruderloses Fischerboot am Bach. Darin ruht mit hochgestellten Beinen und tief auf dem Bootsboden ausgestrecktem Rumpf in einer unbequemen Position ein Bürger im Anzug, auf dem Kopf ein Borsalino.

Der Mann ist frisch rasiert und lächelt, die Augen weit gen Himmel aufgerissen. Er trägt teure amerikanische Cowboystiefel, in die seine Hosenbeine gesteckt wurden; die Stiefel baumeln links und rechts aus dem Boot heraus. Der männliche Bürger bewegt sich nicht und verhält sich sehr ruhig.

»Und so ist er also aus Amerika zurückgekommen«, sagt der Ewig Hungrige Historiker Roma Flocosu mit einer Mischung aus Respekt und Nostalgie.

Ilytsch betrachtet den Mann im Boot, beugt sich über ihn und hält ihm seinen kleinen Taschenspiegel vor den Mund.

Auf dem Spiegel erscheint kein Kondens.

Der Mann mit den Cowboystiefeln atmet nicht.

Ilytsch holt aus und schlägt dem Mann mit der flachen Hand ins Gesicht, sodass auch der EHH R. F. von der jähen Bewegung des sowjetischen Zuckerfabrikpensionisten überrascht zusammenfährt; der Bürger im Boot zeigt keinerlei Reaktion auf Ilytschs

Watsche. Wladimir Pawlowitsch packt den Spiegel weg, kramt in seiner Jacke nach einer Zigarette, findet in einer der Innentaschen seinen Abschiedsbrief, in dem er mit den Worten »45 Jahre Schufterei und alles für den Arsch. Ihr könnt mich mal. Ilytsch.« der Welt Lebewohl sagen wollte, packt den zerknüllten Zettel wieder weg und zündet sich eine moldawische Ballade an.

»Er ist tot. Aber noch ziemlich frisch.«

»Ja.«

»Hast du ihn sofort erkannt?«

»Nein. Zuerst. Zuerst habe ich mit dem Fernglas nur das Boot gesehen. Es ist langsam und geheimnisvoll in mein Sichtfeld geschwebt. Und in dem Boot lag er dann da, der Klient, stolz wie ein Kammerbojar mit seinen Cowboystiefeln in der Grätsche. Die Stiefel haben so geglänzt in der Sonne, mein Lieber, als seien sie aus purem Altabas gegossen worden. Und ich dachte mir, dass es bestimmt einer deiner extrovertierten Schnaps-Kunden sein müsse, der den Samagon mit dem Boot abholen kommt. Ich meine, ich hatte mal zu meiner Moskauer Zeit an der MGU, während der Gorbatschow'schen Prohibition war das noch, des Öfteren mit ein paar Böttchern aus Saporozhije zu tun, das waren ziemliche Saufschädel. Und was die immer für einen Schmarren verzapft haben, um an Samagon zu kommen, sage ich dir. Da standen mir immer die Haare zu Berge. Vor allem nach ihrer Methanol-Auktion in diesem Wasserkraftwerk in Ust-Kamengorsk in Kasachstan. Weißt du noch, wie Breschnew früher Kasachstan immer als ›das Laboratorium der Völkerverständigung‹ bezeichnet hat? Ich glaube, diese Böttcher-Windhunde aus Saporozhije haben das mit dem Laboratorium damals wirklich wörtlich genommen. Na ja, wie auch immer. Ist lange her. Jedenfalls. Du warst ja nicht da, Ilytsch, also konnte ich dich nicht fragen. Ich habe mich auch irgendwie gefreut auf den Klienten. Der schien ein interessanter Zeitgenosse zu sein – teuere Cowboystiefel, Borsalino und so. Ich habe also mehrmals nach deinem vermeintlichen Kunden gerufen, als er da so entspannt in seinem ruderlosen Fischerboot mit den Cowboystiefeln in der Luft durch die Gegend geschippert ist. Der hat aber nicht geantwortet.

Logischerweise.

Und dann hat er sich in einem morschen Ast verfangen, der da mitten in der Strömung im Bach liegt. Da vorn, auf fast 12 Uhr. Siehst du den? Als ich da mit dem Fernglas hingeschaut habe, saß da noch ein Eisvogel drauf. So ein kleiner, hübscher, auf Durchreise wahrscheinlich. Die sieht man auch nicht so oft in unseren Breiten. Ist ja auch zu kalt bei uns im Winter. Na ja. Jedenfalls habe ich dann also beschlossen, deinem Klienten zu helfen; habe mir ein Seil aus der Scheune geschnappt, es mit einem Doppelknoten um den Baumstamm dieser Buche hier festgemacht, das andere Ende mir um den Brustkorb gebunden und bin ins Wasser rein. Und habe wieder deinen Klienten gerufen; ich habe ihm einmal sogar den aktuellen Schnapspreis rübergeschrien, weil ich dachte, das weckt ihn vielleicht auf. Hat es aber nicht.

Logischerweise.

Beim morschen Ast angekommen, habe ich mich dann in sein Boot gehievt. Und da hat's mich sofort gerissen. Das hat mich so gerissen, Ilytsch, ich sag's dir, wie wenn mir einer der Böttcher aus Saporozhije mit dem Spaten eine übers Gesicht gezogen hätte. Und dann gleich noch mal. Ich wär fast aus dem Boot rausgeflogen, so hat's mich gerissen. Aber um deine Frage kurz und knapp zu beantworten: Ja, ich habe ihn erkannt.«

»Und was hast du dann gemacht?«

»Wie, was ich dann gemacht habe? Ich habe das Boot ans Ufer gezogen. Hierhin, unter die Buche, wo es jetzt auch steht. Wo wir jetzt stehen. Dann bin ich zur Scheune rüber, habe die Schnapsbrennanlage überprüft und deinen kleinen 5-Liter-Muscheltopf ausgetauscht, weil der irgendwie undicht war. Dann habe ich mir einen kräftigen georgischen Tee zusammengebrüht, dass der schon fast wie ein *Tschifir* geschmeckt hat, und habe dann 100 Gramm Samagon reingeschüttet, um meine Nerven zu beruhigen. Dazu habe ich ein bisschen westliche Musik angemacht. Kurze Zeit später bist auch du aus der Zuckerfabrik zurückgekommen, hast dir gleich die zwei Eimer geschnappt und angefangen, dich wie ein Besessener mit den Brennnesseln zu malträtieren. Ich habe mein Getränk ausgetrunken, bin aufgestanden und hab dir Bescheid gesagt. Und jetzt sind wir zusammen hier, beim Toten.«

Ilytsch dreht nachdenklich eine Runde um das Boot mit dem Dahingeschiedenen.

»Hat er etwas dabeigehabt? Ein Telefonbuch, einen Ausweis vielleicht? Wertgegenstände oder Geld?«

Roma Flocosu nimmt ein schönes, mit Stickereien verziertes Stofftaschentuch zur Hand, kramt damit vorsichtig in einer der Jackentaschen des Toten herum, zieht eine kleine Broschüre hervor und hält sie wie einen wertvollen Beweisgegenstand in die Höhe.

»Das hat er dabeigehabt.«

Ilytsch schaut sich die Broschüre ganz genau an, ohne das dünne Druckwerk zu erkennen oder daraus schlauer zu werden.

»Was ist das?«

»Unser ZGB.«

»Unser *was?*«

»Das *ZGB*, das Zivilgesetzbuch der Sowjetunion. Na ja, der Moldawischen SSR, um genau zu sein. Es war bei Artikel 147 aufgeschlagen. Soll ich ihn dir vorlesen oder kennst du den Artikel schon?«

»Natürlich kenn ich ihn. Ich rezitiere jeden Tag vor der Morgengymnastik zwei Absätze daraus, um meinen Stoffwechsel zu stimulieren.«

»Ja, was jetzt?«

»VORLESEN.«

Der Ewig Hungrige Historiker trägt daraufhin mit klarer Stimme, wie ein gut geschulter Fernsehmoderator bei den Abendnachrichten, den Gesetzestext vor:

Art. 147. Unbeaufsichtigtes Vieh

Wer ein unbeaufsichtigtes oder zugelaufenes Tier eingefangen hat, ist verpflichtet, dies unverzüglich dem Eigentümer mitzuteilen und ihm das Tier zurückzugeben oder innerhalb von drei Tagen bei der Miliz oder beim Exekutivkomitee des Dorfsowjets der Deputierten der Werktätigen Anzeige zu erstatten, dass sich das Tier bei ihm befindet.
Die Miliz beziehungsweise das Exekutivkomitee des Dorfsowjets der Deputierten der Werktätigen haben Maßnahmen zur Ermittlung des Eigentümers zu treffen und das Tier für die Dauer der Ermittlung unter Einhaltung der Veterinärbestimmungen zur Pflege und Nutzung an die nächstgelegene Sowjet- oder Kollektivwirtschaft abzugeben. Die Leiter dieser Wirtschaften sind nicht berechtigt, die Aufnahme des Tieres zu verweigern.
Wenn der Eigentümer eines Arbeits- oder Nutztieres (und der dazugehörenden Jungtiere) im Laufe von sechs Monaten und der Eigentümer eines Kleintieres (und der dazugehörenden Jungtiere) innerhalb von zwei Monaten nach der Übergabe des Tieres an die Sowjet- oder Kollektivwirtschaft ermittelt wurde, ist ihnen das Vieh zurückzugeben. Wenn –

Ilytsch berührt Flocosus Arm, als Zeichen dafür, dass der EHH R. F. aufhören soll.

Roma Flocosu ist für einen Moment still.

»Das ZGB habe ich im Schaft seines linken Cowboystiefels gefunden.«

»Sonst war da nichts?«

»Nein, sonst nichts. Aber es reicht ja vielleicht schon, dass die Miliz die Fingerabdrücke vom –«

»Welche Miliz, Roma?«, unterbricht ihn der Held der sozialistischen Arbeit: »Hast du heute dein Paracetamol nicht genommen oder was?«

»Was heißt hier ›welche Miliz‹?

Wir müssen die Leiche den Behörden melden, Ilytsch. Das ist Usus. Dafür zuständig ist die UGRO, die Kriminalfahndungsabteilung der Miliz. Außerdem: Habe ich ihn umgebracht? Nein, ich habe ihn nicht umgebracht. Du auch nicht. Wovor hast du also Angst? Wir sagen den Milizionären die Wahrheit, und die sollen dann Hlebniks Leiche abtransportieren. Dann haben wir den toten Zuckerfabrikdirektor vom Hals. Die sollen sich doch das Hirn ausquetschen, wer ihn umgebracht hat. Ist doch ihre Arbeit.«

»Die werden bei dir anfangen, mit dem Hirn-Ausquetschen, Roma.«

»Was? Wieso?«

»Wenn ich dich richtig verstanden habe, Roma, besteht deine Strategie darin, die Bullen zu rufen – und wir reden hier von so ein paar bodenständigen, schlecht bezahlten moldawischen UGRO-Typen, die man erst mal überreden muss, ihre Kaserne hinter dem Fleischkombinat freiwillig zu verlassen und ihr Benzin mit so einer Geschichte zu verpulvern. Aber sei's drum. Mal angenommen, die lassen sich darauf ein, steigen in ihren zusammengeflickten UAS-Kleinbus und kommen her. Dann zeigst du ihnen die Leiche und verkündest, Hlebnik sei hier einfach tot in einem unbekannten Fischerboot mit dem Zivilgesetzbuch der UdSSR im Schaft seines linken Cowboystiefels vorbeigetrieben. Du hättest ihn zufällig entdeckt und an Land gezogen. Und zwar, weil du geglaubt hast, den Zuckerfabrikdirektor hätte es nach einer Ladung Schnaps gelüstet, die wir aus seinen 40 Tonnen Zucker im Tunnel zwischen seiner Nomenklatura-Datscha und der Zuckerfabrik von Dondușeni schwarz destillieren. Richtig?«

Roma Flocosu will etwas sagen, doch Ilytsch winkt ab.

»Nein, warte. Und dann. Dann wirst du den Bullen nebenbei den Tipp geben, die Fingerabdrücke von Hlebniks vermeintlichem Mörder auf der Seite mit dem Artikel 147 über unbeaufsichtigtes Vieh zu suchen. Habe ich dich so weit korrekt verstanden? Wie, glaubst du, wird ein bodenständiger, schlecht bezahlter moldawischer Milizionär darauf reagieren?«

Der Ewig Hungrige Historiker Roma Flocosu steckt die ZGB-Broschüre in Hlebniks Jackentasche zurück, packt sein Stofftaschentuch ein, verschränkt die Arme und lehnt sich mit dem Rücken an die schattige Buche.

»Dann verrate mir bitte, Ilytsch, was du jetzt mit dem Toten vorhast. Und bedenke eines: Jetzt ist Wadim Wladimirowitsch noch frisch, aber schon sehr bald wird er nicht mehr so frisch sein.«

»Lass uns zuerst nachschauen, ob unter dem Direktor nicht etwas im Boot liegt.«

Der Held der sozialistischen Arbeit und der Ewig Hungrige Historiker Roma Flocosu drehen den Zuckerfabrikdirektor um und entdecken unter dem Dahingeschiedenen zwei Risse im Bootsrumpf, die es eigentlich zum Sinken hätten bringen müssen. Der qualitativ hochwertige Stoff von Hlebniks Kleidung hat offensichtlich die Risse gestopft und das Boot über Wasser gehalten. Und da liegt jetzt noch der Borsalino, Hlebniks Hut, im saftigen Gras der Uferwiese.

Wladimir Pawlowitsch streicht vorsichtig mit den Fingerkuppen über die Risse im Bootsrumpf:

»Womöglich war das Selbstmord. Überleg doch mal: Hlebnik

sieht keine Perspektive mehr für sich hier in der Sowjetunion und beschließt, nach Amerika auszuwandern. Sein Amerika-Plan geht, aus welchem Grund auch immer, in die Hose. Das geht auf jeden Fall komplett schief. Hlebnik sieht sich in einer existenziellen Sackgasse, und das ist genau der Augenblick, in dem er sich sagt, dass er nicht mehr leben will. Dass es für ihn keinen Sinn mehr hat, weiterzumachen. Er nimmt sich ein schlechtes Boot oder beschädigt es mutwillig, damit es später sinkt, weil er vielleicht nicht will, dass seine Leiche gleich gefunden wird. Im Boot vergiftet er sich dann. Fertig. Alle Probleme radikal gelöst.«

»Und der Abschiedsbrief?«

»Er hat eben keinen hinterlassen.«

»Würdest du keinen Abschiedsbrief hinterlassen, wenn du vorhättest, dich umzubringen, Ilytsch?«

Der Held der sozialistischen Arbeit schweigt.

»Also, wenn ich mich in einen potenziellen Selbstmörder hineinversetze, dann stelle ich mir so einen Menschen wie jemanden vor, der sich in erster Linie unverstanden fühlt. Dieses Gefühl, unverstanden zu sein, erzeugt eine immer größer werdende Wut in ihm. Er ist nicht fähig, für diese Wut, für diese destruktive Energie, ein Ventil zu finden, um sie zu veräußerlichen. Also richtet er sie gegen sich selbst. Bis zum Selbstmord, im Extremfall. Stell dir also vor, du fühlst dich unverstanden. Du fühlst dich, als wolltest du unbedingt etwas loswerden, aber keiner hört dir zu. Du begehst Selbstmord, aus Wut und Verzweiflung und um dich an den anderen und an der Welt zu rächen, dafür, dass sie dir nicht zugehört haben. Durch deinen Selbstmord gerätst du plötzlich in die Mitte der Aufmerksamkeit, für kurze Zeit zugegebenermaßen, ja, aber trotzdem. Für diese Zeit, wo du in der Mitte der Aufmerksamkeit bist, will dir jeder zuhören. Jeder hört dir zu. Mit einem schlechten Gewissen sogar. – Würdest du dich dann dafür entscheiden, zu schweigen?«

Der Zuckerfabrikrentner verliert ein bisschen Farbe im Gesicht und murmelt etwas Unverständliches vor sich hin.

Flocosu winkt ab.

»Außerdem, wie passt das ZGB in deine Selbstmord-Theorie? Der Artikel 147? Und der Borsalino? Ich glaube, Hlebnik hat nie Borsalinos getragen. Oder? Warum also jetzt damit anfangen?«

»Sag du's mir.«

»Ich denke, dass es kein Suizid ist. Und auch kein Mord, der einen Selbstmord vortäuschen sollte. Oder ein Unfall. Und ich glaube auch nicht, dass Hlebnik Opfer eines Raubüberfalls geworden ist.«

»Was ist es dann?«

»Es ist eine Nachricht.«

»An wen?«

»An uns.«

»Und wie lautet die Nachricht?«

»Verpisst euch.«

»Verpisst euch?«

Roma Flocosu starrt auf einen Punkt irgendwo tief im Dickicht des Dondușenier Forstes und bewegt ein wenig die Lippen, als würde er dort im Gestrüpp etwas Aufschlussreiches lesen können.

»Ich würde mich sogar so weit aus dem Fenster lehnen, es als ein resolutes *VERPISST EUCH!* auszulegen.«

»Aha. Das hat dir jetzt Hlebniks Hut gesagt, oder wie?«

»Auch. Aber das habe ich dem Gesamtbild der Nachricht entnommen. Ich habe die Botschaft in ihre Bestandteile aufgeteilt und festgestellt, dass die Nachricht folgende vier Schlüsselelemente enthält:

1.) Zuckerfabrikdirektor Hlebniks Anwesenheit hier als schwimmender Toter,
2.) amerikanische Cowboystiefel,

3.) ein ZGB-Artikel über unbeaufsichtigtes Vieh
und
4.) ein Borsalino, den Hlebnik wahrscheinlich zu Lebzeiten nicht getragen hat.

Fangen wir beim Zentralelement der Nachricht, also beim unbeaufsichtigten Vieh, Artikel 147 des ZGB der Moldawischen SSR, an: Das unbeaufsichtigte Vieh steht für ein Gut, eine Gabe, die einem zugelaufen ist. So verstehe ich das zumindest. Das unbeaufsichtigte Vieh kann und ist wahrscheinlich eine Anspielung auf die 40 Tonnen Zucker, auf die Zuckerfabrik, auf Hlebniks Datscha und den Tunnel zur Zuckerfabrik oder auf die Gesamtheit dessen, was ich der Einfachheit halber als ›Hlebniks Gaben‹ umschreiben würde. Hlebniks Gaben, also metaphorisch das unbeaufsichtigte Vieh, ist uns zugelaufen. Wir haben das Vieh angenommen. Obwohl es nicht unser Vieh ist.

Verständlich? Durch den Artikel 147 werden wir gebeten,

a) das uns zugelaufene Vieh, also Hlebniks Gaben, dem rechtmäßigen Besitzer, also unseres Wissens nach Wadim Wladimirowitsch Hlebnik, zurückzugeben.

Oder:

b) innerhalb von drei Tagen bei der Miliz oder beim Exekutivkomitee des Dorfsowjets der Deputierten der Werktätigen Anzeige zu erstatten, dass sich das Tier, also Hlebniks Gaben, bei uns befindet.

Hier ist die Aufforderung des Nachrichtensenders an uns auf den ersten Blick zweideutig. Durch Hlebniks Anwesenheit hier als Toter, also Element 1.) der Nachricht, wird jedoch klar, dass wir Punkt b) erfüllen müssen, da Punkt a) ad hoc außer Kraft getreten ist.

Das heißt, wir haben drei Tage Zeit, Hlebniks Gaben bei den Behörden zu melden, die dann, davon gehe ich aus, das unbeaufsichtigte Vieh, also Hlebniks Gaben, in Pflegschaft nehmen werden.

Die anderen drei Elemente dienen dazu, uns zu veranschaulichen, was passiert, wenn wir den Aufforderungen des Nachrichtensenders nicht nachkommen, wobei ich hier natürlich den Einsatz des Borsalinos besonders raffiniert finde.

Aber zurück zu Element 1.) und 2.) der Nachricht. Der Zuckerfabrikdirektor Hlebnik und, wenn wir's genau nehmen, Zweiter Sekretär des Rayonskomitees der KPdSU des Rayons Dondușeni, also ein Nomenklatura-Mitglied, taucht hier vor deiner ausgelagerten Schnapsbrennstation auf. Tot. Das ist kein gutes Zeichen. Zudem wissen wir, dass Hlebnik vorhatte, nach Amerika auszuwandern.

Element 2.), die amerikanischen Cowboystiefel. Er hat sie schon angehabt, also stand er vermutlich kurz davor, auszureisen, wurde aber im letzten Augenblick gestoppt. Und getötet. Warum? Hlebniks Gaben, also sein ›unbeaufsichtigtes Vieh‹ in Anführungsstrichen, haben ja wir an uns genommen, warum also Hlebnik dafür bestrafen?

Weil er nichts gegen die Erstürmung der Zuckerfabrik unternommen hat? Aber es geht im ganzen Land im Moment drunter und drüber; außerdem war er wahrscheinlich gar nicht in der Stadt, als es passiert ist. Weswegen Hlebnik also töten? Weil er vorhatte, nach Amerika auszuwandern, und damit, von einem puristischen ideologischen Standpunkt aus betrachtet, die KPdSU verraten hätte?

Unter Stalin möglich, aber jetzt, in der Krise, wo jeder schaut, wie er am besten über die Runden kommt, wen kümmert es da schon, ob ein kleiner Rayonalnomenklaturist aus den Republiken nach Amerika auswandert oder nicht? Was ist also das Motiv für Hlebniks Tötung?

Ich glaube, dass das Motiv der Borsalino ist, Element 4.) der Nachricht. Hlebnik wurde getötet, weil er einen Borsalino, den er wahrscheinlich nie zuvor in seinem Leben getragen hatte, aufgesetzt hat.

Der Borsalino also … Ich habe, ehrlich gesagt, lange gegrübelt, Ilytsch, was es mit dem Borsalino auf sich haben könnte. Nicht umsonst heißt es: ›Der Teufel steckt im Detail.‹ Aber dann ist mir Berija eingefallen, Lawrentij Berija. Wenn du dich erinnerst, es gab zwei prominente Figuren in der jüngsten Geschichte der UdSSR, die eine Vorliebe für Borsalinos hatten: Berija und Malenkow. Beide waren hohe Funktionäre der Partei. Berija hat 1953, nach Stalins Tod, versucht, die Macht im Land an sich zu reißen, und wurde von Malenkow, der Nummer 1 im Politbüro, gestürzt; bald darauf erschossen. Malenkow hat dann, auch ein Borsalino-Träger, für zweiundzwanzig Monate die Nachfolge Stalins innegehabt und ist 1957 von Chruschtschow gestürzt und davongejagt worden. Beide Borsalino-Träger haben ihre Macht gewaltsam verloren. Ich habe mal Malenkow in Moskau in der Nähe seiner Wohnung am Frunse-Kai mit einem Fotoapparat in der Hand gesehen, nachdem er sich zur Ruhe gesetzt hatte. Hartnäckigen Gerüchten zufolge ist er gläubig geworden.

Was bedeutet der Borsalino also?

In unserem Kontext ist der Borsalino meiner Interpretation nach ein Zeichen für gescheitertes Aufbegehren, das den Sturz des Aufbegehrenden zur Folge hat. Hlebnik ist gestorben, weil er metaphorisch einen Borsalino aufgesetzt hat, also, anders formuliert, weil er gegen jemanden aufbegehrt hat, der stärker war als er, und in diesem Machtkampf untergegangen ist.

So weit, so gut.

Fassen wir also die Botschaft noch mal zusammen:

Wir sollen das unbeaufsichtigte Vieh, also Hlebniks Gaben, innerhalb von drei Tagen zurückgeben. Wir sollen uns nicht mit dem Absender der Nachricht anlegen, also nicht ebenfalls, wie Hlebnik, einen Borsalino aufsetzen. Halten wir uns nicht daran, werden wir wie Hlebnik auf seinem Weg nach Amerika abstürzen. Als zusätzliches Warnzeichen kann man hier die Risse im Boot deuten, wenn man will.

Wir haben somit drei Tage Zeit, um etwas zu unternehmen. Danach werden wir mit Konsequenzen rechnen müssen.«

Ilytsch schweigt eine Zeit lang, bis er etwas sagen kann.

»Und wer schickt so eine Nachricht?«

»Der KGB.«

»Der *KGB*?«

»Ja, der KGB. Ich würde auf einen talentierten Kryptologen tippen, der von der 8. Hauptverwaltung in die 6. Verwaltung, Wirtschaftsspionageabwehr und Industrieschutz, gewechselt ist. Jemand mit einem Faible für historische Pikanterien. Jemand, der einen speziellen Sinn für Humor hat und der vielleicht dereinst mit Malenkows Überwachung zu tun hatte und dadurch auf die Geschichte mit dem Borsalino kam. Demnach müsste dieser jemand einen höheren Offiziersrang bekleiden. Ein Oberst oder Oberstleutnant.«

»Ein Oberst oder Oberstleutnant? Also manchmal machst du mir wirklich Angst, Roma. Und ich meine es wirklich so«, sagt der Held der sozialistischen Arbeit und packt den toten Hlebnik bei den Armen.

Flocosu lächelt und winkt ab.

»Ich bin eben Humanist.«

Ilytsch sieht dem Ewig Hungrigen Historiker in dessen glänzende, schlaflose Pupillen, die Roma Flocosus rastlos arbeitendes Akademikergehirn fleißig mit visuellen Reizen versorgen. Und während Ilytsch das tut und Roma in die Augen stiert, als wollte er darin einen gut versteckten defizitären Gegenstand ausmachen, lockern sich die Züge des Rentners nach und nach.

»Also, so einen Schmarren hab ich noch nie in meinem Leben gehört, du Humanist! KGB, Wirtschaftsspionage, Kryptologen, Berija, Malenkow!«, ruft der sowjetische Rentner und bricht in ein Gelächter aus, das ihm die Tränen in die Augen treibt.

Flocosu beobachtet Ilytsch mit dem Gesichtsausdruck eines erfahrenen Psychiaters angesichts eines seiner Langzeitpatienten, der partout keine Einsicht um seine Behandlungsnotwendigkeit zeigen will: mit einer Mischung aus Mitleid und professioneller Neugier.

Das ist die Arroganz der Debilität, denkt sich der promovierte Historiker und zieht es vor, nichts auf die unüberlegte und puerile Äußerung des alten Fabrikarbeiters zu sagen.

»Roma, du hast zu lange in der Sonne gestanden. Das hat dir nicht gutgetan. Was du jetzt brauchst, ist ein Eimer kaltes Wasser. Ein Eimer kaltes Wasser, Junge, und du wirst dich wie fabrikneu fühlen. Der Mensch muss nämlich ständig den Kontakt zum Wasser suchen. Denn das Wasser ist der Inbegriff der Heilkraft, die wir nur im Schoß der Natur erfahren! Es versorgt uns mit Energie und stärkt unser Immunsystem. Und jetzt pack Hlebniks Beine. Komm! Hier können wir den Direktor nicht liegen lassen, das bringt Unglück.«

»Willst du ihn etwa im Fluss versenken?«

»Nein. Wir müssen ihn begraben, mit einem Priester und allem Drum und Dran. Wir haben den Dahingeschiedenen angenommen, und jetzt müssen wir uns um ihn kümmern. Du willst doch nicht von Geistererscheinungen und Hlebnik-Albträumen heimgesucht werden, oder?«

»Und was hast du jetzt vor?«

»Wir legen Hlebnik in den großen Bottich, bis wir alles vorbereitet haben für sein Begräbnis. Wir haben jetzt noch knapp vier Stunden Zeit, um mit der heutigen Schnapsproduktion fertig zu werden. Danach machen wir Feierabend und fahren nach Hause in die Zuckerfabrik, abendessen. Am besten noch bei Tageslicht; nicht, dass wir gegen einen Baum fahren. Und, Roma …«

»Ja?«

»Wenn du mal wieder eine Leiche hier in einem Boot vorbeitreiben siehst, dann …«

»Was, dann?«

»Lass sie bitte vorbeiziehen.«

Die beiden Sowjetbürger setzen den Weg mit ihrer Nomenklatura-Last schweigend fort und schaffen es nur unter großen, schweißtreibenden Mühen, den toten Zuckerfabrikdirekor vorsichtig in den Alkoholbottich zu legen. Und der Alkohol spritzt dabei über die Kanten des Bottichs. Feierlich! So als würde er den beiden Sowjetbürgern dafür danken, ihm ein Nomenklatura-Mitglied – den Zweiten Sekretär des Rayonskomitees der KPdSU des Rayons Dondușeni nämlich – anvertraut zu haben. Und dann gleitet Wadim Wladimirowitsch Hlebnik sanft auf den Boden des Alkoholtanks, kameradschaftlich verhüllt in eine desinfizierende Schnapsumarmung. Bei diesem friedlichen Anblick wird dem Ewig Hungrigen Historiker Roma Flocosu klar, dass er bei erster Gelegenheit unbedingt mit Pitirim Tutunaru unter vier Augen über die verschlüsselte Nachricht und über Hlebniks Leiche, die amerikanischen Cowboystiefel, den Artikel 147 des Zivilgesetzbuches der Moldawischen SSR zum unbeaufsichtigten Vieh und über den Borsalino wird reden müssen.

Über den Köpfen von Flocosu, Ilytsch und Hlebnik im Alkoholbottich hängt mit goldenen Fransen ein rotes Banner aus flauschigem, plüschartigem Stoff, das Flocosu extra als Tagesdecke aus der Zuckerfabrik mitgenommen und über dem Eingang zur Scheune, in der Ilytschs Schnapsbrennstation beherbergt ist, zum Trocknen aufgehängt hat. Im schwachen Luftzug weht auf dem weichen rot schimmernden Material der Spruch:

HIER IMITIERT DIE KUNST NICHT DAS LEBEN,
SONDERN DAS LEBEN SELBST WIRD ZUR KUNST!

Der Held der sozialistischen Arbeit Wladimir Pawlowitsch Puşcaş hängt den roten, samtigen Stoff vorsichtig ab und deckt damit den Alkoholbottich Direktor Hlebniks voller Fürsorge zu.

Zhurkows Karpfen en route zum »Holzklump«

In Sergej Wenjaminowitsch Zhurkows Garage zwischen der Enthusiasten-Chaussee und dem rayonalen Krankenhaus am östlichen Saum des alten Donduşenier Waldes, wo zuweilen Muffelwild und gestresste Wildsäue mit ihren gehorsamen Frischlingen den Automobilisten auf der Straße nach Otaci erschrecken, befindet sich ein geräumiges Aquarium mit fünf Karpfen.

Die Karpfen sind gut gefüttert und erfreuen sich bester Gesundheit. Stumm treiben sie mit sparsamen Flossenbewegungen, ohne einander jedoch je eines Blickes zu würdigen, in ihrem ewigen Ganzkörperbad. Entspannt. Und gleichgültig. In diesem Gemütszustand schwimmeln die fünf Wasserwesen oft aneinander vorbei und beobachten mit ihren die vordere Aquariumswand berührenden Mündern apathisch ihre unmittelbare Umgebung, als stünden sie vor einem Bildschirm, der ihnen die Realität vorgaukeln würde.

Ein unsichtbarer Mechanismus kurbelt das Garagentor nach oben und taucht den Raum in immer mehr Sonnenlicht, das bald auch die Karpfen in ihrem Aquarium erreicht. Zhurkow fährt sein Auto, einen violetten Lada 2107, in die Garage hinein, steigt aus, atmet tief ein, betrachtet die jüngst tapezierten Wände seiner Garage, krempelt den rechten Ärmel seines weißen Hemdes hoch und greift mit einer gezielten Bewegung hinein. Ins Karpfen-

Aquarium. Kaum hat Sergej Wenjaminowitschs Hand die Wasseroberfläche penetriert, zischen die Fische in alle Richtungen ab wie eine Schar transnistrischer Separatisten mit Putschabsichten, die in flagranti ertappt wurden, als könnten sie sich in ihrem Aquarium verstecken.

Vergebens.

Sergej Wenjaminowitsch packt sich das Exemplar in der Ecke. Das Wasserwesen mit seinen runden dunklen, nichts sagenden Fischäuglein zappelt in Zhurkows Händen und ringt nach Luft, mit Kiemen und Schwanzflosse tänzelnd, während Zhurkow den Karpfen die Treppe hinauf in die Küche über der Garage transportiert. Er legt den Fisch auf einer Arbeitsplatte ab und kramt emsig in den Schubladen. Der Fisch zappelt sich indes bis unmittelbar an den Rand des Tisches, als erhoffte sich der naive Karpfen einen rettenden Teich unterhalb der Tischplatte vorzufinden.

Da packt ihn Zhurkow wieder, hält den Fisch am Schwanz mit dem Kopf nach unten in die Spüle und klopft ihm mit einer Knoblauchpresse auf den Schädel. *Tok*. Der Fisch zuckt.

Dann wieder. *Toktok*. Der Karpfen zuckt nervös weiter, als wollte er sich mit dem Mund am Hinterkopf kratzen. *TOK!* – Sergej Wenjaminowitsch führt einen weiteren grazilen Schlag aus. Kurz und präzise, aber hart. Und beobachtet dabei die Reaktion des Fisches in diesem einseitigen nonverbalen Dialog.

Plötzlich ertönt eine kindliche Stimme von hinten:

»Papa, nimmst du mich mit? Bitte … Ich will mit dir mit!«

Zhurkow zuckt zusammen, auf ähnliche Weise wie zuvor der mittlerweile in die ewigen Jagdgründe eingegangene Karpfen, und dreht sich zu seiner Tochter um.

Das Mädchen lächelt seinen Vater an. Es ist dasselbe kleine Oktoberling-Mädchen in tadelloser Schuluniform, das sich unmittelbar vor der letzten Schuhlieferung im Universalladen von Dondușeni über die versammelte Masse an Erwachsenen lustig gemacht und vor der bröckelnden Fassade des UNIVERSAMs stehend Grimassen geschnitten hatte.

Sergej Wenjaminowitsch Zhurkow packt den Karpfen in ein kleines Jutesackerl und beugt sich zu dem Mädchen hinunter. In ihrer Hand hält Sergej Wenjaminowitschs Tochter ein qualitativ hochwertiges importiertes Grundig-Diktiergerät, das sie zum Namenstag geschenkt bekommen hat. Zhurkow gibt seiner Tochter einen Kuss auf die Wange, tätschelt ihr die weißen, strahlenförmig gefransten Haarbänder auf ihrem hübschen Kopf, sagt dem kleinen Mädchen, dass er es eilig habe, und begibt sich wieder Richtung Garage zu seiner violetten *Semyorka*, dem Lada 2107.

Zhurkow öffnet die Beifahrertür seines Wagens, deponiert das Jutesackerl mit dem Karpfen vorsichtig unter dem Sitz und begibt sich zur anderen Seite des Autos, als er seine Tochter bemerkt, die auf der Treppe steht und ihn mit großen wässrigen Augen anblickt.

»Schätzchen, sei brav und geh wieder hoch. Ich bin zum Abendstromausfall wieder da«, sagt Zhurkow und steigt in sein Auto. Durch die Windschutzscheibe seiner violetten *Semyorka* sieht Sergej Wenjaminowitsch, wie seine Tochter dasteht und schmollt, ihre kleinen zierlichen Hände vor dem Schoß verschränkt.

Zhurkow klopft leicht mit beiden Händen gegen das Lenkrad, lässt den Motor laufen, die Schlüssel im Zündschloss stecken, steigt aus, setzt sich auf die Stufe, auf der seine Tochter steht, und sagt:

»Sonnenschein. Du musst doch auf deine Eltern hören und das tun, was dir Mama und Papa sagen.«

Zhurkow sieht einige Augenblicke lang seine Tochter an. Sie regt sich nicht und sieht ihren Vater auch nicht an, sondern starrt geradeaus auf den Lada 2107.

»So versteh doch, Alina. Ich kann dich nicht mitnehmen. Das geht einfach nicht, Schätzchen … Du weißt doch, dass die Mama schimpfen würde. Außerdem hast du schon genug Ärger am Hals, wegen … Ich meine, was hast du dir dabei eigentlich gedacht? Dir hätte dort was passieren können, bei dieser Schuhlieferung!«

Zhurkow schüttelt den Kopf, streicht sich durchs Haar; eine dunkelblonde Strähne fällt Zhurkow ins Auge, er entfernt diese und murmelt vor sich hin:

»Als hätte das Kind dort etwas lernen können.«

»Aber ich habe dort was gelernt! Ich habe gelernt, warum es bei uns den Schwarzmarkt gibt und wie er funktioniert.«

Zhurkow sieht seine Tochter verwundert an.

»In der Sowjetunion existiert weder eine kapitalistische Marktwirtschaft noch die rein theoretisch vorhandene nur-marxistische Planwirtschaft. In der Praxis wurde ein System umgesetzt, dass eine Mischung aus den beiden ist. Warum? Weil die Planwirtschaft kaum auf alle Bedürfnisse des Menschen, und diese sind zahlreich und vielfältig und ändern sich ständig, eingehen, geschweige denn diese vorhersagen oder planen kann. In Kriegszeiten kann man vielleicht die Nachfrage zügeln, durch Abstinenz und Gesetze, aber nicht auf Dauer, vor allem je länger eine Periode ohne Massenrepressionen, Revolutionen, Kriege oder Hungersnöte anhält. Kein Plan der Welt kann das alles berechnen«, das Mädchen richtet sich eines seiner Haarbänder, »aber wo Bedürfnisse entstehen, entsteht auch eine Nachfrage. Und wo es eine Nachfrage gibt, entsteht auch ein Angebot.

Anders ausgedrückt: Verbot der Privatinitiative ruft Spekulationen, den Schwarzmarkt, hervor. Und mit seiner Hilfe kannst du ganz Moldawien mit Doktorenwurst beliefern, eine Zuckerfabrik bauen oder deinem Sohn ein Agronomen-Diplom kaufen.«

Absolute Stille.

Zhurkow starrt seine Tochter an, als würde er sie zum ersten Mal in seinem Leben sehen. Ganz deutlich kann man hören, wie eine Fliege gegen das Karpfen-Aquarium fliegt. Sergej Wenjaminowitschs Geist ist jedoch nur damit beschäftigt, die erhaltene Information irgendwie einzuordnen.

»Alina. Wo hast du das gehört, Schätzchen?«, fragt er seine Tochter endlich.

»In der Schlange vor dem Universalladen. Kurz bevor der URAL-Laster mit den Schuhen angekommen ist.«

»Und wer hat dir das gesagt?«

»Niemand.«

»Wie, niemand?«

»Ein dürrer Mann mit dunklen Ringen um die Augen hat das einem alten frisch rasierten Opa in der Schlange erklärt. Der Opa hat wunderbar nach diesem 1-Rubel-50-Kopeken ›Natascha‹-Eau-de-Cologne gerochen, wie sie es bei uns auf dem Markt beim türkisblau angestrichenen Kindergarten Nr. 7 auf dem Bahnhofsgelände früher mal verkauft haben. Ich habe ihr Gespräch mit meinem Diktiergerät aufgenommen. Ohne dass sie es merkten! Und später habe ich's in meinem Zimmer so oft abgespielt, bis ich jedes einzelne Wort und auch die Betonung auswendig konnte!«, antwortet das Mädchen stolz und erinnert sich an den frisch rasierten Opa, der kurz nach dem Gespräch mit dem dürren Mann in der Menge verschwand. Dann, als Alina mit seiner Wiederkehr am allerwenigsten gerechnet hätte, tauchte der Opa plötzlich auf der Ladefläche des URAL-Lkws mit der Schuhlieferung auf und hielt diese merkwürdige Rede, in der es um defizitäre Waschmaschinen und Kinokarten ging, die Alina nicht verstand. Und ja – er hatte noch diesen Stern, der auf seinem Anzug glänzte, wie bei einem Sheriff! Kurz darauf sind fast alle zusammen mit dem Opa in eine andere Richtung geeilt.

Eigenartig, diese Erwachsenen, denkt sich Alina, »zuerst stellen sie sich für die Schuhlieferung stundenlang an und dann laufen sie plötzlich ganz woanders hin und die Schuhe interessieren sie nicht mehr.«

Sergej Wenjaminowitsch stellt sich vor, wie seine kleine Tochter in ihrem Zimmer die Konversation zwischen Roma Flocosu und dem Helden der sozialistischen Arbeit Wladimir Pawlowitsch Puşcaş einstudiert hat, und muss lachen.

»Und warum machst du so was, Alina-Schätzchen?«

»Ich dachte, du wärst beeindruckt, wenn ich dir so was sage, Papa.«

»Du könntest dir beim Komitee ein gutes Taschengeld dazuverdienen, Schätzchen, das Komitee fördert nämlich Talente!«, sagt Sergej Wenjaminowitsch, gibt seiner Tochter einen Kuss auf die Wange und sagt, dass sie in die *Semyorka* einsteigen soll, aber bitte ohne Diktiergerät.

Sergej Wenjaminowitsch navigiert den Lada über die Schotterstraße, die zum Donduşenier Fleischkombinat führt. Wie ein Besessener kurbelt Zhurkow das Lenkrad seines Fahrzeugs in verschiedene Himmelsrichtungen, um den vielen Schlaglöchern auszuweichen, ähnlich einem Spieler in einer dieser nach billigem Nikotin stinkenden Autorennen-Simulationskabinen am Bahnhof von Chişinău, wild entschlossen, einen neuen Rekord aufzustellen, bevor er seinen Zug nehmen muss. Es geht schleppend voran – hier und da glänzt in den Löchern trübes Wasser. Am Straßenrand liegen ein kaputter Kinderwagen und eine Puppe mit herausgerissenen Beinen, die mit dem Kopf im Matsch unweit vom Donduşenier Fleischkombinat ihrem Schicksal überlassen wurde. Fünfundzwanzig Stundenkilometer. Wieder schaltet Sergej Wenjaminowitsch in einen anderen Gang, der Lada ächzt widerwillig, fügt sich aber dem Willen seines Lenkers, und Sergej Wenjaminowitsch betrachtet gedankenverloren die Menschen, die sich vor ihrem Haus, einem großen Betonblock, um einen selbstgebastelten, mit Holzkohle betriebenen Metallherd versammelt haben. Sie ziehen mit einer Geschwindigkeit zwischen achtzehn und zwanzig Stundenkilometer an Zhurkow vorbei, wie schlecht bezahlte Statisten in einem Film, die auf Anweisung des Regieassistenten durchs Bild gehen müssen, damit die Szene lebendiger aussieht. Eine geschäftige Frau mit einem Aluminiumeimer in der Hand wirft einen neugierigen Blick auf den violetten Lada, mehr aber auch nicht. Sie stellt ihren Eimer auf dem Herd ab. Ein anderer Bürger im gestreiften Matrosenhemd macht die Heizkammer des aus rötlichen Eisenplatten zusammengeschweißten Metallherdes auf und stochert emsig mit seiner verrußten Eisenstange in der Glut herum, um die Kohlestücke weiter vorn zum Brennen zu bringen, und wirft seinen Zigarettenstummel, der kurz aufflammt und dann sofort verglüht, ebenfalls hinein. Einige Kinder springen um einen Opa herum, der gut gelaunt an seinem Akkordeon zupft und zieht und die Kinder mit energischem Kopfnicken und Fußstampfen in ihrem Tun anfeuert; der Mann mit der Eisenstange sagt wohl etwas Witziges, denn die anderen um ihn herum brechen in amüsiertes Gelächter aus.

»Papa, was machen die Menschen da?«

»Sie kochen, Schätzchen. Und erhitzen Wasser – siehst du da, die großen Kessel mit Emaille-Beschichtung? Da machen sie das Wasser heiß.«

»Und warum machen sie das nicht bei sich zu Hause?«

»Na ja, sie sind vielleicht von den oberen Etagen, wo das heiße Wasser nicht mehr hochgepumpt wird. Außerdem beginnt in einer Stunde der Abendstromausfall. Wenn man da einen elekrischen Herd zu Hause hat, ist es ungünstig.«

»Und draußen ist es bestimmt besser: Man kann sich unterhalten, und die Kinder können spielen. Stimmt's, Papa?«

»Ja, so ist es, Schätzchen.«

Alina lächelt, zufrieden darüber, dass sie mit ihrer Vermutung richtig gelegen hat, und betrachtet aufmerksam die dicken Metallstangen vor den vergitterten Fenstern der Wohnungen im ersten

Stock des nächsten Betonblocks. Auf ihnen hängen normalerweise die Teppiche, die ausgeklopft werden müssen. Doch jene dort sind leer.

»Wo sind die Teppiche, Papa?«, fragt das Mädchen, während der Lada sie in seinem Slalom zwischen den Schlaglöchern sanft hin und her schaukelt.

»Auf dem Markt, Alina. Auf dem Markt. Es ist Sommer, die Leute brauchen keine Teppiche, deswegen verkaufen sie sie dort.«

»Und was machen sie dann mit dem vielen Geld? Kaufen sie ihren Kindern neues Spielzeug, Süßigkeiten oder ›Plombir‹-Eis?«

»Ja, bestimmt. Aber nur, wenn die Kinder artig waren«, erklärt Sergej Wenjaminowitsch.

»Und wann verkaufen *wir* unsere Teppiche? Es ist doch schon so lange Sommer, und wir haben so viele davon! Sprich doch bitte mit Mama darüber.«

»Mache ich.«

Sie gelangen auf ein besseres, geteertes Stück Straße, das sie in einen dichten Fichtenwald hineinführt; ein dünner Wasserfaden, der sich zu ihrer Rechten eingekerbt hat, begleitet sie bis zu dem improvisierten Parkplatz, wo Zhurkow den Lada 2107 zwischen einem Kübelwagen und einem Wolga mit dem Kennzeichen des Innenministeriums abstellt.

Über einen kurzen Pfad gelangen Sergej Wenjaminowitsch und seine Tochter Alina zu einer kleinen Holzbrücke, hinter der vor einer unscheinbaren, aber großzügig eingerichteten Blockhütte, von ihren Anrainern liebevoll auf den Namen »Holzklump« getauft, einige Männer stehen. Zwei von ihnen liefern sich eine Partie russisches Billard, während die anderen rauchen und sich leise unterhalten.

»Du bist aber spät dran, Wenjaminytsch. Die anderen warten schon da drinnen … Ist schon der dritte Aufguss!«

»Alle Wege führen in die Zuckerfabrik«, bemerkt ein Banja-Besucher philosophisch. Er ist in ein Flanellhandtuch eingewickelt, und auf dem Haupt trägt er einen importierten Tiroler Almhut aus weichem, formbarem Filz, der ihm das Aussehen eines sprechenden gagausischen Gartenzwerges verleiht.

»Und zu Hlebniks Datscha«, ergänzt ein pummeliger Bürger, Chefarzt der gynäkologischen Abteilung der Donduşenier Rayonalen Poliklinik Nr. 1, mit behaartem Oberkörper. Der donduşenische Chefarzt sitzt Sergej Wenjaminowitsch Zhurkow an einem schweren, grob gezimmerten Holztisch gegenüber, ohne den Blick von der Platte mit gepökeltem Speck zu nehmen. Und dann greift der moldawische Gynäkologe zu. Unerwartet. Effizient. Und mit einer für seinen Körperindex außergwöhnlichen Gelenkigkeit. Und verschlingt zwei Speckstückchen samt Schwarte, ohne sein Gebiss unnötig mit Kauen zu verschleißen, sofort. Dann wirft der Mediziner einen Blick in die Runde, als ob nichts gewesen wäre, und schenkt sich ganz grazil etwas mehr vom Chişinăuer Frischbier in seinen gekühlten Steinkrug ein. Der Chefarzt nippt daran, und aus den Augenwinkeln nimmt er davon Notiz, dass ihn jemand mit offenem Mund vom anderen Ende des Tisches anstarrt.

»Fjodor, was glotzt du mich an wie eine beschädigte vaginalsonografische Wachstumskurve? Ich habe seit dem Morgenstromausfall nichts zwischen die Rippen bekommen. Also verschon mich bitte damit«, sagt der Gynäkologe und konzentriert sich innerlich ganz auf die Gerüchte rund um die Zuckerfabrik, die über dem Tisch wie aufgescheuchte Fledermäuse hin und her schwirren. Einzig und allein Zhurkow sitzt schweigend da, auch mit nacktem Oberkörper, ein Blümchenhandtuch um die Hüften gespannt, als würde ihn das alles nichts angehen, und kaut an einer Salzgurke, gelassen wie ein Stoiker. Der bereits stark angeheiterte Banja-Besucher mit dem importierten Tiroler Almhut aus weichem, formbarem Filz sagt lächelnd, den Blick auf die Tischplatte gerichtet:

»Wenjaminowitsch, wenn ich ehrlich, also ich meine *wirklich ehrlich*, sein soll, also … Dann muss ich sagen … dachte ich nicht, dass sie dir den Oberst geben würden.«

»Ach was, hast du nicht geglaubt. Ja?«

»Nein. Nachdem … Gleich nach der UNIVERSAM-Schuhlieferung, die auch alles andere als glatt über die Bühne gelaufen ist, die rayonale Zuckerfabrik der Stadt einfach so von diesen Verrückten eingenommen und verwüstet wurde … Ich meine, du hast doch versprochen, Sergej Wenjaminowitsch, die Vertretung der Staatsmacht zu sein. Und. Und für Ordnung. Ordnung! In der Stadt. Zu sorgen. Und dieses. Versprechen. Hast du … nicht … erfüllt.«

Am Tisch wird gekichert. Und getuschelt.

Und der Urheber dieser Worte grinst lausbübisch, die Gesichter seiner Kollegen in der Runde musternd. Der Tiroler Almhut aus weichem, formbarem Filz behält recht: Die Anwesenden können sich ein Schmunzeln und ein gedämpftes Lachen ob seiner Bemerkung einfach nicht verkneifen. Hier und da wagt einer von ihnen einen verstohlenen Blick Richtung Zhurkow zu werfen, ohne dies allzu offensichtlich zu tun; nur ein Bürger zeigt keinerlei Reaktion hierauf und verhält sich ruhig: der pummelige Chefarzt der gynäkologischen Abteilung der Dondușenier Rayonalen Poliklinik Nr. 1, der gelassen seinen Steinkrug zum Mund führt und sich sonst nichts anmerken lässt.

Die Luft ist schwer geworden im Holzklump, dem Tagungsort der Schwarzhändlergilde von Dondușeni. Und selbst hier in der Erholungsstube der Holzklump-eigenen Banja ist sie schwer, schwül, und der Schweiß schimmert schmierig auf der Haut der Gildenmitglieder. Auch der 46-jährige Sergej Wenjaminowitsch

Zhurkow schwitzt. Schweißtropfen gleiten über seine Stirn, Augenbrauen, Wangenknochen, über sein frisch rasiertes Gesicht, den einst athletischen, doch auch jetzt sichtlich trainierten Oberkörper hinunter. Er ignoriert sie, leidet aber darunter. Von der schwülen schweren Luft unbetroffen scheinen lediglich Zhurkows dunkelblonde Haare zu sein.

Zhurkow schweigt, beäugt den Träger des Tiroler Almhuts forschend und ripostiert alsdann:

»Sag, Mihailytsch. Stehst du mehr auf diese seitlich verschnürbaren Mieder-Negligés mit den zarten Spitzen, dem tiefen Ausschnitt und den fingerlangen Fransen oder doch eher auf schlichte weiße trägerlose BHs?«

»Wie bitte?«

»Du weißt doch. Diese Büstenhalter. Von denen gibt es solche, wo man die Träger wahlweise vorne oder hinten kreuzen kann. Und es gibt aber auch solche BHs, die man ganz ohne Träger tragen kann.«

»Ich habe keine Ahnung, wovon du sprichst, Wenjaminytsch.«

»Also pass auf, ich werde es extra für dich in Klartext umformulieren: Als du, Mihailytsch, die rayonale Zuckerfabrik von Dondușeni, als sie von diesen Verrückten, wie du sagst, gestürmt wurde, unter der Schürze deiner kleinen ukrainischen Kombinatsnutte Vera Matschinskaja tollkühn verteidigt hast. Von den Ausläufern der Karpaten aus. Sogar jenseits davon, nämlich von Lwow aus. Lwow! Da hast du Vera, wie gewohnt, modische Dessous aus gildeneigenen Beständen mitgebracht. Nach Lwow. Und diese Reizwäsche probierst du zuweilen auch gerne selbst an. Vor dem Spiegel. In Veras Wohnung. In Lwow. Welches Modell ist nun dein Favorit? Das Negligé mit der seitlichen Schnürung oder doch der weiße trägerlose BH? Und wie schaffst du es eigentlich, die Luft so darin lange anzuhalten, die sind ja schon ziemlich klein für dich die Dinger, oder nicht?

Was schaust du mich so quadratisch an, Mihailytsch, wie ein Colorado-Käfer, der gerade mit Insektizid besprüht wurde? Soll ich dir ein paar Fotos zeigen, um dein Gedächtnis aufzufrischen, oder doch lieber ein Video, wo's mehr zur Sache geht? In Veras Wohnung? In Lwow?«

Absolute Stille.

»Was, du lachst nicht mehr, Mihailytsch? Was ist denn los? Na hahaHA … Wir sind doch so witzig heute. Haben in der Scherzkiste geschlafen!«

Zhurkow richtet sich auf. Und blickt in die Runde.

»Ich glaube, euch geht's zu gut. Mit mir. Ihr … wisst das, was ihr dank *mir* bekommt, gar nicht zu schätzen. Ihr seids wie Vampire, Kruzitürken, ständig wollt ihr mehr haben! Mehr saugen. Das ganze Blut habt ihr mir aus dem Organismus aussi-g'saugt! Blut. Na, ihr wollt kein Blut, ihr wollt Doktorenwurst und Dollar und ›Nina Ricci‹-Parfums und Sony-Fernseher, immer nur die teuersten und die, die selbst die Japaner in ihrem japanischen Universalladen noch nie zu Gesicht bekommen haben, und schwedische Angelausrüstung für Aale und diese depperten französischen Negligés, die es in über hundert Ausführungen pro Modell gibt, auf die auch meine Frau so steht und dann beleidigt ist, wenn ich nicht weiß, ob die vorne oder hinten zugeschnürt werden müssen, und Benzin. Und das rund um die Uhr. Ich komm mir vor wie der Weihnachtsmann in Festanstellung bei euch. Unersättlich seid ihr. Und das, was ihr schon habt, das ist euch nie genug. Seht zu, dass es nicht so wie in unserem altertümlichen Sprichwort kommt, das besagt, dass das Geschenk demjenigen, der es nicht zu schätzen weiß, entzogen wird. Ihr glaubt, ihr könnt mich einfach so verarschen, oder was? Aber keine Sorge, ich bringe hier schon Ordnung in diesen Saftladen rein. Ich zeig euch schon noch, wo die Flusskrebse überwintern, wenn's kalt wird.«

»Aber Sergej Wenjaminowitsch, das war doch ein Scherz, ein kleiner, unschuldiger Scherz, das weißt du doch. Nichts Böswilliges. Ich weiß doch, dass damals die Situation außer Kontrolle geraten ist. Du konntest ja schließlich schlecht auf unbewaffnete Zivilisten schießen lassen. Dann wär's noch schlimmer geworden. Dann wären die Konsequenzen undenkbar gewesen. Vielleicht eine Revolution sogar. Ich meine, die Erstürmung des Winterpalastes 1917 – so fing das damals auch an. Schüsse in die Menge, und schon ging es los. Dann wär's noch schlimmer geworden. Deswegen. Ich würde dich doch nie beleidigen – ich meine, nicht mal im Traum würd ich –«

»Jetzt fängt der schon mit der Oktober-Revolution an. Sprechen einstellen, hab ich gesagt!«

Mit zwei Fingern deutet Zhurkow auf einen Mann, den der Gynäkologe mit Fjodor angesprochen hatte und der am hinteren Ende des Tisches eine filterlose Weißmeerkanal raucht.

»So, Hauptmann. Aufstehen.«

Der Hauptmann entsorgt den Rest seiner Weißmeerkanal und schnellt augenblicklich wie von der Tarantel gestochen in die Höhe.

»*Nu hai davai*, Bericht erstatten.«

»Jawohl, Herr Oberst. Die Lage ist wie folgt: Ein neuer Konkurrent operiert auf dem Territorium der Stadt. Das Hauptprodukt des Konkurrenten ist selbstgebrannter Samagon von höchster Qualität. Die Bibilaschwili-Brüder haben uns zudem einen ortsansässigen Mann aus Donduşeni gemeldet, der wegen italienischen Papieren Kontakt zu ihnen aufgenommen hat. Der Bürger, den wir als Vadim Dragoşowitsch Carabeţ, auch unter dem Spitznamen ›Vadim der Maler‹ bekannt, identifizieren konnten, ist mit einer Lkw-Zisterne nach Odessa gefahren und hat dort bei den Bibilaschwili-Brüdern drei Polen-Visa erstanden, da italienische Papiere nicht arrangiert werden konnten. Bezahlt hat Carabeţ in purem Schnaps. Der genaue Transaktionspreis für diese Visa belief sich auf 1500 Liter Samagon, die vor Ort von den Bibilaschwili-Brüdern und Vertretern der zuständigen Behörde abgefüllt wurden. Die Bibilaschwilis haben die hohe Qualität des Produktes bestätigt. Und auch, dass Carabeţ schon früher bei ihnen Polen-Papiere gekauft hat und mehrmals in Polen gewesen ist, vor allem im Raum Olsztyn, wo Carabeţ üblicherweise mit sowjetischen Fleischwaagen handelt. Damals hat er jedoch in Doktorenwurst und in Ölbildern eigener Produktion bezahlt und nicht in selbstgebranntem Schnaps. Wie dem auch sei, auffällig bei der jüngsten Transaktion ist, dass Carabeţ außer für sich auch für zwei weitere Bürger Polen-Papiere gekauft hat. Beide konnten identifiziert werden. Der eine ist der unabhängige Schwarzhändler Pitirim Ionowitsch Tutunaru, genannt ›der Spekulant‹ und der zweite ist Roma Romanowitsch Flocosu, der ›Ewig Hungrige Historiker‹. Sie scheinen zusammen mit Carabeţ vom Gelände der Zuckerfabrik und von Hlebniks Datscha aus zu operieren. Beide Objekte werden laut unseren Spähern gut bewacht, auch Hunde sind gesichtet worden. Die fraglichen Bürger haben die Umzäunung beider Objekte mit drei Sätzen SP-Sicherheitsdraht-Rollen verstärkt und zudem mit 220-Volt-Starkstrom gespeist. Sie verfügen außerdem über eine autonome Strom-, Wasser-, Energie- und Lebensmittelversorgung. Es ist davon auszugehen, dass sie auch über Bewaffnung und Munition verfügen.«

»Nicht schlecht, die Jungs. Die haben sich bestimmt Hlebniks 40 Tonnen Zucker unter den Nagel gerissen. Wenn wir die noch eine Zeit lang so weitermachen lassen, können wir gleich unseren Holzklump hier dichtmachen. Andererseits wollen die wahrscheinlich ohnehin abhauen, nach Polen oder Italien …

Gut, Hauptmann. Du wirst in der Nähe beider Objekte jeweils einen permanenten Observationspunkt einrichten. Ich will genau wissen, wie viele Leute zu Hlebniks Datscha und zur Zuckerfabrik

Zugang haben, wer sie sind, wie viel Schnaps rausgebracht wird, worüber sie reden. Aber: Ohne ausdrücklichen Befehl nicht einschreiten. Vorbereitungszeit: eine Stunde. Ich will alle drei Stunden einen Lagebericht haben. Ausführen und wegtreten!«

Der Hauptmann, der Mann, den der Chefarzt der gynäkologischen Abteilung der Donduşenischen Rayonalen Poliklinik Nr. 1 als Fjodor angesprochen hatte, rührt sich nicht vom Fleck und starrt Zhurkow genauso an, wie er den Gynäkologen nach dem Verschlingen der zwei Speckstücke zuvor ratlos angestarrt hat.

»Aber Herr Oberst, Sergej Wenjaminowitsch, bis ich Benzin aufgetrieben und mit den Burschen alles vorbereitet habe –«

»Wofür brauchst du Benzin, Fedya? Bei uns in der Republik sind die Leute umweltfreundlich und gehen viel spazieren. Mit deinem Kübelwagen fällst du sowieso nur unnötig auf. Und du sollst observieren, keine Spritztouren um die Zuckerfabrik drehen. Lass dir von Yura draußen die Handkasse aushändigen und fünf Kilo Doktorenwurst einwickeln, für alle Fälle, und bezieh deine Position. Und sag Yura, er soll mir eine Portion georgischen Tee von den Bibilaschwili-Brüdern zubereiten und reinbringen. Das wäre dann alles, Fedya. Nein. Ich will nix von Stromausfall hören. Befehl ausführen und wegtreten, Hauptmann. Ab!«

Dies gesagt, schließt Zhurkow die Augen und massiert sich die Schläfen, um sich ein wenig zu entspannen. Als er die Augen wieder öffnet, sieht er einen bis auf seine enge Unterhose, in der eine geladene Stetschkin APS, Kaliber 9,2 x 18 mm mit einem Reservemagazin steckt, nackten Fünfunddreißigjährigen mit einem sehr sympathischen Lächeln, glänzender Glatze sowie einer sehr ausgeglichenen Ausstrahlung, der ihm eine Teetasse reicht: Yura.

»Zucker, Sergej Wenjaminowitsch?«, fragt Zhurkows Mitarbeiter, zwei Würfel Zucker zwischen die Finger geklemmt. Yura hält sie über dem mit einer Mohnblume verzierten Kännchen, es blubbert unruhig aus dem georgischen Teeblättergewirr heraus.

»Danke, Yura. Bin süß genug«, merkt Zhurkow an, schlürft einen Schluck Tee und beäugt dabei neugierig Yuras Äußeres, ohne ihn aber direkt darauf anzusprechen.

»Die Hitze ist zum Verblöden, Sergej Wenjaminowitsch. Anders halt ich's nicht aus«, entgegnet der Moldawier mit der Stetschkin APS, Kaliber 9,2 x 18 mm in der Unterhose auf Zhurkows nicht gestellte Frage und lächelt zufrieden bei dem Gedanken daran, dass er sich nach Dienstschluss mit den Jungs draußen vor dem Holzklump auf offenem Lagerfeuer ein paar frische Flusskrebse garen wird. Bei vollkommener moldawischer Nacht, einer gekühlten Kiste Chişinăuer Frischbier unter dem stets üppig gefüllten Donduşenier Sternenhimmel und einem 3-Liter-Glas Samagon zu den Flusskrebsen, dazu würden sie »Ziegenbock« spielen. Irgendwer in der Runde würde Anekdoten erzählen. Später würde Yura am Komsomolzensee Tanja treffen und dort in der frisch errichteten Strohhütte der Dumitrius mit ihr die neue *Bad-Boys-Blue*-Kassette hören, die ihm Vadim der Maler aus Polen mitgebracht hat, und im kitzligen Stroh Spaß miteinander haben. Mit ein bisschen Glück bekämen sie womöglich auch Glühwürmchen zu sehen. Und dann würde er nach Hause fahren zu seiner geliebten Frau Marina und die Kinder rechtzeitig ins Bett bringen. *Das Leben ist schön.* Bloß die Batterien für den Kassettenrekorder nicht vergessen …, sagt sich Yura und stellt Sergej Wenjaminowitsch Zhurkow ein kleines zuschnürbares Jutesackerl auf den Tisch.

»Ich dachte, jetzt ist der richtige Moment, Wenjaminowitsch. Frisch aus dem Kühlfach!«

»Der Karpfen. Richtig. Danke, Yura. Der ist für unseren Witzbold Mihailytsch, den Major.«

Yura transportiert den Karpfen hierauf zum genannten Offizier, dem Bürger mit dem importierten Tiroler Almhut aus weichem, formbaren Filz, dem Zhurkow zuruft:

»Mihailytsch. Gleich morgen früh wirst du nach Otaci sausen.

Zum Bulibascha. Und wirst dem Bulibascha das Jutesackerl mit dem Karpfen überbringen.«

Mihailytsch, der Major, verzieht sein Gesicht, als Yura den Karpfen im Jutesackerl vor seiner Nase auf dem Tisch platziert.

»Und warum muss ausgerechnet ich dem Bulibascha den Fisch überbringen? Wieso kann das nicht wer anderer machen? Yura. Oder Trifon der Transnistrier? Oder Kirill Anghelciuc? Ich meine, Kirill ist doch unser Kurier, er ist letztendlich für solche Dinge zuständig, ich hab schließlich nicht gerade nichts zu tun … Ich muss ja noch unsere Produktpalette für nächsten Monat fertig machen! Also warum ich, Wenjaminowitsch?! Warum ich?«

»Weil du am witzigsten von uns allen bist, Mihailytsch, darum!«

Die Anwesenden am Tisch brechen in ein dezentes Gelächter aus.

»Und solltest du dich irgendwie auf dem Weg nach Otaci verfahren oder zu lange zum Bulibascha brauchen, was ich nicht glaube, könnte es sein, dass deine Frau Swetlana ein paar von deinen Negligé-Fotos zu sehen bekommt, damit sie auch was zu lachen hat. Wenn du aber hurtig hin und retour fährst, dann … Dann ist alles in Butter, Mihailytsch. Und wir vergessen die Geschichte mit deinen trägerlosen Büstenhaltern vor dem Spiegel deiner Kombinatsnutte Vera Matschinskaja in Lwow. Ich meine, zum Bulibascha nach Otaci sind es keine sechzig Kilometer. Nach Lwow zu Vera ist es wesentlich länger. Und da fährst du doch auch regelmäßig hin, ohne so ein trauriges Gesicht zu machen … Stimmt's oder hab ich recht? Also hör auf, hier pampig meinen feinen Karpfen anzustarren, und stell dich nicht so an. Yura, schenk dem Major doch bitte noch ein Stamperl ein, damit er nicht so schmollt.«

Dann richtet Sergej Wenjaminowitsch das Wort an den Chefarzt der gynäkologischen Abteilung der Dondușenier Rayonalen Poliklinik Nr. 1 Timofej Warlaamowitsch Iapăscurtă, den er bittet, bei seinem Schwager Costea dem Notar eine Urkunde zu besorgen. Zhurkow fügt konkretisierend hinzu, während der pummelige Iapăscurtă mit der Hand über seinen haarigen Oberkörper fährt, als wollte er eine Mücke von seiner Brust verscheuchen:

»Was wir brauchen, mein lieber Timofej Warlaamowitsch, ist was ganz Feines: Ein offizielles und notariell beglaubigtes Dokument. Genauer: Eine Schenkungsurkunde über die Zuckerfabrik und Hlebniks Datscha. Von Zuckerfabrikdirektor Wadim Wladimirowitsch Hlebnik persönlich unterschrieben. Und je schneller dein Schwager dieses Dokument aufsetzen kann, Timofej Warlaamowitsch, umso besser. Du weißt, ich stelle den *Mohortisch*, es wird zu deinem und deines Schwagers Costea Nachteil nicht sein. Und ich weiß auch, dass so was nie leicht zu bewerkstelligen ist. Staatseigentum. Und Zuckerfabrikdirekor Hlebnik, der gar nicht da ist. Aber lass uns doch nicht immer von Problemen und Schwierigkeiten reden, von der Sowjetunion, die im Begriff ist, sich zu desintegrieren, wie billiges Toilettenpapier im Kanalisationswasser, von der schlechten Ernte, vom Einbruch des Devisenmarktes, vom Stromdefizit, vom Benzindefizit und den anderen vielen Defiziten, von der Preissteigerung, der Hyperinflation, vom Zusammenbruch des RGW-Außenhandels, von den politischen Unruhen, die sich in Gagausien ankündigen, von der Finanzkrise oder davon, dass wir uns am Rande einer Wirtschaftskatastrophe und eines Bürgerkrieges mit Transnistrien befinden. Wenn man sich diese Dinge zu sehr zu Herzen nimmt, dann kann man durchaus geneigt sein, durchzudrehen. Sich im Bad einzuschließen und sich mit einer hübschen importierten Beretta 9 x 19 mm die Birne zu perforieren. Das ist richtig. Aber nur zum Teil. Warum?

Weil man auf die Probleme fokussiert ist und nicht auf deren Lösung und eine positive Einstellung zum Leben.

Ihr werdet sagen: ›In Ordnung. Aber früher war alles besser, und es gab keine derart schwere Krise wie heute.‹ Und ich sage euch: Das ist falsch. Wie war es früher?

Früher sind 120000 schwer bewaffnete Türken unangekündigt über den Pruth gekommen, ohne Visum, und haben mit aller Vehemenz versucht, uns den Schädel einzuschlagen. Einfach so. Aus Expansionslust. Jedes Jahr im Frühling. Und wenn nicht die Türken, dann waren es die Polen. Und wenn nicht die Polen, dann waren es die Tataren. Und wenn nicht die Tataren, dann die Ungarn oder sonstiges Gesindel. Wie eine militante Sorte Zeugen Jehovas, die ständig vor deiner Tür stehen und immer etwas von dir wollen.

Das war eine Krise mit großem K. Und was? Haben sich alle Menschen bei uns deswegen umgebracht damals und sich eine Kugel ins Hirn gejagt? Nein, mitnichten. Die haben sich gesagt: Ja, Leute, gut, wir haben ein Problem, die Türken kommen, um uns zu erobern. Wie können wir dieses Problem lösen? Und die Burschen haben sich zivilisiert bei einer Portion Polenta und einem Krug Rotwein hingesetzt und analytisch und konstruktiv überlegt: Gut, dann vergiften wir eben alle Brunnen, zerstören die Felder und entziehen dem Türken so die Nahrungsversorgung und unterbinden seinen Nachschub, zermürben ihn durch ständige Angriffe aus dem Hinterhalt, locken ihn in eine Falle, wo seine numerische Überlegenheit keine Rolle spielt, und metzeln ihn gemächlich nieder, hauen dem Türk so lang in die Gosch'n, bis ihm die Lichter ausgehen. Ein paar Tausend Osmanen spießen wir an der Grenze auf, richten sie samt den Vier-Meter-Spießen in Formation auf und lassen sie bei unserer frischen podolischen Luft vor sich hin verwesen, als reichhaltiges Rabenfutter und psychologische Abschreckung für die anderen Türken, die in der nächsten Saison im Frühling vielleicht kommen wollen. Und nicht kommen sollen.

Das ist lösungsbezogenes, also positives, konstruktives Denken. Zugegebenermaßen, es ist ein extremes Beispiel. Aber: Extreme Probleme erfordern extreme Lösungen. Dagegen sind unsere Probleme heute, unsere Krise, geradezu lächerlich, und die Beschaffung einer läppischen Schenkungsurkunde erscheint im Vergleich dazu wie ein Kinderspiel; wie eine Biologie-Hausübung über die Anatomie des Feldhasen in der fünften Klasse, die man nebenbei gemacht hat, bevor man mit seinen Freunden auf die Wiese vor der Brotfabrik Fußballspielen gegangen ist. Oder, Timofej Warlaamowitsch? Was sagst du dazu?«

Dem Chefarzt der gynäkologischen Abteilung der Dondușenier Rayonalen Poliklinik Nr. 1 Timofej Warlaamowitsch Iapăscurtă ist schwindelig. Bei der Vorstellung, wie sein Schwager Costea der Notar auf eine derartige Anfrage reagieren würde und welche Mühen und übermenschliche Anstrengungen es den moldawischen Gynäkologen kosten würde, um diese Hausübung über die Anatomie des Feldhasen für den Vorsitzenden der Schwarzhändlergilde von Dondușeni zu beschaffen, wird dem Gynäkologen zudem kurz schwarz vor den Augen.

Einen Moment lang vollkommene Finsternis.

Und in dieser Finsternis fühlt sich Iapăscurtă verlassen und mutterseelenallein, wie eine Schwangere, der ein Kaiserschnitt ohne Lokalanästhesie blüht. Bei dieser unwillkürlichen Vorstellung überkommt Iapăscurtă eine Welle intensiven Selbstmitleids. Und dann spürt der Gynäkologe einen Stich in seinem Mittelohr, der Iapăscurtă bis in sein Gehirn hinein martert, als würde dort ein transnistrischer Kosake mit einem Skalpell herumwüten. Timofej Warlaamowitsch nimmt einen Schluck Chișinăuer Frischbier aus seinem Steinkrug, um sein emotionales Gleichgewicht wiederzufinden.

Das sind die Momente, in denen sich die Krebszellen im Menschen bilden, sagt sich der Chefarzt, überlegt fieberhaft, was Zhurkow wohl so an kompromittierendem Material über ihn in der Hand haben könnte, räuspert sich kurz und antwortet langsam und klar artikulierend, so als müsste er jedes Wort mit großer

Kraftanstrengung, wie ein verstopfter Steinkauz sein Gewölle, aus sich herauswürgen:

»Ich werde die Urkunde beschaffen.«

Dazu Zhurkow gut gelaunt:

»Wunderbar, Warlaamowitsch. Wunderbar. Hab vielen lieben Dank! Und Folgendes gilt für alle: Lasst uns in Zukunft nicht über Probleme reden, sondern lasst uns vielmehr von Lösungsvorschlägen, von Auswegen und Möglichkeiten sprechen, am Ende derer Hlebniks Schenkungsurkunde und sonstige wunderbare Dinge entstehen. Die Krise, Herrschaften, die Krise ist für die anderen! Nicht für uns!

Drum lasst uns noch ein Gläschen trinken und mit dieser konstruktiven Note das heutige Gildentreffen ausklingen lassen.«

Dies gesagt, flackert das Licht in der Erholungsstube der Holzklump-eigenen Banja genau drei Mal auf. Dann ist es dunkel – der moldawische Abendstromausfall übernimmt das Kommando. Zhurkow verabschiedet sich von seinen Mitarbeitern, nimmt eine erquickende kalte Dusche, lässt das produktive Gildentreffen nochmals vor seinem inneren Auge Revue passieren, zieht sich um und verlässt zufrieden den Holzklump, in dem nun der gildeneigene Generator angeworfen wird.

Draußen sieht er seine Tochter Alina, die glücklich einen Teller Mohnnudeln mit Butter und Puderzucker isst. Neben ihr sitzt Yura auf einem kleinen zerkratzten Hocker. Mit einem sehr sympathischen Lächeln, glänzender Glatze, sehr ausgeglichener Ausstrahlung und der engen Unterhose mit der Stetschkin APS und dem Reservemagazin. Yura spielt mit einer um den Finger gewickelten Gummischnur, an deren Ende eine zusammengeknüllte Kugel aus Alufolie hängt. Damit nervt er einen wuchtig gebauten rothaarigen Kater, der auf dem Rücken liegt und mit den Vorderpfoten eher beiläufig versucht, die silbrige Kugel mit seinen ausgefahrenen Krallen zu erfassen.

Als Zhurkow mit einer Stofftasche aus hellem Material am Kater vorbeigeht, animiert sich das Tier mit einem Schlag und fängt an, Zhurkow intensiv anzuschnurren.

»Und, hast du dich sehr gelangweilt, Schätzchen?«

Alina lächelt ihren Vater mit vollem Mund an. Und erzählt ihm mampfend, wie sie und Yura den Kater mit Doktorenwurst gefüttert haben, über einem improvisierten Gaskocher Schupfnudeln mit Mohn gekocht haben und dass Yura ihr die Regeln des russischen Billards erklärt habe. Sie fragt ihren Vater aufgeregt, ob sie noch länger bei Yura bleiben dürfe.

»Wir müssen nach Hause, Alina. Mama wartet schon mit dem Abendessen auf uns. Und Yura hat auch noch zu tun …«

Alina verzieht ihr Gesicht, zögert ein wenig, als ob sie überlegen würde, ob sie ihrem Vater widersprechen soll oder nicht, springt Yura an den Hals und verabschiedet sich von ihrem neuen Freund.

»Warum lächelst du so zufrieden, Yura?«, will Zhurkow wissen.

»Ich habe mich einfach auf den Stromausfall gefreut.«

Beide Männer brechen in ein herzliches Gelächter aus.

»Hier, Batterien für deinen Kassettenrekorder und zwei feine Fläschchen MOLDVINPROM-Cabernet, aus Ialoveni. Und ein Kilo Doktorenwurst. Für heute Abend. Tanja wird sich freuen«, bemerkt Zhurkow und übergibt Yura die Stofftasche aus hellem Material. Während Yura die Tasche verdutzt entgegennimmt und einen Blick hineinwirft, fügt der Oberst hinzu:

»Weißt du was, Yura, du bist eine verdammt ausgeglichene Persönlichkeit inmitten dieser menschlichen Umnachtung, und ich weiß das zu schätzen.«

Zhurkow klopft seinem Mitarbeiter auf die Schulter, ohne ihn anzusehen, und entfernt sich mit seiner Tochter Hand in Hand vom Holzklump in Richtung seiner violetten *Semyorka,* dem Lada 2107, während ihnen Yura und auch der rothaarige Kater gut gelaunt hinterherblicken. Als sie beinahe schon ihren Lada 2107 erreicht haben, ruft Yura Zhurkow hinterher:

»Aber woher weißt du davon, Wenjaminytsch? Von Tanja, meine ich?«

Sergej Wenjaminowitsch Zhurkow bleibt stehen.

Verharrt in dieser Position einige Augenblicke lang; dreht sich um, zündet sich gemächlich eine sowjetische Temp an, inhaliert den Rauch, lässt ihn gleichmäßig durch die Nasenlöcher ausströmen, als würde er ein heiliges Reinigungsritual vollziehen, und deutet mit Daumen und Mittelfinger seiner rechten Hand, die gerade seine angezündete Zigarette halten, deren Qualm sich senkrecht emporschlängelt, in Yuras Richtung, als wollte der Vorsitzende der Schwarzhändlergilde von Dondușeni ihm auch einen Zug von seiner Temp anbieten.

»Weißt du, Yura, beim Komitee bringen sie dir so einiges bei. Und manches davon bleibt hängen … Nenn es Berufskrankheit, wenn du willst.«

SHOPPING IN CORBU

1991. DONDUŞENIER RAYON, MOLDAWISCHE SSR

Lawrons sieben Särge und Nadja Pilipciuc

Pitirim Tutunaru lehnt sich gegen sein »Minsk«-Motorrad mit Seitenwagen, an dessen Außenwand zwei 20-Liter-Samagon-Kanister jeweils links und rechts solide festgezurrt sind, streicht sich über den Schnauzbart und wirft einen flüchtigen Blick auf seine Einkaufsliste: Paprika, Gurken, Rigaer Sprotten in Tomatensauce, Kondensmilch, im Volksmund auch Vogelmilch genannt, normale Milch, Bohnen, Mehl, Grieß, *Bubliki*-Kringel, Zwiebeln, Pepsi-Cola, Knoblauch, Buchweizengrütze, Parastas-Kerzen, Kefir sowie Benzin, wobei Benzin zweimal unterstrichen ist. Tutunaru ignoriert die vor den jeweiligen Produkten stehenden Mengenangaben bewusst, denn er weiß: Er wird ohnehin versuchen, zuerst mindestens vierzig Liter Benzin aufzutreiben plus den Tank und den Reservetank seines Minsk-Motorrads vollzubekommen. Mit dem nach dieser Transaktion noch verbleibenden Samagon wird er die restlichen Artikel minus der Kondensmilch, die er für ein kulinarisches Hirngespinst des Ewig Hungrigen Historikers Roma Flocosu hält, besorgen. Und das in Abhängigkeit von der Verfügbarkeit der Produkte und den daraus resultierenden Preisen.

»Fertig!«, verkündet Lawron der Sargmacher, der nach Briefbombe und Abbeizmittel duftet, richtet sich auf und deutet mit seinen schmierölverschmierten Händen auf das soeben angebrachte Abschleppseil an Tutunarus Minsk-Motorrad. Dazu sagt Lawron väterlich:

»Sieh zu, Bua, dass du hier hinten kein Nickerchen machst, musst dei Motorradl ja trotzdem lenken!«

»Ist klar, Lawron, ich will mir ja nicht an deinem Auspuff die Zähne ausschlagen.«

Der stämmige Lawron nickt und kommt mit einer dunkelbraunen Kernseife aus dem Fahrerhäuschen seines URALs zurück, macht die Beine breit und rubbelt sich gleich am Straßenrand, in gebückter Haltung, das Schmieröl von den Händen, während ihm Tutunaru in regelmäßigen Abständen lauwarmes Wasser aus einer etikettlosen Plastikflasche darübergießt.

»Und, kommst von weit her? Wann hast die Panne gehabt?«

Jedes Mal, wenn ich Lawron sehe, verspür ich einen latenten Luftzug des Todes, denkt sich Pitirim und antwortet:

»Vor zwei Stunden vielleicht. Ich komme eigentlich von Dondușeni. Mir ist gleich hier an der Kreuzung der Sprit ausgegangen – wohl habe ich gehofft, mit dem Tank noch bis Corbu durchzukommen. Aber es hat nicht sollen sein. Ich hätt eigentlich auch meinen tschechoslowakischen Minibus nehmen können, der hätte noch genug Benzin im Tank gehabt, aber bei dem schönen Wetter habe ich mich dann doch für die Minsk entschieden. Du kennst ja den Spruch: ›Motorrad ist Geschwindigkeit, Romantik, Sport und Erholung!‹ Ich wusste ja nicht, dass der Tank so dermaßen ausgereizt war.«

Der Ilytsch wird's gewesen sein mit seinen ewigen Touren zwischen Schnapsbrennstation und Zuckerfabrik, geht Tutunaru dabei durch den Kopf. Dann sagt er:

»Na ja, blöd gelaufen! Der Verkehr ist bei uns ohnehin sehr moderat. Und hier auf der Straße nach Corbu gar zu moderat … Da hätt ich noch eine Weile auf eine *Poputka* warten können, wenn du nicht vorbeigekommen wärst. Und auf dich hab ich auch geschlagene zwei Stunden warten müssen!«

»Da hast du noch Glück gehabt, Tutunaru, dass Batyuschka Derimedont bei mir eine Bestellung aufgegeben hat, sonst wär ich nicht über Corbu gefahren«, entgegnet Lawron, schüttelt sich ein paarmal die Hände aus, wischt sie sich im Gehen an seiner dunklen Trainingshose ab und steigt zurück ins Fahrerhäuschen seines URAL-Lkws. All das macht er mit der Bestimmtheit eines tüchtigen Menschen, der nicht gerne Zeit verschwendet, bevor sein Tagwerk verrichtet ist. Tutunaru will Lawron noch eine Frage nachrufen, doch der Donduşenier Spekulant hat gerade mal noch Zeit, um auf sein Motorrad aufzuspringen und einen Gang einzulegen, als der Motor von Lawrons URAL 4320 schon aufbrüllt und sich in Bewegung setzt. Das Abschleppseil strafft sich sofort und zieht das Minsk-Motorrad samt Tutunaru darauf mit einem beherzten Ruck mit sich. Der Lkw-Auspuff vibriert und hustet dem Spekulanten eine weiße Abgaswolke vor die Windschutzscheibe, während sich Tutunaru fragt, für wen Derimedont wohl einen Sarg bei Lawron bestellt haben mag.

Es trifft sich gut, dass ich ohnehin vorhatte, beim Protodiakon Derimedont Parastas-Kerzen zu holen, da kann mir der Batyuschka bestimmt was dazu sagen, denkt sich Pitirim Tutunaru, richtet sich ein wenig von seinem Sitz auf, zählt die Särge auf der Ladefläche von Lawrons Lkw – es sind ganze sieben Stück –, setzt sich wieder hin, steckt seine rechte Hand in die Hosentasche, entnimmt ihr eine Handvoll Sonnenblumenkerne, lehnt sich in den Motorradsitz zurück, soweit es bei dessen wenig auf den Fahrerkomfort ausgerichteter sowjetischer Konstruktion möglich ist, und genießt die Sonne, geröstete Sonnenblumenkerne knabbernd.

So vergeht einige Zeit, die Tutunaru gedanklich mit Überlegungen zubringt, die entweder mit der Italien-Mission oder mit dem Beschaffen von Wertgegenständen verbunden sind.

Einige Male hält Lawrons URAL am Straßenrand und nimmt einen Dreiertrupp gesprächiger Frauen mit aufgeschulterten Rechen von der Feldarbeit auf, die es sich in Lawrons Fahrerhäuschen gemütlich machen und wohl mit dem Sargmacher den lokalen Tratsch analysieren.

Der URAL bleibt für eine weitere weibliche Person stehen, die Tutunarus Aufmerksamkeit weit mehr auf sich zieht als die drei Frauen zuvor: Sie ist jung, Anfang, Mitte zwanzig, langes offenes kastanienbraunes Haar, sehr selbstverständlich winkt sie Lawrons URAL herbei, als wäre ihre Mitnahme terminlich vereinbart worden. Sie trägt ein nach Matrosenart gestreiftes Top, einen knielangen Rock und mit Lederriemen geschnürte Sandalen. Das Mädchen wirft eine bunte Stoffumhängetasche nach hinten auf die Ladefläche, zieht sich selbst hinauf und setzt sich auf einen Sarg.

Obwohl die Sonne scheint, fallen ein paar Regentropfen.

»Motorrad ist Geschwindigkeit, Romantik, Sport und Erholung, nicht wahr?«, sagt sie den in der UdSSR sehr bekannten Spruch und grinst Tutunaru an, der mit seinem Motorrad am Abschleppseil hängt.

»Sehr witzig.«

Tutunaru kann die Farbe ihrer Augen nicht erkennen, da das Mädchen eine große Sonnenbrille mit orangefarbenen Gläsern trägt.

Der Sommerregen wird stärker. Die Wolken verdecken die Sonne. Tropfen prasseln auf die nagelneuen Särge, und Lawrons Lkw wird langsamer. Pitirim Tutunaru wirft sich die wasserfeste Abdeckplane, die über seinen Seitenwagen gespannt war, über Kopf und Schultern und wischt ab und an mit einem alten Stück Stoff über die Windschutzscheibe seines Motorrades. Als er wieder zur Ladefläche des URALs schaut, stellt er fest, dass das Mädchen mit der orangen Sonnenbrille einen Sargdeckel zur Seite geschoben und die Umhängetasche darin verstaut hat und sich allen Ernstes anschickt, sich hineinzulegen, in den Sarg rechts außen.

»Hej, du, da oben, Mädchen! Mach das nicht!«, ruft ihr Tutunaru zu.

»Warum denn nicht? Es regnet doch!«

»Das bringt Unglück! Leg dich nicht in den Sarg hinein!«

»Früher oder später landet jeder von uns in so einem Ding!«, sagt das Mädchen, legt sich hinein und schiebt den Sargdeckel zu.

Tutunaru schüttelt missbilligend den Kopf und zieht sich die wasserfeste Abdeckplane fester über die Schultern.

Etwa eine halbe Stunde später ist Lawrons URAL-Ladefläche voll mit Sowjetbürgern, die sich zuerst ein wenig über Tutunaru auf seinem Motorrad im strömenden Regen lustig gemacht und dabei mindestens einmal mit gespieltem Enthusiasmsus »Motorrad ist Geschwindigkeit, Romantik, Sport und Erholung!« skandiert haben, um dann zwischen Lawrons Särgen Platz zu nehmen. So sitzen sie dort, mit durchsichtigen Plastiksäcken auf dem Kopf, den Blick auf Lawrons Ware gerichtet, die sie mit an die Vergänglichkeit alles Irdischen erinnern.

Dann wird der Sargdeckel rechts außen wie von Geisterhand aufgeschoben und aus dem Inneren ist eine junge weibliche Stimme zu hören:

»Hat's schon aufgehört zu regnen?«

Den Bruchteil einer Sekunde erstarren die Fahrgäste auf der Ladefläche des URALs und regen sich keinen Deut. Doch dann ... dann: Schreckensschreie vermischt mit Ausrufen des Unmuts und viel Aufregung.

»So hol mich der Parastas deiner Mutter!«, schreit eine Sowjetbürgerin mit weit aufgerissenem Mund, aus dem einige Zähne aus gutem Rotgold aufblitzen, bekreuzigt sich dreimal nach orthodoxer Art und schießt in die Höhe, ihre kleine normierte Lederersatzhandtasche der Marke Blümchen vor der Brust; ein anderer Bürger schreit zweimal »Kruzitürken!« und wirft sich mutig nach vorne, auf den Sargdeckel, dabei fällt ihm das Plastiksackerl vom Kopf; eine weitere Frau versucht, aus dem fahrenden URAL abzuspringen und schlägt auf die Hände, die sie an den Kleidern gepackt halten und in den URAL zurückzureißen versuchen; während ein moldawischer Rentner mit der Faust auf das Dach des

Fahrerhäuschens eindrischt, um die Aufmerksamkeit Lawrons auf sich zu lenken, und deutet mit bleichem Gesicht nach hinten, zum Sarg, aus dem das schallende Gelächter des Mädchens mit der orangen Sonnenbrille ertönt.

Pitirim Tutunaru versucht vom Motorrad aus, den Regen, die Rufe und den Motorlärm des URALs mit seinen kurzen Erklärungen zu übertönen, um die Situation zu beruhigen.

In diesem Moment rauschen sie an einem großen blauen Schild vorbei, das Lawrons Laster mit dem hellbraunen Wasser aus einem Schlagloch vollspritzt: CORBU, 2 KM.

Protodiakon Derimedonts Krisenmanagement

»Ion! Ihr lasst sie auf keinen Fall in Jugoslawien zurück! Sie muss hier in Heimaterde liegen, hörst du?! Was, die Grenze? Welche Grenze? Die rumänische? Das ist doch keine richtige Grenze! Das ist nur so, fürs Ambiente, dass man das Gefühl hat, auf Reisen zu sein, und einen bunten Stempel in den Pass kriegt. Ihr schafft das schon. Ach was. Was redest du da? Das war vielleicht unter Ceaușescu noch so, aber den haben sie ja schon erschossen, den Gottlosen! Aber wenn's dir den Schlaf raubt: Ich werde mich um die Grenze kümmern. Persönlich. Ich hab meinen Mann in Leușeni. Ihr müsst also über den Grenzpunkt Leușeni fahren, und nicht über Ungheni, hörst du? Und hab a bissl Vertrauen und mach dir keine Nerven: Du wirst unbeschwert wie ein Albatros über die Grenze zurück in die Union kommen. Ich werde dem Priponeac deine Kennzeichen durchgeben, der wird's den Burschen aus den anderen Schichten auch sagen, damit sie Bescheid wissen und denen ihre Hundeführer a bissl aufpassen. Ja? Also, Gospod Gott sei mit euch! Ja. Ja, doch! *Nu hai davai*, pfüati Gott!«, sagt der Protodiakon Derimedont, legt den Hörer auf, massiert sich das mit dichtem, wattigem Bart überwucherte Kinn und schiebt sich sein Kamilavkion tiefer in den Nacken, als plötzlich Pitirim Tutunaru und Lawron mit dem Sarg, in welchem das Mädchen mit der orangefarbenen Sonnenbrille zuvor Schutz vor dem Regen gesucht hat, bei der Hintertür seiner dem Heiligen Dumitru geweihten Kirche in Erscheinung treten. Tutunaru ist von Kopf bis Fuß nass; Schlammspritzer und Matsch bedecken seine Arme und sein Gesicht. Lawron sieht dagegen trocken und gepflegt aus, dafür ist sein Gesichtsausdruck unzufriedener als der Tutunarus. Die beiden Männer laden ihre Last neben einem etwas kleineren Sarg, der bereits in dem Raum liegt, ab.

»*Noroc,* Lawron, Lawrontscherl! Endlich bist du da! Und ich dachte schon, dass sich da unterwegs was Ungutes zugetragen haben könnt … Obwohl, bei unserem moderaten Verkehrsaufkommen. Na ja, über schwarze Gedanken soll man ja ned reden!«, ruft der Protodiakon freudig, erhebt seine epische Vollbart-Figur von seinem mit Schnitzereien versehenen Faltstuhl und reicht dem moldawischen Sargmacher die Hand. Lawron schickt sich an, die Hand des orthodoxen Geistlichen zu küssen, doch Derimedont entreißt sie den fettigen Lippen des Sargmachers im letzten Moment und schüttelt stattdessen Lawrons wettergegerbte Hand.

Dann wendet sich Derimedont zu Tutunaru.

»Und wessen bist du?«

»Wie, wessen bin ich? Erkennst mich nicht mehr, Batyuschka? Ich bin's doch, der Pitirim, ich soll bei dir Parastas-Kerzen abholen.«

Derimedont mustert Tutunaru weiterhin nachdenklich von Kopf bis Fuß.

»Und ich dachte, du wärst einer von diesen freundlichen äthiopischen Austauschstudenten aus dem Agrotechnikum von Țaul!«

Derimedont grinst breit und klopft Tutunaru auf die Schulter.

»Sag das nicht, Batyuschka, wenn du an seiner Stelle bei *dem*

Unwetter auf dem Motorradl im Schlepptau gesessen wärst, als ich die Vollbremsung gemacht habe, würdest du jetzt ärger aussehen! Garantiert. Wenn du mir den Kraftausdruck erlaubst: Ang'schissen hättest dich! Aber so richtig, von oben bis unten!«, wirft Lawron ein und fügt mit leichtem Kopfschütteln hinzu: »Ich pack's nicht, die Verrückte.«

»Was war denn los?«

»Was, was. Wo das Gewitter angefangen hat, da habe ich die Nadja Pilipciuc, der Irina Pilipciuc ihre Tochter, mitgenommen. Sie war da zu Fuß nach Corbu unterwegs in ihren dünnen Sachen, und ich dachte mir, ich kann doch nicht das arme Mädel jetzt auf der Landstraße im Regen stehen lassen und einfach wie ein *Doghitoc* vorbeifahren.

Also habe ich meinen Laster angehalten und das Mädel mitgenommen. Vorne in der Fahrerkabine war kein Platz mehr, und deswegen habe ihr gesagt, sie soll hinten aufsitzen, auf der Ladefläche, wo ich die sieben Särge geladen gehabt hab. Und als der Regen stärker geworden ist, hat sie sich in den Sarg hier hineingelegt, das hat der Tutunaru gesehen.«

»Ja, und? Sie wollte eben nicht nass werden«, entgegnet der Protodiakon unbeeindruckt.

»Das hättest du dem ausgeflippten Măndălac dem Zigeuner erzählen sollen, als der sich auf den Sargdeckel g'schmissen und ›Kruzitürken‹ zu plärren angefangen hat, dass ihm dabei die Spucke aus seiner zahnlosen Papp'n bis auf die Fahrspur geflogen ist! Oder der Naghirneac Sonja, die von dem fahrenden Laster runterhüpfen wollt! Von der armen Hlistun Maria rede ich gar nicht. Bei der war der Herzkasperl nämlich nimmer weit, als der Sargdeckel aufgegangen ist und sie stand gleich daneben, die Arme. Gezittert hat die wie ein Motorsägenblatt, hat der Tutunaru gesagt. Aber kann man's denen verübeln? Stell dir vor: Draußen auf den Feldern erwischt dich ein Gewitter. Du versuchst, ein Automobil anzuhalten, weil du schneller nach Hause ins Trockene kommen willst. Da freut's dich, weil jemand anhält. Steigst auf. Merkst, dass es ein Laster ist, der Särge transportiert. Draußen regnet's in Strömen. Was tust? Du richtest dich zwischen den Särgen so gut es geht ein. Und da dauert's auch nimmer lang, und dir kommt die unvermeidliche Frag ins Hirn einig'schossen: ›Sind die Särge leer oder nicht?!‹ Das weißt du nicht. Eben. Du bleibst deswegen still und ehrfürchtig sitzen, hältst dich am URAL fest und versuchst, nicht der Särge wegen über allzu viel unangenehme Sachen wie Tod und Krankheit nachzudenken. Aber reden kann man da auch nicht, weil die Leut hierorts gottesfürchtig sind. Und dann geht der Sargdeckel auf einmal auf, und ein weiblicher Toter erkundigt sich nach dem Wetter! Wie würdest du darauf reagieren?«

»Und was hast du gemacht?«, interessiert sich Derimedont.

»Ja, nix. Erst als mir der Parovoi Igor gegen das Fahrerhäuschendachl einzudreschen angefangen hat und ich im Rückspiegel die Naghirneac die Lkw-Bordwand hochklettern gesehen hab, bin ich prophylaktisch auf die Bremse gestiegen. Und da ist's mir gleich wieder kalt über den Rücken gelaufen! Weil. Was sehe ich im Seitenspiegel? Im Seitenspiegel sehe ich auf zwei schleudernden Rädern, mit dem Seitenwagenrad schräg in der Luft ohne Bodenkontakt hängend, auf dem äußersten Randfetzen Straßenasphalt, den Tutunaru Pitirim mit Matsch und wildem Blick im Gesicht, eine Wasserfontäne links, eine Wasserfontäne rechts, mir in den Auspuff reinfliegen! Da hat's mich gleich gerissen. Komplett. Weil. An Tutunaru, den ich da die ganze Zeit im Schlepptau hatte, habe ich gar nicht mehr gedacht.

Deswegen, als ich behirnt hab, was da überhaupt vor sich geht, habe ich sofort wieder Gas gegeben, um ihn zu stabilisieren, den Tutunaru.

Das hat die Leute hinten auf der Ladefläche ein bisschen durchgerüttelt, ja, aber die Naghirneac war dafür wieder sicher an Bord, und der Tutunaru ist trotz Abbremsen, Schlamm und Aquaplaning wieder auf die Spur gekommen, deswegen schaut er jetzt so aus. Wennst mich fragst: Ein Wunder war das! Ein vollwertiges Wunder. Mit allem Drum und Dran. Ein Glück, dass ich rasch reagiert hab und dass da oben wer gut aufgepasst hat, sonst hätte er's nicht unbeschadet überstehen können, diesen Luftzug des Todes, der Tutunaru. Da muss man fast eine Kerze anzünden, wenn nicht zwei, dem Gospod Gott dafür danken und keine Țaul-Agrotechnikum-Äthiopier-Scherzerln reißen!«

»Is ja gut, Lawron! Und was ist mit der Nadja passiert?«

»Ja, nix. Die hat sich köstlich amüsiert, die Pilipciuc, hat sich für die Fahrt bedankt und ist ab nach Hause. Davor hat sie noch dem Tutunaru ein Busserl auf die Wange gedrückt, siehst du, dort, wo's ein bisschen heller ist. Und weg war sie, die Unverschämte. Ich sag's dir, Derimedont, die Großstadt tut unseren Leuten nicht gut. Das Leben am Land ist zwar hart, aber ehrlich. Es lehrt die Menschen, bescheiden und einfach zu leben und sich gegenseitig zu helfen. Am Land weißt du nämlich, dass wenn du dem anderen nicht hilfst, dir dann auch niemand hilft. Und deswegen kommen die Leut bei uns miteinander aus, so gut es geht.«

»Ja, das stimmt. Hierorts musst du immer genug Platz für ein ›Guten Tag‹ lassen«, pflichtet der Protodiakon Lawron bei und fügt dem hinzu:

»Anders funktioniert's nicht!«

Lawron fährt mit einem Kopfnicken fort:

»Genau mein Reden, Derimedont. Genau mein Reden!

Und die Großstadt? Die Großstadt verdirbt sie. Alle miteinander! Macht sie selbstsüchtig, egoistisch und setzt ihnen komische Flausen in den Kopf! Sie verrohen dort und verlieren ihre Bodenständigkeit, ihre Anbindung zum Land, ihre Einfachheit. So wie die Pilipciuc Nadja. Was nützt ihr das am Ende, dass sie in Chișinău studiert hat? Jetzt ist sie wieder nach Corbu zurück. Und tut so, als wär das hier ein seichter Wanzenwinkel, in dem nur unzivilisierte Halbwilde dahinvegetieren, wo sie rein zufällig aus ihrem Palast in Paris abgestiegen ist! Und das sollte sie nicht tun. Du kennst ja unser Sprichwort: ›Scheiß nicht dort, wo du isst!‹ Deswegen: Sie sollte ihren Platz kennen, denn, mal ehrlich, wer zum Henker braucht heutzutage schon eine Italienischlehrerin?«

»Italienischlehrerin?«, fragt Tutunaru interessiert.

Derimedonts Telefon klingelt.

Derimedont wartet, bis es zweimal geläutet hat, flüstert Tutunaru und Lawron mit einem spitzbübischen Schmunzeln »Gospod Gott liebt die Dreifaltigkeit« zu, hebt mit dem dritten Klingeln den Hörer ab und meldet sich mit einem herzlich-sachlichen »Protodiakon Derimedont beim Heiligen Dumitru am Apparat!«.

Tutunaru zieht den Sargmacher zur Seite.

»Sag, Lawron, ist Nadja Pilipciuc die Italienischlehrerin das Sarg-Mädchen von neulich?«

Lawron grinst.

»Dich hat's aber echt erwischt, ha? Na, na, na! Da brauchst dich nicht verstellen, Bua, weil: Ich hab's genau g'sehen, wie du ihr nachgestiert hast, dem Zuckergoscherl. Und das obwohl du nach deiner Aquaplaning-Pirouette auf zwei Rädern ausgesehen hast, wie wenn dich eine Stromleitung geknutscht hätt! Dem alten Lawron kannst da nix erzählen … Die is schon hübsch, das Teufelsweib, gell? Das muss man ihr lassen. Hübsch hat die Irina sie schon gemacht, die Nadjuscha, möge ihr die Erde leicht sein.«

»Ihre Mutter ist schon gestorben?«

»Bei der Geburt. Schlimme G'schicht. So ein herzensguter Mensch! Keiner konnt's verstehen. Gospod Gott hat gegeben, Gospod Gott hat genommen. Ende der Diskussion.«

»Und wo wohnt sie?«

»Du fragst Sachen, Bua. Dort, wo alle Dahingeschiedenen wohnen, im *țintirim*, auf dem Friedhof, natürlich.«

»Nein, ich meine die Nadja …«

»Ihr geht's aber gleich ran, ihr Jungen, was?! Recht hast. In deinem Alter war ich auch so ein verrückter Spund. Aber, ich sag dir was, hör auf den Rat des alten Lawron, wenn du ein gesundes Leben haben willst: Mach ausreichend Bewegung, trink Tomatensaft aus dem Päckchen, nimm Calcium zu dir, und halt dich von solchen Weibsbildern wie die Pilipciuc fern! Dann wirst lang gesund bleiben. Außerdem –«

»Was?«

»Nix. Such dir lieber eine anständige Frau. Echt. Die zuzelt dich sonst bis aufs Blut aus und lässt dich links liegen, wie eine Stinkmorchel.«

»Jetzt hör aber auf, hier Horrorgeschichten zu verzapfen, Lawron. Sag mir besser, wo sie wohnt. Ich brauche eine Italienischlehrerin. Dringend.«

Der moldawische Sargmacher schüttelt enttäuscht seinen Kopf. »Wie du meinst, Bua. Sag später aber nicht, ich hätte dich nicht gewarnt.« Er deutet zum telefonierenden Protodiakon: »Das musst schon den Batyuschka Derimedont fragen. Er weiß es bestimmt.«

Derimedont gestikuliert elegant, ruft mahnend in den Hörer: »Ach ja, Petja, habt ihr das Grabloch zugedeckt? Nicht, dass dort am Mittwoch alles voller Wasser ist. Ja? Gut! Weißt du was, ich meld mich später noch bei dir, hab jetzt nämlich Besuch. *Nu hai davai*!«, legt auf und fragt sogleich den Sargmacher: »Bleibst schon noch auf ein Stamperl Gespräch, oder, Lawrontscherl?«

»Batyuschka, von welchem Stamperl Gespräch kann da die Rede sein? Ich bin am Steuer und hab auch noch sechs Särge zum Ausliefern. Sag mir lieber, was mit dem Sarg da nicht gepasst hat«, sagt Lawron und zeigt auf den Sarg, der bereits bei ihrer Ankunft im Raum stand.

Pitirim Tutunaru beäugt zuerst den Sargmacher, dann Derimedont und atmet tief aus. Am liebsten hätte er den Protodiakon gleich gefragt, wo Nadja wohnt, und wäre sofort dorthin gefahren, doch Tutunaru weiß, dass das unhöflich wäre und dass er noch die Parastas-Kerzen von Derimedont braucht. Also übt er sich in Geduld, während der Protodiakon in das von Lawron angesprochene Bestattungsprodukt hineinsteigt und analysiert:

»Lawron, der Sarg ist, wie du siehst, zu kurz. Valea war fast so groß wie ich, und wie ich es auch jetzt versuch, mich in den Sarg hineinzuquetschen, klappt das nicht. Der ist eindeutig zu klein, Lawron. Das siehst du doch auch. Außerdem ist der Stoff ein bisschen kratzig. Ja, ich weiß, dass sie nichts mehr spüren kann, aber trotzdem – man wird ja nur einmal begraben. Ansonsten hast du den sehr schön geschnitzt, Lawrontscherl! Ist also keine Kritik an dir und deinen handwerklichen Fähigkeiten.«

Ihr seid schon komisch, ihr Corbulaner, mit eurem Hobby, euch in Särge zu legen, entfährt es Pitirim um ein Haar beim Anblick Derimedonts im Sarg; er kann sich die Bemerkung jedoch im letzten Moment verkneifen. Stattdessen fragt der Donduşenier Spekulant:

»Wer ist Valea?«

»Valea? Meine Schwester. Sie wollte unbedingt auf ihre alten Tage noch was von der Welt sehen, also habe ich den Dumitrache Ion so lange sickiert, bis er einverstanden war, die Valea mitzunehmen, nach Belgrad. So ist Valea also mit dem Ion Dumitrache und seiner Ehefrau Mioriţa, Valeas Enkeltochter, nach Jugoslawien gefahren, um dort mit moldawischen Wandknüpfteppichen zu handeln. Und wo die schon alle Teppiche erfolgreich realisiert und Ions 408er-Moskwitsch mit den defizitären jugoslawischen ZICO-Jeans vollgeladen hatten, ist sie gestorben, die Valea, zwischen Belgrad und Vršac. Schlaganfall. Und aus. Jetzt warte ich, dass sie von Jugoslawien zurückkommen, und bereite währenddessen alles für das Begräbnis vor«, antwortet Derimedont.

»Mein herzliches Beileid.«

»Danke, Pitirim.«

»Ja, gut. Dann nehme ich den später wieder mit. Du musst mir aber noch sagen, ob der neue passt! Aber bitte rasch, Derimedont, ich muss weiter!«

Lawron schaut ungeduldig auf die Uhr.

»Nie hast du Zeit für deinen Batyuschka, Lawrontscherl!«, rügt Derimedont den Sargmacher, probiert in Eile den neu gelieferten, geräumigeren Sarg für Valea aus, zeigt sich damit sehr zufrieden, steht wieder auf und rückt sein Kamilavkion zurecht. Dann passiert alles ganz schnell:

Lawron nickt erleichtert, verspricht dem Protodiakon, auf dem Rückweg vorbeizukommen und den anderen Sarg abzuholen, lehnt Tutunarus Angebot entschieden ab, etwas Samagon für die Fahrt entgegenzunehmen, verabschiedet sich von Derimedont mit Handkuss und Poklon, klopft Tutunaru kameradschaftlich auf die Schulter, lässt sich vom Derimedont segnen und seinen URAL 4320 5-Tonner mit Weihwasser besprenkeln und fährt davon, Richtung Maramonovca.

Derimedont, der Protodiakon, winkt Lawrons Lkw nach, bis er den URAL nicht mehr sehen kann, und betritt wieder die Sakristei seiner dem Heiligen Dumitru geweihten Kirche. Dort steht Tutunaru mit einem 20-Liter-Samagon-Kanister in der Hand und fragt Derimedont nach den Parastas-Kerzen und nach Nadjas Adresse.

»Pitirim, wohl kann ich dir Parastas-Kerzen geben und dir auch erklären, wo Nadja Pilipciuc wohnt. Nur: So wie du jetzt ausschaust, kannst du nicht unter Menschen gehen«, gibt der Protodiakon zu bedenken und lächelt Tutunaru wohlwollend an.

Eine melancholische Stimmung ergreift Pitirim Tutunaru, der in Protodiakon Derimedonts Badebottich liegt: Der Spekulant erinnert sich an die langen Januartage, als er von der Donduşenier Bahnhofsbrücke aus hinunter auf die Gleise schaute und jede einzelne Bewegung auf dem schneebedeckten Bahnhofsgelände zu erfassen glaubte.

Die stark verzweigten Schienen und Kopfgleise, an deren Endpunkten zuweilen Lokomotiven mit dem fünfzackigen roten Stern auf der Stirn unterschiedlich lange Ketten mit Güterwaggons hinter sich stehen haben. Transportwaggons mit Holz- oder Metallverkleidung, rußverschmierte, lang gezogene oder kegelförmige Eisenzisternen mit kleinen verschließbaren Luken darauf, Getreide-, Mais-, oder Zuckertransporter, offene Plattformen mit fabrikneuen KAMAS-Lastern, mit Holzladungen dazwischen und ohne, mit Landwirtschaftsmaschinen und ohne, weiße Zementwaggons, verrostete Waggons, die Kohle oder Brucheisen transportieren oder einfach nur Garnituren, die halbleer, viertelleer oder auch ganz leer auf ihren Abtransport warten, unter dem kritischen Blick von stoisch der eisigen Kälte trotzenden lokalen Krähen.

Die leeren, zugeschneiten Gleise, die schon lange keine Lok mehr befahren hat, und die Regulierungsampel auf ihrem Metallmast, die wie ein unbewegliches Chamäleon von Zeit zu Zeit ihre Farbe wechselt.

Der gelbe Kran, der wie eine riesige Spinne über das Schienengewirr gleitet und seine ausgefahrenen Krallen hinunterstreckt, um einen Container zu verrücken oder einem Waggon eine neue Zisterne aufzubürden.

Der Eilzug nach Moskau und St. Petersburg mit seinen olivgrünen Waggons, der nicht anhält. Seine Passagiere schauen gelangweilt von ihren weich bepolsterten Bänken, und manche von ihnen ziehen gar die Vorhänge zu, die mit Weinreben, Störchen und der stilisierten Aufschrift MOLDOVA bestickt sind. Womöglich nehmen sie hinter diesen Vorhängen das bescheidene, aber herausgeputzte Backsteinhäuschen – das Bahnhofsgebäude von Dondușeni – gar nicht wahr. Oder die Stationswärterin in ihrer dicken Wattejacke, wie sie mit ihrem verwaschenen Dienst-Fähnchen in der Hand dem vorbeifahrenden Eilzug salutiert, als wäre er ihr Vorgesetzter.

Die Eisenbahner im Zweiertrupp, die jemandem im Stellwerksgebäude des Dondușenier Bahnhofs winken und mit einem Hammer auf die Räder eines Waggons klopfen, als seien sie auf der Suche nach einer bestimmten Tonfrequenz.

Der gelb-rot angestrichene Dieselzug nach Bălți und Chișinău, mit jeweils einem länglichen, im letzten Segment nach oben hin gewölbten Lokomotivhals vorn und hinten, von den Einheimischen einfach »Diesel« genannt. Der Diesel erinnert an eine Raupe; er weist keinerlei scharfe Ecken oder Kanten auf, abgesehen vom gitterartigen »Pflug« seiner Lok, der bis knapp oberhalb der Schienen wie ein Bart vom Führerstand herunterhängt und synchron mit dem Rest des Zuges in den Dondușenier Bahnhof einfährt, sein Herannahen stets mit einem schrillen Sirenensignal und quietschenden Bremsen ankündigend.

Und die Menschentraube an Sowjetbürgern, die mit bunten Plastiktaschen, Kartonbündeln, Koffern, Musikinstrumenten, Stofftaschen, Säcken und mit in warmer Kleidung vermummten Kleinkindern beladen zum Diesel laufen, um auf seinen lackierten Holzbänken einen Sitzplatz zu ergattern; unter ihnen auch solche Bürger, die allein oder ganz ohne Gepäck und ohne Wintermütze mit einer Zigarette im Mund in den Diesel aufsteigen, um sich dort, in dem von den männlichen Sowjetbürgern besonders favorisierten Raum zwischen den Abteilen, mit einem unbekannten Bürger zu verbrüdern, diesen auf ein Stamperl Gespräch, auf eine spontane Runde des populären Kartenspiels »Ziegenbock« oder auf eine selbstgedrehte Zigarette einzuladen.

Die Fahrt dauert nämlich lange in dem Dieselzug, der im meditativen Qi-Gong-Tempo durch die nordmoldawische Schneelandschaft zieht und nicht allzu selten einfach so stehen bleibt, um nach kürzeren oder längeren Pausen seine Fahrt wieder aufzunehmen.

Spaß wäre auch im hintersten Wagen des Dieselzuges zu haben, der stets in schummriges Licht getaucht ist. Dort, wo die in milchweiße Fassungen eingelassenen Lampen wie überdimensionale Brustwarzen aus der holzverkleideten Decke des Abteils herausragen, gedimmt, und die schweren Vorhänge zugezogen sind, leuchten zwei rote Notlichter konspirativ über den Ausgängen. Dort ist nur das schwache Geflüster, das amerikanische Stimmengewirr und die Synchronisation Jurij Tolbins aus den in einen Metallkasten eingeschweißten Fernsehern zu hören, im Video-Waggon.

Kulturkost aus dem Westen wird hier den Bier aus der Plastikflasche, Pepsi-Cola, Wein, Limonade der Sorte »Fröstlein«, Wodka oder einfach nur Soda trinkenden und nicht selten Sonnenblumenkerne kauenden sowjetischen Passagieren verabreicht: *Police Academy* auf der Hinfahrt nach Chişinău und auf der Rückfahrt über Donduşeni nach Ocniţa der beliebte Action-Hit aus Amerika *Commando*, in dem die unermüdliche steirische Ein-Mann-Armee Arnold Schwarzenegger mit einem überschweren MG in der rechten Hand und einer zerknautschten Zigarrenkerbe im linken Mundwinkel sich hartnäckig durch einen fernen Dschungel durchballert und ab und zu einen lässigen Spruch zum Besten gibt, den die ruhige Stimme Jurij Tolbins etwas zeitversetzt dolmetscht, als wäre Tolbin selbst mit Arnold im Dschungel unterwegs, im Auftrag der sowjetischen Zuschauer im Video-

Waggon des Dieselzuges nach Donduşeni, nur eben nie im Bild zu sehen.

Und all diese Sowjetbürger, die emsig etwas tun und richten und am verschneiten Donduşenier Bahnhof rastlos ihrer Wege gehen, die Züge nach Norden, in den Süden oder in den Osten nehmen, durch den schimmernden Schnee knuspernd. Sie ignorieren allesamt den jungen Pitirim Tutunaru, der sie aufmerksam von der Bahnhofsbrücke aus beobachtet und den ein Instinkt, eine innere Kraft, in die Ferne treibt, weg von dieser Stadt, weg von Donduşeni, weg von der Moldawischen SSR, weg von der Union, in den Westen.

Tutunaru spielt noch ein wenig mit dem Badeschaum, der nach Wald-Engelwurz riecht, gibt sich einen Ruck, steigt vorsichtig aus Derimedonts immer noch angenehm warmem Badebottich, in dem er eine gefühlte Ewigkeit verweilt zu haben scheint, und bedankt sich still für den Luxus, der ihm dank Batyuschkas Gnade zuteil wurde. Jemand hat für ihn immerhin mindestens zehn große Kupfereimer Wasser aus dem Brunnen ziehen müssen, bei dem Sauwetter. Dieser jemand, ob Weib oder Mann, hat mindestens fünf davon zum Kochen gebracht und im Badebottich mit dem Inhalt der übrigen fünf vermischt. Wenn man trainiert ist und zwei Eimer, also zwanzig Liter Wasser, auf einmal trägt, sind es fünf Touren zum Brunnen und zurück, ansonsten zehn, nur damit er, Tutunaru, eine Waschung über sich ergehen lassen konnte, denkt Pitirim und hat sofort ein schlechtes Gewissen.

Es ist immer noch Stromausfall.

Tutunaru sieht sich um, kann aber weder ein Handtuch noch sonstiges Bekleidungsmaterial im schummrigen *Podwal* von Derimedonts dem Heiligen Dumitru geweihten Kirche finden. Deswegen steht er nackt auf dem Fußboden, reibt mit beiden Händen die Wassertropfen von seiner Haut herunter, um schneller trocken zu werden, und bewegt sich ansonsten nicht vom Fleck, weil er den Holzfußboden Derimedonts nicht unnötig nass machen will.

Während er so langsam an der Luft trocknet, überlegt sich der Donduşenier Spekulant, was er denn alles noch in Corbu erledigen muss: Die Lebensmittel von der Liste plus Benzin einkaufen, sein Motorrad wieder einigermaßen in Ordnung bringen und Nadja Pilipciuc, die Italienischlehrerin, finden.

Der Gedanke an Nadja erfüllt den jungen Moldawier mit einer naiven, kindlichen Freude, während Lawrons Warnung in Bezug auf das Mädchen Pitirims Gemüt zugleich betrübt. Folgende Fragen stellt sich Tutunaru:

Ob sie verheiratet ist?

Ob sie Kinder hat?

Wie sie wohl nackt aussieht, mit ihrer orangen Sonnenbrille und ihren Lachgrübchen?

Pitirims Herz schlägt schneller.

Vielleicht hatte der Lawron tatsächlich recht, ich habe mich in sie verliebt.

Um sich zu beruhigen, lenkt Pitirim seine Gedanken auf das Benzin und an die beschwerliche Einkaufstour auf dem Toltschok, dem Corbulaner Wochenmarkt, die ihm bevorsteht. Ob bei dem Regen überhaupt noch jemand da ist, auf dem Toltschok?, fragt sich der Spekulant, und denkt, dass es sicher beschwerlich wäre, die Dinge sonst irgendwo anders besorgen zu müssen.

Gartendill, rote Chilischoten, Knoblauchzöpfe, Lorbeerbüschel und eine Kette Pfifferlinge hängen wie Girlanden an der honiggelb gemaserten Bretterwand Pitirim Tutunaru gegenüber, dazwischen eine silberbeschlagene Ikone, von dieser aus lächelt dem moldawischen Spekulanten ein Heiliger entgegen, als hätte er ähnliche Schwierigkeiten mit der Beschaffung von defizitärem Benzin gehabt und könne deswegen Pitirims Notlage nur zu gut nachvollziehen.

Tutunaru lächelt zurück, unwillkürlich. Zwinkert mit dem linken Auge.

Betrachtet mit Aufmerksamkeit die bärtige Gestalt auf der Ikone.

»Des is der Heilige Nikolaj, der Wundertäter.«

Tutunaru zuckt zusammen.

Dreht sich um.

Der Donduşenier Spekulant erblickt im hinteren Bereich des *Podwals*, flankiert von gut einem Dutzend *Bubliki*-Kringeln, die an einer dicken roten Schnur von der Decke herabhängen, einen lebhaften jungen Mann mit Knebelbart und langen, nach hinten gebundenen Haaren, der in einen verwaschenen Bademantel gehüllt ist. Der junge Sowjetbürger bekreuzigt sich mit auf der silbernen Ikone ruhendem Blick dreimal nach orthodoxer Fasson, mit dem Oberkörper etwas nach vorn verbeugt.

»Hier, das kannst du anziehen«, sagt der Junge im Bademantel hernach, schnurstracks auf Pitirim zugehend, und drückt ihm einige säuberlich gefaltete Kleidungsstücke und ein kleines Duschtuch in die Hand.

»Ich weiß, dass das der Heilige Nikolaj ist.«

Der Junge schenkt Tutunaru ein mildes Lächeln.

»Falls du dich fragst, wo deine nassen Klamotten sind, die du hinten bei der Kiste mit den Sonnenblumenköpfen gelassen hast – ich hab sie zum Waschen gebracht. Oder hast du das auch gewusst?«

»Nein, Scherzkeks, das habe ich nicht gewusst …«

»Des hätt mich auch gewundert, so wie du da im Badebottich wie ein Sägewerk geschnarcht und irgendwas von einem Video-Waggon im 20.38-Uhr-Dieselzug nach Ocniţa gestammelt hast! Na ja. Ich hab von deiner Herfahrt mit Lawrontscherl dem Sargmacher gehört. Sein Bremsmanöver wird dich wohl a bissl durcheinandergebracht haben. Kommt vor. Dafür musst dich aber ned schämen, weil das kann einem jeden passieren. Und keine Sorge, Tutunaru, die Sachen aus deinen Taschen sind beim Batyuschka Derimedont in der Sakristei verstaut. Hier bei uns kommt nichts weg, weißt du.«

Dies gesagt, entledigt sich der Junge unter den verwunderten Blicken Tutunarus seines Bademantels, steigt ohne Umschweife in Pitirims Badewasser hinein, ermutigt den Donduşenier Schwarzmarktspekulanten, die soeben erhaltene saubere Wäschegarnitur anzuziehen, teilt ihm mit, dass der Batyuschka oben in der Sakristei schon mit dem Essen auf ihn warte, und bemerkt abschließend, seine schaumige Hand aus Derimedonts Badebottich zur Begrüßung herausstreckend:

»Ach ja, entschuldige. Hab wohl vergessen, mich vorzustellen. Ich bin Batyuschka Derimedonts Kantor, Trofim. Kann ich dein Chuck-Norris-T-Shirt haben?«

Produktive Transaktionen und Nadjas Adresse

Tutunaru betrachtet die kopftuchbedeckten Frauen in Derimedonts Sakristei, die dem Batyuschka aufgeregt von den Leichenschmausvorbereitungen für das Begräbnis seiner Schwester berichten, als würden sie um die Gunst des bärtigen orthodoxen Geistlichen wetteifern. Sie alle schlürfen Pepsi-Cola aus einer Glasflasche, die sie untereinander weiterreichen. Tutunaru verharrt noch einige Sekunden auf der Türschwelle, ehe er in die Sakristei eintritt.

»Vollbracht ist's, Batyuschka. Die Sau ist b'reit!«, meldet indes eine der Frauen, nicht ohne Stolz, dass das für Valeas Leichenschmaus vorgesehene Schwein von ihrer Mannschaft erfolgreich geschlachtet wurde, und nimmt die Pepsi-Flasche erneut an sich.

Derimedont nickt mit seinem lässig in den Nacken geschobenen Kamilavkion, hört sich die Meldungen der anderen Bürgerinnen an, die Probleme mit der Auffindung von Konserven und vor allem von Samagon vermelden, und durchsticht, über die üppig gedeckte Tafel gebeugt, mit seiner Gabel ein Stück Kohlroulade aus gesäuertem Weißkohl, taucht sie in Schmand ein und lässt sie nachdenklich in seinem rauschebartumwachsenen Mund verschwinden.

»Na, wer sagt's denn, jetzt sieht er wieder wie ein normaler Mensch aus! Weißt, Trofimtscherl hat uns erzählt, dass du unten im Badebottich wie ein Dobermann schnarchst. Der Bua hat extra drauf bestanden, dass wir dich unbedingt ausschlafen lassen, damit du dich vom Schreck beim Herfahren mit Lawron erholen kannst. Recht hat er g'habt, der Trofim. Jetzt komm, setz dich, Pitirim, das Essen wird sonst kalt. Und das wär jammerschade drum, die Mädels haben sich nämlich dafür mächtig ins Zeug gelegt, das kannst du mir glauben. Darf ich vorstellen: von links nach rechts die Hausfrauen Filipowna, Iustina und Marussja. Aus Corbu. Ach, was erzähl ich da, die Marussja kommt ursprünglich aus Baraboi, aber nach dem Krieg ist sie zu ihrem Mann Grischa nach Corbu gezogen, also sie ist so gut wie eine Corbulanerin. Stimmt's, Marussja? Sag ich doch! Wir halten gerade die Generalvorbereitung für Valeas Leichenschmaus ab, falls du dich fragst. Und Filipowna war schon so tüchtig, die dafür vorgesehene Sau zu schlachten …«, ruft Derimedont jovial aus, als er der Gegenwart Tutunarus gewahr wird, winkt ihn zu sich, schnappt einen Teller und belädt ihn mit einer gehörigen Portion Kohlrouladen, Räucherspeck und Polenta mit Schafskäse, garniert diesen mit einer deftigen Soße aus frischen Pfifferlingen aus dem lokalen Forst, legt noch eine scharfe Paprika darauf und stellt den Teller auf dem freien Platz neben sich ab.

Tutunaru nickt, bedankt sich, grüßt die ihm unbekannten Corbulaner Hausfrauen, setzt sich an den Tisch und macht sich mit einem »Vergelt's Gott!« konzentriert über das moldawische Gericht her.

Die bekopftuchten Filipowna, Iustina und Marussja rücken enger zusammen und tuscheln, dezent in Tutunarus Richtung deutend. Marussja reicht die Pepsi-Flasche an Iustina weiter.

Als Tutunaru mit dem Essen fertig ist und Derimedont auf die Parastas-Kerzen und Nadja Pilipciucs Adresse anspricht, steht der Protodiakon auf und bedeutet Tutunaru, ihm nach draußen zu folgen.

Der Dondușenier Schwarzmarktspekulant tritt vor die Tür, nach draußen, und erlebt zwei angenehme Überraschungen auf einmal: Erstens hat der Regen aufgehört und zweitens entdeckt er sein Minsk-Motorrad fein säuberlich an einer überdachten Stelle neben der Kirche geparkt.

Das Motorrad ist blitzblank poliert und sein Seitenwagen mit all den Dingen beladen, die auf seinem Wunschzettel standen. In einer MOLDFELDOBSTGEMÜS-Holzkiste, in der dem Aufdruck zufolge mal Auberginenkonserven transportiert wurden, entdeckt der Spekulant fleischige grüne Paprikaschoten, kurze stachelige Gurken zum Einlegen sowie lange Salatgurken, ein Dutzend Konserven Rigaer Sprotten in Tomatensauce, pasteurisierte Milch in prismaförmiger Kartonverpackung mit dem Hinweis der sowjetischen Gesundheitsbehörde »Milch ist unabdingbar in der Essration von Erwachsenen und Kindern!«, weiße Bohnen in einem Jutesackerl, ein Plastikbeutel Mehl, ein Plastikbeutel Grieß, eine rote Schnur *Bubliki*-Kringel, wie er sie in Derimedonts *Podwal* von der Decke hat hängen sehen, ein Netz Zwiebeln, eine kleine Kiste 0,33-Liter-Pepsi-Cola-Flaschen sowjetischer Produktion, ein Knoblauchzopf, wohl auch aus Derimedonts Badebottich-*Podwal*, zwei 1-Kilogramm-Päckchen Buchweizengrütze, ein Monatsvorrat an Parastas-Kerzen, eingewickelt in fettiges braunes Backpapier, und ein 3-Liter-Glas Kefir, auf dem noch das verwitterte Etikett mit der kyrillischen Aufschrift »Eingelegte Salzgurken 2. Klasse. Für den Export« zu lesen ist; neben der MOLDFELDOBSTGEMÜS-Holzkiste: ein pummeliger 50-Liter-Plastiktank Benzin mit Trageriemen, in Blau.

»Lediglich die Kondensmilch fehlt. Aber die wollt ich eh nicht kaufen. Soll Roma doch normale Milch trinken, es sind Krisenzeiten … Aber. Na ja. Sonst ist alles dabei, Batyuschka!«, schlussfolgert Tutunaru, sehr froh darüber, dass Derimedont seinen Einkaufszettel in seiner Hosentasche gefunden hat und ihm die Produkte aus seinen eigenen Vorräten besorgen konnte, ihm damit den Besuch auf dem Corbulaner Wochenmarkt ersparend.

Ja, manchmal hat man auch einfach Glück im Leben.

Tutunaru dreht sich zu Derimedont um, strahlt ihn mit einem fröhlichen Lächeln an und sagt:

»Danke dir, Batyuschka, hast mir echt viel Arbeit erspart! Auch für das Essen, die Klamotten und das Bad. Nach deinem Badebottich fühl ich mich wie neugeboren!«

»Gern geschehen! Ich konnte dich doch nicht in dem Zustand wieder gehen lassen. Das Gewand, das du jetzt anhast, ist übrigens von Trofim. Ich hab mir schon gedacht, dass dir seine Größe passen könnt. Ach ja, noch was: Dein Motorradl hat der Trofim auch schon vollgetankt, Pitirim! Er ist zwar schon ein Hallodri, dass man ihm manchmal echt eine in die Gosch'n hauen möcht, aber eigentlich ist er sehr tüchtig und hat das Herz am rechten Fleck, der Trofimtscherl.

Mit den Produkten hast du Glück gehabt, dass wir jetzt mit den Vorbereitungen für Valeas Begräbnis ziemlich viel an Lebensmitteln vorrätig hatten. Sieh nur zu, dass du mir den tragbaren Tank wieder zurückbringst. Den brauch ich noch. Und wenn du wieder bei mir vorbeikommst, kannst dir dein Gewand abholen. Ich hab's der Iustina zum Waschen gegeben. Sie hat eine gute tschechoslowakische Waschmaschine und hat mir hoch und heilig versprochen, dein Gewand mit reinzuschmeißen, sobald sie wieder den Strom einschalten«, beteuert Derimedont und drückt dem Donduşenier Spekulanten mit einem viel bedeutenden Blick einen Zettel in die Hand mit Nadja Pilipciucs Wohnadresse samt Anfahrtsskizze. Tutunaru bedankt sich, steckt den Zettel ein und hängt flott die beiden Samagon-Kanister von seinem Seitenwagen ab.

»Also, Batyuschka, sind dreißig Liter Samagon in Ordnung, für alles?«

»Ach, komm, zwanzig Liter langen auch, zehn Liter fürs Benzin und zehn Liter für die Lebensmittel und die Parastas-Kerzen.«

»Nein, nein. Ist schon in Ordnung, ich lass dir dreißig Liter Samagon da. Kannst ja auch einen Schluck noch dem Trofim geben, dafür, dass er das Motorrad gerichtet, das Badewasser und das Gewand organisiert hat. Den Rest wirst du bestimmt für Valeas Begräbnis und den Leichenschmaus gebrauchen können. Vielleicht kommst du da mit dreißig Litern aus.«

»Dreißig Liter Samagon werden schon reichen. Die Leut sollen ja ned zum saufen kommen … *Nu hai davai*, wenn du mir schon die dreißig Liter geben willst, dann sag ich vergelt's Gott und nehme die Gabe dankend an, mein Junge. Lass uns das Hochprozentige umfüllen!«

Gesagt, getan.

Tutunaru schüttet vorsichtig den ausgemachten Inhalt aus seinen Samagon-Kanistern in ein Gefäß, auf dem mit einem Filzstift dick die Tarnmarkierung ESSIG auf Moldawisch angebracht ist, während der Protodiakon aufmerksam den Fluss des Hochprozentigen beobachtet und »Panta rhei« vor sich hin murmelt.

»Und, wie kommst du so mit der Krise zurecht?«, erkundigt sich der Donduşenier Schwarzmarktspekulant beim Protodiakon, ohne seinen Blick vom abfließenden Schnaps abzuwenden.

Derimedont lächelt.

»Ach, waaßt eh, Pitirim, jetzt mit der Kris'n leb ich hier direkt auf! Die Corbulaner kommen wieder in die Mess, fragen mich viel öfter um Rat. Ich werd gebraucht, ich spür, dass ich was Guats tun kann für die Menschen hier in Corbu, aber ned nur in Corbu, und diese Genugtuung tut mir guat, bestätigt mich in meinem Tun und gibt mir a Kraft, weiterzumoachen, des will ich dir ned verheimlichen.«

Derimedont atmet einmal tief ein und aus, holt aus der Brusttasche seines Sticharions ein blaues Päckchen heraus und zündet sich eine Kosmos-Filterzigarette an.

»Ich möcht hier in unserer Corbulaner G'meind'n Gospod Gott dienen, solange mir unser Erschaffer noch Toag auf dieser unserer vergänglichen Erd'n beschieden hat. Es gibt a wieder mehr Beichten bei uns in der Kirch'n, mehr Tauf'n, mehr Hochzeiten. Na ja, Begräbnisse auch, natürlich. Aber die gab es immer zur Genüge. Begräbnisse immer, ob mit derer Kommunisten oder ohne. Die Kommunisten werden eines Tages gehen, sag ich dir, aber die kirchlichen Begräbnisse werden bleiben.«

Derimedont hält kurz inne, blickt zum Himmel hoch, so, als wollte er überprüfen, ob noch ein Gewitter aufziehen könnte, runzelt die Stirn, unsicher darüber, was er von den Wolken halten soll, und fährt fort, mit der Kosmos in der Hand gestikulierend:

»Weil, des ist ja so wie mit derer sprichwörtlichen Katz', der man den Schwanz in der Tür einklemmt: Wenn's Richtung Sterben geht, wennst den physischen Verfall am eigenen Organismus spürst, wiest innerlich verfaulst und deine Arterien verkalken und dei Hirn schrumpft und du langsam des Zeitliche segnest, wird dir vor Augen g'führt, Bua, was wesentlich im Leben ist und was ned. Und da kommen s' alle und suchen plötzlich die Nähe zu Gospod Gott, auch die, die sich dereinst in ihrer Jugend so stoark und selbstsicher fühlten. Der Mensch is irgendwo doch a egoistisches, verlogenes Wesen: Solang's ihm gut geht und er sich stoark fühlt, da spuckt er nach links und nach rechts und denkt, er braucht niemand'n auf dieser Welt. Aber sobald es ihm schlecht geht, jemand in seiner Familie stirbt oder er selbst krank oder arm wird und nimmer kann, ja, dann kommen s' wieder in die Kirch'n, san kleinlaut, machen sich Sorgen um ihr Leben, um ihre Seel', wollen wissen, warum ihnen des olles widerfährt; wie sie sich retten können. Und wennst ihnen sagst, dass die Abkehr von Gospod Gott der Grund für ihren Seelenschmerz ist, dann machen s' große Augen. Und wollen auf den letzten Drücker noch olles ausbügeln, ihren Frieden mit Gott und der Welt schließen. Drum sag ich da: Wenn's Richtung Sterben geht, da kann sich kana mehr verstecken. Ob mit einer Million Rubeln auf'm Sparbuch und ZK-Mitgliedschaft in der Toasch'n und Staatsdatscha obendrauf oder bettelarm, da werden bei ollen die Koarten auf'deckt. Und deswegen gab's bei uns in der G'meind'n immer kirchliche Begräbnisse. Und wird es immer geben. Die Not der Stund. Bei uns in Corbu bringt diese Not die Leut z'samm'n, sie san herzlicher und weniger egoistisch als die Städter, wie auch der Lawron richtig bemerkt hat. Auch manch junge Leut', auf die ich nimmer g'hofft hab, kommen wieder zu mir. Und ich bin a froh drum, dass ich braucht werd, dass ich den Menschen helfen kann, dafür bin ich ja da als Priester. Drum: Wenn's nach mir ginge, würd die Kris'n ned aufhören. Ich find's herrlich jetzt!«

»Schön, dass die Krise wenigstens dir Spaß macht, Derimedont!«, entgegnet Pitirim und muss lachen.

Derimedont drückt seine Kosmos aus, hilft Tutunaru, die Kanister wieder auf sein Motorrad zu montieren und die Abdeckplane über den Seitenwagen zu spannen. Dann streicht sich der Protodiakon durch den Bart und erkundigt sich bei Tutunaru, ob er auch nichts vergessen hat. Pitirim überprüft sicherheitshalber noch einmal seine Taschen.

»Ach ja, beinahe hätt *ich* was vergessen, Pitirim: wegen meiner Schwester Valea, für die der Lawron den schönen Sarg gebracht hat. Du waaßt, jetzt ist sie von Jugoslawien nach Hause unterwegs, mit Miorița und deren Mann Ion, Dumitrache Ion. Da wollte ich in dieser Angelegenheit dei Großtant'n Lidia Iwanowna konsultieren, dass olles gut geht und sie Valea erfolgreich über die Grenz'n bringen. Gospod Gott hat der Iwanowna ja die besondere Fähigkeit eines Mediums beschied'n, damit sie den Menschen bei uns hilft. Deswegen würd ich sie gern sprechen, kann aber ihre Kontaktdaten nimmer finden. Kannst ma vielleicht ihre Telefonnummer geben?«

»Du musst die Vorwahl für Dondușeni wählen, 252, und dann die 24025. Nur kann es sein, dass Lidia Iwanowna nicht drangeht. Sie hat viel um die Ohren und viel Kundschaft, vor allem jetzt während der Krise. Da schadet's auch nicht, wenn du ihr aufs Band sprichst und ihr sagst, in welcher Angelegenheit du anrufst und dass es dringend ist.«

»Dank da, so werd ich's moachen!«, sagt Derimedont, schreibt sich die Nummer mit einem Bleistift auf die Rückseite seiner Kosmos-Zigarettenschachtel, steckt alles wieder ein, kommt näher an Tutunaru heran und sagt leise, so als würde er dem Dondușenier Spekulanten etwas Vertrauliches verraten.

»Ich hab da nach'dacht.«

»Worüber?«

»Über dich hab ich reflektiert, Pitirim. Als du unten im Lärchenholz-Badebottich in dem feinen Wald-Engelwurz-Schaum gebadet hast.«

»Und?«

»Für mich ist es jetzt a guate Zeit, weil's große Not herrscht und in dieser Not die Leut mei Hilfe brauch'n. Aber für dich und für viele andere Menschen ned. Du bist a no jung. Vielleicht wär's besser für dich, in den Westen zu gehn. Du bist ja ein Schöngeist, schreibst Gedichte. Und die Kunst braucht Freiheit, um sich entfalten zu können. Deswegen. Du bist hier auch immer ganz gut mit deinen Spekulationsgeschäften über die Runden gekommen. Das schaffst du in einem Land im Westen bestimmt auch, in Italien zum Beispiel.«

Tutunaru zieht die Augenbrauen hoch, spielt den Überraschten.

»Meinst du?«

»Du musst des mal so überlegen: Hier in Corbu haben wir a Italienischlehrerin, die Pilipciuc Nadja ... Du und sie, ihr könntet euch z'sammtun und was in die Richtung deichseln. Italien is ja a schöns Land, sagt man. Und dort is Demokratie und ka Kris'n wie bei uns. Da lässt's sich bestimmt gut leben. Ich meine, wenn du schon bei ihr auf a Gspusi aus bist, da könnte dir das Mädel auch gleich Italienisch beibringen ...«

Tutunaru schmunzelt, verspricht dem Protodiakon, über seinen Vorschlag nachzudenken, lässt sich von Derimedont segnen, verabschiedet sich vom orthodoxen Geistlichen mit Handkuss und Poklon und steigt auf sein Minsk-Motorrad.

»Sag auch dem Wladimir Pawlowitsch an schönen Gruß von mir! Und denk daran: Wennst bei dem, was du tust, auch an andere denkst, und nicht nur an dich selbst, Bua, dann wird der Gospod Gott deine Unternehmungen stets zu einem erfolgreichen Abschluss führen.«

Tutunaru nickt, bittet den Popen, Trofim dem Kantor sein Chuck-Norris-T-Shirt als ein kleines Dankeschön zu schenken, dem Protodiakon umschreibt er es als das »Leibchen mit dem bärtigen Amerikaner mit Cowboyhut«, Derimedont nickt, denn er weiß genau, was Tutunaru damit meint und dass sich Trofim über das Geschenk freuen wird. Der Donduşenier Spekulant hebt zufrieden den rechten Daumen, legt einen Gang ein und fährt Richtung Italienischlehrerin davon.

»*Hai noroc,* pfüati Gott, Pitirim!«

Indes schwirren die drei bekopftuchten Sowjetbürgerinnen Filipowna, Iustina und Marussja aus der Sakristei heraus. Die Hausfrauen sind aufgeregt und haben es sichtlich eilig, sie laufen. Iustina wendet sich aus dem Trab zu Derimedont und ruft dem Popen zu: »Batyuschka, der Strom kommt gleich! Es ist noch so viel zu tun! *So* viel zu tun!«

Der Batyuschka lächelt fröhlich, winkt den Frauen, schaut Tutunaru hinterher und beschließt, umgehend das Medium Lidia Iwanowna anzurufen.

AUF DER SUCHE NACH DER ITALIENISCHLEHRERIN

1991. CORBU, DONDUŞENIER RAYON, MOLDAWISCHE SSR

ENTROLLT EUREN MARSCH, BURSCHEN VON BORD!
DEM ZANK UND GEFLUNKER JETZT - PAUSE.
STILL, IHR REDNER: DU HAST DAS WORT, REDE,
GENOSSE MAUSER...

MAJAKOWSKIJ

August-Putsch und Flotter Dreier

Dämmerung über Corbu.

In der Ferne vermischt sich das ungestüme, tieftönige, angriffslustige Gebell eines unzufriedenen Wachhundes mit dem gelegentlichen Wiehern eines unsichtbaren Pferdes, dem das Motorhüsteln eines sich langsam entfernenden 408er-Moskwitschs mit defektem Auspuff ins Wort fällt.

Ein Frosch quakt vorwurfsvoll.

Kirchenglocken.

Gänse schwirren in Formation am Corbulaner Firmament hinweg mit Kurs auf ein wärmeres, fernes Land.

Eine Zeit lang Stille.

Und dann durchpeitscht das hässliche Kreischen einer heiseren Schnepfe die schwüle Corbulaner Landluft.

Das Kreischen der Schnepfe kommt aus der gleichen Richtung, aus der sich auch der Frosch über die flirrende moldawische Augusthitze beklagt hatte.

So scheint es.

Und wieder das unsichtbare Pferd.

Es wiehert mehrstimmig, als würde es ein tiefsinniges Streitgespräch mit sich selbst führen. Sein Wiehern wirkt jedoch geradezu amateurhaft, verglichen mit dem jetzt einsetzenden, maschinengewehrartigen Dauertrillern der Grillen, die das Pferd mühelos übertönen.

In diese Geräuschkulisse eingebettet liegt das weiße Haus mit der Nummer 26.

Es befindet sich in der Corbulaner 9.-Mai-Straße, am Ende eines geräumigen Obstgartens, den Spitzwegerich, Kletten und sonstiges Gewächs umgarnt und in dem sich Weinreben zu den sonnengebleichten und hier und da bereits brüchig gewordenen Satteldach-Schindeln des Hauses emporrecken.

Über dem Satteldach ist ein Scheinwerfer aus militärischen Beständen der Sowjetischen Armee angebracht. Ein Gerät von der Sorte, das in der Nacht bei kleinster Bewegung im Garten und auch dort, wo ein Metallzaun den Garten des Hauses zur 9.-Mai-Straße hin abgrenzt, angehen und dem sich dort befindenden Passanten die volle Intensität seiner 2000 Watt ins Gesicht schlagen würde.

BLIMMM!

Der Scheinwerfer würde gleichsam auch den Wachhund des Nachbarn wecken. Dieser ist ein lichtempfindlicher Rottweiler namens »Faschist«, dem sein Herrchen Mihail Wassiljewitsch Casap stets aus einem von einem PPSch-41-7,62-mm-Projektil perforierten Stahlhelm der Waffen-SS zu fressen gibt; Faschist würde sich nach Angehen des Scheinwerfers genötigt fühlen, auf Casaps Bretterzaun zu springen, den nächtlichen Spaziergänger anzublaffen und ihn, oder den potenziellen Einbrecher, zu veranlassen, das Weite zu suchen.

In diesem Einfamilienhaus mit der Nummer 26, dem Haus mit dem Scheinwerfer, liegt die Italienischlehrerin Nadja Pilipciuc über ein stabiles sowjetisches Bügelbrett vornübergebeugt.

Das Bügelbrett ächzt unter ihrem Gewicht.

Rappel – rappel. Rappel – rappel.

Neben der Italienischlehrerin stapelt sich fein säuberlich geordnete Wäsche zum Bügeln, die sie sich wohl zurechtgelegt hatte, um diese Arbeit gleich nach Wiederaufnahme der staatlichen Elektrizitätsversorgung zu verrichten.

Vor ihr befindet sich ein ausgeschalteter sowjetischer Fernseher der Marke Wasserfall 2. Auf dem Fernsehapparat ruht ein eingerahmtes Schwarz-Weiß-Foto, in welchem ein kleiner Junge mit einem weißen Spielzeugauto in der Hand den Betrachter ernst anblickt: »Mischa«, steht auf dem Bild mit einem Filzstift geschrieben. Hinter dem Foto mit dem Jungen hängt an der Wand ein moldawischer handgeknüpfter Teppich mit einem Muster von Mohnblumen.

Nadja trägt immer noch ihr nach Matrosenart gestreiftes Top, die mit Lederriemen geschnürten Sandalen und den knielangen Rock. Nur dass jetzt der Rock viel weiter nach oben gezogen wurde, um den Blick auf ihr Höschen freizugeben, das aber auch nicht da ist, wo es sein sollte, sondern ganz weit unten, in der Höhe ihrer geschnürten Sandalen.

Hinter Nadja keucht ein Mann Ende zwanzig in Uniform, Dienstgrad eines Stabswachtmeisters, mit mehreren sowjetischen Militärorden und Afghanistan-Auszeichnungen auf der Brust.

In regelmäßigen Abständen drängt der Unteroffizier mit einiger Verbissenheit seinen halbsteifen Penis in den Anus der Italienischlehrerin hinein, gleichzeitig seinen linken Zeige- und Mittelfinger Nadjas Mund aufdrängend, damit den Kopf des Mädchens auf das ächzende Bügelbrett drückend.

Rappel – rappel – rappel.

Rappel – rappel – rappel.

Das hellblau-weiß gestreifte Leibchen unter seinem Kampfanzug sowie das gut sitzende hellblaue Barett und die Einheitsabzeichen auf seinem Ärmel weisen den Stabswachtmeister mit der heruntergelassenen Hose, dem jugendlich-verwegenen Gesichtsausdruck und den gründlich rasierten Wangen, die eine frische Röte überzieht, als Angehörigen der sowjetischen Sondertruppen des Fallschirmjagdkommandos aus.

Der Stabswachtmeister sieht aus wie jemand, der jederzeit bereit ist, in einen Kampfeinsatz zu ziehen. Lediglich die Plüsch-Hauslatschen, in die der Unteroffizier seine weiß besockten Füße gesteckt hat, passen nicht zum übrigen martialischen Erscheinungsbild des Armeeangehörigen.

Der hochdekorierte Stabswachtmeister zieht mit seiner rechten Hand Nadja Pilipciucs Hintern enger an sich. Zieht seine mit einem dünnen Speichelfilm überzogenen linken Finger aus dem Mund der Italienischlehrerin. Steckt sich eine seiner Afghanistan-Medaillen, die ihm für seinen tadellosen Dienst während des Afghanistan-Einsatzes verliehen wurden, von der Uniform ab und ritzt mit der Nadel derselben in Nadjas Pobacke, hart genug, dass ein roter Striemen dabei entsteht, doch auch sanft genug, dass die Haut des Mädchens darunter nicht komplett aufplatzt und zu bluten anfängt, seinen Vornamen hinein, Mischa, das Kürzel seiner Einheit in Afghanistan, 668-й ооСпН, und in Nadjas rechte Pobacke seine Blutgruppe, Typ A negativ. Das stabil gebaute sowjetische Bügelbrett ächzt rhythmisch vor sich hin.

Rappel – rappel – rappel.

Rappel – rappel – rappel.

Rappel.

Nadja hält sich mit beiden Händen am Bügelbrett fest und beklagt sich nicht über den Stabswachtmeister, dessen invasive Präsenz sie weiterhin spürt. Die Italienischlehrerin kann aber dennoch nicht verhindern, dass eine Schmerzensträne ihre rechte Wange hinabrollt, um sofort vom Synthetiküberzug des Bügelbretts aufgesogen zu werden.

Konzentriert und nicht ohne Zufriedenheit knüpft indes Stabswachtmeister Mischa die Afghanistan-Medaille wieder an seine Uniform, streicht Nadja über ihr kastanienbraunes Haar, setzt alsdann seine rhythmischen Stöße in sie fort und starrt mit abwesendem Blick auf den Fernsehbildschirm.

Rappel – rappel – rappel.

Rappel – rappel – rappel.

Rappel – rappel.

Auf dem Fernsehbildschirm des Wasserfalls 2 regt sich etwas, einige Transistoren, die plötzlich Strom geschmeckt haben, erwachen zum Leben und geben eigenartige Geräusche von sich. Kurze Augenblicke später erscheint aus den Tiefen des Wasserfall-2-Bildschirms der sowjetische Staatspräsident und *Gensek*, Generalsekretär der KPdSU, M. S. Gorbatschow.

Pause.

Rappel – rappel – rappel.

Rappel – rappel – rappel.

Gensek Gorbatschow hat eine gesunde Hautfarbe, soweit man das dem schwarz-weißen Fernsehbild nach beurteilen kann, und sieht erholt aus; seine Glatze mit dem markanten Fleck scheint von einem Mitarbeiter für den Fernsehauftritt sorgfältig poliert worden zu sein.

Gorbatschow trägt ein weißes Hemd; darüber eine flauschige, graue Strickjacke mit folkloristisch anmutendem Muster. Dieses inoffizielle Freizeitoutfit verleiht Gorbatschow etwas Sympathisches und Menschliches, lässt ihn dabei jedoch auch verletzlich und unsicher wirken. Hinter ihm ist eine unscheinbare weiße Tapete zu erkennen, wohl um den sowjetischen Fernsehzuschauer nicht unnötig vom Staatspräsidenten im Vordergrund abzulenken. Rechts neben dem Staatsoberhaupt der Sowjetunion sind das Datum und eine unorthodoxe Uhrzeit eingeblendet:

20.08.1991, 02:35

Gorbatschows Augenlider sind, der ungewöhnlichen Uhrzeit entsprechend, schwer; sie bewegen sich widerwillig auf und ab, wie in Zeitlupe.

Zuweilen hat man tatsächlich den Eindruck, als würde sich Gorbatschows Mimik in ein entspanntes Lächeln verwandeln, nur um es sich dann im allerletzten Moment doch noch anders zu überlegen.

Gensek Gorbatschow hat die Arme vor der Brust verschränkt.

Er sieht müde, aber entschlossen die über das Bügelbrett gebückte Sowjetbürgerin Nadja Pilipciuc mit heruntergelassenem Höschen an. Daraufhin nickt Gorbatschow dem Stabswachtmeister Mischa in ihr freundlich entgegen, als würde er das, was der Unteroffizier da mit seinem Penis tut, gutheißen und daran Anteil nehmen. Dem folgt ein vielwissender Beinahe-Grinser des Generalsekretärs. Und ein Schulterzucken. Gorbatschow genehmigt sich hernach eine kurze Pause und deklariert mit einem ländlichen, ukrainisch gefärbten Akzent, dem Stabswachtmeister direkt in die Augen schauend:

Als am 18. August vier Verschwörer bei mir in der Krim erschienen sind und mir das Ultimatum gestellt haben, entweder freiwillig meinen Posten aufzugeben oder ihnen meine Vollmachten zu übertragen oder aber den Ausnahmezustand auszurufen, habe ich ihnen gesagt:
Ihr seid Abenteurer und Verbrecher! Ihr stürzt euch ins Verderben und werdet dem Volk einen schrecklichen Schaden zufügen. Nehmt Vernunft an! Die Sache wird in einem Bürgerkrieg enden und mit viel Blutvergießen. Und ihr werdet dafür zur Verantwortung gezogen! Ich habe all ihre Forderungen abgewiesen.
Daraufhin haben sie mit Soldaten mein Haus, wo ich zur Erholung bin, umzingelt, und zwar sowohl vom Wasser wie auch vom Land aus, haben mich psychischem Druck ausgesetzt. Haben mich

auf Schritt und Tritt verfolgt, haben mich … vollkommen von der Außenwelt … isoliert. Offensichtlich war ihre Aufgabe, mich psychisch zu brechen. Das ist mir insbesondere dann klar geworden, als mir der Inhalt der Pressekonferenz des GKTschP, dieses sogenannten Staatskomitees für … den Ausnahmezustand, bekannt wurde, in dem es hieß, ich sei nicht … fähig, die Verantworung … des Präsidenten der UdSSR zu … tragen. Mehr noch …, sie haben versprochen …, diesbezüglich auch ein ärztliches Attest vorzulegen. Das heißt, die Aufgabenstellung ging von der Grundannahme aus, dass wenn die Tatsachen … ihrer Erklärung nicht entsprechen …, dass man dann den Präsidenten. Um jeden. Preis. Tatsächlich bis zu dem. Zustand. Führen muss, dass er gebrochen. Wäre. Physisch und mental. 72 Stunden. Wusste ich. Nicht. Was im Land. Passiert.

Pause.

Ein Bandfehler jagt Gorbatschow mehrere Male von oben nach unten durchs Bild.

Rappel – rappel – rappel.

Rappel – rappel – rappel.

Das Fernsehbild stabilisiert sich allmählich.

Wieder ein Beinahe-Grinser Gorbatschows:

Doch ich bin … GESUND.
Und zudem habe ich mich schon … erholt.
Ich habe mich nicht schlecht erholt, obwohl … es auch viel … Arbeit gab. Und ich habe vor, meine Erholung … fortzusetzen.

Pause.

Gensek Gorbatschow wippt mit seinem fleckigen Kopf vor und zurück. Es ist zu erkennen, dass der sowjetische Staatspräsident doch auf einem Stuhl sitzt und nicht steht, wie es bei dem Bildausschnitt, der Gorbatschow von der Brust an zeigt, auf den ersten Blick den Anschein hatte.

Er spricht langsam, mit vielen Pausen, aber sehr deutlich:

Mehr noch … Da ich weiß, wofür das Ganze unternommen wird, habe ich mich gegen … die Einführung eines militärischen … Ausnahmezustandes im Land ausgesprochen. Obwohl wir viele Probleme haben …; die Probleme sehr akut sind, die Krise bei Weitem noch nicht abgebremst wurde und in der Tat … radikale …, dringende … Maßnahmen … notwendig sind, auch, was die Fragen betrifft, die man auf keinen Fall aufschieben kann …, wie zum Beispiel in Bezug auf … den … Treibstoff, auf die Nahrungsmittel …, die finanzielle Lage im Land. Das … alles … muss tatsächlich gelöst … werden, die anderen … Reformen müssen jedoch auch vorangetrieben … werden. Doch das alles muss auf Basis der Einigkeit erreicht werden. Das ist nicht … einfach, aber wir müssen diesen Weg gehen, denn die Konfrontation …, und ihre Bedrohung haben wir bereits im Winter … und im frühen … Frühling … ge … spürt, kann unsere Gesellschaft in eine Katastrophe stürzen.

Pause.

Stabswachtmeister Mischa packt Nadja Pilipciuc mit beiden Händen bei den Hüften, zieht sie heftiger an sich und keucht lauter. Dazu Gorbatschow:

Eine andere Herangehensweise, auf die militärische Lösung, auf den Ausnahmezustand zu setzen, das würde heißen, sich auf die Gewalt zu stützen. Das ist gefährlich … Die Gewalt, sie kann die Gesellschaft in eine nationale Katastrophe stürzen, in einen Bürgerkrieg. Das ist unzulässig. Das ist meine Position. Wie ich sehe, wurde meine Position und meine Forderung vom GKTschP, diesem

sogenannten Staatskomitee für … den Ausnahmezustand, außer Acht gelassen. Mehr noch. Man hat mich vollkommen isoliert … von der Gesellschaft. Am Sonntag, gegen 17 Uhr …, habe ich festgestellt, dass die Telefonverbindungen zur Regierungsleitung gekappt waren. Ich habe keinerlei Verbindung zur Außenwelt, wie ich Ihnen schon sagte. Das Flugzeug, das mich nach Moskau hätte bringen sollen, ist abgezogen worden. Die Leute …, die hier mit mir sind, sind im Grunde genommen ebenfalls … unter Arrest. Somit ist auf Grundlage von Lug und Trug ein Putsch, ein Staatsverbrechen! verübt worden. Mehr noch.
Es werden bereits Maßnahmen ergriffen, die in der Lage sind, unsere Gesellschaft, das Volk, das Land … in den Abgrund zu stürzen. Wir brauchen jetzt eine Einigung, egal, wie schwierig es ist, das zu erreichen. Wir müssen diesen Weg gehen.
Ich verlange. Dass. Der Kongress der nationalen … Deputierten … der UdSSR und der Oberste Sowjet der UdSSR alle notwendigen Maßnahmen ergreifen, damit ich unverzüglich die Möglichkeit habe, meine Verpflichtungen auszuüben. Und –

»Schnauze, Gorbi-Schlappschwanz, du verkäufliche Nutte des Westens!«, fährt der hochdekorierte Stabswachtmeister das Fernsehbild an, packt das Bügeleisen zu seiner Rechten und schleudert es Gorbatschow mit Wucht auf die fleckige Glatze, ihm zum Abschied »Ich scheiß auf dich!« zurufend.

Gorbatschow explodiert mit einem Knall und dematerialisiert sich schlagartig, genauso wie er erschienen war. Dort, wo er gerade noch zu sehen war, wackelt nun das Bügeleisen in der Bildröhre des Wasserfall-2-Fernsehers.

Einen Augenblick lang absolute Stille.

Rappel – rappel – rappel.

Rappppppppel.

»Ich hab keine Lust mehr. Der Gefleckte hat mir die Lust geraubt, der G'schissene«, stellt Mischa wie für sich selbst fest, zieht sich aus der Italienischlehrerin zurück, lässt von ihr ab und zerrt sich die Militärhose wieder hoch.

Als Nadja Pilipciuc spürt, dass Mischa sie nicht mehr auf das Bügelbrett drückt, richtet sie sich vorsichtig wieder auf. Und will sich gerade das Höschen wieder hochziehen. Der Stabswachtmeister packt die Italienischlehrerin jedoch sofort am Nacken und drückt sie sanft, aber bestimmt, zurück auf das Bügelbrett. Mit der linken Plüsch-Hauslatsche schiebt der Unteroffizier der Italienischlehrerin zudem das Höschen wieder auf den Fußboden.

»Wo ist der Samagon, Nadjuscha?«, flüstert Mischa der Stabswachtmeister ihr zärtlich ins Ohr.

Nadja schweigt.

Mischa wiederholt seine Frage, bleibt bei dem zärtlichen Ton und mit seiner Plüsch-Hauslatsche auf Nadjas Höschen.

Es folgt keine Antwort.

»*Kein* Samagon für mich also«, schlussfolgert Mischa mit einer unendlichen Trauer in seiner Stimme.

Die Italienischlehrerin bleibt ruhig in ihrer Position liegen, auf dem Bügelbrett. Und bereitet sich innerlich auf das vor, was ihr nun bevorsteht.

Mischa der Stabswachtmeister zieht seine Hand von Nadjas Nacken wieder ab. Sie wagt es nicht, sich vom Fleck zu bewegen. Nadja versucht stattdessen, auf den Stabswachtmeister einzureden, sagt ihm mit sanfter Stimme, dass sie es nur gut gemeint hätte mit ihm, dass ihn der Samagon zugrunde richten würde. Dass sie ihm deswegen keinen Samagon gekauft hätte.

Mischa schweigt.

Kurz darauf verspürt das Mädchen den ersten Schlag.

Klatsch!

Und verschließt die Augen.

Klaaatsch!

Klatsch – Klaatsch!

Wieder und immer wieder schnellt der breite sowjetische Armeegürtel des Stabswachtmeisters mit einem satten Schnalzer auf den Hintern der Italienischlehrerin herunter.

Klatsch – Klatsch!

Klaaaatsch!

Nadja schluchzt leise.

Sie tröstet sich mit dem Gedanken, dass Mischa eigentlich viel härter zuschlagen könnte und dass der Unteroffizier sie jetzt lediglich aus Gewohnheit schlägt, weil er sie immer schlägt, wenn sie ihm keinen Samagon mitbringt.

Als dem moldawischen Mädchen gerade diese Gedanken durch den Kopf gehen, holt der hochdekorierte Fallschirmjäger weit aus und lässt seinen Armeegürtel mit herzhafter Wucht, jedoch gleichzeitig mit der Eleganz und der Zielgenauigkeit eines Tennisprofis, der einen erstklassigen Rückhandvolley schlägt, auf Nadjas rechte Pobacke schnellen, und zwar genau dort, wo er zuvor seine Blutgruppe mit der Nadel seiner Afghanistan-Medaille eingeritzt hat.

Das Leder des sowjetischen Armeegurtes scheuert prompt mit seinem epischen *KLAAATSCH!* über die angedachte Stelle, die sich sofort rot verfärbt.

Das Mädchen jauchzt vor Schmerz auf, verzieht dabei ihr hübsches Gesicht, drückt ihren Oberkörper stärker gegen das Bügelbrett, als wollte sie sich darin vor einem weiteren Schlag Mischas in Schutz bringen. Dabei bricht das Brett unter dem Gewicht der Italienischlehrerin auseinander, und beide, das Brett und Nadja Pilipciuc, krachen zusammen auf den Fußboden.

Stille.

Stabswachtmeister Mischa bewegt sich nicht. Mit seinem Armeegurt in der Hand sieht er besorgt auf Nadja Pilipciuc herab, ohne etwas zu unternehmen.

Das moldawische Mädchen richtet sich wieder auf, zieht sich

endlich das Höschen hoch, bringt ihren Rock wieder in Ordnung und geht, ohne den Stabswachtmeister auch eines einzigen Blickes zu würdigen, Richtung Badezimmer.

Mischa hindert Nadja diesmal nicht daran, ihrer Wege zu gehen, schnallt sich stattdessen den Armeegurt wieder um und lässt sich auf einen Stuhl fallen.

Nadja Pilipciuc betrachtet ihr verweintes Gesicht im Badezimmerspiegel, schaut dann auf das Messer, das sie aus der Küche geholt hat und das noch immer nach dem Knoblauch riecht, den sie damit vorhin geschnitten hat: betrachtet nachdenklich die Venen ihrer linken Hand. Lässt das Messer darübergleiten, ohne es jedoch in die Haut zu drücken. Wäscht sich und lässt sich lange Zeit kaltes Wasser über das Gesicht laufen. Und dann dreht sie sich um, Richtung Mischa, den sie vom Bad aus sehen kann, wie er dort, den Rücken ihr zugewandt, auf einem Stuhl sitzt. Sie macht einen Schritt nach vorn, bleibt in der offenen Badezimmertür stehen.

Sie schaut sich noch einmal das harmlos aussehende Küchenmesser an. Ein winziger Teil seiner Spitze ist abgebrochen; auf der Schneide ist ein kleiner Rostfleck zu sehen.

Die Hand der Italienischlehrerin zittert leicht.

Nadja schaut zu Mischa.

Und sieht, wie der seinen Halfter am Gürtel öffnet, seine silbrig glänzende Pistole hervorzieht und sie sich mit einem leisen, aber deutlichen »Lieber krepier ich, als weiter mit anzusehen, wie das Land vor die Hunde geht« an die Schläfe hält und die Waffe entsichert.

Die Corbulaner 9.-Mai-Straße, die mehr eine unbefestigte, nichtasphaltierte Piste ist, weist in ihrer Mitte eine Wölbung auf und läuft an ihren Seiten mit einem schmalen Rinnstein aus, hinter dem jeweils die Zäune der einstockwerkigen Einfamilienhäuser mit den dazugehörigen Gemüsegärten, in denen auch Birnen-, Apfel-, Nuss-, Kirsch- oder auch Pflaumenbäume zu sehen sind, ansetzen. Der Rinnstein ist an einigen Stellen mit Betonplatten überdeckt, damit die Autos in den Hof einkehren können und die Hausbewohner, wenn sie denn nicht motorisiert und zu Fuß unterwegs sind, deren gelegentliche Gäste und Besucher sowie das Hausvieh, wie Gänse oder Ziegen, nicht über den Rinnstein steigen oder springen müssen.

Doch jetzt sind so gut wie keine Corbulaner auf der Straße zu sehen, da es ja erst seit Kurzem wieder Strom gibt und die Moldawier emsig auf ihren Anwesen und in ihren sporadisch beleuchteten Einfamilienhäusern Tätigkeiten nachgehen, die nur unter Einbezug von Elektrizität möglich oder sinnvoll sind.

Tutunaru manövriert sein Minsk-Motorrad mit Seitenwagen durch die Corbulaner 9.-Mai-Straße, fährt langsam zwischen den Wasserpfützen der nicht asphaltierten Piste, um vielleicht eine Hausnummer lesen zu können, was im schummrigen Licht nicht gar so einfach zu bewerkstelligen ist. Langsam fährt er auch, um mit seiner Beifahrerkabine nicht in den Rinnstein abzurutschen und mit seinem Motorrad samt seiner wertvollen Ladung umzukippen.

Ein grüner 5er-Lada mit getönten Scheiben kommt ihm entgegen, und der Donduşenier Spekulant muss sich kurz mit dem Fahrer einigen, wie sie am besten aneinander vorbeifahren sollen. Der Lada, aus dessen Kassettenrekorder Michail Krugs rauchige Stimme eine Ballade über sibirische Gastfreundschaft zum Besten gibt, stellt sich mit dem linken Hinterrad auf eine der kleinen Betonplatten, die den Rinnstein überbrücken, und lässt Tutunarus Minsk vorbei, wonach der Lada unverzüglich weiter Richtung Corbulaner Zentrum fährt. Tutunaru winkt dem Lada und setzt seine Expedition durch die Corbulaner 9.-Mai-Straße fort.

Kurze Zeit später erreicht Tutunaru eine Kurve, und gleich nach der Kurve muss er ein besonders großes, mit Regenwasser gefülltes Schlagloch umfahren. Danach schlägt ihm die ganze Kraft eines 2000-Watt-Scheinwerfers ins Gesicht, und ein Rottweiler bellt laut auf. Tutunaru bleibt stehen, steigt vom Motorrad ab, beschließt, sich vor dem grellen Licht in Sicherheit zu bringen, und nähert sich deswegen dem Bretterzaun mit dem Rottweiler an.

Auf dem rechteckigen Briefkasten mit dem Logo der sowjetischen Post ist ein Name ohne Vornamen und Patronym angebracht: CASAP.

»Casap«, wiederholt Tutunaru laut und betrachtet die Anfahrtsskizze zu Nadja Pilipciucs Haus, die ihm der Protodiakon Derimedont gegeben hat, holt aus seiner Beifahrerkabine ein Stück defizitärer Doktorenwurst und wirft es dem Rottweiler häppchenweise über den Zaun. Der Rottweiler beschnüffelt die Doktorenwurst skeptisch, probiert ein kleines Stück davon, bevor er den Rest verschlingt.

Es regt sich etwas hinter dem unruhigen Rottweiler.

»He, du da! Gib meinem Hund ja nichts zu fressen! Hast du gehört? Sonst brech ich dir das Gesicht! Faschist, bei Fuß! FASCHIST! Bei Fuß, hab ich gesagt! So, ist gut, ja, mein Kleiner. Komm her zu mir. Spuck's aus!«

Mit einem Teller frisch gewaschener Weintrauben in seiner tätowierten Hand erscheint ein etwa 40-jähriger kleinwüchsiger, glatzköpfiger Bürger mit einer Narbe im Gesicht, die die Hälfte seiner linken Wange durchzieht und nach einem scharfen, kunstvoll gezogenen Bogen in seiner linken Augenbraue endet: Casap.

Casap trägt weiße Tennissocken, darüber heimische Ledersandalen, kurze blaue Shorts und ein kariertes, kurzärmeliges Hemd. Casap hat sich entschieden, sein Hemd nicht zuzuknöpfen, was bei dem beachtlichen Umfang seines Bauches wohl auch gar nicht möglich gewesen wäre.

Unwillkürlich starrt Tutunaru über den Bretterzaun auf Casaps nackten Bauch, auf dem kein einziges Haar wächst.

»Tut mir leid, war aber nur Doktorenwurst. Sind Sie denn *Casap*?«

»Wer will's denn wissen?«

Casap spricht weiter zu seinem Rottweiler, der Pitirim unentwegt anknurrt:

»Böser Faschist! Wie oft habe ich dir gesagt, du sollst nichts fressen von fremden Leuten, hä? Aber bei der Doktorenwurst bist du schwach geworden, was, Faschist?«

»Ich suche hier eigentlich die Adresse: 9.-Mai-Straße 26. Die Nummern sind hier nicht zu sehen, es müsste aber eines von diesen Häusern hier sein. Wissen Sie vielleicht, wo –«

»Vergiften wollten sie den Faschist mal. Böse Menschen. Aus Dondușeni waren sie, die Arschlöcher, glaub ich. Seither muss man da sehr aufpassen, was der Faschist zu fressen kriegt. Du siehst aber wie ein guter Mensch aus, Schnauzbart«, fällt Casap Tutunaru ins Wort und sieht dabei nur den Rottweiler an. »Die Nummer 26 ist das weiße Haus, dort, wo der Suchscheinwerfer angegangen ist.«

Als sich der Dondușenier Schwarzmarktspekulant in die angedeutete Richtung umdreht, erklingt aus dem Inneren des Hauses mit der Nummer 26 eine dumpfe Explosion, gefolgt von dem Geräusch von Glas, das zerschellt.

»Was war das denn?«

Casap lächelt.

»Der Mischa wird wohl wieder in den Fernseher geschossen

haben. Das macht er manchmal, um seine Nerven zu beruhigen.«

Casap macht eine kurze Pause und isst eine Weintraube.

»Was der schon an Fernsehern verschlissen hat, der Junge.«

»Wer ist dieser Mischa?«

Eine unangenehme Pause setzt ein.

Casaps Gesichtszüge erkalten. Casap mustert den Donduşenier Spekulanten, als würde ihm hier plötzlich etwas sehr spanisch vorkommen, dann entspannt Casap sein Gesicht zu einem Lächeln, das durch die lange dünne Narbe etwas Bedrohliches erhält, greift sich mit der rechten Hand an den Rücken, unter sein Hemd, wo er im Hosenbund seiner blauen Shorts die angenehme Kühle seiner Makarow 9 mm spürt, streichelt den Griff seiner geladenen Pistole zweimal, als würde er auf diese Weise mit der Waffe kommunizieren, zögert ein wenig, lässt wieder von der Pistole ab, tut so, als würde er sich am Rücken kratzen, bringt seine rechte Hand wieder zum Vorschein, wirft sich mit seinen tätowierten Fingern geübt eine Weintraube in den Mund und verschwindet wieder in seinem Garten, dicht gefolgt vom devoten Rottweiler Faschist, ohne etwas zu sagen.

10 Liter Samagon für Mischa

Stabswachtmeister Mischa sitzt benommen auf seinem Stuhl und wippt hin und her. Die militärischen Orden auf seiner Brust, die wie ein organischer Bestandteil des Soldaten wirken, klimpern, als würde man einen Weihnachtsbaum durchschütteln. Der Unteroffizier ist geistig abwesend, mit glasigen Augen visiert er die kaputte Bildröhre des Wasserfall-2-Fernsehers mit dem Bügeleisen darin, genau an der Stelle, wo Gensek Gorbatschow zuvor seine Ansprache gehalten hat.

Mischa murmelt etwas Unverständliches vor sich hin: Dann ruft er klar und deutlich einen Namen, um gleich danach wieder zu verstummen. Schließlich gibt er einem imaginären Gesprächspartner, der sich wohl auch irgendwo in der Bildröhre des Wasserfall-2-Fernsehers befinden muss, irgendwelche militärischen Koordinaten durch, nur um wieder in sein unverständliches Gemurmel zu verfallen.

Dann verlangt Mischa nach Samagon.

Nadja steht daneben, die silbrige Waffe des sowjetischen Unteroffiziers in ihrer Hand. Sie weiß nicht, was sie machen soll.

»Ein Idiot bist du, Mischa. Versprich mir, dass du das nie wieder machst«, sagt Nadja, eher leise, sichert die Waffe und hält sie Mischa dem Stabswachtmeister entgegen.

Mischa wendet sich der Italienischlehrerin zu, lächelt sie an, nickt, küsst Nadja Pilipciucs Hände und nimmt die Pistole an sich, zielt mit ihr auf den Fernsehapparat, entsichert die Waffe und spannt seinen Zeigefinger um den Abzug.

»Peng-peng!«, ruft der Stabswachtmeister, grinst lausbübisch, steckt sich die Pistole in den Halfter und steht auf.

»Nadjuscha, ich saus mal zum Brunnen, Wasser holen. Lass uns heute Nacht ein Lagerfeuer machen!«

Mit diesen Worten verlässt der Stabswachtmeister Mischa den Raum.

Nadja atmet tief durch, den Blick auf das gerahmte Foto des kleinen Jungen mit dem Spielzeugauto, das immer noch auf dem zerstörten Wasserfall-2-Fernseher steht, gerichtet, schüttelt ihren Kopf und greift nach dem Hörer des cremefarbenen Scheibentelefons, das an seinem Platz auf einem Beistelltisch penetrant klingelt.

»Ich muss Mischa sprechen. Es ist dringend.«

»Dir auch einen guten Abend, Wassiljewitsch. Mischa ist gerade zum Brunnen gegangen. Außerdem hat er mal wieder einen seiner Anfälle gehabt und ist kaum für etwas zu gebrauchen.«

Pause.

Der Gesprächspartner verstummt abrupt, als hätte ihm jemand plötzlich die Zunge herausgerissen.

»Wassiljewitsch? Was ist denn los, bist du noch dran?«

»Hör mir genau zu, Nadja. Da ist so ein windiger Typ mit Schnauzbart, der mit einem Minsk-Motorrad hier aufgetaucht ist und herumschnüffelt. Der Schnauzbart gefällt mir nicht. Ich hab's gleich im Urin gespürt, dass mit dem Komiker was nicht koscher ist. Er hat nach eurer Adresse gefragt, kennt aber Mischa nicht. Bestimmt wird er bald auftauchen.«

Aus seinem Nest in der obersten Etage einer schokoladefarbenen Kuckucksuhr schießt ein kleiner Plastikvogel und plärrt frenetisch los, die männliche Stimme in der Leitung problemlos übertönend. Kurz darauf verschwindet der Plastikvogel wieder in seinem Nest. Stille. Dann öffnen sich die Fensterläden der Kuckuckusuhr erneut, der Vogel taucht abermals auf, plärrt wie am Spieß und verschwindet wieder; die Fensterläden gehen zu, um nach dem Bruchteil einer Sekunde wieder aufzuspringen und den lärmenden Plastikvogel herauszulassen: Es läutet an der Tür.

Nadja Pilipciuc wirft einen Blick aus dem Fenster hinaus und erkennt draußen den Dondușenier Schwarzmarktspekulanten Pitirim Tutunaru, der auf seinem Minsk-Motorrad mit Seitenwagen steht, um besser über das Tor und den Garten hinweg zum weißen Haus mit der Nummer 26 sehen zu können.

»Er ist schon da, aber mach dir keine Sorgen, ich kenne ihn. Es ist Tutunaru aus Dondușeni. Der ist in Ordnung.«

Casaps Stimme erklingt wieder aus der Leitung, leiser, aber dadurch irgendwie entschlossener und klarer:

»Aus Dondușeni, sagst du? Die Typen, die Faschist vergiften wollten, waren auch aus Dondușeni, die Hundesöhne, *blya*. Die Hoden sollen ihnen vertrocknen!«

»Wassiljewitsch, hast du mir nicht zugehört? Jetzt mach dir –«

»Jetzt hörst *du* mir mal zu! Verstanden?!«, fällt Casap der Italienischlehrerin ins Wort, während diese mit dem Apparat, das schwarze Telefonkabel in der Hand, zur Tür geht. Casap überlegt kurz und setzt nach einem Räuspern das Gespräch in ruhigem Tonfall fort:

»Also Nadja. Wir verbleiben so: Wenn du dich nicht innerhalb von … genau … *fünfundzwanzig* Minuten bei mir meldest, funk ich den Burschen, sie sollen die 9.-Mai-Straße komplett blockieren, zum Zentrum und zum Komsomolzen-See hin. Dann komm ich zu euch rüber, durch den Hintereingang. Dass Mischa auch Bescheid weiß. Dann werden wir schon klären, wie und was, wer und wo und wozu und wofür und weswegen und woher genau aus Dondușeni. Faschist bring ich mit. Heutzutage sind die Menschen aggressiv, als hätte man ihnen ein glühendes Eisen in den Arsch gesteckt und ein paarmal dran gedreht. Da kann man nicht vorsichtig genug sein! Das ist alles.«

Und legt auf.

»Dir auch einen schönen Abend noch, Wassiljewitsch«, antwortet Nadja Pilipciuc dem Piepston in der Leitung und legt auf.

Draußen liegt die Corbulaner Augusthitze zwischen den Häusern.

Die moldawischen Grillen machen sich immer noch einen Spaß daraus, gegeneinander um die Wette zu trillern, während es die Mücken auf das Blut der Sowjetbürger abgesehen haben und von der akustischen Deckung der Grillen getarnt ihre Streifzüge über die wandelnden Blutvorratslager – die Menschen – abhalten.

Zwei Mücken haben es auf Tutunaru abgesehen. Die kleinere und sadistischere von ihnen schafft es stets, so knapp an Tutunarus Ohr vorbeizufliegen, dass der Dondușenier Spekulant das Vorbeiziehen ihrer Flügel wie einen bösartigen Mikroventilator spürt. Und dann das Summen, das immer wiederkommt und sich entfernt, lauter – leiser, leiser – lauter, lauter – leiser, und so immerfort. Und egal, wie intensiv sich der Donduşenier Schwarzmarktspekulant gegen diese insektische Mikrofurie zur Wehr setzt, die sadistische Mücke ist klein, wendig, in der Dunkelheit so gut wie unsichtbar und fliegt immer und immer wieder an Tutunarus Ohr vorbei, mit ihrem Summen, das tief hinein in Tutunarus Gehirn eindringt, als wäre es eine lange, harte Nadel, die sämtliche Windungen seines Innenohrs durchsticht. Und dann sticht die Mücke den Donduşenier Spekulanten in den Hals, verweilt dort ein wenig, weicht seinem Handschlag im letzten Moment aus und wiederholt ihre Flugmanöver rund um Tutunarus Ohr mit sadistischer Beharrlichkeit, während ihre größere Artgenossin ganz plump direkt in Tutunarus Auge hineinfliegt und durch einen starken Wimpernschlag zum Absturz gebracht wird.

»Grüß dich, Sargmädchen! Eure Corbulaner Mücken hier sind vom Feinsten!«, ruft Tutunaru der Italienischlehrerin von seinem Motorrad aus zu, als er das Mädchen sich dem Eingangstor nähern sieht.

»Ja, die kommen vom Komsomolzen-See. Sind gehässig, die Viecher.«

Nadja begutachtet Tutunaru – Jesuslatschen, weiße Tennissocken, eine dunkle, gestreifte Stoffhose und ein weißes Baumwollhemd, das ihm ein wenig zu klein ist.

»Gib's zu, du hast den armen Trofim auf dem Weg hierher überfallen und ausgezogen!«

»So ungefähr.«

»Und hier in der Nachbarschaft hast du es auch schon geschafft, dich beliebt zu machen, Pitirim.«

»Wie meinst du das?«

Der Donduşenier Spekulant grinst, steigt von seinem Motorrad ab, in der Erwartung, dass Nadja ihm das Tor aufmachen und ihn hereinbitten würde. Stattdesen bleibt die Italienischlehrerin jedoch auf der anderen Seite des Zaunes stehen, ohne Anstalten zu machen, ihn hereinzulassen.

»Casap hat angerufen und mich vor dir gewarnt – was willst du hier überhaupt?«

Ein wenig irritiert lehnt sich Tutunaru an sein Motorrad und erklärt Nadja, dass er gehofft habe, sie dazu zu überreden, ihm Italienisch beizubringen. Und ergänzt:

»Ich arbeite mit ein paar Freunden daran, nach Italien zu gehen und –«

»Hör zu, Tutunaru, es ist besser, wenn du jetzt gehst. Wenn dich Mischa hier sieht, bringt er dich um.«

»Dann kommt er ins Gefängnis …«

»Der kommt nicht ins Gefängnis. Mischa ist unzurechnungsfähig und hat eine offizielle Bescheinigung darüber.«

Tutunaru schweigt einen Moment lang und streicht sich durch den Schnauzbart.

»Weißt du, Nadja, ich bin ein gebranntes Kind. Du kannst mich nicht mit irgendwelchen unzurechnungsfähigen Mischas, Pawluschas oder Onkel Wanjas erschrecken. Aus dem Alter bin ich raus.«

»Mischa sollte jeden Moment –«

»Wer ist das überhaupt?«

»Ich«, erklingt es hinter ihm, »ich bin Mischa.«

Tutunaru dreht sich um und sieht Mischa den Stabswachtmeister, der zwei volle Eimer Wasser in den Händen balanciert. Langsam stellt der Unteroffizier seine Eimer auf den Boden der unasphaltierten 9.-Mai-Straße ab, zündet sich gemächlich eine moldawische Ballade-Filterzigarette an und mustert Pitirim neugierig, wie eine Python ihr Essen, bevor sie es verschlingt. Nadja will Mischa etwas erklären, doch der Stabswachtmeister würgt das Mädchen mit einer Handbewegung ab, zieht seelenruhig an seiner Zigarette und starrt Tutunaru an, als würde er erwarten, dass der Dondușenier Spekulant zu sprechen beginnt.

Stille.

Die Grillen trillern, und die Komsomolzen-See-Mücken summen.

»Und wie ist es an der Front so, Mischa? Siegen die Unsrigen oder die anderen?«

Stille.

»Ich weiß ja nicht, in welchem *Blyadskij-domik*-Nuttenhäuschen du geboren und groß geworden bist, Schnauzbart, aber –«

»Auf jeden Fall in einem von der Sorte, wo erstklassiger Samagon produziert wird!«, fällt Tutunaru dem Stabswachtmeister ins Wort, greift nach dem Benzinkanister mit den zehn Litern selbstgebranntem Schnaps, schüttelt das Gefäß ein wenig und lächelt Mischa wohlwollend an.

»Wie wär's, Mischa, wenn wir erst mal wie normale Menschen ein Stamperl Samagontscherl trinken? Auf das Kennenlernen sozusagen. Wie du siehst, komme ich nicht mit leerem Kanister!«

Mischas Augen glänzen.

»Nadjuscha, mach bitte die *Sakuska*-Jause zum Samagon fertig! In der Küche haben wir bestimmt noch was von diesem Vogelschinken und den grünen Salztomaten. Da sind auch noch Frühlingszwiebeln! Radieschen! Kümmer dich um unseren Gast! Ich komm gleich wieder, muss nur schnell die Eimer reintragen!«, ruft der Unteroffizier, macht das Tor auf, gibt Tutunaru die Hand, nimmt die Eimer wieder auf und schreitet schnellen Schrittes durch den Obstgarten zum Haus mit der Nummer 26.

Tutunaru rollt sein Minsk-Motorrad über den Rinnstein in den Hof.

Die Italienischlehrerin stellt sich Tutunaru in den Weg und legt ihre Hand auf das Lenkrad des Motorrades.

»Findest du dich besonders geistreich, ja?«

»Hübsche Augen hast du, Nadja.«

»Pitirim, pack deinen Scheißsamagon und verschwinde hier!«

»Was seid ihr alle so grantig und unfreundlich? Haben euch diese Komsomolzen-See-Mücken mit ihrer Aggressivität angesteckt, oder was? Da kommt man mit den besten Absichten, zum Reden, und wird gleich wie ein räudiger Hund empfangen!«

Nadja Pilipciuc packt den Moldawier an der Schulter und flüstert:

»Tut mir leid, Pitirim. Ich hab nichts gegen dich. Es ist nur so: Er ist nicht normal im Kopf, der Mischa. Er ist aus Afghanistan mit einer schweren Kontusion nach Hause gekommen. Seither ist er nicht mehr derselbe. Heute hat er wieder einen seiner Anfälle gehabt. Schau ihn dir doch an, wie er die ganze Zeit in seiner Militäruniform herumrennt und darauf wartet, dass der Afghanistan-Krieg wieder losgeht. Er wartet darauf, dass es weitergeht, er will wieder runter, nach Afghanistan, kämpfen. Außerdem hat er ein Alkoholproblem. Ihm tut der Samagon nicht gut. Das heißt, am Anfang schon, aber dann wird er aggressiv. Und jetzt kommst du mit diesem Schnapskanister. Bitte geh, Tutunaru, wir können ja später noch mal telefonieren und über den Italienischunterricht sprechen. Ich finde das ja schön, dass du deswegen zu mir gekommen bist. Und ich würde sehr gerne wieder Italienisch unterrichten, wie in Chişinău. *Später* vielleicht.«

»Später geht nicht, Nadja. Später ist *zu spät*.«

»Na dann, hereinspaziert in die gute Stube!«, ruft der Stabswachtmeister plötzlich von hinten.

Nadja lässt von Tutunaru ab, und ihr wird klar, dass die fünfundzwanzig Minuten wohl bald vorbei sein müssten und sie deswegen Casap zurückrufen sollte. Sie folgt Mischa und Tutunaru, ins Haus mit der Nummer 26 und geht gleich zum Telefon.

Nicht, dass der Casap noch mit seinen Knastbrüdern hier auftaucht.

Pitirim Tutunaru zupft an einer akustischen Gitarre, eine Aluminiumtasse Samagon und ein Glas mit frischem Birkensaft vor sich. Ihm gegenüber: Mischa, der seine Pistole putzt. Neben sich hat er zwei leere Stangenmagazine auf dem Tisch und jede Menge Parabellum-9-mm-Patronen.

Mischa ist betrunken, gut gelaunt und erzählfreudig.

An der Wand sind verschiedene Afghanistan-Karten angebracht, Einheitswimpel des 357. und des 345. Fallschirmjäger-Garderegiments der 103. Division der 40. Armee der Sowjetunion sowie des 115. Sondereinsatz-Regiments des Fallschirmjagdkommandos der 40. Armee, ein »Krieger-Internationalist«-UdSSR-Fähnchen, vergilbte Zeitungsausschnitte aus der *Prawda*, in denen vom Aufbau von Schulen, vom Wiederaufbau der Infrastruktur in der Demokratischen Republik Afghanistan (DRA) durch Angehörige der 40. Armee berichtet und mit entsprechendem Bildmaterial belegt wird. Dazu Zeitungsberichte von Kampfhandlungen, etwa ein *Iswestija*-Artikel aus dem Jahr 1986, in dem von der erfolgreichen Vernichtung einer großen Basis islamistischer Terroristen durch die 15. Brigade der Spezialeinheiten des militärischen Geheimdienstes GRU unter Einbindung des 154. Dschelālābād'schen und des 334. Asadabad'schen Bataillons bei Karera, zwanzig Kilometer südlich von Asadabad, Provinz Kunar, berichtet wird. Ein weiterer Artikel informiert über den Beschluss des US-amerikanischen Kongresses vom April 1981, die aufständischen islamischen Terroristen, die ihre Anschläge gegen sowjetische Einheiten sowie gegen die regierungstreuen Truppen der Demokratischen Republik Afghanistan richten, mit mindestens 150 Millionen Dollar pro Jahr sowie mit schwerem Kriegsgerät »offen und direkt« zu unterstützen; über die der Ausweisung US-amerikanischer Botschaftsangehöriger aus Kabul, nachdem diese mit belastendem

Material zur Vorbereitung von Diversionsoperationen gegen die Regierungstruppen der DRA angetroffen worden sind, vom Abfang der ersten Partie US-amerikanischer Stinger-FIM-92-Raketen an der afghanisch-pakistanischen Grenze im Raum Kandahār durch Abteilungen der 22. Brigade der Spezialeinheiten des militärischen Geheimdienstes GRU und dergleichen mehr.

Die tapezierte Wand in Mischas Wohnzimmer ist zudem gespickt mit Erinnerungsfotos. Auf einem von ihnen, in einen schönen Rahmen eingebettet, ist im Vordergrund ein grinsender Mischa mit einem umgehängten Fußball zu sehen, daneben ein schnauzbärtiger Major der Spezialeinheiten des militärischen Geheimdienstes GRU, ein bärtiger Afghane in Nationaltracht, der irgendwie fehl am Platz wirkt, und ein Generalmajor des Fallschirmjagdkommandos. Der Generalmajor tauscht gerade seine Schirmmütze gegen Mischas blaues Barett aus und lächelt Mischa an, als würde der Unteroffizier ihm gerade einen unanständigen Witz erzählen und der Generalmajor voller Vorfreude auf die Pointe warten. Im Hintergrund sind ein IL-76-Transportflugzeug und ein Mi-8MT-Kampfhubschrauber erkennbar, der wie eine erstarrte, riesige Libelle auf dem Boden haften geblieben ist. Rechts darüber im Bild ein Mi-24, der mit geneigtem Rumpf bereits zum Landeanflug angesetzt hat. Einige Bildunterschriften sind auf dem Foto zu sehen, darunter das Kürzel DRA, Provinz Nangarhār, Sommer 1987.

Tutunaru lenkt seinen Blick nun von der Wand weg, auf den Boden, und zieht die Augenbrauen überrascht zusammen.

»Na servus! Was ist denn mit dem Bügelbrett passiert?«

»Ach, nichts.«

»Wie, nichts? Und mit dem Fernseher?«

»Reine Zeitverschwendung! Unnötig, die Kiste. Mit diesem Putsch läuft da seit Tagen eh nur der *Schwanensee* … Schon traurig, wenn da die hübschen Ballerinas vom Bolschoi in ihren hauchdünnen weißen Tutus immer nur dann im Fernsehen gezeigt werden, wenn's im Land einen Umsturzversuch gibt. Ballett in der Krise! Ha. Und dieser Plastikschädel von Gorbatschow macht währenddessen Erholungsurlaub auf der Krim, am Schwarzen Meer. Wie in dem Sprichwort: ›Das Haus brennt, und die Babuschka bürstet sich die Haare!‹ Nur dass der keine Haare zum Bürsten hat und deswegen Ferien auf der Krim macht, unser Gensek Gorbi. Und da verzapft er aber auch so einen Stuss von wegen, dass er in seiner Villa in Foros gefangen gehalten wird und nicht wegkommt. Die Regierungsleitung gekappt! Die Telefonverbindungen gekappt! Seeblockade! Landblockade! Luftblockade! Die Grenztruppen vor dem Haus! Spezialeinheiten umschwirren das Gelände. Und der Gorbatschow alleine gegen alle – das ist wie in so einem Actionthriller mit Arnold Schwarzenegger, den sie im Diesel nach Ocniţa zeigen, im Video-Waggon. Nur dass der Schwarzenegger am Ende seine Mission erfüllt, und der Gorbatschow am Ende alles verscheißt. Afghanistan? Verschissen! Die DDR? Verschenkt! Polen? Verschissen! Die Tschechoslowakei? Verschissen! Rumänien? Verschissen! Den ganzen Ostblock und den Warschauer Pakt obendrauf hat er verschissen; das Baltikum auch. Was noch? Die Wirtschaft hat er verschissen; ein Alkoholverbot hat er noch eingeführt, das hat er aber auch verschissen, weil's mit der Prohibition nicht geklappt hat und die Reform zurückgenommen werden musste. Es gibt nichts zu essen, die Preise explodieren, die Löhne werden, wenn überhaupt, mit monatelanger Verspätung ausbezahlt, wie meine Afghanistan-Kriegsinvalidenrente, die ich seit Monaten nicht mehr zu Gesicht bekommen hab, Inflation, Schließung ganzer Industriezweige, Zigtausende streiken überall im Land, für ein Stück Brot musst du dich schon stundenlang anstellen vor dem UNIVERSAM und dein Lebensmittelkärtchen vorweisen, wie im Krieg. Und Gorbatschow kommt gut gelaunt aus dem Ausland, wo ihm die Amerikaner wieder mal über den Kopf gestreichelt und einen kleinen, netten Scheck zugesteckt haben, dem Idioten, der ständig Eigentore schießt und sich noch debil darüber freut, wenn die gegnerische Mannschaft applaudiert. Und am Ende lachen sich die Amis ins Fäustchen, weil sie das Spiel gewinnen, und Gorbatschow erklärt dir weiterhin zuckersüß, dass wir auf dem *guten* und auf *dem einzig richtigen* Weg sind. Und sieht dir dabei noch beinhart ins Gesicht, der falsche Kulake. Dass der Weg schnurstracks in die Selbstzerstörung des Landes führt, das sagt er nicht. Freilich. Der ist doch nicht deppert! Er lügt dir lieber was vor. Der ist nämlich schon so geübt im Lügenverzapfen, dass er dabei nicht mal mehr rot wird im Gesicht. Davon bekommt er höchstens Stirnflecken … Und träumt gleichzeitig von seiner nächsten Auslandsreise, wo sie ihn lieben und mögen und gut füttern und zum Ehrenbürger ernennen, den Gorbi. Ihren kuscheligen Feind zum Anfassen. Gorbi. Wundern tut er sich aber schon noch, warum ihm die eigene Mannschaft nicht zu den vielen Eigentoren gratuliert. Und jetzt wird er gefangen gehalten, der Arme. Komischerweise wird der Beitrag aus seiner angeblich mit einer Totalblockade verhängten Residenz im Staatsfernsehen trotzdem pünktlich gezeigt … Wahrscheinlich hat er da der letzten noch loyalen ukrainischen Möwe das heimlich aufgenommene Kassettenband mit seiner Geheimrede über die Lage der Nation um die Füße gebunden, ihr erklärt, wie sie die Grenztruppen, die See-, Land- und Luftblockade umgehen kann und wie sie zum Ostankinskaja-Fernsehturm nach Moskau fliegen muss, hat dem Vogel nochmals den Ernst der Krise geschildert und der Möwe verdeutlicht, dass von ihr die Rettung der Sowjetunion abhängt, ihr seinen atheistischen Gensek-Segen gegeben und sie nach Moskau losgeschickt. Dewegen. Irgendwann wurd's mir zu viel; das hat wirklich angefangen, an meinem Gemüt zu zerren, und da hab ich ihm das Bügeleisen auf den Schädel geworfen. Jetzt is er weg, der G'schissene, und der Fernseher is hin, aber das Bügeleisen funktioniert noch. Ist robuster als das Staatsfernsehen und der Plastikschädel von Gorbatschow! Ich sag's dir, ich könnt mich so aufregen!«

Tutunaru lacht.

»Und was ist das, was du da putzt?«

»Das?« Mischa hält seine Pistole hoch, und betrachtet sie so, als würde er sie zum ersten Mal in seinem Leben sehen.

»Ist eine Beretta 92F. Sie ist sicherer und handlicher als unsere Makarow. Außerdem hat sie eine höhere Zielgenauigkeit. Ein italienisches Markenprodukt!« Mischa macht eine Pause und flüstert Tutunaru zu, als würde er ihm ein Geheimnis verraten: »Ein Geschenk aus Illinois«, wobei Mischa bei dem Wort »Illinois« die Silben betont auseinanderzieht, als wäre das Wort eine Ziehharmonika.

»Ach, jetzt erzähl doch keine Märchen!«

»Glaubst du mir nicht?«

»Na ja. Es ist nur irgendwie –«

»Sag's doch gleich: Du glaubst mir nicht.«

Tutunaru schweigt diplomatisch.

»Du glaubst mir also nicht ...«, wiederholt Mischa, steht auf, schlendert langsam zur Wand mit dem Afghanistan-Dokumentationsmaterial und deutet auf eine militärischen Karte. Mit dem Mittelfinger streichelt Mischa die Grenzregion zwischen Afghanistan und Pakistan, als wäre sie der G-Punkt seiner Geliebten.

»Also pass auf: Das hier ist Afghanistan. Und das hier Pakistan, siehst du? Hier ist Peschāwar, in Pakistan; hier drüben ist das afghanische Dschelālābād mit der Nummer 154; hier Asadābād, mit der Ziffer 334.

Hier Baraki-Barak, wo meine Truppe, die 668. Sondereinheit des Fallschirmjagdkommandos, stationiert war. Diese Zahlen auf der Karte sind die Nummern der Einheiten, die dort stationiert waren; zum Beispiel, weiter entlang der Grenze: die 177. in Gasni;

die 176. in Kandahār; die 370. in Laschkar Grāh; die 411. in Farāh und so fort. Unsere Aufgabe, also die Aufgabe der Sondereinheiten des 22. Bataillons des GRU, bestand hauptsächlich darin, die Karawanenwege an der pakistanischen Grenze zu kontrollieren, über die die CIA und der pakistanische Geheimdienst ISI die Mameluken mit Kriegsgerät belieferten. Besonders wichtig war es für uns, die Partien mit den amerikanischen Stinger-FIM-92-Raketen abzufangen. Warum? Weil die Mameluken mit diesen Boden-Luft-Raketen unsere Mi-8- und Mi-24-Kampfhubschrauber abgeschossen haben, die Arschlöcher. Deswegen! Deswegen wurden wir hingeschickt, um den Mameluken, ihren ISI-Freunden aus Pakistan und den US-amerikanischen Freunden des islamistischen Terrorismus, also der CIA, beim illegalen Waffenschmuggel nach Afghanistan ein bisschen den Spaß zu verderben. In diesem Grenzgebiet hier war meine Einheit stationiert« – Mischa klopft mit dem Finger auf einen Punkt mit der Kennziffer 668-й ооСпН, als wollte er dort eine Corbulaner Komsomolzen-See-Mücke zerquetschen – »und eines Nachts ist genau hier in diesem Quadranten diese Beretta 92F zu mir gekommen, wie aus dem Nichts. Auf direktem Weg aus Amerika.«

Mischa macht eine Pause, nimmt einen kräftigen Schluck Samagon und fügt dem verträumt zu: »Aus IL-LI-NOIS!«

»Und wie?«

»Wie. Wie. Leise, und ohne mit der Wimper zu zucken.

Die Sache war nämlich die:

Wir waren schon seit Tagen auf diesem Gebirgskamm, wo laut unserer Aufklärung eine ISI-Waffenlieferung aus Pakistan für ihren Spezi Dschallāludin Haqqāni hereinkommen sollte. Da war aber nichts, auf diesem Berg. Keine Spur von den Mameluken. Oder von den Waffenschmugglern, auch keine Pakis, rein gar nichts. Verstehst du?

Wir waren sehr frustriert, weil wir scheinbar den Marschbefehl erhalten hatten, nach Geistern zu suchen. Es war unser sechster Tag in dem Gebiet, ohne einen einzigen Mameluken zu sehen. Ich hatte wenig geschlafen, wir alle hatten kaum geschlafen. Und so ein Gelände zu durchkämmen, von Nachschub und Verstärkung abgeschnitten, nur auf dich allein gestellt, ist kein Honigschlecken. Und manchmal, wenn du eine komplett ungedeckte Stelle passieren musst, wo du dir denkst, dass da nur ein einziger Scharfschütze mit einer Dragunow SWD auf der Anhöhe reicht, um alle kalt zu machen. Ja, da geht das Kopfkino los. Kurzum: Nach den sechs Tagen auf diesem beschissenen afghanischen Berg fühlte ich mich wie ein Zombie und konnte mich kaum noch auf den Beinen halten. Drum, nachdem wir am Ende des sechsten Tages endlich unser Lager aufgeschlagen und die Einteilung der Wachen geregelt hatten, bin ich vor dem Kommandozelt in kompletter Montur, so wie ich war, auf den Boden runtergedonnert und sofort eingeschlummert, *blya*. Und aus die Maus, Feierabend. So … ABER: Irgendwann in der Nacht spür ich einen Rempler, genau hier« – Mischa deutet auf einen Punkt auf seinem Brustkorb –, »so, wie wenn einer über dich drübersteigen will und dabei stolpert … Ich mach die Augen auf. Und sehe: Da steigt so ein Typ mit einer aufgeschulterten M-16 über mich drüber, den ich noch nie zuvor in meinem Leben gesehen hab – angezogen wie einer von diesen Mameluken: Schlabberhose, Berghirtenweste, Strandsandalen, Vollbart, mit dieser braunen Stoff-Palatschinke auf dem Schädel und allem Drum und Dran. Nur dass der Islamist blond ist! Aber nicht so ein wenig blond, sondern richtig hellblond, wie ein Engel, ja, so Wasserstoffblond. Und riecht nach Haschisch, nach *Schwarzem Afghanen*, der Mameluken-Engel!«

Pause.

Mischa und Pitirim trinken einen Schluck Samagon.

»›*For fuck's sake! Sorry, Abdullah!*‹, sagt er zu mir auf Englisch, grinst mich an und will ins Kommandozelt, wo ›Kabel‹, also Kabelenko, unser Hauptmann, noch was besprochen hat mit dem Funker, bei Infrarotlicht. Der Engel stolpert in unser Kommandozelt rein. Und als es ihm allmählich dämmert, dass er nicht da ist, wo er dachte, dass er ist, hat er noch versucht, was zu machen; aber ihm ist nichts gelungen.

Ich hab ihm mein Armeemesser in die linke Niere reingestochen, unten rein, und dann nach oben durchgezogen. Weil ich nicht schießen wollte, aus Angst, jemanden von unseren Jungs zu erwischen. Und hab ihn gleich runtergerissen, mit dem Gesicht zum Boden. Kabel war dann auch gleich zur Stelle mit den Jungs. Dann haben wir dem Engel eine Kalaschnikow unter die Arme gestemmt und den Gurt der AK-74 über die Stirn gezogen – ein Trick, den sie uns in der Ausbildung beigebracht haben, um den Feind schnell bewegungsunfähig zu machen. Na ja, unser nächtlicher Besucher – Trevor Titterman – entpuppte sich als amerikanischer Tourist. Wobei ich bis heute nicht ganz kapieren kann, wie er es damals geschafft hat, an unseren Wachposten vorbeizukommen, der Tourist aus Illinois …«

»Und wie ist er nach Afghanistan gekommen, der Titterman? Aus *Illinois*?!«

Stabswachtmeister Mischa schenkt sich ein wenig Samagon aus dem Kanister nach, wartet, bis Tutunaru es ihm gleichmacht, trinkt zeitgleich mit ihm von Ilytschs Hochprozentigem und fährt fort:

»So ein Mameluken-Oberschlumpf hat ihn gefunden und engagiert. Per Zeitungsanzeige.«

»Was?«

Mischa lacht.

»Der Titterman hatte zu Hause in einer Zeitschrift – *Soldier of Fortune* hieß die – eine Privatanzeige gefunden, in der sich so eine Art George Soros des islamistischen Fundamentalismus, wie Titterman sagte, ›Freiwillige aus der ganzen Welt‹ einlud, auf seiner

Seite am Afghanistan-Krieg, ›am Dschihad gegen die gottlosen Sowjets‹, also gegen uns, teilzunehmen. Einfach so. Reisekosten, Unterkunft, Ausbildung, Verpflegung, alles inklusive. Und Titterman hatte sich unter den Kontaktdaten, die diesem Inserat beigefügt waren, gemeldet. Dabei war Titterman gar kein Soldat. Nein, der hatte einfach einen schlecht bezahlten Job in einer amerikanischen Müllverbrennungsanlage in Illinois – er hat uns sogar den Namen der Stadt genannt, wo das war – irgendwas mit … ›K‹, Ka-Lama-Zu oder so …«

»*Kalamazoo?*«, wirft Tutunaru überrascht ein.

»Ach, keine Ahnung, ich hab's halt vergessen, ist ja schon drei, vier Jahre her. Eine amerikanische Kleinstadt irgendwo in Illinois eben.«

»Kalamazoo klingt komisch.«

»*Komisch,* sagt er! Kennst du etwa so viele Städte in Illinois, dass du sagen kannst, was für Illinois komisch klingt oder nicht?«

»Nein.«

»Eben. Was glaubst du, wenn du einem Amerikaner ein paar moldawische Städtenamen aufsagst. Wird er sie komisch finden oder nicht?«

»Jetzt erzähl weiter.«

»Der Müllverbrennungsanlagenjob hat den Titterman jedenfalls angeödet, und da hat er beschlossen, was Aufregendes mit seinem Leben anzufangen. Und dann –«

Mischa hält inne und sieht dem Donduşenier Schwarzmarktspekulanten in die Augen.

»Was, dann?«

»Dann ist Tittermans Geschichte noch prickelnder geworden!«

Stabswachtmeister Mischa lächelt, nimmt zwei Scheiben Vogelschinken und ein paar Radieschen vom Tisch, steckt sie sich in den Mund, spült sie mit dem vom Helden der sozialistischen Arbeit Wladimir Pawlowitsch destillierten Samagon herunter, atmet tief ein und aus, riecht an einem Stück Schwarzbrot, legt das Stück Brot weg, trinkt einen Schluck Birkensaft und setzt fort:

»Er hat seinen Müllverbrennungsanlagenjob gekündigt, ist privat nach Pakistan geflogen, offiziell auf Einladung der pakistanischen Niederlassung der in Liechtenstein gemeldeten Firma Monte Franco Scandinabia Est. Dann haben sie ihn nach Quetta geschickt, zum Training. Später ist Titterman nach Peschāwar umstationiert worden. Dort sollte er zunächst zum Islam konvertieren, um danach mit den ersten konkreten Aufgaben betraut zu werden. Und da brach ein heftiger ideologischer Streit unter den Islamisten aus, die Titterman angeheuert hatten, weil Titterman nicht zum Islam übertreten wollte – er ist Mormone. Sie haben damit gedroht, den Amerikaner zurückzuschicken, nach Illinois; doch Titterman ließ sich nicht einschüchtern. So vergingen mehrere Wochen, die Titterman beschäftigungslos in Peschāwar zubrachte ... Irgendwann nahm ihn ein Vertrauter eines in Peschāwar ansässigen CIA-Klienten namens Osama bin Laden unter seine Fittiche und beauftragte ihn, einen illegalen Waffen- und Medikamententransport über den Khyberpass in die DRA zu begleiten. Dieser Transport wurde über amerikanische und saudische Geldkanäle finanziert und sollte dem lokalen afghanischen Jamiat-Warlord Ismail Khan zugute kommen. Und darin lag der Hund begraben ...« Mischa steht wieder auf und zeigt auf einige Flecken auf der Karte: »Schau her. Um zum Gebiet, das Ismail Khan kontrolliert, zu kommen, mussten sie die Territorien anderer aufständischer Lokalführer durchqueren – hier, zum Beispiel, das Gebiet von Abdul Haq; da drüben das Territorium der Islamischen Front und hier, mit heller Farbe markiert, das Gebiet von Mullah Omar. Diese afghanischen Lokalführer ... Sie verbündeten sich gegeneinander, zerstritten sich oft und führten auch untereinander Krieg, nicht nur gegen uns und die Regierungsarmee. Warum? Das taten sie, um ihre Territorien zu vergrößern und ihre Einflussgebiete für die Zeit nach unserem Abzug aus der DRA zu festigen. Und selbst wenn sie sich gerade nicht bekämpften, so trauten sie einander nicht über den Weg, und nicht selten überfielen sie die Waffentransporte anderer Klienten auf ihren Territorien. Und genau da kam Titterman ins Spiel.«

»Als was?«

»Als Glücksbringer.«

»Als *Glücksbringer?*«

»Genau. Der Titterman fungierte als eine Art Glücksbringer für seine Auftraggeber. Warum? Weil alle islamistischen Terroristen in Afghanistan, egal welcher Fraktion sie angehörten, den Amerikanern für ihren Beistand gegen uns dankbar waren, hätten sie sich gehütet, eine Truppe anzugreifen, die in Begleitung eines Amerikaners durch ihr Gebiet zieht. Und Titterman war leicht als Ausländer zu erkennen an seinen wasserstoffblonden Haaren. Anfangs trug er sogar noch eine Kappe der Chicago Bulls. Meistens empfingen die lokalen Rebellen also Titterman – der sich als CIA-Agent ausgab – und seine Gruppe freundlich. Oder duldeten zumindest deren Präsenz auf ihrem Territorium und ließen sie vorbeiziehen, in der Hoffnung, dass der CIA-Agent mit dem roten Chicago-Bulls-Kapperl beim nächsten Mal auch ihnen ein paar Stinger-Raketen vorbeibringen würde. Und so machte Titterman mit seinen saudischen Freunden einige erfolgreiche Touren nach Afghanistan und zurück nach Pakistan … Bis er sich eines Nachts derart mit Haschisch zudröhnte, dass er die Orientierung verlor, nicht mehr zu seinen Leuten zurückfand und stattdessen uns in die Hände lief … Voilà.«

»Und das hat er euch alles einfach so erzählt, aus Langeweile?«

»Der Titterman hatte ein Messer in der Niere. Da musste er sich mitteilen. Und wir haben ihm zugehört«, antwortet Mischa und lacht. Der Stabswachtmeister genehmigt sich noch ein wenig Samagon und fährt fort:

»Zum Glück konnte Kabel, unser Hauptmann, Englisch sprechen, sodass wir keine Verständigungsprobleme hatten. Aber ich glaube, als Kabel angefangen hat, dem Ami mein Messer in seiner linken Niere um die Achse zu drehen, da hätt nicht viel gefehlt, und der Titterman hätt auch turkmenische Volkslieder rückwärts gesungen. Deswegen, Tutunaru … Den mussten wir auch nicht sonderlich bitten, der hat uns alles erzählt, was wir wissen wollten. Sogar, dass er Mormone ist. Wir haben seine Sachen durchsucht. Das Buch Mormon hat er wirklich dabeigehabt, der Titterman.«

»Und was ist dann passiert?«

»Na ja. Tittermans Mameluken-Freunde kamen vorbei, ihren verlorenen amerikanischen Glücksbringer zu suchen … Tja, und als dann alles vorbei war und wir ihre Leichen fertig vermint hatten, kommt Kabel zu mir, drückt mir Tittermans Beretta mit zwei Reservemagazinen in die Hand und sagt: ›Pilipciuc, die ist für dich‹, nickt in Tittermans Richtung, dann wieder zu mir, flüstert ›Mit bester Empfehlung aus Illinois‹ und lacht. Die M-16 hat er aber für sich behalten, der Kabel. So war das. Seither ist Tittermans Beretta für mich zu einem Andenken an die Zeit geworden, zu so einer Art Echo des Krieges.«

»Und was ist mit Titterman selbst passiert?«

»Mit Titterman? Den hat unser Sanitäter gerettet. Wir haben ihn dann rausgeflogen, zu unserer Basis nach Baraki-Barak. Ein paar Monate später haben sie ihn gegen einen unserer Jungs ausgetauscht und zurück nach Amerika geschickt, wie ich gehört habe. Nach Illinois wahrscheinlich, den Mormonen. Tja. Vielleicht hat er wieder seinen alten Job in der Müllverbrennungsanlage bekommen und hat die guten alten Afghanistan-Zeiten schon vergessen … Kabel hat den Krieg leider nicht überlebt. Dabei haben sie ihn nach der Sache mit Titterman zum Major befördert. Mir haben sie auch diesen Orden hier gegeben.« Mischa zeigt auf die Afghanistan-Medaille, mit der er zuvor seinen Namen, das

Kürzel seiner Einheit und seine Blutgruppe in Nadjas Hintern geritzt hat. »Da, das Foto, das du dir angeschaut hast, das ist er doch, der Kabelenko; der Typ mit dem dünnen Husarenbart. Seinen Mi-24-Hubschrauber haben die Mameluken 1988 mit einer dieser Stinger-FIM-92-Boden-Luft-Raketen runtergeholt. In Kundus war's, kurz vor der sowjetischen Grenze. Und der war auf dem Weg in den Heimaturlaub. Der hat echt kein Glück gehabt, der Kabelenko …

Manchmal dreht sich mir der Schädel, es dröhnt, als würde eine Kolonne BTR-Panzerfahrzeuge ganz knapp an meinem Ohr vorbeifahren. Und das Rattern von ÜSMGs, von 2-cm-Kanonen, die ihre Projektile mit diesem metallischen Schluckauf auswerfen, fallen aus allen Richtungen über mich her. Und ich kämpfe mit ganzer Kraft dagegen an, das Gleichgewicht nicht zu verlieren, als würd ich mich an Deck eines Segelbootes auf rauer See bewegen und die Wellen wären nur drauf aus, mich über Bord zu spülen. Ich wär auch beinahe abgekratzt, 1988. Kann's immer noch nicht glauben, dass es schon drei Jahre her ist … Bin mit einer schweren Kontusion davongekommen … Na ja. Egal. Scheiß drauf.«

Mischa verstummt.

Stille.

Der Stabswachtmeister schenkt Samagon aus Tutunarus Kanister nach; sein nebliger Blick umarmt den Dondușenier Schwarzmarktspekulanten, der konzentriert einen Farbfleck an der Tapete betrachtet.

»Und du? Du willst also nach Italien, verlässt das sinkende Sowjet-Schiff, was?«

»So könnte man das sagen, ja.«

»Und willst die Nadja mitnehmen nach Dondușeni. Oder wie?«

»Ja, ich würd Nadja gerne ein paarmal die Woche zum Italienischunterricht entführen, sozusagen. Wir fahren sie natürlich auch wieder zurück, nach Corbu … Ich meine, Nadja ist doch

Italienischlehrerin; so hat sie wieder einen Job, hat etwas zu tun. Und verdient sich etwas dazu, und –«

»Wenn du den Samagon hierlässt, kannst du sie haben, die Nadja! Sie hätt's hier im Dorf sowieso nicht lange ausgehalten. Ist die Großstadt gewöhnt. Sie ist ja nur aus Chişinău zurückgekommen, weil es dort nichts mehr zum Beißen gibt. Aber hier am Land schon noch, zum Glück. Es ist Sommer. Der Boden ist bei uns fruchtbar, wir haben den Tschernosyom, die beste Erdsorte der Welt. Selbst die Japaner wollen unsere Erde importieren, damit ihre Bonsai-Bäumchen besser wachsen. Also, der Rest von deinem 10-Liter-Samagon-Kanister, und du kannst Nadja mitnehmen. Was sagst du dazu, Hand drauf?«

Tutunaru ist sich nicht sicher, ob Mischa das ernst meint, was er da sagt.

»Wollen wir nicht erst mal Nadja fragen, ob sie –«

Stabswachtmeister Mischa winkt ab.

»Das passt schon, nimm sie mit.«

»Sie schläft ja noch. Ich meine, es ist mitten in der Nacht, fast 4 Uhr.«

»Wenn sie aufwacht, dann.«

»Und was hast *du* vor?«, fragt Tutunaru, um die unangenehme Pause und Stabswachtmeister Mischas schweren Blick zu überbrücken.

»Ich? Ich bleibe hier, in der Union.«

»Und was wirst du hier machen?«

»Ich werde Samagon trinken.«

»Und dann?«

»Dann werde ich weitertrinken. Ich werde so lange trinken, bis ich diese Scheiße hier vergessen ha'. Und sie mich zurückrufen.«

»Zurückrufen, wohin?«

»Zurück … nach Afghanistan. Die sozialistische Regierung der Demokratischen Republik Afghanistan verteidigen, vor den islamistischen Terroristen, den Mameluken. Sieh her.« Mischa versetzt mit seiner flauschigen Plüsch-Hauslatsche einem Gegenstand unter dem Tisch einen leichten Tritt.

Tutunaru schaut unter den Tisch und erkennt dort eine Reisetasche aus reißfestem grünem Stoff.

»Mein Marschgepäck ist gepackt. Meine Ausrüstung und ich sind bereit. Ich brauch nur fünf Minuten, um mein Sturmgewehr vom Dachboden zu holen, und dann kann ich jederzeit los.«

Tutunaru nickt, sich für den Bruchteil einer Sekunde in Mischas glasigem Blick verlierend, genehmigt sich eine weitere Dosis Samagon, dazu befördert er etwas vom frischen Birkensaft in seinen Organismus. Das Wohnzimmer in Mischas Haus mit der Nummer 26 fängt langsam an, um Pitirim zu rotieren. Tutunaru reißt sich zusammen und konzentriert seinen Blick auf einen fixen Punkt: den Schmutzfleck auf Mischas Tapete. Und versucht, das Summen der Komsomolzen-See-Mücke, die der Dondușenier Schwarzmarktspekulant im Hintergrund wahrnimmt, zu ignorieren. Innerlich fragt sich Tutunaru, wie viel Samagon er wohl noch vertragen könnte, ohne bald umzukippen, und schiebt unwillkürlich die Aluminiumtasse ein wenig von sich weg, Richtung Mischa. Und Mischa spricht weiter, als hätte der Unteroffizier die ganze Zeit über nur auf Tutunarus Signal mit der Aluminiumtasse gewartet:

»Und da werd ich hingehen. Besser das, als hier zu leben und diese ganze Scheiße mitzubekommen, diese verfressenen Gesichter von Büroratten, diese menschliche Bösartigkeit mit ihrem blinden Hass, Gier und Neid auf alles und jeden, diese hölzernen Parolen, die niemand braucht! Besser zurück nach Afghanistan! Dort ist alles einfacher.«

Und kippt vom Stuhl.

ZHURKOWS KARPFEN ZU BESUCH BEIM BULIBASCHA VON OTACI

1991. OTACI, OCNIȚER RAYON, MOLDAWISCHE SSR

Gipsy Town

Mihailytsch ist genervt. Nicht nur, dass er extra nach Otaci fahren musste, um beim Bulibascha den Karpfen abzuliefern, was er sich ungefähr genauso sehnlich gewünscht hatte, wie die Krätze zu bekommen; zu allem Überfluss ist auch noch dermaßen viel los in der *Mahala*, in Bulibaschas Viertel, dass er kaum schneller als Schritttempo fahren kann. Ständig muss Mihailytsch auf die Bremsen steigen, um nicht irgendein schmuddeliges Roma-Kind anzufahren, das sorglos und voller unbekümmerter Lebensfreude mit seinen Spielkameraden über die Fahrbahn hüpft, als wären Autos dort absolut undenkbar, oder rasch das Lenkrad rumreißen, um einem mit Heuballen beladenen Pferdekarren Platz zu machen, von dem aus ihm lachende Gestalten zuwinken und ihn unvoreingenommen in Otaci willkommen heißen. Und so geht es in der gesamten *Mahala* bis zu Bulibaschas Straße weiter: Gelächter, Rufe der Begeisterung und des Staunens, eine Roma-Blaskapelle, die vor einer gut besuchten Trinkhalle am Straßenrand spielt, krähende Hähne, freudige Kinderrufe, mit Schmuck beladene Mütter in grellen Blumenröcken, die jemanden schelten, gelegentliches Hundebellen, Ia-hen eines Esels oder der gutturale Schüttelfrost von Truthähnen kommen aus den Hunderten Kehlen, die sich in Bulibaschas *Mahala* wie in einem türkischen Basar tummeln. Da sind an jeder Straßenecke auch gebräunte Männer mit breitkrempigen Hüten, glänzenden Zähnen und glitzernden Ringen, die miteinaner in Romanes plaudern, an kleinen Klapptischchen Domino spielen, gefälschte Rolex-Uhren und Batterien verkaufen, georgischen Tee trinken, moldawische Kosmos-, Axt light-, Ballade-, Flötchen- oder Astra-Zigaretten rauchen, Kupferkessel flicken und mit kleinen Hämmerchen drauf einschlagen, aus GAS-66-Lastern Zementsäcke, Ziegelsteine oder rote Gasflaschen mit der weißen Aufschrift PROPAN entladen oder ein stoisch dahinschreitendes Rind an der Leine von der Weide nach Hause begleiten.

Als Mihailytsch in Bulibaschas Straße einbiegt, tritt links vor ihm ein Roma in wildem Emiliano-Zapata-Look in Erscheinung, der am Rand der gut besuchten Otacier Grillbude »Monte Carlo« seine zwei anarchistischen Ziegen hütet oder, treffender formuliert, ihnen Gesellschaft leistet.

Zapatas Ziegen nehmen mit viel Selbstverständlichkeit die Fahrbahn für sich ein, als wären sie einzig und allein dort, um Mihailytsch die Laune zu verderben.

Mihailytsch muss wieder bremsen, umfährt Zapatas Ziegen und wirft einen skeptischen Blick auf das Trio fröhlicher Otacier Manele-Mariachis im »Monte Carlo«, mit Sonnenbrillen und weit aufgeknöpften Hemden, gegelten Haaren, fleischigen Lippen und jeweils einem Mikro in der Hand. Die Roma-Mariachis schlendern zwischen den Grillbudenbesuchern aus bildungsfernen Schichten umher, blicken ihnen herzzerreißend in die Pupillen, begutachten ihre mit Grillgut beladenen Teller und besingen mit ihrer ornamentierten und vibratoreich intonierten Stimmfarbe im Bum-Tschak-Bum-Tschak-Bum-Rhythmus die außerirdische Schönheit einer gewissen Fünfzehnjährigen namens Snejana, der jeden Tag haufenweise Männerherzen zum Opfer fallen, von Otaci bis jenseits von Bukarest und vom Schwarzen Meer bis tief in die transsilvanischen Karpaten.

Mihailytsch rollt seinen Lada-Niva-Geländewagen am Monte Carlo mit den Roma-Mariachis und Ziegen-Zapata vorbei und parkt hinter einem weißen Wolga-Taxi, unter dem wachsamen

Blick vom Otacier Doppelgänger des dahingeschiedenen Vaters der mexikanischen Revolution.

Letzterer nickt Mihailytsch vielbedeutend zu, fährt sich mit dem kleinen Finger und dem Daumen an die schwarzen Augen und dann Richtung Mihailytschs Lada-Niva, als Zeichen dafür, dass er seinen Wagen bewachen werde; Mihailytsch entnimmt seinem Auto die Kühlbox mit dem Jutesackerl plus Zhurkows Karpfen darin und streckt Zapata zum Zeichen des Einverständnisses den rechten Daumen entgegen. Zapata nickt und ruft seinen Ziegen etwas auf Romanes zu, während Mihailysch seinen Wagen abschließt und sich hurtig zu Bulibascha auf den Weg macht.

Mihailytsch hatte es sich gut überlegt: Er hatte seinen Wagen außerhalb von Bulibaschas Behausung geparkt, um das Gelände seines Chefs schneller verlassen zu können und um so wenig Zeit wie möglich bei ihm verbringen zu müssen.

Rein, den Fisch abgeben und wieder raus. Kurz und schmerzlos.

Links hört Mihailytsch einen Roma seinen Namen rufen – es ist ein Mann in Borsalino und weißen italienischen Lackschuhen, deren Spitzen leicht nach oben gebogen sind. Der Mann lehnt an einem schwarzen 1970er-Ford-Mustang mit weißen Sportstreifen und unterhält sich in Romanes mit einem älteren Herrn, ebenfalls einem Borsalino-Träger, der auf seiner Terrasse aus schimmerndem indischen Marmor genüsslich eine Mentholzigarette der Marke Moor emotions raucht. Unter der Terrasse sind in der offenen Garage des Mannes mit der Menthol-Moor ein Mercedes Benz 500 SEL und ein Maserati Quattroporte III geparkt. Als der Sowjetbürger mit der Mentholzigarette Mihailytsch bemerkt, grüßt auch er den Major und macht mit einer Handbewegung ein Zeichen, er möge doch zu ihnen kommen:

»Mihailytsch, bald fängt Kaspirwoskijs Séance im Fernsehen an. Komm hoch, sonst verpasst du sie!«

Mihailytsch winkt ab, zeigt auf seine Wostok-Kommandantenuhr und deutet mit seiner Kühlbox Richtung Bulibaschas Domizil, von wo aus zwei schwarze 320er-BMWs mit getönten Scheiben und Blaulicht auf Mihailytsch zurollen und hupen.

Tuborg und Gavril

Mihailytsch blickt dem Roma mit dem Dreitagebart, dem Hut und dem weit aufgeknöpften Hemd, das den Blick auf eine haarige Brust und ein silbernes Kettchen mit orthodoxem Kruzifix eröffnet, dankbar entgegen und übergibt ihm mit großer Vorsicht die Kühlbox mit dem Jutesackerl und Zhurkows Karpfen.

»Am besten ins Kühlfach damit, Gawril! Und wenn der Bulibascha mal ein wenig Zeit hat, kannst du ihn darauf ansprechen, ja?«

Mihailytsch macht einen Schritt zurück, innerlich sehr froh darüber, sich so schnell aus der Affäre mit der Fischübergabe gezogen zu haben. Gawril nimmt indes die Box in seine fleischigen Hände und schnuppert daran.

»Riecht nach Fisch.«

Mihailytsch lächelt.

»Ja. Ein bisschen.«

»Nicht nur ein bisschen. Es riecht ganz deutlich nach Fisch. Ist da ein Fisch drinnen?«

»Да! Ich meine, ja!«

»Was für ein Fisch genau? Kann ich die Box aufmachen?«

»Nein! Gawril, die lässt du bitte zu.«

»Wieso denn?«

»Gawril, das soll der Bulibascha selbst herausfinden. Soll eine Überraschung sein, verstanden?«

Gawrils buschige Augenbrauen ziehen sich zusammen; eine

kleine Lücke zwischen den Schneidezähnen kommt zum Vorschein.

»Ein Fisch? Du bringst dem Bulibascha von Otaci einen *Fisch* in einer Kühlbox, und das soll eine Überraschung sein?!«

Mihailytsch verdreht genervt die Augen, dann macht der Major einen Schritt auf Gawril zu und legt ihm beide Hände väterlich auf die Schultern.

»Schau, Gawril … Es ist ein besonderer Fisch. Ein Fisch mit starkem symbolischem Charakter. Verstehst du?«

Einen Moment lang Stille.

Dann huscht Gawril ein wissendes Lächeln über sein Gesicht.

»Wie ein Fisch … aus … *Gold*?«, flüstert Gawril und sieht sich misstrauisch um, als könnte jemand das Geheimnis mithören.

Mihailytsch legt seinen Zeigefinger auf die Lippen und nickt stumm.

»Und dabei riecht er so natürlich nach Fisch. Kann ich einen schnellen Blick reinwerfen? Ich glaub, ich hab noch nie so was gesehen …«

»Gawril! Nein, Gawril. Es soll eine –«

»Eine Überraschung sein für den Bulibascha. Schon verstanden!«, beendet Gawril den Satz für Mihailytsch.

Mihailytsch nickt erleichtert und fordert Gawril abermals auf, die Donduşenier Fracht in die Gefriertruhe zu legen.

»In Ordnung, Mihailytsch. Wird gemacht. Wo hast du denn dein Auto hin?«

»Unten beim Monte Carlo. Ich bin nur auf einen Sprung rein, muss ja gleich noch nach Lwow fahren. Also, ich bin dann mal weg, Gawril!«

Als Mihailytsch dem Roma mit der Zahnlücke die Hand geben und das Wärterhäuschen zu Bulibaschas Anwesen verlassen will, schüttelt Gawril den Kopf.

»Das muss noch warten, Mihailytsch. Lwow mein ich.«

»Wie meinst du das?«

»Der Bulibascha hat mir extra gesagt, dass du auf ihn warten sollst, wenn du kommst. Er hat nämlich auch was für dich!«

»Was denn?«

»Ein Geschenk.«

»Ein Geschenk?«

Durch das Panzerglas hat Mihailytsch freie Sicht auf die Innenseite des Tors zu Bulibaschas Anwesen. Vor dem Tor schlendert eine Gruppe gut gelaunter Bürger mit aufgeschulterten AK-74 mit einklappbarem Titan-Schaft, einigen F1-Handgranaten in den Netztaschen ihrer kugelsicheren Westen und an den Füßen bequeme moldawische Joggingschuhe der Marke Sonnenaufgang. Die Exspezialeinheitler essen Wassermelone, und einer von ihnen, ein untersetzter Mann mit einem futuristisch anmutenden österreichischen Steyr-AUG-A1-Sturmgewehr in »British ready«-Manier um den Hals und einem dunkelhaarigen deutschen Schäferhund mit Beißkorb an der Leine, beißt in einen Snickers-Schokoriegel hinein.

Rechts, auf einem Wachturm, lümmelt indes der blonde Vytautas aus Panevėžys in Litauen in einem bequemen McKinley-Campingsessel, sein fabrikneues Dragunow SWD-Scharfschützengewehr mit verbesserter Zieloptik in Bereitschaft. Unter einem roten Coca-Cola-Sonnenschirm hat er einen Monitor parat, auf dem Mindaugas – ein weiterer litauischer Söldner mit jugendlichem Aussehen – die Straßenbilder der Überwachungskamera begutachtet und Vytautas etwas auf Litauisch zuruft. Aus einem unerklärlichen Grund stellt Mindaugas dann einen kleinen Kaktus auf dem Monitor ab, grinst und sieht Vytautas erwartungsvoll an. Dieser nickt, zeigt auf einen Punkt auf dem Monitor, nimmt einen kräftigen Schluck aus seiner Flasche Tuborg und lehnt sich zurück in seinen Campingsessel.

Wahrscheinlich denkt Vytautas gerade an Urlaub. Es ist ja noch

Badesaison in Palanga. Und mir würde es auch nicht schaden, mein Hirn ein bisschen am Meer zu lüften. Nach Varna vielleicht, ans Schwarze Meer, mit Vera …, geht es Mihailytsch durch den Kopf; dabei ereilt den Major das beunruhigende Gefühl, dass Bulibaschas Wachen einzig und allein da sind, um ihn festzuhalten. Und dass die Jungs gut sind, das weiß Mihailytsch ganz genau, er hat Bulibaschas Wachen doch angeheuert, zusammen mit Zhurkow.

»Du weißt doch, der Bulibascha legt wert auf Security«, sagt Gawril und betrachtet Mihailysch verständnisvoll, als könnte er seine Gedanken lesen.

»Oh ja. Hier ohne Einladung eingelassen zu werden, ist äußerst unwahrscheinlich …«

Gawril nickt und schaut auch zu Vytautas rüber, der entspannt unter seinem Coca-Cola-Schirm sitzt.

»Tuborg …«, sagt Gawril wie für sich.

»Was?«

»Sag, Mihailytsch, was ich noch nie verstanden habe, warum darf Vytautas eigentlich als Einziger Tuborg-Bier im Dienst trinken?«

Mihailytsch lächelt.

»Scharfschützen sind halt so; haben ihre Flausen. Bei Vytautas ist es halt Tuborg … Du weißt doch, die Litauer sind ein bisschen düsterer drauf, haben eine ganz eigene Konzeption des Lebens. Und Vytautas, als Scharfschütze noch dazu, erst recht. Und er verbindet seine Lebensphilosophie mit Tuborg …«

»Wie das?«

»Weißt du, was dir Vytautas sagen würde, wenn du ihn fragst, was für ihn das Leben ist? Vytautas würde dir sagen«, Mihailytsch hüstelt einmal, dann erneut, um seine Stimmbänder vorzubereiten, und imitiert Vytautas weichen litauischen Akzent:

»›Das Leben eines Scharfschützen, lieber Gawril, ist ein einsamer Marsch – mal in sengender Hitze, mal in eisiger Kälte. Oft führt dieser Weg einfach ins Nirgendwo. Und irgendwo auf dem Weg dorthin lauert auf uns der Tod. Wenn du dir das in Erinnerung rufst, dann erscheint dir alles sinnlos und nichtig. Und dann erreicht dich die Erkenntnis: TUBORG. Sei auf alles gefasst.‹«

Mihailytsch schmunzelt, während Salven an befreitem Gelächter aus Gawrils Bronchien herausbrechen. Tränen schießen Gawril in die Augen. Speichelspritzer in der Luft. Der gesamte Körper Gawrils bebt, und der Roma muss seinen Hut festhalten, damit dieser nicht herunterfällt.

»Drum Tuborg, ja?«, hakt Gawril nach, nachdem er sich ein wenig beruhigt hat.

»Drum Tuborg, ja. Ist ihm halt wichtig. Steht auch so in seinem Vertrag drinnen: Pro Woche Dienst bekommt Vytautas zwei Kisten Tuborg. Der Bulibascha importiert es extra für ihn aus Dänemark. Der mag den Vytautas halt. Und der Junge ist auch ein Spitzenscharfschütze, wenn du mich fragst«, Mihailytsch macht eine vielbedeutende Pause, blickt demonstrativ auf seine sowjetische Wostok-Kommandantenuhr, klopft mit dem Zeigefinger auf das verglaste Ziffernblatt und holt tief Luft.

»So, Gawriluschka. Genug gequatscht. Lass uns also den Bulibascha sprechen. Weil. Ich muss nämlich weiter nach Lwow. Meine Frau ist dort im Sanatorium, ihr geht es nicht gut.«

»Es tut mir ja leid, das zu hören, Mihailytsch, aber der Bulibascha schaut sich grad dem Kaspirowskij seine Séance im Fernsehen an, und da sollte man ihn nicht stören. Das weißt du doch … Ach komm, Mihailytsch, jetzt mach doch nicht so ein Gesicht, als würde man dir die Haut bei lebendigem Leib abziehen.«

»Gawril, meine Frau liegt im Sanatorium in Lwow, ich muss zu ihr! Verstehst du das oder verstehst du das nicht?! Ich komm auf der Rückfahrt noch mal vorbei. Den Fisch übergibst du bitte dem Bulibascha, sobald der wieder einigermaßen gefroren ist.«

»Geht's ihr sehr schlecht?«

»Ich fürchte, es geht ihr nicht allzu gut, ja. Deswegen würd ich ja jetzt gern weiterfahren, nach Lwow …«

»Na, Mihailytsch, das geht nicht. Du musst dich bitte noch ein wenig's gedulden, der Bulibascha hat extra darauf bestanden … Und, er hat ein Geschenk für dich! Bist du denn nicht neugierig zu erfahren, was es ist?«

Mihailytsch wirft Gawril einen gequälten Blick zu, der in etwa als »Mir ist nicht nach Geschenken zumute, Arschloch!« gedeutet werden könnte, sagt aber nichts.

»Außerdem: Kaspirowskijs Session hat bereits angefangen, in zwanzig, dreißig Minuten ist sie aus, und da kannst du zum Bulibascha«, sagt Gawril und wirft Mihailytsch seinen linken Arm um die Schultern. Das intensive Odeur des ›Nina-Ricci‹-Duftes, mit dem Gawril seine Brust großzügig eingerieben hat, drischt auf Mihailytschs Schädel ein wie eine unsichtbare Keule.

»Wie wärs, wenn du dir in der Zwischenzeit auch den Kaspirowskij anschaust? Hier hinten, im Aufenthaltsraum der Wachbereitschaft. Seine Hypnose wird dich bestimmt beruhigen! Na, wär das nix, Mihailytsch?«

Kaspirowskij

Das Licht im Aufenthaltsraum der Wachbereitschaft ist gedimmt. Außer Mihailytsch befinden sich im Raum noch eine energisch Kaugummi kauende Roma-Babuschka in weiten Blümchenröcken und einem Münzen-Collier aus silbernen 5-Rubel-Stücken mit Lenins Profil darauf sowie ein mediterran gebräunter Schönling mit einem präzise frisierten dünnen Oberlippenbart, Pferdeschwanz, gekleidet in einen Galliani-Trainingsanzug, komplett in weiß. Dazu trägt der Sowjetbürger weiße Tennissocken, die über die Hosenbeine gestülpt sind, elegante weiße italienische Lackschuhe mit gespitzter Nase und in seinen Pistolenhalftern aus weißem Leder zwei blank polierte Desert Eagle 9 mm, ihr Griff aus strahlend weißer nigerianischer Elfenbeinfassung gefertigt: Nichifor Ghirici, genannt »der Reine«, ebenfalls ein Roma aus Otaci.

Nichifor hat vor sich auf dem Tisch zwei Stapel Geldscheine liegen: links US-Dollar und rechts D-Mark. Nichifor der Reine sortiert die Scheine nach Denomination, fasst sie zu 10000-Dollar- respektive 10000-D-Mark-Bündeln zusammen, umschließt sie mit einer Papierbinde der sowjetischen Gosbank, auf die die Denomination »10000 Rubel« auf Kyrillisch gestempelt ist, streicht mit einem Cartier-Kugelschreiber das Wort »Rubel« weg und ersetzt es mit dem Symbol »$« respektive »DM« und legt die Banknotenbündel jeweils in zwei dafür vorgesehene Chiquita-Bananen-Kartons hinein. Ab und zu bekommt er Nachschub von der Roma-Babuschka mit den Lenin-Silberrubeln um den Hals, die Nichifor dem Reinen frisch gebügelte Valuta zum Sortieren nachlegt.

Die Roma-Babuschka entnimmt ihrem Plastik-Waschtrog einen großen, feuchten Schein, parkt ihn auf ihrem Bügelbrett, deckt ihn fürsorglich mit einem Stofftaschentuch zu und fährt ein paarmal mit ihrem Bügeleisen darüber. Dann nimmt sie die bunte Banknote zur Hand, betrachtet sie genau, zischt unzufrieden, zerknüllt sie und wirft die Banknote weg. Nichifor der Reine bemerkt das, bückt sich und hebt den Schein wieder vom Boden auf: Es sind 500 französische Francs. Die beiden Otacier Roma wechseln hierauf einige Sätze auf Romanes, wobei die Roma-Babuschka Nichifor den Reinen leicht anspuckt. Mihailytsch dreht sich von seinem Platz auf dem Sofa um und erkundigt sich, was denn vorgefallen sei. Nichifor der Reine hält dem Major den 500-Francs-Geldschein mit Chateaubriands Konterfei unter die Nase.

»Oma dachte, das wär Spielgeld. Oder schlechte Blüten«, erklärt Nichifor, schüttelt kaum merklich seinen Kopf und flüstert: »Die Demenz.«

Mihailytsch schmunzelt.

»Die Demenz …«, wiederholt der Reine.

Die Roma-Babuschka hört den beiden Männern nicht zu; sie ist wieder ganz konzentriert auf Kaspirowskij im Fernseher; ihre schmuckbeladenen, gichtigen Hände bügeln die Geldscheine halbautomatisch nebenbei, und das Gesicht der Roma-Babuschka, das ganz und gar auf Anatolij Kaspirowskij im sowjetischen Staatsfernsehen konzentriert ist, schimmert wie eine Festtagsikone.

»Ich kann sie verstehen. Die sehen total unseriös aus – grelle, verwaschene Farben, hauchdünnes Papier, unhandliches Format … ein bisschen wie Fantasiegeld, diese französischen Rubel«, antwortet Mihailytsch Nichifor auf Moldawisch und dreht sich wieder zum Fernseher, in dem der sowjetische Star-Psychotherapeut aus der Winnitzer Psychiatrischen Klinik Anatolij Kaspirowskij das Sowjetvolk mittels unionsweiter Fernsehübertragung gesundhypnotisiert.

Kaspirowskij starrt aus dem Sony-Fernseher, ohne auch nur einen einzigen Gesichtsmuskel zu bewegen. Kurz geschnittene schwarzblaue Haare, die wie ein falsch gefärbtes Toupet aussehen, schmücken das Haupt des sowjetischen Gurus der Massenhypnose.

Die Pupillen des Fünfzigjährigen sind auf den unteren Bildrand gerichtet. Sie starren auf einen fixen Punkt, wie aus dem Jenseits, und es sieht aus, als hätte der Psychotherapeut wimpernlose Augen.

Nach einigen Minuten blinzelt er zum ersten Mal, und Guru Kaspirowskij spricht im Befehlston:

»Stellt eine Tasse Wasser vor den Fernsehapparat! Ich werde sie mit Energie aufladen. Dann trinkt ihr sie aus und seid gesund.

Hypertonie, Magengeschwüre, chronische Zahnschmerzen, egal was für körperliche Leiden ihr habt, trinkt die Tasse nach meiner Séance, aus und ihr seid gesund.«

Die Roma-Babuschka kommt Kaspirowskijs Aufforderung nach und stellt einen 5-Liter-Eimer Wasser vor den Sony-Fernseher.

Einstellungswechsel: Totale.

Zu sehen ist ein zum Bersten voller Konzertsaal mit vielleicht zweitausend Besuchern. Guru Kaspirowskij steht in dunklem Rollkragenpulli und schwarzer, körperbetonter Lederjacke auf der Bühne, mit einigen älteren Frauen.

Einstellungswechsel: Halbtotale.

Kaspirowskij befiehlt eine der Bürgerinnen näher zu sich. Die Frau mit dem schlecht gefärbten roten Haar gehorcht dem Guru aus der Winnitzer Psychiatrie ohne Wenn und Aber.

»Du blickst jetzt aufmerksam auf meinen Finger!«

Kaspirowskij hält der Frau seinen Zeigefinger über den Kopf. Seine Lederjacke knirscht. Die Frau exekutiert Kaspirowskijs Befehl, sie schaut nach oben.

»Was ist dein Leiden?«

»Anatolij Michailowitsch, ich leide an Bronchitis.«

»Schau aufmerksam auf meinen Zeigefinger, hab ich g'sagt!«, fährt der Guru sie an. Und fährt in gleicher Manier fort:

»Noch aufmerksamer! Deine Augen fangen an, zu ermüden. Die Augen ermüden. Die Lider werden schwerer! Jetzt schlafen!

Im Stehen schlafen, hab ich g'sagt!«

Kaspirowskij stützt den Nacken seiner Patientin mit seiner linken Hand ab; mit seiner rechten fuchtelt er vor ihrem Gesicht herum. Die Lederjacke knirscht. Die Frau ist in Trance.

»Du wirst ab jetzt keine Beschwerden mehr haben. Deine Schmerzen gehen weg, verstanden?! Morgen kannst du Eis essen.«

Kaspirowskij schnippt mit den Fingern.

Bam! Die Bürgerin mit den schlecht gefärbten Haaren kracht seitlich zu Boden wie ein abgesägter Holzscheit.

Tosender Beifall aus dem Publikum.

Menschen stehen auf, skandieren Kaspirowskijs Namen.

»KASPIROWSKIJ! KASPIROWSKIJ!! KASPIROWSKIJ!!!«

Unbeeindruckt macht der Guru aus dem Podolischen weiter. Und fährt im gleichen höflichen Winnitzer Psychiatrie-Tonfall fort:

»Nächster! Sakrament! *Nächster,* hab i' g'sagt!! Her zu mir! Leiden?«

Ein paar Augenblicke später knirscht die körperbetonte schwarze Lederjacke des Winnitzer Psychotherapeuten erneut; ein weiterer Klient ist in Trance versetzt. Kaspirowskij schnippt mit den Fingern und: *BAM!* Wieder kracht eine Person aus dem Publikum zu Boden.

»KASPIROWSKIJ! KASPIROWSKIJ!! KASPIROWSKIJ!!!«

Wieder und immer wieder tosender Applaus, euphorische Rufe, das Publikum ist komplett aus dem Häuschen.

Kaspirowskij ändert seinen Gesichtsausdruck kein bisschen, als wäre es für ihn ganz normal, dass zweitausend Erwachsene ausflippen, im Stehen seinen Namen schreien und sich die Hände wund klatschen.

Des Gurus Lederjacke knirscht.

Ein schüchterner Grinser blüht auf Kaspirowskijs Antlitz auf, um im Bruchteil einer Sekunde wieder zu erlöschen. Kaspirowskij befiehlt seinem Publikum, wieder still zu sein.

Befehl erteilt, Befehl ausgeführt. Absolute Stille im Konzertsaal.

Der Jenseits-Blick des Gurus schweift über das Publikum. Dann führt Kaspirowskij langsam ein Mikrofon zu den Lippen und spricht mit leiser Stimme hinein.

»Ich möchte jetzt wissen, wer von euch hier im Publikum Probleme mit seiner Wohnfläche hat. Wer von euch Probleme mit seiner Wohnfläche hat, soll die Hand heben. Jetzt!«

Viele Hände schießen in die Höhe.

Kaspirowskij überlegt kurz und zeigt auf einen Opa in der dritten Reihe. Der Mann steht auf und beschwert sich darüber, dass er in seiner Asbest-isolierten Wohnung vor einigen Jahren an Asthma erkrankt sei. »Zeitgleich mit der Einführung der Perestrojka war's!«, fügt der Opa ohne Vorderzähne geistreich hinzu und bekommt einen Hustenanfall.

»Setzen. Ich werde dich auch so heilen.«

Gelächter im Publikum.

Die Lederjacke knirscht wieder – Guru Kaspirowskij macht eine Handbewegung, und es kehrt wieder Stille ein im Konzertsaal.

Kaspirowskij zeigt auf eine etwa fünfundvierzig Jahre alte Frau mit abgekämpftem Gesichtsausdruck, die im mittleren Sektor des Konzertsaals ihren Sitzplatz hat und ebenfalls aufzeigt.

Die Frau erhebt sich; ein Mikrofon wird ihr gereicht. Sie teilt dem Publikum und dem Guru mit, dass sie seit mehr als zwanzig Jahren auf eine Wohnung warte, ohne von der Stadtverwaltung jemals eine positive Rückmeldung hierzu erhalten zu haben. Bis dato habe sie nur eine schikanöse Behandlung durch Behörden und Miliz erfahren. Ihr Mann, ein chronischer Alkoholiker, habe sie vor Jahren verlassen, und nun habe sie niemanden, der ihr zur Seite steht. So friste sie ihr Dasein mit ihren vier Töchtern in einem Beton-Dschungel aus schäbigen siebenstöckigen Chruschtschowki-Blocks, in einem unbeheizten Appartement. In diesem Tonfall fährt die Bürgerin fort und berichtet von Hauseinfahrten, die nach Urin stinken, abgewrackten Aufzügen, ausgeweideten Stromleitungen und von Klebstoff benebelten *Gopniks,* die sie und ihre Töchter vor ihrem Appartement mit Schraubenziehern bedrohen und einen Obdachlosen im Hauskeller mit Benzin übergossen und angezündet hätten. Die Bürgerin spricht resigniert, den Blick nach unten gerichtet, wie ein Mensch, der sich bereits daran gewöhnt hat, immer zu verlieren.

Kaspirowskij bittet sie zu sich.

Die Frau schreitet langsam Richtung Bühne, als würde man sie aufs Schafott führen. Guru Kaspirowskij begleitet die Bürgerin mit seinem Jenseitsblick.

Die Bürgerin erreicht die Bühne und bleibt orientierungslos stehen.

Des Gurus Lederjacke knirscht erneut.

Aus dem Inneren seiner körperbetonten schwarzen Lederjacke holt Kaspirowskij ein zusammengefaltetes Blatt Papier und einen Kugelschreiber heraus, fragt die Frau nach ihrem Namen und ihrer Adresse und notiert sich beides auf dem Zettel.

Dann streckt Guru Kaspirowskij aus der Winnitzer Psychiatrie der verdutzten Frau das Blatt Papier entgegen, holt noch einen Schlüsselbund aus einer seiner Jackentaschen heraus und übergibt ihn ebenfalls der Frau.

»Hier. Da hast du.«

Die Frau versteht nicht, was vor sich geht.

»Was ist das, Anatolij Michailowitsch?«

Der Guru macht eine Pause und verkündet dann, wie nebenbei:

»Der Schlüssel zu deiner neuen 4-Zimmer-Wohnung in Moskau, gnädige Frau. Im Taganskij-Bezirk.«

Ein Raunen geht durchs Publikum.

Die Frau verliert die Fassung und fängt an zu weinen.

»Mihailytsch, hast du eine Ahnung, was so eine 4 Zimmer-Bude in Moskau im Taganskij-Rayon wert ist?«, fragt Nichifor der Reine hinter seinen Chiquita-Bananen-Geldkisten und pfeift beeindruckt.

»Aber das ist doch ganz im Zentrum von Moskau!«, ruft die Bürgerin lebhaft im Sony-Fernseher aus, als hätte sie Nichifor gehört.

Guru Kaspirowskij nickt wortlos. Wieder huscht kurz ein Lächeln über sein Gesicht.

Die Beschenkte ist fassungslos. Sie weint und lacht abwechselnd, küsst Kaspirowskijs Hände, umarmt den Guru und bedankt sich auf exaltierte Weise.

Das Publikum bekundet glutvoll seine ekstatische Kaspirowskij-Adoration.

»KASPIROWSKIJ! KASPIROWSKIJ!! KASPIROWSKIJ!! KASPIROWSKIJ! KASPIROWSKIJ!! KASPIROWSKIJ!!!«

Der Guru entlässt wie nebenbei die Patienten, die überall auf der Bühne herumliegen, aus ihrer Trance.

»KASPIROWSKIJ! KASPIROWSKIJ!! KASPIROWSKIJ!!!«

»Wie ein Haufen Wahnsinniger in der Rauschzeit, sag ich dir! Nichifor, ich geh raus, frische Luft schnappen; vielleicht gibt mir Vytautas was von seinem Tuborg ab. Sag mir Bescheid, wann der Kaspirowskij hier Feierabend macht …«

Der Reine nickt Mihailytsch zu, mit einem pummeligen Geldbündel D-Mark in der Hand, während seine Großmutter mit den Lenin-Münzen um den Hals beim Anblick des Telespektakels wässrige Augen bekommt, Kaspirowskijs Namen zweimal ausruft und, den Blick auf den Winnitzer Psychiatrie-Medikus gerichtet, in Ohnmacht fällt.

Von Nieren und verhinderten Roma-Asylanten

Nichifor der Reine navigiert den gemütlichen Golf-Caddy in die Richtung, aus der eine Blaskapelle zu hören ist. Ein blauer Pfauenhahn zeigt sich scheu hinter einem geometrisch geschorenen Busch in Bulibaschas Garten, verschwindet wieder hinter einer Fontäne, seine Oberschwanzdeckfedern nach sich schleppend. Und taucht wieder auf.

Der Reine winkt in die Richtung des Tiers.

»Da! Franz Adolph hat ein Rad mit seinem Schwanz aufgeschlagen!«

»Ganz toll …«, meint der Major unbeeindruckt. »Und du bist dir sicher, dass es deiner Babuschka wieder gut geht, Nichifor?«

»Klar doch! Sie hat sich nur zu stark hineinversetzt in die Séance. Ihr geht es gut, Mihailytsch! Vielleicht kriegt sie mal ihre Gicht vom Kaspirowskij weghypnotisiert …«

Mihailytsch nimmt einen Schluck aus seiner Tuborg-Flasche, die er von Vytautas dem Scharfschützen spendiert bekommen hat, schließt die Augen und lässt sich von der leichten ukrainischen Brise, die von Mogiljow-Podolski über den Nistru nach Otaci herüberweht, ein wenig die Nerven ventilieren.

Ich muss es einfach auf mich zukommen lassen. Was kommt, das kommt, sagt sich Mihailytsch, genießt die wärmenden Sonnenstrahlen auf seiner Haut und lauscht der Stimme des Roma-Sängers und dem frenetischen Rhythmus der Bläser, der immer näher kommt:

TAAA. TA. TA – TA – TA.
TAAA. TA. TA – TA – TA.
Ach, dieser Tango!
In ihm rascheln die Palmen
Mit der Süße der Frucht Mango
Das Straßenatmen des Porto franco
Und das Licht verblasster Leuchttürme.

Der Pariserinnen schlanken Beine!
Der heitere Klang gestriger Gelage!
Der Afrikanerinnen süße Gelüste!
Und der Fluch mongolischer Fischer.

»Wir sind da, Mihailytsch!«, verkündet Nichifor der Reine mit seinem Chupa-Chups im Mund, springt vom Golf-Caddy ab und tritt an die Musikanten heran, die aus allen Kräften und mit voller Hingabe ihr Handwerk ausüben: Sie wippen, schwitzen, lachen, tänzeln, jaulen und singen um den Swimmingpool, in dem sich Tudorel-Deomid Balmus, wie der Bulibascha von Otaci mit Klartextnamen heißt, in einem 5320er-KAMAS 10-Tonner-Reifen ausruht und in der sowjetischen Automobilistenzeitschrift *Am Lenkrad* herumblättert. Vor ihm eine Leinwand, auf der Balletttänzerinnen hüpfen, sich zu Boden werfen, Pirouetten vollführen: Das sowjetische Staatsfernsehen sendet wieder den *Schwanensee*. Der Ton ist ausgeschaltet.

Nichifor greift in die Hosentasche, holt einige von seiner gichtigen Oma gebügelte 100-Dollar-Scheine hervor, nimmt die oberste Banknote zur Hand, spuckt darauf und klatscht sie dem ersten Musikanten auf die Stirn. Daraufhin verbeugt sich der soeben entlohnte Musiker leicht und dreht sich einmal um die eigene Achse, ohne den Schein von seiner Stirn zu entfernen.

Der Reine geht zum nächsten Mitglied der Roma-Blaskapelle und wiederholt die Bezahlungszeremonie.

Spuck – Klatsch! – und ein weiterer 100-Dollar-Schein ist an den Mann gebracht! Nichifor geht weiter.

Spuck – Klatsch!

Spuck – Klatsch!

Spuck – Klatsch!

Pause. Dann wieder:

Spuck – Klatsch!

Dem letzten in der Blaskapelle, dem Roma-Sänger in weißem Hemd und Panama-Hut, klatscht der Reine hingegen den 500-Francs-Schein als Honorar auf die Stirn. Der aufgebrachte Sänger unterbricht sein Sofia-Rotaru-Lied sofort mit einem Röcheln, ergreift den 500-Francs-Schein, beäugt ihn kritisch, bespeichelt ihn und klatscht Nichifor dem Reinen die französische Banknote mit einem Ausdruck des Unmuts fest auf die Stirn zurück.

SPUCK – KLATSCH!

Darauf reagiert Nichifor prompt mit einem *KLATSCH – ohne SPUCK!*: Er verpasst dem Roma-Interpreten eine Watsche mittlerer Stärke ins Gesicht. Ein kurzes Wortgefecht in Romanes, in dem mehrmals die US-amerikanische Leitwährung mit mannigfaltiger Stimmungsschwankung erwähnt wird, ist die Folge.

Der Bulibascha von Otaci, ein etwa 164 cm großer, frisch rasierter 43-jähriger Roma mit Gute-Laune-Ausstrahlung und epischer Brustbehaarung lacht laut in seinem Lkw-Reifen im Pool treibend und ruft Nichifor etwas in Romanes zu.

Nichifor der Reine schüttelt resigniert den Kopf, grinst den beleidigten Roma-Solisten an, kramt erneut in seinen Taschen und übergibt dem Musikus seinen reklamierten 100-Dollar-Schein. Im Anschluss drückt er je einen Luftkuss auf dessen pummelige Wangen, woraufhin sich der Roma-Maestro mit einem breiten Lächeln verbeugt, als wäre nichts gewesen, sich einmal um die eigene Achse dreht und gut gelaunt die berühmte psychodelische moldawische Ballade *In Ions Garten* anstimmt.

Der Bulibascha von Otaci nickt zufrieden von seinem Lkw-Reifen im Pool aus.

»Der elendige Cezar glaubt mir nicht, dass die 500 Francs ungefähr das Gleiche wert sind wie die 100 Dollar!«, kommentiert Nichifor den Vorfall für Mihailytsch auf Moldawisch, wischt sich Cezars Speichel mit einem Stofftaschentuch von der Stirn und steckt die französische Banknote ein. »Der Unzivilisierte!«

Mihailytsch schweigt, winkt stattdessen dem Bulibascha von Otaci zur Begrüßung, der beide Männer einlädt, sich ihm anzuschließen und in den Pool zu springen.

»Das Wasser ist soeben von Doktor Kaspirowskij mit Energie geladen worden!«, ruft der Bulibascha, »doch kaum ist der Kaspirowskij weg, schon haben wir wieder *Schwanensee* und Putsch. Und in dreißig Minuten wieder Stromausfall. Wie in der Costiujenier Klapse geht's bei uns zu. Nur dass uns hier keiner Sulfasin oder Haloperidol verschreibt. Also kommt schon rein, Jungs, das kühlt ab!«

Nichifor der Reine deutet mit seinem Chupa-Chups zum Pool und wirft dabei Mihailytsch einen fragenden Blick zu, welchem zu entnehmen ist, dass der Reine gegen eine Abkühlung im Pool nichts einzuwenden hätte.

Mit trübem Gesichtsausdruck, in dem der Major seinen gesamten Weltschmerz konzentriert hat, deutet Mihailytsch indes auf seine Wostok-Uhr und ruft vorwurfsvoll in Bulibaschas Richtung: »Ich muss noch nach Lwow, Chef!«

»Weißt du, der Kaspirowskij war auch im Ausland erfolgreich, Lech Wałęsa hat ihm letztes Jahr persönlich dafür gedankt, dass er mit seiner Teleklinik-Fernsehsendung die polnische Nation gesund gemacht hat. Dafür haben sie ihm als einzigem Nichtpolen den VIKTOR-Preis verliehen.«

»Das ist beeindruckend, Bulibascha.«

»Und ob das beeindruckend ist! Und dass er vor vier Jahren Psychotherapeut der sowjetischen Gewichtheber-Nationalmannschaft war, das weißt du bestimmt. Hier ist sein visionäres Lehrbuch *Gestern. Heute. Morgen*« – der Bulibascha zeigt auf eine dünne, etwa fünfzigseitige Broschüre –, »ist letztes Jahr in Kiew erschienen. Kann ich dir nur empfehlen, Mihailytsch ...«

»Aha.«

Mihailytsch nimmt die Broschüre entgegen und blättert darin; täuscht Interesse vor.

»Du musst die Umstände verzeihen. Drinnen wird gerade gestrichen. Wir steigen auf Naturfarben um«, Tudorel-Deomid Balmus deutet auf einen Wegweiser aus *Azulejos*-Platten, auf dem mit Mosaikstückchen der Name EL GITANO angebracht wurde. Der Pfeil des Wegweisers zeigt auf Bulibaschas Residenz, eine 25 Meter hohe achteckige Windmühle von wahnwitzigen Dimensionen, mit Erdwall und Cohiba-farbenen, rotierenden Flügeln; auf der Rückseite der leicht angeschrägten Kappe des EL GITANO erweckt eine Windrose, die sich ebenfalls im Wind dreht, den Eindruck, als würde sie zusammen mit den rotierenden Cohibafarbenen Mühlenflügeln Bulibaschas EL GITANO von einem Augenblick auf den anderen in die Lüfte heben können.

Der Sechs-Etagen-Block der Stadtverwaltung von Otaci im Hintergrund wirkt auf jeden Fall niedriger als Bulibaschas dreistöckige Windmühle.

»Außerdem, bei dem Wetter ist es eh angenehmer, draußen zu arbeiten. Deswegen habe ich mir provisorisch für heute mein Büro hier eingerichtet.«

Mihailytsch nickt und betrachtet in der Spiegelung von Bulibaschas Sonnenbrille den Außenlift des linken Mühlenflügels.

Der Lift setzt sich in Bewegung. Ein Roma mit Hut und Schürze tritt aus dem Aufzug heraus, geht auf die beiden zu, erreicht sie nach einer Weile, stellt lakonisch ein Tablett mit einem eleganten dunklen Geschenk-Täschchen mit Chanel-Logo, einem Tonkrug mit Milch und einer gekühlten Flasche Tuborg auf den Tisch, an dem der Bulibascha von Otaci mit Mihailytsch sitzt, nickt höflich und verschwindet wieder.

Das ist wohl mein Geschenk, denkt sich Mihailytsch, als er das Täschchen sieht.

»Natur pur«, kommentiert der Bulibascha und reißt Mihailytsch aus seinen Gedanken heraus.

»Natur pur?«

»Die Milch.« Bulibascha macht eine kurze Pause und setzt fort: »Kennst du die Redewendung: ›Du bist, was du isst‹, Mihailytsch?«

»Ja, kenn ich.«

»Und?«

»Na ja. Da ist was dran ... Die emotionale Befindlichkeit eines Tiers wirkt sich auf sein Produkt aus. Nimm ein Ei zum Beispiel. Wenn ein Huhn glücklich ist, viel Auslauf und ein Rundum-Wohlgefühl hat, dann ist sein Ei auch viel gesünder, es schmeckt besser, hat eine bessere Farbe, ist größer und tut dir, als demjenigen, der das isst, gut. Ein Fabrikhuhn-Ei hingegen ist der materialisierte Ausdruck einer tragischen GULAG-esken Massentierhaltungsexistenz. Die Hühner liegen dort übereinander, können sich nicht richtig bewegen, werden Stress, Schmutz und einer medikamentösen Behandlung ausgesetzt. All diese Informationen und Schadstoffe werden im Fabrikhuhn-Ei gespeichert und an den Bürger, der es im UNIVERSAM kauft, weitergegeben. Deswegen. Man muss bei den heutigen UNIVERSAM-Produkten auf seine Gesundheit aufpassen. Weil. Was sie da den armen Tieren für einen Müll reinpanschen! Und dein Körper bekommt das alles ab, in voller Stärke. Heutzutage denken die meisten Leute bei uns nur daran, dass sie das Billigste kaufen, wenn es etwas zu kaufen gibt. Über die Qualität denken sie gar nicht nach. Ist ja auch schwierig, jetzt in der Krise auch noch daran zu denken.«

Tudorel-Deomid lächelt Mihailytsch an und nickt, ist offensichtlich mit Mihailytschs Sicht der Dinge einverstanden.

»Richtig. Und was ist die Alternative?«

»Die Alternative? Eigenanbau. Eigenanbau ist die einzige Lösung. Weil. Nur wenn du selbst weißt, dass du die Milch von deiner gut umsorgten Kuh bekommst, kannst du dir über die Qualität sicher sein und das Produkt richtig genießen.«

»Genau so ist es, Mihailytsch«, der Bulibascha führt den Tonkrug zu seinen Lippen, nippt daran und korrigiert sich schmunzelnd: »Ist eigentlich Ziegenmilch. Ich lasse neuerdings unsere Ziegen zweimal am Tag massieren.«

Mihailytsch gestikuliert mit seiner Bierflasche.

»Warum das?«

»Damit sie sich besser fühlen und bessere Milch geben – Gesundheit hat Vorrang.«

»Apropos Gesundheit. Wie geht es eigentlich den Nieren, Bulibascha?«

Tudorel-Deomid Balmus seufzt laut und zuckt mit den Schultern.

»Ach, wie soll's denen gehen. Mal gut, mal schlecht. Es schwankt so. Aber im Moment geht's eigentlich ganz gut …«

»Das ist schön.«

»Wir haben jetzt wieder eine Bestellung aus Deutschland abgefertigt, 35 moldawische Nieren à 130000 D-Mark das Stück.«

»Das ist doch schön!«

»Tja, könnte besser sein. Aber die Deutschen sind zuverlässig und zahlen pünktlich, das muss man ihnen lassen. Auch wenn dieser Klaus, der Zwischenhändler aus Darmstadt, schon ein bisschen profitgierig ist, gell. Aber trotzdem. Es ist Krise. Die Leute in den Dörfern spenden gerne eine Niere, bekommen ein paar Tausend Dollar dafür, können mit dem Geld eine Zeit lang auskommen. Und ich auch. Kann hier in die Zukunft und in die Otacier Gemeinde investieren. So kann jeder ein bisschen was fürs Brot verdienen.«

»Ach was? Jetzt tu nicht so. Du bekommst doch das Meiste vom Nierengeld, Bulibascha …«

Tudorel-Deomid Balmus schaut traurig zu Mihailytsch, schlürft Ziegenmilch aus seinem Tonkrug und antwortet mit einer Gegenfrage:

»Weißt du, wie viele Einwohner Otaci hat?«

»10000 vielleicht, so um den Dreh.«

»Genau. Und die Hälfte davon sind Zigeuner. Und ich. Ich bin der Zigeunerhauptmann von Otaci, Mihailytsch. Ich bin ihr Bulibascha! Überleg dir mal, was das für ein Kostenfaktor ist! Mit dem Nierengeld sorge ich für diese knapp 5000 Menschen, Nichifor, Gawril, Nichifors gichtige Großmutter Kleopatra, all die Otacier Zigeuner, denen sonst keiner einen Job geben würde, weil sie keiner haben will – die Moldawier nicht, die Rumänen nicht, die Ukrainer nicht, die Russen nicht, und der Westen auch nicht. Glaubst du, im Westen will sie jemand haben? Im Westen will die Zigeuner niemand haben. Ich bin der Einzige, der ihnen Arbeit gibt. Und wenn sie nicht mehr arbeiten können, sorge ich dafür, dass sie trotzdem was zu essen haben. Ich bin ihr Hauptarbeitgeber, ihre Kranken-, Renten-, Unfall- und Rechtsschutzversicherung, Polizei, Mutter und Vater in einer Person, wie man sagt. Ich bin der einzige Grund, warum sie hier gut leben und nicht in der Gosse verenden wie die rumänischen Zigeuner drüben, jenseits des Pruth. Und soll ich dir sagen, was passieren würde, wenn es das hier alles nicht gäbe? Diese Häuser, dieses bessere Leben hier, weswegen es sich für die Zigeuner lohnt, in Otaci zu bleiben? Die würden alle morgen, wenn nicht gleich heute, in einen Lkw steigen und über die grüne Grenze nach Deutschland gehen und dort politisches Asyl beantragen. Ein paar Tage später tauchen sie in Hagen, Dieseldorf, Bonn, Berlin und München auf, scharenweise, einer auf dem anderen, mit fünfzehn Kindern im Schlepptau, wie die aus dem Rumänischen, strecken ihre hungrigen Fingerchen nach dem schönen, saftigen Körper des deutschen Sozialstaats aus, um ein wenig daran zu knabbern, und sagen denen da drüben: ›Grüß Gott! Her mit dem schönen Wirtschaftswunder-Leben, deutsche Kollegas!‹ Und, was denkst du, Mihailytsch? 5000 potenzielle Zigeuner-Asylbewerber in Flüchtlingslagern unterzubringen, zu betreuen, zu ernähren und abzuschieben, das kostet einiges. Und ich bin der einzige Grund, warum sie noch nicht drüben sind, in Hagen, Dieseldorf, Bonn, Berlin und München. Weil ich finanzier die Otacier Zigeunerschaft, die dank der moldawischen Nieren so lange kein Asyl braucht, solange den moldawischen Nieren in kranken deutschen Körpern noch bereitwillig Asyl gewährt wird. So schaut's nämlich aus im Knusperhaus, Mihailytsch! Abgesehen davon: An den anderen Geschäften werdet ihr von der Donduşenier Schwarzhändlergilde ja auch beteiligt. Und nicht wenig. Da habt ihr keinen Grund, unzufrieden zu sein, gell, Mihailytsch?«

»Haben wir nicht.«

Der Bulibascha von Otaci lacht.

»Eben. Siehst, wie blendend wir uns verstehen?! Magst du vielleicht noch einen Espresso oder eine Mehlspeise haben, Mihailytsch? Oder hast du vielleicht gar Hunger? Ich kann da was kommen lassen – wie wär's mit einem frisch marinierten Wildsau-Schaschlik in Begleitung eines Fläschchens Cabernet? Na, wär das was?«, erkundigt sich der Bulibascha und greift schon zu seinem Funkgerät, doch Mihailytsch beeilt sich, das Angebot abzulehnen, besorgt, dass, wenn er zu lange beim Bulibascha verweilt, Gawril mit Zhurkows Karpfen unerwartet auftauchen und ihn somit in die Bredouille bringen könnte.

Tudorel-Deomid Balmus legt enttäuscht das Funkgerät wieder weg.

»Schade, aber wie du meinst, Mihailytsch, wie du meinst … Übrigens, dieser junge Implantologe aus Bălţi, den euer Gilden-Iapăscurtă empfohlen hat, der ist wirklich spitze! Ich meine, nicht nur fachlich, sondern auch menschlich. *Vor allem* menschlich! Wie der mit den Patienten gesprochen hat! Mit so viel Herz, besonders droben in Floreşti, wo wir ganze elf Nieren bekommen haben – also da hätt ich mich fast selber hingelegt und eine Niere hergegeben.«

»Das werde ich Iapăscurtă ausrichten, der wird sich bestimmt freuen.«

»Ja, unbedingt! Und Serge? Wie geht's ihm?«

SERGE, wer zum Henker ist SERGE?

Mihailytsch trinkt seine Flasche Tuborg aus, stellt sie auf den Tisch, nutzt die Zeit, um nachzudenken. Dann fällt es ihm wieder ein, dass der Bulibascha von Otaci den Vorsitzenden der Schwarzhändlergilde von Dondușeni Sergej Wenjaminowitsch Zhurkow meint.

»Ach, *Wenjaminytsch* meinst du …«, sagt der Major, »dem geht's gut. Ist in Dondușeni. Wir haben vor Kurzem das Gildentreffen abgehalten; alles im grünen Bereich, wie man sagt. Ich bin grad dabei, unsere Produktpalette für den nächsten Monat fertig zu machen.« Mihailytsch tippt dezent auf das Ziffernblatt seiner Wostok-Uhr. »Weißt du, Bulibascha. Das ist ja alles schön und gut, nur muss ich jetzt noch nach Lwow fahren und es ist schon … du siehst es ja selbst. Und meine Frau ist im Sanatorium. Ihr geht's nicht so gut, weißt.«

Tudorel-Deomid Balmus nickt, steht auf, ergreift das dunkle Täschchen vom Tisch und hält es Mihailytsch entgegen.

»Das mit Swetlana tut mir leid. Der Serge hat mir erzählt, dass deine Frau in Lwow auf Kur ist. Da habe ich mir gedacht, wenn schon Mihailytsch bei uns in Otaci vorbeikommt, was ja leider selten genug vorkommt, da kann man ja nicht mit leeren Händen dastehen.«

Mihailytsch bedankt sich beim Bulibascha und wirft einen Blick ins Täschchen. Als er den Inhalt des eleganten Täschchens mit dem Chanel-Logo sieht, wird Mihailytsch blaß im Gesicht und spürt, wie ihm trotz der moldawischen Augusthitze eine schockierende Kälte den Rücken hochkrabbelt. Auf dem Gelände des EL GITANO riecht es nach Flieder, und in der Ferne entdeckt der Major den balzenden Franz Adolph, der sich mit seinem zu einem Rad aufgeschlagenen wippenden Schwanz einer grauen Pfauenhenne in den Weg stellt.

Zhurkow verarscht mich schon wieder, die Kanaille.

Mihailytsch versucht, seine Fassung zu bewahren, sich nichts anmerken zu lassen, bedankt sich herzlich für das teure Geschenk und küsst Bulibaschas Siegelring zum Abschied.

Der Bulibascha winkt ab, als wäre es nur eine Kleinigkeit gewesen, und fügt entschuldigend hinzu:

»Serge konnte mir leider nicht sagen, welche Büstenhalter deine Frau lieber mag, diese seitlich verschnürbaren Mieder-Negligés mit den zarten Spitzen, dem tiefen Ausschnitt und den fingerlangen Fransen oder die schlichten weißen, trägerlosen BHs. Also habe ich sicherheitshalber je zwei von jeder Sorte besorgt.«

ZGB, ein Borsalino und Zhurkows Karpfen

Nichifor der Reine erscheint.

»Hast du nach mir gerufen, Bulibascha?«

Der Bulibascha von Otaci kramt nach etwas auf seinem improvisierten Arbeitstisch. Ab und an kratzt er sich den Rücken mit der Känguru-Pfote, die ihm Nieren-Zwischenhändler Klaus aus Darmstadt von seinem Australien-Urlaub mitgebracht hat, wohl wissend, dass der Bulibascha von Otaci eine Schwäche für natürliche Massagegeräte hat. Im Hintergrund, im Schatten zweier Palmen, wacht eine Leibwächter-Troika über des Bulibaschas Wohlbefinden. Die drei sitzen in armenischen Faltsesseln, die auf einem usbekischen Teppich aufgestellt sind, und trinken georgischen Tee der Sorte »TEE. Georgisch. Extra«. Vor ihnen auf dem usbekischen Teppich döst eine Wildsau mit ausgestreckten Beinchen, vor Wonne leicht schnarchend, der Leibwächter in der Mitte krault der Bache die borstigen Haare auf dem Rücken; daneben eine Kabeltrommel und ein leistungsstarker Philips-Ventilator, der an der Kabeltrommel angeschlossen ist und in Bulibaschas Richtung die Luft abkühlt. Dahinter drehen sich die überdimensionalen Windmühlenflügel des EL GITANO und laden den Generator im Keller von Bulibaschas Windmühlen-Residenz auf, für den nächsten Stromausfall.

»Nichifor, hast du das ZGB abgeholt?«

»Welches ZGB?«

»Leut'n. Ihr solltet euch mal diese essenziell wichtigen Abkürzungen merken. Das Zivilgesetzbuch der Moldawischen SSR, um das ich dich gebeten habe.«

»Das Büchlein, das bei einem Artikel über unbeaufsichtigtes Vieh aufgeschlagen war? Artikel 147?«

»Genau das! Hast du's gefunden?«

»Freilich. Ich hab das gleich besorgt, nachdem wir deinen Borsalino aus der Reinigung geholt haben, ich und der Gawril.«

»Ja, wunderbar. Und wo ist es jetzt, das Bücherl?«

»Wieso? Wofür brauchst du denn das Ding jetzt ausgerechnet?«

»Nichifor. Ich brauch's eben.«

»Ja, wofür denn?«

Tudorel-Deomid Balmus, der Bulibascha von Otaci, fuchtelt drohend mit der Känguru-Pfote in der Hand, ihre ausgefahrenen Krallen auf die Gurgel des Reinen gerichtet, und lächelt: »Du mit deiner Zigeunerneugier, Nichifor. Die wird dich mal in die Bredouille bringen, du Hallodri. Also schau: Tante Rimma hat einen Streit am Hals wegen ihrer Nachbarin, der alten Dosja. Die alte Dosja behauptet, Tjotja Rimma hätte sich einen Teil von ihrem Vieh, nämlich vier Milchziegen und zwanzig Enten, angeeignet. Dieses Vieh sei laut Dosja auf Rimmas Grundstück hinübergelaufen, als Dosja bei ihrem Sohn drüben im Rayon Dubăsari, im Transnistrischen, zu Besuch war – Taufe. Jetzt ist es aber so, dass Rimma in Dosjas Abwesenheit auf deren Vieh aufgepasst hat – auf energische Bitte Dosjas hin, unentgeltlich. Verstehst du? Problematisch dabei ist natürlich, dass Rimma theoretisch schon die Möglichkeit gehabt hätte, sich ein paar Ziegen und Enten von Dosja unter den Nagel zu reißen. Aber ehrlich gesagt, glaub ich nicht daran. Jetzt ist Dosja nach zwei Monaten aus dem Transnistrischen zurück und verlangt ihre vier Ziegen und zwanzig Enten von Tante Rimma zurück. Rimma meint, sie hätte von der Dosja nichts genommen und dass die Dosja ihr noch dankbar sein sollte, dafür, dass die Rimma der Dosja ihre Viecher mitversorgt hätte. Dosja ist jedoch felsenfest davon überzeugt, im Recht zu sein. So. Jetzt sind die beiden im Clinch, und ich als Bulibascha darf jetzt entscheiden, wer im Recht ist und wer nicht. Zu diesem Punkt hätte ich gerne unser ZGB konsultiert. Deswegen war ich dabei, den Artikel 147 des ZGBs über unbeaufsichtigtes Vieh zu studieren. Und deswegen hab ich dich gebeten, Nichifor, das Zivilgesetzbuch der Moldawischen SSR abzuholen, aus dem Büro unten in der Stadt. So. Verstehst du das jetzt, Nichifor? Wo ist das Büchlein?«

Der Reine zögert, antwortet dann langsam, in einem beschwichtigenden Ton:

»Im Schaft des linken Cowboystiefels von Zuckerfabrikdirektor Hlebnik, Bulibascha.«

»Bist du deppert? Warum habt ihr … warum *hast du* so was Schwachsinniges getan, *în chizda mătii*, Nichifor?!«

Pause.

»Du hast doch gesagt, dass wir Hlebnik mit allem Drum und Dran ins Boot reinsetzen sollten. Und da wir mit ihm im Kofferraum unterwegs waren und du uns in die Reinigung und ins Büro nach dem Büchlein –«

»Ich hab gesagt, mit *seinen* Sachen, mit Hlebniks Sachen, du *Wiffzack*. Nicht mit meinem ZGB-Bücherl, das ich jetzt dringend brauch …«, der Bulibascha steht auf und stößt dem Reinen die Krallen der Känguru-Pfote in die Hoden.

Nichifor verzieht das Gesicht. Zwei der Leibwächter stehen von ihren armenischen Faltsesseln unter den Palmen auf, sehr aufmerksam das sich Abspielende beobachtend, bereit, wenn nötig, einzuschreiten. Der dritte von ihnen massiert zwar weiterhin der Wildsau die borstigen Rückenhaare, beobachtet dabei aber argwöhnisch den Reinen.

»Sag jetzt bitte nicht, Nichifor, ihr habt meinen Borsalino von der Reinigung abgeholt und auch noch Hlebnik auf den Kopf gesetzt. Zwing mich nicht dazu, die Burschen unter der Palme zu bitten, *Gogol-Mogol* aus deinen Eiern zu machen, Nichifor!«

»Aber Bulibascha. Wir dachten, dass der Hut und diese Broschüre Hlebnik gehören ...«

Tudorel-Deomid Balmus quetscht Nichifors Testikel mit dem Känguru-Pfötchen enger aneinander; Nichifor verschließt die Augen und seine Stimme quietscht vor Pein; dann lässt der Bulibascha von Otaci plötzlich von des Reinen Hoden ab.

»Und du, stolzierst hier ganz in Weiß herum wie der Franz Adolph auf der Balz, wenn er mit seinem wippenden Schwanz die schirche Pfauenhenne da rumzukriegen versucht. Und der Nutzen? Wo bleibt der Nutzen von dir, Nichifor? Wenn's drauf ankommt, zu reflektieren oder analytisch zu denken, da merkst du gar nicht, dass der Borsalino zu den Cowboystiefeln wie die Faust aufs Auge passt ...«

»Aber Bulibascha, der Gawril hätte doch auch was sagen können, und der hat auch nichts –«

»Nix da! Der Gospod Gott hat Gawril leider ein bisschen bestraft, was die Auffassungsgabe betrifft, deswegen habe ich ja *dich* mit ihm geschickt, als Hirn der Operation. Gawril hätte dir physisch zur Hand gehen sollen, aber das Denken, das wär deine Aufgabe gewesen. Also versuch hier nicht, dem armen Gawril die Sache unterzujubeln!«

Der Bulibascha setzt sich an den Tisch und kramt in seinen Unterlagen, deutet mit seiner Känguru-Kralle zu einem der Leibwächter.

»Kolja! Nimm dem Nichifor bitte die Waffen und mein *Petschaft* ab! Das braucht er als zukünftiger Asylant in Deutschland nicht mehr.«

Und zu Nichifor dem Reinen gewandt, mit der Känguru-Pfote wippend:

»Du weißt, dass auf der ZGB-Broschüre meine Fingerabdrücke sind, oder?«

»Ja und? Das ist doch ein Bibliotheksexemplar. Da sind die Fingerabdrücke von einer Million Leute drauf! Das beweist gar nichts. Außerdem haben wir Hlebniks Boot gut präpariert. Da wird keine Spur von irgendwas sein. Es ist bestimmt schon längst untergegangen. Und dieses ZGB, einmal vollgetränkt mit Wasser, ist sowieso nutzlos und der Borsalino auch.«

Der Reine spricht flehend auf den Bulibascha ein und hält schützend beide Hände vor Bulibaschas *Petschaft* an seiner Brust, da sich Koljas Ledersandalen der Größe 48 bereits in Bewegung gesetzt haben.

Im letzten Augenblick stoppt Tudorel-Deomid Balmus Kolja und schickt ihn wieder zurück unter die Palme.

»Also gut. Nichifor, komm her!«, sagt der Bulibascha, umarmt den bleichen Reinen und gibt ihm einen Kuss auf beide Wangen, als Zeichen der Versöhnung. Dem fügt Tudorel-Deomid Balmus, Nichifors rechte Wange tätschelnd, hinzu: »Wenn du nicht mein Neffe wärst, Nichifor, und ich meine gebräunte Hand nicht schützend über dich halten würde … Weißt du, was da mit dir schon längst passiert wäre? Nein? Dann sag ich's dir: Du würdest irgendwo in einem schäbigen Flüchtlingslager in Hagen, Dieseldorf, Bonn, Berlin oder München in einem Großschlafraum vor dich hin vegetieren, von zwei Kopeken leben und auf deine Abschiebung warten. Wie die rumänischen Zigeuner. Jaja. Frag mal Nieren-Zwischenhändler Klaus, der weiß es. So. Aber Schwamm drüber! Wegen Rimma und Dosja. Mir ist da was Feines in den Sinn gekommen. Folgender neuer Auftrag, Nichifor: Schnapp dir bitte ein bisschen Geld aus einer deiner Chiquita-Bananen-Kisten und such eine bewohnbare Zweizimmerwohnung zu einem vernünftigen Preis hier in Otaci, in Mogiljow-Podolski oder in Soroca. Alles klar? Wenn du eine findest, meldest du dich wieder bei mir, sagst mir den Preis und schlägst erst zu, nachdem du den Deal mit mir abgesprochen hast, ja, *Wiffzack*?«

»Du willst Tante Rimma eine Wohnung schenken, wie der Kaspirowskij vorhin?«

Tudorel-Deomid Balmus grinst.

»Müllerin von Pforte 1! Müllerin von Pforte 1! Bitte kommen …«, rauscht Gawrils Stimme aus dem Funkgerät auf Bulibaschas Tisch.

Der Reine küsst Bulibaschas Siegelring, holt des Zigeunerhauptmanns von Otaci Petschaft unter seinem Hemd hervor, küsst es mit Poklon und eilt emsig seiner Wege, ohne noch irgendetwas zu fragen.

Der Bulibascha von Otaci geht indes die erdachte Lösung für das Problem mit Tante Rimma und der alten Dosja noch einmal für sich durch:

Er wird Tante Rimma bitten, der alten Dosja die reklamierten vier Milchziegen und zwanzig Enten zu geben. Als Entschädigung dafür wird er Tante Rimma die Zweizimmerwohnung schenken. Dann wird er die Dosja dazu verdonnern, zweimal die Woche in Rimmas neuer Zweizimmerwohnung zu putzen, als Wiedergutmachung dafür, dass Tante Rimma zwei Monate lang unentgeltlich auf Dosjas Vieh aufgepasst hat.

»Müllerin von Pforte 1! Müllerin von Pforte 1! Bitte kommen …«

Damit sollten alle Parteien zufriedengestellt sein, sagt sich Tudorel-Deomid, nimmt zufrieden einen großzügigen Schluck aus seinem Ziegenmilch-Krug und lächelt Guru Kaspirowskijs Foto auf seinem improvisierten Schreibtisch an.

»Müllerin von Pforte 1! Müllerin von Pforte 1! Bitte kommen …«

Der Bulibascha nimmt das Funkgerät zur Hand, drückt auf einen Knopf und spricht entspannt in den Apparat hinein:

»Hier Müllerin. Ich höre dich, Pforte 1!«

Dann lässt Tudorel-Deomid den Knopf aus, um die Antwort zu hören.

»Birke 2 hat eine Kühlbox für dich hinterlassen. Ich wiederhole: Birke 2 hat eine Kühlbox für dich hinterlassen. Kommen.«

Der Bulibascha drückt wieder auf den Knopf.

»Birke 2? Die Birke 2, die soeben noch hier war? Kommen.«

»Ich bestätige, Birke 2. Kommen.«

»Das schau ich mir mal an, Müllerin Ende.«

»Hab dich verstanden, Müllerin. Pforte 1 Ende und Aus.«

Ein kurzes Rauschen in der Leitung, das Geräusch eines Knopfes, der losgelassen wird, und dann wieder Funkstille.

»Und warum hat dir Mihailytsch den Fisch nicht persönlich übergeben?«, wundert sich Gawril und schaut sich enttäuscht Zhurkows Karpfen an, der nun gar nichts Besonderes an sich hat und überhaupt keine Goldanteile aufweist. Daneben lediglich ein Jutesackerl, das genauso banal und schmucklos wirkt wie Zhurkows Karpfen selbst.

Mihailytsch hat mich verarscht!

Der Bulibascha von Otaci steht daneben mit einem erbsengrünen Zwei-Kopeken-Schulheft in der Hand und sucht mit dem Zeigefinger einen bestimmten Eintrag darin.

»Ich werd's dir sagen, wie's gewesen ist, Gawril: Der Mihailytsch hat wahrscheinlich in irgendeiner Weise den Serge verärgert.«

»Wie, verärgert?«

»Sagen wir mal, Mihailytsch hat sich zu sehr aufgepuddelt oder seine Klappe zu sehr aufgerissen. Und Serge hat es ihm halt übel genommen, weil er sich nicht gerne von Mihailytsch verarschen lässt. Du weißt, dass Serge aufbrausend sein kann, manchmal. Drum hat er ihn persönlich hergeschickt, Mihailytsch den Major, mit dem Fisch. Und nicht Kirill Anghelciuc, den Kurier, oder Trifon den Transnistrier. Verstehst du?« Tudorel-Deomid Balmus forscht weiterhin im grünen Schulheft, sein Blick wandert aufmerksam von einer Zeile zur nächsten. »Also musste der Mihailytsch in den sauren Apfel beißen und nach Otaci fahren, mit Zhurkows Karpfen. Aber listig, wie er ist, hat sich Mihailytsch überlegt, wie er sich drum drücken kann, mir die schlechte Nachricht persönlich zu überbringen. Er hat angenommen, dass ich auf eine schlechte Nachricht negativ reagieren könnte. Und dass sich diese meine hypothetisch negative Reaktion auch negativ auf ihn auswirken könnte. Und hat deswegen den Fisch mit der Kühlbox hier bei dir für mich hinterlassen. Der alte Fuchs. So hat er sich elegant aus der Affäre gezogen.«

»Und wieso schlechte Nachricht?«

»Der *Fisch*, Gawril. Der Fisch bedeutet, dass etwas im Argen ist, dass etwas unternommen werden muss und dass meine persönliche Anwesenheit ausdrücklich erwünscht wird. Die Art des Fisches sagt aus, wo genau etwas passiert ist; der Karpfen steht für den Rayon Dondușeni.«

Gawril macht große Augen. Berührt das Jutesackerl mit seinen groben Fingern.

»Das Jutesackerl, hat das etwa auch eine Bedeutung?«

»Ja, Gawriluschka, hat es.«

»Und welche?«

»Die Verpackung, in der der Fisch kommt, gibt Auskunft über das Objekt, wo die Intervention stattfinden soll. Hier, ich hab's!« Der Bulibascha von Otaci klopft energisch mit seinem Siegelring-Finger auf einen Vermerk im Zwei-Kopeken-Schulheft.

»Jutesack steht für die rayonale Zuckerfabrik von Dondușeni, Hlebniks Zuckerfabrik. Ha. Hätt ich jetzt nicht gedacht!«

Pause.

»Schon spitzfindig, der Serge«, murmelt der Bulibascha anerkennend, nimmt Gawrils Anwesenheit gar nicht mehr wahr und denkt sich: Die 8. Hauptverwaltung lässt grüßen – einmal Kryptologe, immer Kryptologe …

»Ich versteh das nicht. Hätte Wenjaminytsch nicht einfach von einem Münztelefon anrufen und so Bescheid geben können? Wär doch schneller und unkomplizierter gewesen …«

Der Bulibascha von Otaci schaut in das verdutzte Gesicht seines Neffen.

»Das wurmt dich jetzt, was, Gawriluschka?«

»Ja, das wurmt mich.«

»Der Serge ist halt kein Depp – wahrscheinlich hat er in seiner Jugend zur Genüge von diesen Münztelefon-Gesprächen selbst abgehört und mitgeschnitten, um selbst keine Lust zu haben, dass ihm auch so ein Spanner auf der Hörmuschel hängt und ihn kompromittiert. Deswegen der Fisch-Verpackungs-Code. Ich fand's am Anfang auch unnötig, bis ich eingesehen hab, dass am Ende des Tages Vorsicht die Mutter der Porzellankiste ist. Besser so, als eines Tages zu schauen wie ein Uhu nach dem Waldbrand. Verstehst du, Gawril?«

»Und was bedeutet das jetzt für uns, Wenjaminytschs Karpfen im Jutesackerl, mein ich?«

Der Bulibascha von Otaci legt das Schulheft weg und betrachtet aufmerksam den Karpfen, der ihn aus seinen runden Augen neugierig anstiert. Als wollte er ihm etwas sagen.

»Das bedeutet, Gawril, dass du jetzt den Karpfen in die Küche bringen kannst. Und dass wir der Zuckerfabrik von Dondușeni einen Besuch abstatten werden.«

Pause.

»Sobald die Sache mit Tante Rimma und der alten Dosja erledigt ist.«

À LA GUERRE COMME À LA GUERRE

1991. DONDUŞENI, MOLDAWISCHE SSR

Die Italienischlehrerin Nadja Pilipciuc wacht auf und vernimmt sogleich eine intensive Samagon-Fahne. Es ist der schnauzbärtige Pitirim Tutunaru. Er liegt ausgestreckt auf einer gestreiften Matratze neben ihr, eine Hand und der Kopf auf einem pummeligen Kopfkissen ruhend; ein dünnes, zerknittertes Leinentuch bedeckt seinen Körper. Darunter atmet der Donduşenier Schwarzmarktspekulant zwar schwer, aber regelmäßig. Sein Gesichtsausdruck hat etwas Unbeschwertes an sich – Tutunaru lächelt im Schlaf. Er scheint glücklich zu sein.

Nadja zündet eine von den Parastas-Kerzen an.

Neben Tutunaru entdeckt das Mädchen ein dickes Manuskript, mit weißen Schnüren zusammengebunden, auf dessen Deckblatt in Kapitallettern die Überschrift thront:

ICH, PITIRIM!

Darunter die nüchterne Gattungsbestimmung:

FABEL
(MIT GETIER UND OHNE)

Auf der ersten Seite steht mit Bleistift in geneigter Handschrift die Überschrift *Statt eines Vorwortes* gekritzelt, daneben konkretisierend: »Corbu, in diesem Putsch-August 1991«; darunter in Großbuchstaben, jedoch ebenfalls mit Bleistift in dichten Zeilen geschrieben:

ODE AN.
ITALIEN

Oh, farfallonische Brüstigkeit, oh Heimat von:
Puccini!
Dein Klang ist so sanft wie eine frische:
Tortellini.
Dein hübsch' Antlitz zieht uns an, wir eilen
im Minibus,
nicht wie
Yura,
Igor,
Sandu
und
Tolja
(über Österreich)
zu Fuß,
(ohne
Bus!)

Deiner anmutigen Stimme sehnsüchtigen Klang bis hier hören
wir,
wir
traben zu
dir,
um in dich einzudringen wie ein beizender
Stier.

[Chor mezzoforte: GOTT WILL ES!]

So sei bereit für uns, des Remus und Romulus:
Nippel!

Tutunaru ist mein Name, und du, Italien, bist unser:
Stiefel.
Wir sind Moldawier und notfalls auch Tsche-
Tschenen,
deswegen schieb uns nicht ab wie Zigeuner und Ru-
Mänen!

[Chor mezzoforte: GOTT WILL ES!]

Künstler, das sind wir, auch Meister im Schnapsmachen,
und über deine Sizilianermafia können wir nur lachen –
der lauern wir auf und knutschen mit Vadims Spaten
das Gesicht,
ach, lieber Gott, es ist sechs Uhr dreißig, gib uns doch mal wieder
Licht!

[Chor crescendo: GOTT WILL ES!]

[Licht an!]

Deiner anmutigen Stimme sehnsüchtigen Klang bis hier hören
wir!
Wir
traben zu
DIR,
eiliger als die abstürzende Raumstation
Mir!
So liebe uns heiß,
Italien!
Denn wir kommen aus.
Moldawien!
(40 x)

[Licht aus.]
[Abwechselnd ½ Chor piano: GOTT WILL ES!/
½ Chor forte: ITALIEN, FROHLOCKE!]
[Musik (leise, lyrisch): Puccini, *Tosca*]
[Vom Himmel fallen wie Schneeflocken frische Tortellini.]
[Ein Minibus (Ford Transit neuestes Modell mit italienischen Kennzeichen) fährt vor.]

Die Burschen haben den ganzen Samagon-Kanister leer gesoffen, denkt Nadja, lässt von Pitirims Fabel-Manuskript ab und schaut sich ein wenig in dessen Gemach um. In einer Ecke sieht sie einen Rotfuchs. Das Tier betrachtet sie einige Momente lang aufmerksam, leckt sich zweimal über das Fell, hüstelt und trottet schließlich davon, als würde es eine Inspektion des Geländes machen und nun seinen nächsten Kontrollpunkt aufsuchen.

Nadja zieht die lichtundurchlässige Spruchwand »Herzlichen Dank dem lieben Leonid Breschnew für seine riesige Sorge um Aserbaidschan!«, die Tutunaru zum Vorhang umfunktioniert hat, zur Seite und schaut in die Abfüllhalle 2 der Zuckerfabrik von Dondușeni hinunter.

Dort erkennt die Italienischlehrerin ein überdimensionales Konstrukt, das mitten in der großen Fabrikhalle steht und an eine sitzende Frauengestalt erinnert. Der untere Teil des acht Meter großen Monuments besteht aus abgetrennten Gleisteilen, Bauschutt und Mischschrott; einige Holzbalken stützen den Schoß der Frau, zu welchem auch mehrere Metallleitern führen. Dort in ihrem Schoß ist zwischen den Köpfen von zwei Lenins eine durchlöcherte Metallplattform befestigt, auf der sich ein Kater die Pfoten leckt.

»Das ist die Isidora«, ruft Tutunaru von seiner Matratze aus und gesellt sich zu Nadja Pilipciuc, »hat Vadim der Maler gebaut. Er malt Bilder von der Isidora, die wir dann in Italien reichen Italienern verkaufen werden. Ist sein Beitrag zu unserem Italien-Projekt, neben der Beschaffung von Visa, weißt du.«

»Und was ist das für eine Stilrichtung?«, fragt Nadja Pilipciuc verwundert und betrachtet die kunstvoll zu einer Art Rock zusammengenähten Banner mit Parolen wie »Lasst uns die Kornproduktion der Sowjetunion steigern!«, »Plaudere nicht bei der Arbeit!« oder »Es lebe die KPdSU! Es lebe Lenin!«.

»Die Stilrichtung haben wir ›Grotesker Sozialistischer Realismus‹ getauft, abgekürzt ›GroSoRe‹, das haben die dort in Italien bestimmt noch nicht gesehen.«

Pitirim Tutunaru deutet auf die Plattform in Isidoras Schoß.

»Da. Der linke Lenin, den haben wir auf einem verlassenen Bauplatz gefunden, der ist kleiner als der rechte. Deswegen haben wir ihm dieses Stück aus Basalt auf den Kopf gesetzt, damit die Plattform senkrecht bleibt.«

»Sieht aus wie eine Türkenmütze!«, sagt Nadja Pilipciuc und schaut sich Isidoras Kopf genauer an, der aus einem Steinblock gemeißelt ist. Aus Isidoras Augenhöhlen ragen Scheinwerfer.

Vadim der Maler kommt in die Halle mit einem Hahn unterm Arm, geht flotten Schrittes auf die Isidora zu, winkt den beiden, besteigt eine Leiter und klettert hinauf bis zur Plattform mit dem Kater. Dort legt er behutsam den Hahn ab.

»Was macht er da mit dem Hahn?«

»Das ist Trotzki. Vadims Lieblingstier hier in der Zuckerfabrik. Gibt ihm Inspiration …«

Trotzki starrt mit seinem kleinen, aber wohlgeformten Kopf neugierig nach oben zu Nadja und Pitirim. Er ist ziemlich dick.

Vadim der Maler zeigt auf die linke Brust seines Kunstwerks.

»Seht ihr – genau hier kommt noch eine Stellage hin. Ich werde sie gleich heute anschweißen. Sie wird wie angegossen hineinpassen! Die Brustwarze passt auch der Größe perfekt nach dazu. Dann wird Isidora komplett sein!« Begeistert streichelte Vadim den Rücken des fetten Katers auf der Plattform. »Das hier ist Esenin, der Kater; er schläft immer hier. Die Mäuse, die er fängt, isst er ausschließlich in Isidoras Schoß. So sind wir auf den Namen gekommen«, sagt Vadim der Maler und steigt mit einer rundlichen Stellage höher die Leiter hinauf, zu Isidoras Brust, während die Italienischlehrerin immer noch ganz von den Augen des weiblichen Monuments angetan ist.

»Wozu sind die Scheinwerfer da? Leuchten die?«

»Wir können später, wenn's dunkel ist, Isidoras Augen mal einschalten, damit du's auch siehst. Wir haben sie an Hlebniks Stromgenerator angehängt, deswegen leuchten ihre Augen auch nach Stromausfall. Die Isidora ist nämlich ein polyfunktionales Kunstwerk!«, bemerkt Tutunaru nicht ohne Stolz und geht wieder zurück in sein Gemach.

Er wartet, bis die Italienischlehrerin ihm folgt, legt einen Arm um sie und fragt, wann sie denn mit dem Italienischunterricht beginnen könnten.

Tutunaru lächelt das Mädchen an.

»Weißt du, Nadja, mir ist schon klar, dass es hier nach einem provisorischen Schlaflager aussieht. Aber ich agiere nach dem Vorsatz: ›Wenn du vorhast, wegzuziehen, mach es dir lieber nicht zu gemütlich, sonst ziehst du nie weg!‹ Deswegen habe ich mein Quartier in der Zuckerfabrik aufgeschlagen, hier auf Ebene 4. Da machst du auch täglich Sport mit dem Treppensteigen, sag ich dir. Die Zuckerfabrik-Atmosphäre inspiriert mich außerdem bei der Arbeit an meiner Fabel, weißt du … Alles in allem lebe ich hier in der Zuckerfabrik wie in einer Zigeunerromanze: Gleich nach dem Aufstehen sause ich hinunter, füttere Trotzki und schaue nach, ob es den russischen Klassikern gut geht und sie ihre Eier gelegt haben; dann unterhalte ich mich mit Roma Flocosu, trinke georgischen Tee, beobachte Vadim beim Malen seiner GroSoRe-Werke und verrichte das anstehende Tagwerk, den Schnapsverkauf. Und ich mache die Arbeit gerne und gewissenhaft, weil ich weiß, dass alles, was wir hier tun, unserem gemeinsamen Italien-Projekt dienlich ist. Und des Nachts steige ich in Ilytschs Schnaps-Tunnel hinunter, wo es fröhlich vor sich hin blubbert und gezuckert riecht. Manchmal bringt Ilytsch Kumpanen von sich vorbei, in den Tunnel, wenn's ihm zu langweilig wird oder er Hilfe beim Destillieren braucht, meistens sind es Exzuckerfabrikarbeiter und Schwarzbrenner-Autodidakten aus der Gegend, die der Held der sozialistischen Arbeit seit Jahrzehnten kennt, wir nennen sie ›Ilytschs Samagon-Garde‹, kernige Kerle sind es, allesamt mit dunklen Traktoristenmützen und schwarzen Lederjacken bekleidet, handverlesen von Ilytsch und seinem Adjutanten Filimon dem Schweißer. Etwa zwei Dutzend von ihnen leben hier auf dem Gelände. Sie übernehmen auch die Bewachung der kompletten Zuckerfabrik, inklusive Hlebniks Datscha. Mit seiner Garde und seinem Adjutanten Filimon dem Schweißer plant Ilytsch den Aufbau des sozialistischen Schnapswerkes, das hier in der Zuckerfabrik nach unserer Abreise entstehen soll. Und jetzt weist der Held der sozialistischen Arbeit Ilytsch sie ein, seine Gardisten, in die Arbeit mit großen Mengen Alkohol und dem Aufbau einer autarken Soziostruktur. Ilytsch möchte nämlich in seinem künftigen sozialistischen Schnapswerk seine eigene Art des Sozialimus aufbauen, eine Art sozialistische Kommune, die keine Oblomowerei kennt und in der alle alles teilen und jedem alles gehören soll; eine sozialistische Kommune also, die ohne Neid, Profitgier und Geld nur zum Wohle ihrer Kommunisten existieren soll. Diese neue Gesellschaft und vor allem ihren Kern, der Samagon-Tunnel, in dem Wladimir Pawlowitsch tagtäglich das Opium des Volkes braut, gilt es vor dem Feind von außen zu verteidigen. In Ilytschs Tunnel hinunterzusteigen ist deswegen für jeden seiner Gardisten eine Art Ehrerbietung. Darum kommen sie gerne. Manchmal sind da auch Frauen dabei, die um die begehrten

Termine in Ilytschs Beischlafkalender streiten. Und da setze ich mich gern dazu, labe mein Ohr an ihren Unterhaltungen, beobachte sie bei ihrem Treiben, stimme die eine oder andere Ballade mit meiner Gitarre an, besinge die heldenhafte Destillationsarbeit des Wladimir Pawlowitsch, spiele mit Filimon dem Schweißer »Ziegenbock« und schreibe an meiner Fabel. So bekommen wir auch Hinweise, wer denn im Donduşenier Umland Interesse am Umtausch von Wertgegenständen gegen Samagon hätte, essen geräucherte Doktorenwurst, trinken Samagon-Tee, zünden ein kleines Feuerchen an oder tauschen einfach Nettigkeiten aus … Und wenn ich müde aus Ilytschs Tunnel in meine 4. Ebene hinaufsteige, unter dem mütterlichen Scheinwerferblick Isidoras, da fühle ich mich glücklich. Manchmal begleitet mich auch Felix Edmundowitsch, der Fuchs, der ist nachtaktiv. Aber für dich, Nadja, finden wir bestimmt auch was Schönes in Hlebniks Datscha, drüber in Ilytschs Trakt, wenn du möchtest … Und wenn du dir um deine Bezahlung Sorgen machst, das musst du nich! Wir werden dir den Italienischunterricht fürstlich vergüten, Nadja. Du kannst dein Honorar in Form von Schnaps, Zucker, Wertgegenständen, geräucherter Doktorenwurst erhalten oder einfach selbst Teil unseres Italien-Projekts werden, Kost und Logis inklusive.«

Nadja muss daran denken, wie Tutunaru sie in Corbu überredet hat, mitten in der Nacht ihre Sachen zu packen und mit ihm nach Donduşeni zu fahren, um ihm und seinen Freunden Italienisch beizubringen. Und sie, sie hat nicht lange gezögert, weil sie ohnehin nicht mehr in Corbu bleiben wollte, weil sie wusste, dass Mischa, einmal wieder nüchtern, sie schlagen und nicht mehr gehen lassen würde und dass sie im Prinzip nichts zu verlieren hat. Sie hat sich vergewissert, dass es Mischa gut ging, hat ihm noch einen Borschtsch gemacht und ist weggefahren, mit Tutunaru, einem Mann, den sie eigentlich nicht kannte.

Ich kann nicht mehr zurück.

Nadja sagt nichts.

Sie nimmt Tutunarus Arm von ihrem Körper und klappt ihren Koffer zu, obwohl sie weiß, dass sie nirgendwohin gehen kann. Sie nimmt den Koffer und macht ein paar Schritte mit ihrem Gepäck, aus Trotz und aus Wut auf sich selbst und auf ihre Hilflosigkeit.

Dann stellt sie den Koffer wieder ab.

»Ich kann nicht mehr zurück, Pitirim«, flüstert das Mädchen und fängt an zu weinen. Tutunaru nimmt die Italienischlehrerin in seine Arme und versucht sie zu beruhigen, mit dem Hinweis, dass ihr Mann Mischa sicher in Corbu auf sie warte, für sie da sei und sich um sie sorgen werde.

Dieser Hinweis beruhigt die Italienischlehrerin jedoch nicht.

Schluchzend erzählt sie Episoden aus ihrem Leben, die sich in Tutunarus Kopf zu folgendem wirren Familienbild zusammenfügen:

Nadjas Mutter Irina Pilipciuc stirbt bei der Geburt der Italienischlehrerin, wie das Tutunaru schon von Lawron dem Sargmacher und von Protodiakon Derimedont gehört hat. Dann ist da noch Nadjas Großmutter, bei der sie aufwächst, und ihr *Sovtransavto*-Fernfahrer-Vater Zhora, der Nadja einmal im Jahr das immer gleiche maschinengetippte Glückwunschtelegramm mit dem Abbild der fröhlichen Zeichentrickfiguren Tscheburaschka und Krokodil Genadij schickt, die in ihren Pfötchen bunte Luftballons und Geschenke halten:

Meine kleine Nadja!
Wieder ist ein Jahr vergangen. Ich kann leider nicht bei dir sein, doch vergiss nicht, dass ich dich von ganzem Herzen liebe und immer an dich denke! Ich wünsche dir alles Gute, einen blauen Himmel, gute Gesundheit, schöne Errungenschaften und viel Freude und Glück in deinem neuen Lebensjahr!

Dein dich über alles liebender Papa.

Wahrscheinlich hat er das Telegramm für fünfundzwanzig Jahre im Voraus bezahlt, denkt Tutunaru.

Und da ist Mischa, Nadjas *Bruder*, wie Pitirim die diesbezügliche Aussage der Italienischlehrerin verwirrt zur Kenntnis nimmt. Weiter.

Mit Einbruch der Krise sieht Nadja keine Versdienstmöglichkeit mehr in Chişinău und zieht nach Corbu, in das Haus ihrer mittlerweile dahingeschiedenen Großmutter, bei der sie aufgewachsen ist, um sich zu erholen und um sich ein bisschen um Mischa, den Afghanistankriegsveteranen mit der Kontusion und dem Alkoholproblem, zu kümmern.

Stabswachtmeister Mischa.

Im nichtalkoholisierten Zustand schlägt Mischa Nadja und drängt sich ihr sexuell auf. Und Nadja lässt es zu, weil ihr der Bruder leid tut.

Sie sagt sich: Lieber dem eigenen Bruder einen Gefallen tun, als sich irgendeinem Mistkerl hinzugeben, der sich dann doch als Arschloch entpuppt. – Aber sie lässt Bruder Mischa nur anal in sich eindringen, weil sie nicht vom eigenen Fleisch und Blut geschwängert werden möchte. Unter Alkoholeinfluss zeigt sich Mischa seiner Schwester gegenüber sehr zuvorkommend, beschützt sie und überhäuft sie mit Liebenswürdigkeiten. Und in nüchternem Zustand, da –

»Mischa …«

Nadja Pilipciuc sieht dem Donduşenier Schwarzmarktspekulanten, der in seine eigenen Gedanken versunken ist und nicht weiß, wie er auf die Geschichte der Italienischlehrerin reagieren soll, in die Augen und fährt fort:

»Mischa ist mein Bruder. Und obwohl ich ihn als Bruder trotz allem liebe, kann ich nicht mehr zu ihm zurück. Er tut mir nicht gut.«

Stille.

»Verstehst du das?«

Pitirim nimmt die Parastas-Kerze zur Hand und winkt die Italienischlehrerin näher zu sich heran. Mit Derimedonts Corbulaner Kerzenlicht erhellt Tutunaru einen Winkel seines Zuckerfabrik- Gemachs, in dem eine Staffelei und auf ihr ein zugedecktes Bild zu erkennen ist. Er fordert die Italienischlehrerin auf, ihren Blick genau auf die Mitte des Gemäldes zu fokussieren, wartet eine geschlagene Minute lang und reißt dann präzise wie ein sevillanischer Matador mit einer schnellen Handbwegung das Tuch vom Ölgemälde herunter, das folgendes Bild enthüllt:

Orientalisches Motiv. Idylle. Warme Farben. Wolkenloser Himmel in Ajwasowski-blauen Tönen. Sonnenschein. Im Vordergrund zwei Ausländer, die um die Aufmerksamkeit eines hünenhaften schnauzbärtigen Sowjetbürgers in ihrer Mitte buhlen. Die beiden Ausländer sehen zum Sowjetbürger empor, als wollten sie etwas von ihm. Und der Sowjetbürger quittiert ihre Aufdringlichkeit mit einem wachsamen Blick, als würde er den Ausländern nicht trauen. Alle drei Männer sind nackt. Churchill, der Ausländer mit Bulldoggengesicht links im Bild, reckt seinen fülligen Leib, von welchem das Fett in nicht enden wollenden Kaskaden hinunterschwappt, um in unterwürfiger Körperhaltung Stalin, dem Sowjetbürger in der Mitte, das Kreuzfahrerschwert Georgs VI. von England zu überreichen. Mit seiner linken Hand versengt Churchill indes mit einer steifen Zigarre seinen schlaffen Penis. Rechts im Bild ein klapprig-magerer Roosevelt. Roosevelt zwickt sich den spärlich behaarten linken Hoden und umklammert mit seiner ausgestreckten dürren rechten Hand Stalins monumentale Erektion. Neid brennt in den Pupillen des Amerikaners. Stalin scheint jedoch etwas ganz anderes als Genitalien, weder die fremden der beiden Ausländer noch die eigenen, noch das Kreuzfahrerschwert, das ihm der stark übergewichtige Churchill offeriert, zu beschäftigen – mit seinen Traktoristenpranken dreht der Sowjetbürger stattdessen an einem überdimensionalen Rubik-Würfel in Weltkugelformat und lächelt süffisant. Um Stalins arterienreichen Hals ist ein dickes Lederhalsband mit spitzen Metallstiften befestigt, auf dem der aufmerksame Betrachter des Ölgemäldes den darin eingenähten Spruch erkennt:

Odi profanum vulgus et arceo.

Und unten der Titel: EUREKA. Teheran-Konferenz.

Nadjas Gesichtszüge hellen sich wieder auf. Die Italienischlehrerin lacht.

Pitirim deckt die Teheran-Konferenz wieder zu.

»Die Konferenz ist am effektvollsten, wenn man sie aufdeckt, sie genau zwei Minuten betrachtet und wieder zudeckt. Tatsache«, erklärt der Donduşenier Spekulant und blickt in den Glanz der haselnussfarbenen Augen der Italienischlehrerin.

Nadja nickt, ein Lächeln huscht über ihr Gesicht.

»Ja. Sie wirkt auf jeden Fall nach, die Konferenz.«

Der Donduşenier Schwarzmarktspekulant ist erleichtert, dass Vadims GroSoRe-Werk Nadjas Gemüt aufgelockert hat, und überlegt mit einigem Besitzerstolz, dass er sich von der Teheran-Konferenz für nicht weniger als für eine italienische Staatsbrügerschaft trennen will.

»Einem reichen Italiener, der sich selbst respektiert, sollte das Gemälde das schon wert sein. Es hat alles, was ein gelungenes Vadim'sches GroSoRe-Bild ausmacht: Monumentalität, Gedankenflug, weltgeschichtlichen Witz und die bissige Körnigkeit einer Asbestzement-Dachwellplatte«, reflektiert Pitirim.

»Pitirim …«

»Was?«

»Nimm mich mit nach Italien.«

»Nach Italien?«

»*Sì*.«

»Und was willst du dort machen?«

»Ich werde für dich dolmetschen«, sagt die Italienischlehrerin und greift nach Tutunarus Hand, streichelt sie sanft mit dem Daumen und fährt fort, »und den reichen Italienern deine Gedichte übersetzen und ihnen Vadims Bilder erklären.«

In diesem Sinne vergehen einige sehr harmonische Tage in der Zuckerfabrik von Donduşeni: Kühne Pläne werden geschmiedet, GroSoRe-Bilder gemalt und Wertgegenstände akquiriert. Die Auffindung von Hlebniks leblosem Körper wird erörtert. Und Italienischunterricht wird abgehalten. Und Felix Edmundowitsch der Fuchs mit geräucherter Doktorenwurst gefüttert. Und ein Polen-Visum für Nadja bei Arapu im Ministerium in Auftrag gegeben. Und es wird gelacht, getrunken, gegessen, geliebt, Zuckerfabrikdirektor Hlebnik in seinem Alkoholbottich bestaunt und bedauert und Schnaps destilliert.

Und dann. Dann taucht wie aus dem Nichts der Bulibascha von Otaci, Tudorel-Deomid Balmus, in Begleitung von Serge, Mihailytsch dem Major und zweier Busladungen Spezialeinheitler auf.

Bulibaschas Männer überwältigen Ilytschs wackere Samagon-Garde aus Schwarzbrenner-Autodidakten und nehmen die Zuckerfabrik sowie Hlebniks Datscha ein.

In der Abfüllhalle 2 lässt Serge die von Costea dem Notar aufgesetzte Urkunde verlesen, die die Schenkung der Zuckerfabrik und von Hlebniks Datscha an den Sowjetbürger Tudorel-Deomid Balmus hochoffiziell beglaubigt und mit der Unterschrift von Zuckerfabrikdirektor Hlebnik bestätigt.

Der Ewig Hungrige Historiker Roma Flocosu kann sich die spitze Bemerkung nicht verkneifen, dass es im Sowjetstaat kein Privateigentum gebe und schon gar nicht im Ausmaß einer ganzen Zuckerfabrik, und fängt sich einen Fausthieb ein.

Dies getan, lässt Tudorel-Deomid Balmus, der Bulibascha von Otaci, seinen Willen durchsetzen.

Der Dondușenier Spekulant Pitirim Tutunaru, die Italienischlehrerin Nadja Pilipciuc, der Ewig Hungrige Historiker Roma Flocosu, Vadim der Maler, die russischen Klassiker, Felix Edmundowitsch, Trotzki, Esenin der Kater sowie Wladimir Pawlowitsch Pușcaș, seine Samagon-Garde und Ilytschs Adjutant Filimon der Schweißer werden aus der Zuckerfabrik vertrieben.

KRISENBUCH DREI

NEUANFANG

WIR SIND STETS STARK GENUG,
DAS UNGLÜCK ANDERER ZU ERTRAGEN.

FRANÇOIS DE LA ROCHEFOUCAULD,
MAXIMES, 1665

ÜBERRASCHUNGEN

2011. IN DEN ABRUZZEN, ITALIEN

Ein Hells Angel für Cristina

Es ist Samstag, der 23. Juli 2011. Das Begräbnis ist für Sonntag, den 24. Juli angesetzt.

12:10

»Ins Fenster hat er geschossen, der Junge. Zweimal!«, ruft Dušan dem Wladyka im Garten des »Dolce della Luna« zu. »Der Junge hat wohl gehofft, jemand würde ihnen zur Hilfe eilen und hat deswegen ins Fenster geschossen«, sagt Dušan weiter und erinnert sich an das, was sich vor etwa acht Stunden im »Dolce della Luna« abgespielt hat, in Tolyan Andreewitschs Hotelzimmerbad:

Die Tür wird aufgebrochen, aus den Angeln herausgerissen. Der Moldawier Tolyan Andreewitsch spricht auf die beiden italienischen Jugendlichen Cristina und Angelo ein, mit der georgischen Teedose in der Hand. Das Mädchen reagiert nicht auf die Worte des Moldawiers, sie wirft dem Fremden vor, in seiner georgischen Teedose Blutdiamanten für die kalabrische Mafia zu transportieren. Monica di Garozzo wird mit einem Schlag sehr nervös und wirft dem Moldawier einen warnenden Blick zu. Doch Dušan, Dušan merkt es zuerst. Die Badewanne. Sie ist voller Blut und Schaum. Darin, in diesem Blut-Wasser-Schaum-Gemisch, steht das Mädchen, Cristina, mit verwaschenem Lidschatten auf den blassen Wangen.

Die Besitzerin des »Dolce della Luna«, Monica di Garozzo, schreit. Cristina nutzt die Verwirrung und rangelt mit Angelo um die Beretta, sie will sich erschießen. Cristina schafft es, die Pistole an sich zu reißen. Signora di Garozzo hält sich die Augen zu und murmelt etwas Gebetartiges vor sich hin; Dušan nimmt dem Mädchen die Waffe weg, sichert sie, repetiert die Patrone aus dem Lauf der Pistole und zieht das Stangenmagazin aus der Beretta 9 x 19 mm. Francesca Lombardo, die Rezeptionistin, und der Moldawier vergewissern sich, dass Cristina und Angelo unverletzt sind.

Kaum aus dem Badezimmer heraus, nimmt allerdings Monica den Moldawier zur Seite und verlangt von ihm, er soll sofort »mit seinem selbstmörderischen Teenager-Duo das Gelände des ›Dolce della Luna‹ verlassen!« Droht mit den Carabinieri.

Und Tolyan Andreewitsch, der spricht nur mit Cristina und Angelo und ignoriert Monica ganz und gar.

»Weißt du, Wladyka, was der Moldawier der Hotelbesitzerin gesagt hat, als Monica sie und die beiden italienischen Teenager rausschmeißen wollte?«, fragt Dušan und fährt sogleich fort, ohne die Antwort seines geistlichen Arbeitgebers Borimirović abzuwarten: »Da hat der Moldawier zu ihr gemeint, dass sie den Carabinieri gleich auch den abgefackelten Calabrese im Hinterhof zeigen soll, wenn die Jungs dann vielleicht nächste Woche nach der Berlusconi-Großdemo in Rom vorbeikämen. Da bräuchten sie den beschwerlichen Weg durch die Abruzzen nicht zweimal zu fahren. Und dann. Dann hat er gelacht, der Moldawier. Und die Signora di Garozzo ist bleich geworden und, ohne noch ein Wort zu sagen, schlafen gegangen.«

»Ja, das hab ich auch gesehen. Tja, und ich dachte, dass ich hier in den Bergen ein bisschen Frieden finden würde«, sagt der Wladyka und streicht sich durch den Rauschebart.

»Sind die eigentlich noch da, die drei?«

»Die sind vor ein paar Stunden abgereist, nach dem Frühstück.«

Borimirović atmet einmal tief ein und aus.

»Es wird vielleicht langsam Zeit, dass wir auch unseren Heimweg antreten.«

»*Sì, ragazzi,* so wurden die aus der Zuckerfabrik von Dondușeni rausgeschmissen, im August 1991«, sagt der Moldawier und zündet sich eine Parliament an, während er seinen Ford-Transit-Minibus mit moldawischem Kennzeichen auf der Strada Statale 38 Richtung Barrea lenkt.

»So wie uns diese rothaarige Lesbe Monica auch rausschmeißen wollte, aus ihrem Hotel, heute, am 23. Juli 2011, original, um fünf in der Früh!« Kurze Pause, in der Cristina eine Kaugummiblase platzen lässt; dann sagt sie weiter: »Wenn ich's jemandem erzähl, glaubt's mir bestimmt niemand. Ich meine, *ich* kann's selber kaum glauben: Die Verrückte hat es tatsächlich fertiggebracht, den armen Pippo Calabrese in ihrem Garten auf diesen Europaletten abzufackeln!«

Cristina zieht sich am Vordersitz ein wenig nach vorn, sodass Tolyan Andreewitsch sie besser hören kann.

»Was, wenn das eine Art Opferritual gewesen ist?«

Der Moldawier lacht in den Rückspiegel.

»Wofür?«

»*Wofür,* fragst du? Um ihr ›Dolce della Luna‹ vor der Pleite zu retten, zum Beispiel.

Oder um die Krise zu vertreiben, was weiß ich. Die wird schon einen Grund gehabt haben …«, eine weitere Kaugummiblase platzt, »vielleicht hatte es damals im Mittelalter durchaus seine Berechtigung, dass Rothaarige auf dem Scheiterhaufen verbrannt wurden. Vielleicht waren die Leute damals klüger als jetzt. Und wussten etwas, was wir heute nicht mehr wissen …«

Die Nordlichter, die fehlen hier, denkt Angelo. Angesichts der Berglandschaft des Pescasserolier Umlandes, die an ihrem Minibus vorbeizieht, fühlt sich Angelo an seine isländischen Sommerferien in Akureyri erinnert. *Dafür gibt es hier reichlich Bäume!*

Angelo wirft einen Blick in Cristinas Rucksack, der auf dem

freien Sitz zwischen den beiden Teenagern liegt; er kann Roccos Beretta nicht sehen und ist froh darüber.

Eine Agip-Tankstelle.

Der Moldawier betätigt den Blinker, wechselt die Spur und sieht seine beiden suizidgefährdeten Fahrgäste im Rückspiegel an.

»Also, *ragazzi*: Wir legen hier eine Mittagspause ein; danach fahr ich euch über Barrea zum Bahnhof von Castel di Sangro. In Castel di Sangro nehmt ihr die Bahn und fahrt über Sulmona nach Hause. Alles klar?«

Kurze Pause. Blickwechsel im Rückspiegel.

»Ich halte mich nämlich an unsere Abmachung. Die Frage ist nur, werdet *ihr euch* auch an die Abmachung halten?«

»Klar, Mann.«

»Angelo, kannst du bitte wiederholen, was der Deal war?«

Angelo seufzt genervt.

»Der Deal war: Kein Anruf bei den Eltern. Keine Polizei. Du bringst uns zum Zug, und wir vergessen die zwei Selbsmordversuche, den illegalen Waffenbesitz und –«

»Eure kleine Koksorgie und die Ballerei im ›Dolce della Luna‹, richtig. Dafür habt ihr mir hoch und heilig versprochen, keine weiteren Selbstmordversuche zu unternehmen. Zumindest, solange ihr mit mir unterwegs seid. Ihr erinnert euch. Ja?«, fällt der Moldawier dem italienischen Schüler ins Wort.

»Deal ist Deal, Mann«, bestätigt Cristina lakonisch.

»Angelo? Kann ich mich auch auf dich verlassen? Ich will euch da nicht auf die Toilette hinterhersprinten und nachschauen müssen, ob ihr mit den Füßen in der Klomuschel hängt und einen Föhn reinwerft …«

Angelo nickt, während Cristina Tolyan Andreewitsch ernst fragt, immer noch Kaugummi kauend:

»Was machst du eigentlich hier in Italien? Bist du von der Sacra Corona Unita? Mir kannst du's sagen; ich behalt's für mich.«

»Ehrlich?«

»Ja. Du kannst absolut beruhigt sein.«

Der Moldawier parkt den Minibus, nimmt einen weiteren Zug aus seiner Parliament-Zigarette und antwortet, mit der qualmenden Parliament zwischen den Fingern gestikulierend:

»Ja, also wenn du's unbedingt wissen willst, Mädel: Ich hab früher schon für die Sacra Corona Unita gearbeitet, dann bin ich auf die Comorra umgestiegen. ›Comorra‹ ist kürzer, leichter auszusprechen und die Jungs zahlen besser …«

Der Moldawier nimmt die Dose mit dem georgischen Tee zur Hand, hält sie an sein Ohr und schüttelt sie ein wenig.

»In handlichen Blutdiamanten.«

Der Moldawier lacht und stellt den Motor aus. Tolyan Andreewitsch dreht sich in seinem Sitz zu Cristina um und fährt fort:

»Aber das war alles früher. Und jetzt. Jetzt arbeite ich im Sonderreferat für Suizidprävention der Abteilung für Getreide, Zucker, Faserpflanzen und Futtermittel der Europäischen Kommission, Brüssel, Rue de la Loi 14, 7. Stock. Vom Leiter der Getreide-, Zucker-, Faserpflanzen- und Futtermittel-Abteilung Jean-Marc Gazagnes bin ich nach Ausbruch der Eurokrise nach Termoli geschickt worden, mit einer EU-Vollmacht. Im Auftrag der Kommission beobachte ich nun die EU-Bürger, die infolge der Eurokrise aus der Zuckerfabrik Termoli entlassenen wurden. Meine Aufgabe ist es, die suizidgefährdeten unter ihnen aufzuspüren und vom Selbstmord abzuhalten. *Capisci?* Deswegen bin ich jetzt in den Abruzzen unterwegs. Bei Pippo Calabrese kam ich leider zu spät, weil ihr Komiker euch mir vors Auto gelegt habt. Dafür habe ich jetzt eben *euch* vom Krisen-Selbstmord abgehalten. Sogar zweimal. Und jetzt. Jetzt bin ich gerade dabei, meinen Bericht über euch an den EU-Getreide-, Zucker-, Faserpflanzen- und Futtermittel-Abteilungsleiter Gazagnes nach Brüssel abzuschicken. *Capisci?*«

Tolyan Andreewitsch würgt seine Parliament aus, hebt wieder die Packung mit der georgischen Teedose in die Höhe.

»Hier, Pippos Asche schicke ich nach Brüssel, da er ja keine Hinterbliebenen in Italien hat. Deswegen werden seine Überreste bei uns im Sonderreferat für Suizidprävention der Abteilung für Getreide, Zucker, Faserpflanzen und Futtermittel der Europäischen Kommission als Eurokrisen-Reliquie aufbewahrt.« Der Moldawier lacht genüsslich, springt aus dem Minibus hinaus und wirft die Tür zu.

»*Cazzo!*«, ruft ihm Cristina hinterher.

12:22

Tolyan Andreewitsch befindet sich in der Toilette der Agip-Tankstelle und wäscht sich ausgiebig die Hände. Neben dem Moldawier steht breitbeinig ein blasser junger Mann in blauer Regenjacke mit aufgesetzter Kapuze und putzt sich die Zähne; gleichzeitig inspiziert der Mann akribisch sein Spiegelbild, als wollte er darin etwas Verborgenes ausmachen.

Links außen ein weiterer junger Mann in einer Gore-Tex-Weste, der sich die Wandersocken auszieht, die ein bisschen an seiner Haut kleben, und sein rechtes Bein verrenkt, um seinen nun nackten linken Fuß unter den Wasserstrahl zu bekommen. Die beiden Jungs, Mitte zwanzig vielleicht, sehen aus, als würden sie zusammengehören.

Touristen …, denkt sich Tolyan Andreewitsch und ruft dem Mann, der es endlich geschafft hat, seinen Fuss in das Waschbecken zu hieven, ein freundliches »Welcome to Italy« zu, mit einem italienischen Akzent.

»Thanks«, antwortet der Junge mit der Zahnbürste und lächelt. Im Waschbecken seines Nachbarn wird das Wasser dunkel und fuselig.

»Where you from?«

»Montréal.«

»Canada. Nice.«

Tolyan Andreewitschs Nebenmann spuckt einen schleimigen Schlatz aus Zahnpasta und Speichel in das Waschbecken aus.

»Fuck Canada. Nous sommes from Québec, tabarnak!«

Der Junge mit dem Fuß im Waschbecken nickt bekräftigend. Andreewitsch lächelt, sagt: »Tutto okay. Fuck Canada!«, erntet bestätigendes Kopfnicken seitens der kanadischen Touristen.

Der junge Mann links außen wechselt den Fuß.

Der andere kramt in seinen Taschen, holt daraus ein Geldstück hervor. Tolyan Andreewitsch nimmt es entgegen. Betrachtet die Banknote interessiert – ein blauer kanadischer 5-Dollar-Schein mit dem Porträt eines Mannes aus dem XIX. Jahrhundert darauf. Wilfrid Laurier, sein Name. Über Lauriers Stirn hat jemand eine französische Königslilie und um die Lilie herumgekurvt den Slogan »Vive le Québec libre!« gestempelt.

»Souvenir«, kommentiert der mit der Zahnbürste und bedeutet dem Moldawier, dass er die Banknote behalten soll.

Andreewitsch nickt, bedankt sich, sucht in seiner Geldbörse herum und holt ebenfalls einen Geldschein heraus.

»200 Moldovan Leis. ›*Lei*‹ means ›*Lions*‹. 10 Moldovan Lions are 1 Euro. Understand?«

Der Mann mit dem Fuß im Waschbecken sieht sich die moldawische Banknote ebenfalls interessiert an.

»Moldova is separatist region of Italy, yes?«

»No separatist, independent. But with very good connections in Italy. By minibus.«

»Okay. And this?«

Der Montréaler neben ihm deutet mit seiner Zahnbürste auf die Büste des schnauzbärtigen Moldawiers mit Krone, überdimensionalem Schwert an der Hüfte und einem in die Höhe gehobenen orthodoxen Kruzifix in der Hand.

»This: Stephen the Great and Holy. Moldovan King.«

»Good king?«

»Yes. Good king – Turkish, Tartars, Polish, Hungarians, Mongols, no problem: 49 battles, 47 victories, 1 remis.« Tolyan Andreewitsch überlegt sich kurz einen Vergleich, den die Touristen verstehen könnten, und fügt dem hinzu: »Like Rambo.«

»Like Rambo«, wiederholt der Kanadier mit der Zahnbürste und grinst. Der andere pfeift anerkennend, während er sich die frisch gewaschenen Füße mit den Socken abtrocknet, und fragt Tolyan, ob sie die Banknote behalten dürfen. Der Moldawier schenkt den kanadischen Jungs den Geldschein zum Abschied, wünscht ihnen einen schönen Aufenthalt in den Abruzzen und greift zum Trockner, ertastet an der Wand jedoch keinen. Als Andreewitsch im Anschluss auch keine Papiertücher ausmachen kann, geht er in eine der WC-Kabinen hinein, reißt sich dort ein Stück Toilettenpapier ab, trocknet sich damit die Hände im Gehen und verlässt die Sanitäranlagen.

Der WC-Dame im weißen Kittel, die es sich vor dem Klobereich auf ihrem Barhocker gemütlich gemacht hat, wirft Tolyan Andreewitsch eine 2-Euro-Münze auf den großen Pappteller, auf den sie mit rotem Nagellack den Spruch »Ab morgen unbestechlich« gepinselt hat.

Eine weitere Tür, und der Moldawier findet sich im Agip-Tankstellenshop wieder. Vor der Kasse eine Schlange.

Tolyan kann kein Red Bull ohne Zucker in den Kühlregalen finden und dreht noch eine Runde durch den Laden. Dann bleibt er vor einer Vitrine stehen, streckt sich und wirft einen Blick nach draußen. Durch die Glasscheibe des Agip-Ladens sieht er draußen Angelo. Angelo sieht wütend aus, er gestikuliert wild und redet auf Cristina ein. Cristina steht einige Schritte von Angelo entfernt neben einem gebräunten Italiener Ende dreißig, der sie umarmt. Cristina sieht glücklich aus und scheint den Mann zu kennen, was anscheinend der Grund dafür ist, dass Angelo umgekehrt proportional dazu unglücklich ist, Cristina den gebräunten Italiener umarmen zu sehen. Der Mann hat kurzes Haar, Silberringe an den Fingern, ist stark tätowiert und hat den gutmütig-jugendlich-seligen Gesichtsausdruck Diego Maradonas nach dem Kokainkonsum. Der gebräunte Italiener trägt ein ärmelloses weißes T-Shirt und eine Lederkutte. Auf der Lederkutte ist ein weiß-roter geflügelter Totenkopf angebracht; um den geflügelten Totenkopf gekurvt ein Top-und-Bottom-Rocker, in roter Schrift auf weißem Hintergrund: HELLS ANGELS ITALY. Der Hells Angel zwirbelt gut gelaunt seinen strähnigen Spitzbart und grinst Angelo an. Der italienische Schüler macht ihm sichtlich Spaß. Der Mann zieht Cristina zu sich und küsst sie auf den Mund; sieht dann Angelo herausfordernd an. Der sagt nichts. Stattdessen geht er zu einem Motorrad mit Seitenwagen, das mit zahlreichen Taschen mit bunten Flaggenaufklebern behangen ist, dem einzigen Motorrad, das weit und breit auf dem Parkplatz der Agip-Tankstelle zu sehen ist. Dann wirft er dem Hells Angel einen hasserfüllten Blick zu und tritt mit voller Wucht gegen das Motorrad. Einige Männer in der Schlange werden aus ihrem apathischen Tunnelblick herausgerissen, mit dem sie den Agip-Laden betreten haben, und beobachten mit Neugier und Schadenfreude das Geschehen draußen. Sie kommentieren die lustige Begebenheit und spekulieren über die Beweggründe des erzürnten Jugendlichen mit den Unbekannten in der Schlange, die sie einige Sekunden zuvor noch komplett ignoriert haben. Keiner von ihnen denkt daran, einzugreifen.

Der Hells Angel reagiert indes mit großer Begeisterung auf Angelos Aktion und kann sich vor Lachen kaum halten, was Angelo wiederum ein wenig aus dem Konzept bringt.

Der Junge tritt noch einmal auf das Motorrad ein, dann hält er inne.

Überlegt kurz.

Der italienische Schüler macht seine Hose auf, holt sein bestes Stück heraus und fängt an, auf das Motorrad zu urinieren.

Dies scheint die Zuschauer im Agip-Laden und den Hells Angel schwer zu begeistern – der Mann mit Zwirbelbart ist komplett aus dem Häuschen und feuert Angelo sogar noch an. Klatscht in seine tätowierten Hände, in die Hells-Angels-Insignien und Sprüche wie AFFA (»Angels forever, forever Angels«), ACAB (»All cops are bastards«), Flammen, Spielkarten, Würfel, ein Vers aus Dantes *Paradiso* und der Name ROCCO gestochen sind. Tolyan Andreewitsch kommt ohne Red-Bull-Dose aus dem Agip-Laden heraus. Spricht auf den italienischen Jugendlichen ein. Gleichzeitig stürmen die zwei Kanadier auf Tolyan Andreewitsch zu. Sie schreien und gestikulieren und drohen und schimpfen, auf Französisch. Angelo betrachtet verständnislos die zwei Touristen, die auf ihn zustürmen.

Cristinas Hells Angel stellt sich den Kanadiern in den Weg, verschränkt seine Arme vor der Brust und ruft Angelo zu, er solle weitermachen. Die Kanadier bleiben stehen und sprechen auf Englisch auf den Hells Angel ein. Ein englischer Redeschwall wechselt sich mit einem italienischen Redeschwall ab. Irgendwann mal scheint das dem Mann in der Lederkutte zu anstrengend zu sein, und da lässt er sich dazu herab, auf Englisch den deeskalierenden Vorschlag zu machen:

»Hey, *stronzi*, you have problem? I have gun.«

Stoisch schauen nun die beiden Kanadier Angelo zu, wie er auf ihr Motorrad uriniert.

Gleichzeitig kommt die über das ganze Gesicht strahlende Cristina zu Tolyan Andreewitsch, drückt ihm einen Kuss auf die Wange, bedankt sich, stellt ihm den Hells Angel mit Zwirbelbart als ihren Freund Rocco vor und teilt dem Moldawier mit, dass sie mit Rocco weiterfahren werde. Und nicht mehr mit ihm und Angelo.

Rocco schreitet indes auf den verstörten Angelo zu, gibt dem

Jungen einen Klaps auf die Schulter, macht sich ein wenig über ihn lustig, weil er gedacht hat, Rocco würde ein Motorrad mit Seitenwagen fahren, und steckt dem italienischen Teenager eine Visitenkarte zu, auf der Roccos Name sowie die Adresse eines Tattoo-Salons in Termoli abgedruckt sind.

»Wenn du das nächste Mal in Termoli bist, komm auf ein Bier vorbei. *Sì*, Angelo?«

Dies getan, macht Rocco wieder kehrt, warnt im Vorbeigehen die beiden Kanadier, sollten sie Angelo auch nur ein Haar krümmen, würde er zurückkommen und ihnen beiden den Kiefer brechen, wünscht ihnen einen angenehmen Aufenthalt in den Abruzzen, winkt Tolyan Andreewitsch, steigt zusammen mit Cristina in einen dunklen Alfa Romeo und fährt mit quietschenden Reifen davon.

»*Cazzo!*«, schreit ihm Angelo hinterher und macht seinen Hosenbund wieder zu.

Die Zuschauer im Agip-Laden schütteln ihre Köpfe, versinken wieder in ihrem Tunnelblick und stellen sich wieder in der Kassenschlange an.

»Das ist also Rocco, der Typ, von dem Cristina das Kokain und die Beretta geklaut hatte?«

»Genau.«

»Und ich dachte, die Typen würden immer Motorrad fahren ...«

»Das dachte ich auch.«

Angelo geht lässig an den beiden nordamerikanischen Touristen vorbei, sagt »*Scusi, ragazzi*« und erklärt ihnen, dass er gedacht habe, das Motorrad würde Rocco gehören, gibt ihnen den Tipp, ihr Fahrzeug durch die Agip-Waschstraße zu schicken, gesellt sich zu Tolyan Andreewitsch, der sich bereits eine Parliament zwischen die Lippen gesteckt, die Zigarette aber noch nicht angezündet hat, und zeigt in die Richtung, in die Roccos Alfa Romeo mit Cristina davongefahren ist.

»So ein Arschloch!«

Der Moldawier grinst.

»Entschuldige. Ich meine. Findest du das normal? Nachdem er sie vermöbelt und betrogen hat und sie so weit bringt, dass sie sich auf die Straße legt und sich eine Kugel durch den Kopf jagen will, fährt sie einfach mit dem Affen mit, als wär nie was gewesen!«

Angelo macht eine Pause, in der er energisch den Kopf schüttelt. »Da soll jemand die Weiber verstehen ...«

Tolyan Andreewitsch holt erneut seinen Geldbeutel hervor, nimmt daraus einen der rötlichen 500-Euro-Scheine, die ihm Cristina nach dem Unfall erst geklaut und dann im »Dolce della Luna« erst wiedergegeben hat.

»Da gibt's nix zu verstehen. Schau, Angelo. Stell dir mal vor, Cristina kommt jetzt zurück und sagt dir, du sollst mit ihr mitgehen. Was würdest du dann machen?«, fragt Tolyan Andreewitsch und geht langsam auf die beiden Montréaler Jungs zu, die ihr Motorrad besorgt begutachten und sich untereinander auf Französisch unterhalten, und bietet ihnen den 500-Euro-Schein als Entschädigung an. Der Montréaler, der sich vorhin die Füße im Waschbecken gewaschen hat, nimmt die EZB-Banknote entgegen, betrachtet die unbekannte Brücke auf dem 500-Euro-Schein mit viel größerer Begeisterung als das Porträt von Stefan dem Großen und Heiligen auf dem moldawischen 200-Lei-Geldstück zuvor, wirft seinem Kollegen einen fragenden Blick zu; jener erstrahlt ebenfalls enthusiastisch beim Anblick der langweiligen Brücke auf den 500 Euro und nickt: Die Kanadier sind mit der Reparationszahlung einverstanden.

»Da würd ich mitgehen«, ruft Angelo dem Moldawier nach.

Der Moldawier schüttelt den beiden soeben versöhnten Kanadiern die Hand und dreht sich wieder zu Angelo um.

»Eben, genauso wie Cristina mit Rocco mitgegangen ist.«

»Und was beweist das?«

»Liebe macht blind.«

»Ich find's trotzdem scheiße.«

Etwa eine halbe Stunde später sitzen die beiden, Angelo und Tolyan Andreewitsch, im Restaurant der Agip-Tankstelle und warten auf ihr Essen.

Im Hintergrund ist eine lebensbejahende Tarantella der Mailänder Band Figli di madre ignota zu hören. Angelo sitzt schweigend da und spielt mit seinem Besteck. Dann sieht er den Moldawier an.

»Sag, diese Leute in diesem moldawischen Zuccherificio, von denen du erzählt hast. Die sind doch damals, 1991, aus ihrem Zuccherificio, ihrer Zuckerfabrik, verjagt worden, richtig?«

»*Sì*. Sind sie.«

»Haben sie dabei alles verloren?«

»Ja.«

»Die 40 Tonnen Zucker?«

»*Perduti*, verloren.«

»Die Villa?«

»Du meinst Hlebniks Datscha? Verloren.«

»Die Wertgegenstände?«

»Verloren.«

»Die Schnapsbrennanlage?«

»Verloren.«

»Der Schnaps? Die GroSoRe-Bilder? Die Doktorenwurstvorräte?«

»Alles verloren.«

Angelo schweigt einen Moment.

Ein Kaffeeautomat vibriert laut auf. Besteck klappert. Ein Sack Pommes wird in die Friteuse geworfen.

»Und wie haben die sich damals aus der Sache rausgeritten?«

WAS TUN?

1991. DONDUŞENIER UMLAND, REPUBLIK MOLDOVA

> DICH HAT GOTT GEMACHT MIT ZWEI ARMEN, ZWEI BEINEN, EINEM KOPF, ZWEI OHREN, ZWEI AUGEN, EINEM MUND UND EINEM HAUFEN PROBLEMEN, NICHIFOR. UND ICH, ICH BIN DAFÜR DA, DIE PROBLEME ZU LÖSEN.
>
> DER BULIBASCHA VON OTACI

Unabhängigkeit und Tante Agnieszkas Telegramm aus Krakau

Ilytschs ausgelagerte Schnapsbrennanlage. Abendstromausfall. Ein Lagerfeuer brennt. Vadim der Maler starrt in die Flammen.

»Am 7. November 1989 um etwa 7.30 Uhr finde ich mich vor der Republikanischen Klinik für ansteckende Krankheiten in Chişinău ein, um in den Kolonnen der Moldawischen Volksfront gegen die Sowjetführung zu protestieren. Vor uns: T-72-Panzer und Raketenfahrzeuge. Sie warten auf das Signal, die Militärparade anlässlich des 72. Jahrestages der Oktoberrevolution zu starten. Und wir von der Moldawischen Volksfront warten, dass etwas passiert. Aber es passiert nichts. Zeit vergeht und nichts geschieht. Es ist kalt und ungemütlich. Und nichts passiert. Irgendwann mal tritt aus der versammelten Menge eine Gruppe von etwa hundert Bürgern vor und bleibt stehen. Ich frage mich, was die da vorhaben. Und ob ich mich zu ihnen stellen soll oder nicht. Nach einigem Zögern entscheide ich mich dazu, in der Kolonne zu bleiben, weil ich mir sage: In der Masse ist man stärker. Und diese hundert Zivilisten, die aus den Kolonnen der Moldawischen

Volksfront vorgetreten sind, gehen dann auf die Fahrbahn, wo die T-72-Panzer und die Raketenfahrzeuge hätten fahren sollen. Dort zünden sie Parastas-Kerzen an, um auf diese Weise ihren friedlichen Protest gegen die Militärparade kundzutun. Zusätzlich dazu rufen sie Slogans wie:

›Wir wollen ein besseres Leben, keine Panzer!‹ oder ›Wir wollen Lebensmittel, keine Raketen!‹

Es passiert wieder nichts.

Etwa sieben Minuten später erscheint vom hinteren Teil der Orhei-Straße eine Abteilung Druschinniks unter dem Kommando eines Hauptmanns. Ohne die friedlich mit ihren Kerzen protestierenden Zivilisten vorher zu warnen, schreit der Hauptmann auf Russisch ›Auf sie!‹ und alle etwa sechzig Druschinnik-Karatisten fangen daraufhin an, wahllos auf die versammelten Bürger einzudreschen. Ein Teil der Druschinniks schleppt ein paar der Zivilisten auf die andere Straßenseite, wo sie die Gesundheit der Protestierenden mit Schlagstöcken und Eisenstangen beschädigen.

Die zweite Gruppe Druschinniks attackiert zur gleichen Zeit die Passanten, die aus der Klinik für ansteckende Krankheiten kommen. Ich konnte hören, wie die Druschinniks die für Karatisten typischen Kampfrufe ›Yaa! Yaa!‹ schreien. Und da denke ich mir: Ja, Vadim, hier bist du nicht beim Tannenbäumchen der Futuristen.

Alle wurden zusammengeschlagen. Die Passanten auf dem Gehsteig genauso wie die Demonstranten mit den Parastas-Kerzen in den Händen, die von den Druschinnik-Karatisten mit den Metallmülleimern der benachbarten Trolleybushaltestelle vermöbelt wurden. Das brachte mich auf den Gedanken, dass die Druschinniks, also diese Art zivile Bürgerwehr, in Wirklichkeit eine zivil getarnte Abteilung der Sonderstreitkräfte sein muss.

Viele der Opfer wurden von den Patienten der Klinik für ansteckende Krankheiten mit Verbandszeug erstversorgt. Ein Patient aus der Klinik warf einem Verwundeten aus seinem Zimmer im zweiten Stock ein Handtuch zu, damit sich dieser die Platzwunde am Kopf reinigen konnte. Dieses blutige Handtuch flog rein zufällig mir in die Arme. Ich fing es auf und hob es, ohne wirklich darüber lang nachzudenken, in die Luft. Daraufhin wurde ich plötzlich von den noch unverletzten Demonstranten ergriffen und wie eine lebende Standarte bis zu den Tribünen getragen. Die Parteiführer der Moldawischen SSR machten mir wortlos Platz auf der Tribüne und lösten sich angesichts der erzürnten Kolonne der Moldawischen Volksfront wie in Luft auf. Und so stand ich ganz allein dort oben mit dem blutigen Handtuch in der Hand und winkte dem moldawischen Volk zu.«

Vadim der Maler imitiert sein Winken von damals.

»Und jetzt, nach weniger als zwei Jahren, haben wir's geschafft.« Vadim der Maler wirft einen Blick auf seine Casio-Uhr.

»Seit etwa acht Stunden sind wir ein unabhängiges Land, die Republik Moldova. Gutes Gefühl, nicht wahr? Die Feiheit.«

Der Ewig Hungrige Historiker Roma Flocosu steht vor dem Lagerfeuer, mit einem angetrockneten Stück Brotfabrik-Brot und einer Metalltasse Samagon in der Hand. Sein Blick ist leer, seine Miene versteinert. Seine Augen hungrig.

»Ich scheiß mich vor Begeisterung gleich an.«

Flocosu nimmt einen Schluck von Ilytschs unverdünntem Samagon, knabbert an seinem Brot und denkt sich:

Das Arschloch. Wenn der Bulibascha uns wenigstens die Wertgegenstände oder die Doktorenwurstvorräte gelassen hätte. Aber nein, der lässt uns lieber hier auf der eisernen Ration sitzen. Hoffentlich friert's uns hier draußen nicht die Nieren ab.

Der EHH Roma Flocosu gestikuliert wild mit seinem Stück Brot in der Hand.

»Aber so ein falscher Fuffziger auch, der Bulibascha! Überleg doch mal: Zuerst murkst er Direktor Hlebnik ab, und dann hat er auch noch den Nerv, uns diesen selbstfabrizierten Schenkungsurkundenwisch aufs Auge zu drücken, und tut auch noch so, als hätte ihm Zuckerfabrikdirektor Hlebnik tatsächlich die Fabrik vermacht, vor seiner Amerika-Abreise! Wie gern hätt ich ihm gesagt, dass der Hlebnik zurückgekehrt ist, aus Amerika ...«

»Das ist auch gut so, Roma – dass der Bulibascha nichts davon weiß, mein ich. Der Direktor wird uns bestimmt noch nützlich sein, in irgendeiner Form. Aber zunächst müssen wir auf eine andere, viel dringendere Frage eine Antwort finden«, gibt Vadim zu bedenken, macht es sich auf einem anderen Holzstamm bequem und stochert mit einem Ast im Feuer herum.

»Und an welche Frage hast du da gedacht, Vadim?«

»Warum hat der Bulibascha Zuckerfabrikdirektor Hlebnik überhaupt beseitigen lassen? Ich glaube nämlich, dass es da um viel mehr gegangen sein muss als um 40 Tonnen Zucker oder um Hlebniks Datscha.«

Roma nickt und versinkt in seinen Gedanken.

Hinter Vadim stolziert indes der Inspirationshahn des Malers vorbei. Trotzki geht auf das melanzanifarbene tschechoslowakische Gefährt Pitirim Tutunarus zu. Die Hintertür des Fahrzeugs steht offen, und Trotzki springt hinein. Dort sitzen auf einem mit frischem Heu und Gras bedeckten Schuhabstellregal drei Hühner, die der Dondușenier Schwarzmarktspekulant Pitirim Tutunaru und seine Gefährten als die »russischen Klassiker« bezeichnen. Die stoischen Hühnergesichter der russischen Klassiker begutachten misstrauisch die Italienischlehrerin Nadja Pilipciuc, die sich ihnen nähert.

»Wie kannst du eigentlich immer erkennen, wer von den Klassikern wer ist, Pitirim?«

Tutunaru schaut plötzlich hinter der letzten Sitzbankreihe seines Minibusses hervor, wirft einen Blick auf die Hühner und sagt:

»Jetzt von links, ich meine mein links, nach rechts: Gogol, Lermontow und Puschkin.«

»Und woher weißt du das so genau?«

»Die drei haben unterschiedliche Charaktere und Persönlichkeiten, daran kann man sie auseinanderhalten. Aber das braucht einige Zeit und Übung, bis man das erkennt, auch weil sie einige wichtige Charaktereigenschaften teilen. Sie legen zum Beispiel alle ein todesverachtendes Verhalten an den Tag. Puschkin und Lermontow etwa haben sich in den letzten Tagen mehrmals duelliert, mit Esenin, dem Kater. Doch Esenin der Kater hat ihnen nie etwas angetan, trotz seiner physischen Überlegenheit. Esenin ist nämlich ein eher melancholischer Kater, weißt du. Wahrscheinlich fand er tief in seinem Inneren sogar Verständnis für ihr Verhalten. Es ist noch nicht lange her, da schlief Esenin friedlich zwischen Puschkin und Lermontow in Isidoras Schoß. Aber auch Gogol ist kein Kind von traurigen Eltern, wenn du mich fragst. Ach ja, und noch etwas Wichtiges verbindet die drei: Sie sind unzertrennlich. Sie gehen sogar zusammen spazieren. Deshalb haben wir sie sofort die ›russischen Klassiker‹ getauft, nachdem Vadim und ich die Hühner auf einer Samagon-Verkaufstour in Pivniceni bei einer Alkoholikerin erworben hatten.«

»Und Trotzki?«

»Trotzki? Der kam später dazu, der ist aus Transnistrien.«

»Schau mal, Gogol hat zwei Eier gelegt!«, bemerkt Nadja mit einem zufriedenen Lächeln, schubst Gogol ein wenig zur Seite, legt Gogols Produktion in ein gepolstertes Körbchen, gibt Pitirim Tutunaru einen Kuss auf die Lippen und geht zu Lermontow über.

Der Dondușenier Spekulant stöbert indes weiter in seinem Minibus tschechoslowakischer Produktion. Nach einiger Zeit findet er das Gesuchte: Es ist ein GroSoRe-Ölbild Vadims, das sie zusammen mit dem Minibus, Trotzki und den Hühnern aus der Zuckerfabrik haben retten können, es ist Tutunarus Lieblingsbild. Darauf zu sehen ist Pitirim selbst, zusammen mit Felix Edmundowitsch dem Fuchs. Man sieht sie auf einem Diwan sitzen, Tee trinken und einander Anekdoten erzählen, wie der Titel des Bildes – *Die Anekdotenerzähler* – suggeriert.

Tutunaru lächelt den Fuchs auf dem Gemälde verschmitzt an und erinnert sich an das seltsame Betragen Felix Edmundowitschs in der Zuckerfabrik:

Dort legte der Fuchs nämlich ein absolut stalinistisches Verhalten an den Tag. Er tötete Ratten, manchmal ließ er sie aus unerklärlichen Gründen laufen, um dann ein Huhn zu reißen, das sich eigentlich vor Felix Edmundowitsch sicher fühlte und sogar mit ihm eine emotionale Bindung eingegangen war. Einmal schnappte sich Felix Edmundowitsch sogar Trotzki, ging mit ihm im Maul über den Hof der Zuckerfabrik spazieren, und als sich Trotzki bereits seines Verderbens und seines bevorstehenden Todes absolut sicher war, in seinem Inneren stoisch die Stationen seines Lebens durchging, ließ Felix Edmundowitsch Trotzki behutsam auf den Boden fallen und eskortierte ihn wieder zurück an seinen angestammten Platz in der Abfüllhalle 2 der Zuckerfabrik von Donduşeni. So gingen sie schweigsam eine Zeit lang nebeneinander, jeder von ihnen mit seinen eigenen Gedanken beschäftigt. Und als Trotzki wieder zu den russischen Klassikern zurückkehrte, wurde ihm sein Platz wieder geräumt und sein Ansehen stieg, die Hühner buhlten mit großem Enthusiasmus um seine Gunst und ließen sich gerne von Trotzki besteigen, dem Hahn, der von nun an als der Freund und Weggefährte Felix Edmundowitschs galt. Das wiederum steigerte die Eierproduktion in der Zuckerfabrik, über die sich Tutunaru jeden Morgen freute, und ihn ließ nun der Gedanke nicht mehr los, dass Felix Edmundowitsch über diese Zusammenhänge Bescheid wusste und Tutunaru auf diese Weise seine Zuneigung zum Ausdruck bringen wollte. In seinem Inneren war Tutunaru nämlich schon immer davon überzeugt, dass Felix Edmundowitsch, der Fuchs, der Wladimir Pawlowitsch seinerzeit in gewisser Weise vor dem Selbstmord gerettet hatte, eine faszinierende Persönlichkeit besaß, und manchmal stellte sich Tutunaru vor, dass er mit dem Fuchs bei einem Gläschen Zitronentee in Zuckerfabrikdirektor Hlebniks Datscha säße und Felix Edmundowitsch ihm einen unanständigen Herrenwitz erzählen würde, mit seiner fleckigen rechten Pfote gestikulierend. Dann würde Tutunaru ganz unerwartet das Thema wechseln, um den Fuchs herauszufordern, und ihm eine Frage stellen wie:

»Was sagen Sie zu Knjasews *Rotem Evangelium,* mein lieber Felix Edmundowitsch?«

Darauf würde sich der Fuchs mit seiner seidigen Zunge über die Nase fahren, sein Maul spitzen, einen Schluck Tee schlürfen, wie jemand, der um die dramaturgische Bedeutung einer gezielt eingesetzten Pause weiß, um dann so etwas zu antworten wie:

»Ach, was soll ich dazu sagen, das Werk eines mittelmäßigen und vergessenen Dichters.«

»Und die Liebe in der Nachkriegszeit aus Ihrer Sicht, Felix Edmundowitsch?«

»Mädchen lieben Offiziere,
Frauen mehr den Mann am Steuer,
Mädchen lieben wegen Kohle,
Frauen mehr das Holz fürs Feuer.«

»Und wen lieben Sie am meisten, Felix Edmundowitsch?«

»Ich?«, kurze Pause, der Fuchs überlegt, dann hüstelt er und antwortet: »Kinder. Oft habe ich das Gefühl, dass sogar eine Mutter sie nicht so innig lieben könnte wie ich …«

Tutunaru hat Vadim dem Maler mal bei einem Glas von Ilytschs Schnaps von dieser Vorstellung erzählt, und das Resultat war dann das Bild mit dem Fuchs, dem Vadim irgendwie auch mit seinem Pinsel diese stalinistische Atmosphäre eingeprägt hat.

»Und, was verlangen wir für *Die Anekdotenerzähler?*« – Der bärtige Vadim steht mit einem sowjetischen Pass und einem Samagonbecher in der Hand hinter Tutunaru.

»Zwei Staatsbürgerschaften, mindestens.«

Vadim lacht.

Sie gehen zurück zum Lagerfeuer.

»Hier, Nadja, dein polnisches Visum, hab ich noch bekommen!«, verkündet Vadim der Maler feierlich und hält der Italienischlehrerin ihren sowjetischen Pass entgegen: »Wenn ich gewusst hätte, dass der Gauner von Bulibascha uns eh den ganzen Schnaps und den Zucker wegnimmt, hätt ich den Arapu nicht so lange damit genervt, dass er den Preis runterdrückt«, und wieder zu Tutunaru gewandt: »Und das Telegramm aus Polen ist auch schon da. Aber, wie man sagt: *Was nützt es einem, wenn die Milch dick ist?*«

»Welches Telegramm?«

»Von der Tante Agnieszka.«

»Welche Tante Agnieszka?«

»Ich hab da eine Bekannte beim Donduşenier Hauptpostamt, die rothaarige Taisa, sie kann solche Telegramme aus Polen für das nötige Kleingeld und die nötige physische Zuwendung herzaubern ...«, gibt Vadim der Maler als Antwort, grinst listig, schnappt sich einen Maiskolben aus der Glut des Lagerfeuers und schält ihn behutsam.

Pitirim Tutunaru zündet sich eine moldawische Kosmos an, nimmt einen kräftigen Zug und erklärt der Italienischlehrerin hierauf in wenigen Sätzen die »Tante-Agnieszka-ist-gestorben.-Komm-bitte-schnell-zum-Begräbnis!«-Methode, die Vadim bereits zweimal auf seinen Polen-Expeditionen erfolgreich angewandt hat, um vom Zoll unbehelligt mit Fleischwaagen und Kunstgegenständen über die polnische Grenze zu kommen, und welche er, Pitirim Tutunaru, für ihre Ausreise nach Italien ebenfalls anzuwenden gedachte:

»Die Methode ist einfach. Schau, wenn du nach Polen verreisen willst und ein Polen-Visum bereits deinen hübschen sowjetischen Reisepass schmückt, machst du Folgendes: Du lässt dir ein Telegramm schicken, aus Polen, in dem du durch polnische Angehörige vom Tod deiner Tante XY – in unserem Fall Tante Agnieszka in Krakau – informiert wirst. Am besten steht dort noch ein Datum, für wann das Begräbnis angesetzt ist. Zwei, drei Tage vor diesem Datum, keinesfalls früher, fährst du los.«

»Aber wozu der ganze Aufwand? Wenn man schon ein polnisches Visum hat?«

Pitirim nimmt einen weiteren Zug von seiner Kosmos und bläst den Rauch langsam aus:

»Mit diesem Telegramm kommst du viel einfacher an Zugtickets, die es offiziell nicht mehr gibt, oder an Platzreservierungen für Züge, die offiziell schon komplett belegt sind, wie zum Beispiel für den Zug von Lwow nach Przemyśl. Da gibt es nämlich ein Sonderkontingent an Plätzen für solche Härtefälle, es ist nur so, dass dir das keiner sagen wird, du musst selber darüber Bescheid wissen, zum Bahnhofs-Chef gehen und auf dein Recht bestehen, im Notfall einen kleinen Skandal veranstalten, indem du ein paarmal dezent auf deine Tante Agnieszka und ihr Begräbnis in Krakau hinweist und dem Bahnhofs-Chef ein kleines Geschenk zusteckst. Der Bahnhofs-Chef redet dann mit dem Zugchef, am besten du steckst dem auch eine Kleinigkeit zu, und so kommst du also in den Zug nach Polen rein, an den ganzen Hunderten von Bürgern vorbei, die nicht in den Zug reingelassen werden und die schon mehrere schlaflose Nächte hinter sich haben. Glaub mir, du willst nicht zu einem von diesen Hunderten Sowjetbürgern gehören, die sich die Koffer mit komplizierten Seilkonstruktionen und kleinen Warnglöckchen um den Körper binden und auf diesen Gepäckbergen wie brütende Hühnchen tage- und nächtelang in den unbeheizten vorkarpatischen Bahnhofshallen der Iwanofrankowsker Oblast ausharren, um doch irgendwann irgendwie einen Platz im Zug nach Polen zu ergattern.«

»Man kann sich doch die Fahrkarten im Voraus organisieren.«

»Im Voraus kann man bei uns keine internationalen Tickets buchen, zumindest nicht nach Polen. Aber das ist in unserem Fall auch alles egal, da wir sowieso mit dem Minibus fahren wollen.« Tutunaru nimmt einen weiteren Zug von seiner moldawischen Filterzigarette.

»Wichtig wäre das ›Tante-Agnieszka-ist-gestorben.-Komm-bitte-schnell-zum-Begräbnis!‹-Telegramm allerdings, um am Zoll vorbeizukommen, verstehst du? Wertgegenstände sind nämlich schwer über die Grenze zu bringen. Deswegen hätten wir den Schurken vom Zoll das Telegramm gezeigt und die Wertgegenstände als Geschenke für die tote Tante Agnieszka und die Verwandtschaft in Krakau, als Sachbeteiligung an den Begräbnisunkosten, deklariert.«

»Die Polen sind sehr gläubig, weißt. Sehr katholisch. Bei denen funktioniert die Masche mit dem Begräbnis ganz gut«, bemerkt Vadim der Maler und beißt in seinen Maiskolben hinein.

Tutunaru nickt.

»Dann wären wir also damit nach Polen gekommen, hätten das Zeug in Polen verkauft und in konvertible Valuta umgetauscht und hätten uns damit dann eine Italien-Reise gebucht, wären nach Italien gereist und wären dann in Italien geblieben. Das war unser Szenario. Allerdings haben wir jetzt blöderweise keine Bilder und keine Wertgegenstände mehr, die wir zu Geld machen könnten.«

»Und in Italien? Wie wär's in Italien weitergegangen?«, will Nadja wissen.

Tutunaru wirft seine Kosmos ins Feuer.

»In Italien? Ganz einfach: Mithilfe des Geldes vom Verkauf der Wertgegenstände, die wir jetzt nicht mehr haben, hätten wir uns die erste Zeit über Wasser gehalten. Mit Vadims GroSoRe-Bildern, die wir reichen Italienern verkauft hätten, hätten wir uns die italienischen Papiere besorgt und unser Transportunternehmen für Personen- und Warenverkehr zwischen Italien und Moldawien auf die Beine gestellt. Im Westen kontrolliert nämlich das Kapital die Gesellschaft. Und wer kontrolliert das Kapital? Die Reichen. Sie kontrollieren die Wirtschaft, und die Wirtschaft lenkt die Politik. Das bedeutet also, dass es für einen gut vernetzten italienischen Reichen, der sich selbst respektiert, überhaupt kein Problem wäre, uns eine italienische Staatsbürgerschaft zu organisieren. Verstehst du?«

»Und wer hätte die Dienste unserer Speditionsfirma in Anspruch nehmen sollen, wenn es in Italien doch gar keine Moldawier gibt?«

»›Moldawien ist ein Land voll kluger Leute‹, sagt man. Richtig, oder?«

»Ja, und?«

»Na ja, wenn mindestens jeder vierte Moldawier klug ist, können wir davon ausgehen, dass in den nächsten Jahren mindestens eine Million Moldawier auswandern werden, um dem submoldawischen Lebensstandard in unserer idyllischen Weinrepublik zu entfliehen. Oder dem Bürgerkrieg mit dem separatistischen Transnistrien, der über kurz oder lang kommen wird. Und diese Leute. Diese Leute werden sich überlegen, wie sie sich ein besseren Leben organisieren können. Diese Leute werden deswegen über kurz oder lang nach Italien auswandern. Warum nach Italien? Weil Italien das Moldawier-affinste Land Westeuropas ist – die Sprache, die Mentalität, die Kultur, das Klima … Darum wären diese Leute, schätzungsweise ein Viertel der moldawischen Bevölkerung, unsere potenziellen Kunden. Und ich persönlich glaube, dass sie die Dienste unseres Transportunternehmens für Personen- und Warenverkehr zwischen Italien und Moldawien dankbar in Anspruch nehmen würden.« – Tutunaru hält kurz inne, denkt nach und verkündet alsdann mit Zuversicht, jedem der Anwesenden hintereinander nach der Manier von Tele-Guru Kaspirowskij aus der Winnitzer Psychiatrie tief in die Pupillen hineinstarrend:

»Jetzt schaut doch nicht so traurig drein wie eine Schar enteigneter Bojarkinder: Geld gab es, Geld wird es geben, nur im Moment ist leider kein Geld da. Dafür –«

»Dafür ist Moldawien heute unabhängig geworden«, fällt Roma Flocosu Tutunaru ins Wort, ebenfalls bemüht, die Stimmung der am Italien-Projekt Beteiligten zu heben.

Der Ewig Hungrige Historiker erntet das eine oder andere Lächeln und grübelt eine Weile laut darüber nach, weswegen denn der Bulibascha von Otaci den Zuckerfabrikdirektor Hlebnik hat beseitigen lassen und ob die Tötung Hlebniks mit ihrer eigenen Vertreibung aus der Zuckerfabrik in Verbindung stehen könnte, ohne jedoch zu einem befriedigenden Ergebnis zu kommen.

»Dessen ungeachtet kehren wir wieder zur Lenin'schen Urfrage ›Was tun?‹ zurück, die wir so schnell wie möglich beantworten sollten. Das Telegramm aus Polen ist ja auch schon da …«, bemerkt Pitirim, schaut auf den kleinen über dem Feuer hängenden Topf, in dem Gogols Eier köcheln, entschuldigt sich kurz und verschwindet in die Dunkelheit der moldawischen Nacht.

Alles im Bottich

Tutunaru sitzt auf einer Bohle im Schuppen, Ilytschs ausgelagerte Schnapsbrennanlage blubbert vor sich hin, blubbert und strahlt Wärme aus. Neben Pitirim sitzt Ilytschs Adjutant Filimon der Schweißer, er trägt eine schwarze Lederjacke und eine Traktoristenmütze, die er nach Kosakenart ein wenig schief in den Nacken geschoben hat. Filimons Äußeres ist nach der Vertreibung aus der Zuckerfabrik ein bisschen zerknautscht, zerzaust und zerkratzt, sein finsterer Blick dafür umso feuriger auf die Schnapsbrennanlage gerichtet, als befände sich dort in den Rohren ihr Widersacher Tudorel-Deomid Balmus höchstpersönlich. Die Unabhängigkeitserklärung Moldawiens scheint an Filimon spurlos vorübergegangen zu sein.

»Die haben uns kalt erwischt, die Schurken … Die haben uns bestimmt seit Längerem observiert. Weißt, Tutunaru, manchmal hatte ich das Gefühl, dass da ein paar Milizler im Gebüsch lauern, draußen vor der Fabrik … Ich hätt die Burschen eine Ladung Schrot in die Büsche schießen lassen sollen, damals, um zu sehen, ob sich da was bewegt. Die wussten nämlich genau Bescheid, wie sie uns überraschen, die Klienten. Na ja, im Nachhinein ist man immer g'scheiter …«, murmelt Filimon der Schweißer schlecht gelaunt, dreht mit seiner rechten Hand den Zylinder eines 38er-Revolvers, lässt ihn einschnappen, dreht ihn erneut, in seiner Linken würgt er eine filterlose Weißmeerkanal-Papirossa, an der er in regelmäßigen Abständen gierig zieht.

»Die hätten uns alle über den Haufen schießen können, wenn sie's gewollt hätten, eigentlich …«

»Na ja, wir sind ja nicht im Bürgerkrieg, um unnötig so ein Blutbad zu veranstalten, das nützt dem Bulibascha ja auch nicht …«

»Und ich sag's dir, Tutunaru: Wir trommeln gleich jetzt unsere Brigade zusammen, sausen zu diesem Balmus nach Otaci und räuchern ihn dort in seiner Windmühle aus, den Zigeuner!«

Filimon verlautbart noch weitere Vorschläge dieser Art, die Tutunaru allesamt mit dem Hinweis abtut:

»Da wirst du dir ganz schön die Zähne ausbeißen, Filimon … Du wirst nicht mal zwei Schritte in seine *Mahala* machen können, ohne dass der Bulibascha genau weiß, dass du da bist; ihm gehört doch die halbe Stadt. Ja, und dann? Wie hast du dir das vorgestellt? Dass du vor seinem Anwesen anfängst in die Luft zu ballern und den Bulibascha rausrufst auf die Straße oder was? Glaubst du nicht, dass er ein paar Busladungen von den Burschen, die uns in der Zuckerfabrik vermöbelt haben, auch bei sich in Otaci auf Abruf parat hat? Oder hast du dir das so vorgestellt: Der Bulibascha kommt reuevoll zu dir raus, entschuldigt sich und händigt dir die Schlüssel zur Zuckerfabrik aus? Ich glaube eher, dass er sich nicht mal selber die Finger schmutzig machen, sondern dir ganz banal einen Streifenwagen der Miliz entgegenschicken wird, mit zwei normalen Milizlern drinnen. Und die Milizleute werden dich und deine Brigade stellen und nach den Waffen fragen. Und was erzählst du ihnen? Dass du deine Zuckerfabrik zurückholen kommst? Und da kommst du schon wegen illegalen Waffenbesitzes dran; bestenfalls stecken sie dich in eine psychiatrische Heilanstalt, in die von Costiujeni zum Beispiel, oder du lieferst dir eine Schießerei mit der Miliz, dann kommen mehr von ihnen vorbei und machen euch alle kalt oder verhaften euch. Deswegen: Wir sollten das Pferd nicht vom Schwanz aufzäumen.«

»Und was schlägst du also vor?«

»Wir müssen eine Schwachstelle finden und den Bulibascha dann so rumkriegen, aber das kann nicht mit Gewalt sein – da sitzt der Bulibascha am weit längeren Hebel«, entgegnet Tutunaru, steht auf, geht zum Alkoholbottich mit dem dahingeschiedenen Zuckerfabrikdirektor Hlebnik darin, zieht einen Zipfel des Banners mit dem Spruch *Hier imitiert die Kunst nicht das Leben, sondern das Leben selbst wird zur Kunst!* zur Seite und starrt Hlebnik an, der im Samagon-Tank schwebt.

Pitirim bemerkt den Helden der sozialistischen Arbeit Wladimir Pawlowitsch, der vor der Hütte seine Wasser-Brennnessel-Prozeduren vollzieht. Der Schwarzbrenner-Autodidakt Filimon der Schweißer raucht seine Weißmeerkanal-Papirossa, ohne ein Wort zu sagen. Und Tutunaru, Tutunaru versucht, sich in den Zuckerfabrikdirektor hineinzuversetzen.

Vor sieben Jahren, 1984 also, wird Wadim Wladimirowitsch Hlebnik Direktor der rayonalen Zuckerfabrik von Dondușeni. Hlebnik baut den Tunnel zwischen seiner Staatsdatscha und der Zuckerfabrik. Und im Tunnel selbst eine illegale Schnapsbrennanlage biblischen Ausmaßes. Die ältesten *Nüchternheit-und-Kultur*-Artikel, die Tutunaru in Hlebniks Tunnel gefunden hat, waren die Bogrinowitsch-Beiträge aus dem Jahr 1985. Wenn man also den Bau von Hlebniks Tunnel nach den Artikeln des *Nüchternheit-und-Kultur*-Journalisten Bogrinowitsch datiert, müsste Hlebnik demnach den Tunnel etwa sechs oder zumindest fünf Jahre vor seinem Tod gebaut haben. Wozu? Sicherlich, um Zucker zu Schnaps zu verarbeiten und den Schnaps auf dem Schwarzmarkt profitabel zu realisieren. Diese These wird auch von dem Umstand bekräftigt, dass einerseits die Gorbatschow'sche Prohibition in diese Periode fällt und dass andererseits Hlebnik damals als Vorsitzender des Nüchternheitskomitees des Rayons Dondușeni der Moldawischen SSR fungiert hat – ein gutes Alibi für seine Schwarzbrennerei. Nächste Frage: Was hat er mit dem Geld gemacht? Mit dem Geld, das er in mindestens fünf Jahren Schnapsbrennen in großem Stil erwirtschaftet hat?

Hätte Hlebnik seinen selbst für einen Nomenklaturisten seiner Klasse außergewöhnlichen Wohlstand offen zur Schau gestellt, wäre er bestimmt aufgeflogen. Er muss also sein Schnaps-Vermögen versteckt haben.

Was passierte damit, als er den Entschluss fasste, nach Amerika auszuwandern? Wenn er es in Form von Geld oder Wertgegenständen versteckt hielt, wollte er es bestimmt mitnehmen. Und da hat womöglich der Bulibascha von Otaci Wind davon bekommen und beschlossen, sich Hlebniks Vermögen unter den Nagel zu reißen und Hlebnik zu beseitigen.

Das ist der Schlüsselpunkt, um den Bulibascha zu knacken: Hlebniks Leiche.

Fragt sich nur, wie …

Der Held der sozialistischen Arbeit Wladimir Pawlowitsch Pușcaș beendet seine Wasser-Brennnessel-Prozeduren und humpelt langsam mit jeweils einem Eimer in der Hand zum Schuppen zurück. Ilytsch sieht mitgenommen, jedoch munter aus, trotz des blauen Auges, das ihm einer von Bulibaschas Männern während der Erstürmung der Zuckerfabrik verpasst hat, nachdem der Held der sozialistischen Arbeit mit seinem Schraubenzieher mehrmals in dessen Wade eingestochen hatte.

»40 Liter Samagon sind alles, was uns noch bleibt, Pitirim, bestenfalls noch 42 bis 43 Liter. Aber dann sitzen wir wirklich auf dem Trockenen. Und dann, dann ist nichts mehr da. Außer wir verwenden noch den Samagon aus dem Alkoholbottich mit Hlebnik …«, gibt Ilytsch zu bedenken, nickt in Richtung des Zuckerfabrikdirektors im Samagon-Tank und stellt die leeren Wassereimer auf dem Boden ab, während Filimon dem Helden der sozialistischen Arbeit einen kaftanartigen Bademantel über die nassen Schultern wirft.

»Wir haben noch den Zuckerfabrikdirektor Hlebnik selbst hier im Alkoholtank …«, korrigiert Tutunaru den Helden der sozialistischen Arbeit.

Verwundert beäugen Ilytsch und Filimon Tutunaru.

»Du willst doch nicht Hlebniks Leiche verkaufen. Oder?«

»Warum denn nicht? Die Fleischpreise steigen.« Pitirim lächelt, winkt ab und teilt Ilytsch und Filimon dem Schweißer seine jüngsten Hlebnik-Überlegungen mit. Nämlich dass Hlebnik der Schlüssel ist, um den Bulibascha auszustechen.

»Abergläubisch ist er schon, der Bulibascha von Otaci, und das nicht wenig …«, bestätigt der Held der sozialistischen Arbeit Wladimir Pawlowitsch Puşcaş und schenkt in drei Aluminiumtassen jeweils etwas Samagon ein.

»Ich hab gehört, bis jetzt hat der Tudorel-Deomid keine einzige von Kaspirowskijs Hypnose-Sessionen im Fernsehen verpasst …«, ergänzt Ilytsch und händigt die Samagon-Tassen an seinen Adjutanten und an Tutunaru aus. Pitirim nimmt mit Dank seine Tasse entgegen und zündet sich eine Kosmos an. Hlebniks Arme und seine Cowboystiefel bewegen sich ganz leicht im Alkoholtank, als würde der Zuckerfabrikdirektor durch den Alkohol schweben und Tutunaru schüchtern zuwinken. So wie er da im zittrigen Licht der Parastas-Kerze im Samagon-Bottich treibt, wirkt Zuckerfabrikdirektor Hlebnik sehr glücklich und zufrieden.

»Wenn ich mal sterbe, möchte ich auch eine Alkoholbestattung haben!«, verkündet Ilytsch, seinen Blick auf den Zuckerfabrikdirektor im Schnapstank gerichtet. »Man kann da ja auch frische Schnittblumen reinwerfen und die welken nicht. Und man bleibt schön und frisch in der Erinnerung seiner Freunde und Angehörigen, die einen auch zwanzig Jahre später anschauen können, ohne sich übergeben zu müssen … Und die Urenkel, die können auch jederzeit sehen, wie ihr Urgroßvater mal ausgesehen hat. Ich sehe da nur Vorteile. *Nu hai davai*, Prost!«

Die Männer lachen, stoßen an und trinken; Tutunaru ergreift das Wort: »Wenn wir es schaffen würden, Hlebnik mit dem Bulibascha von Otaci in übernatürlichen Kontakt zu bringen. Na ja, wie soll ich das erklären …«

»Du meinst, wenn Hlebnik dem Bulibascha im Traum erscheinen könnte und ihm ein bisschen Angst einjagen würde, damit er uns die Zuckerfabrik wieder zurückgibt?«

»Ja, klingt weit hergeholt und schwammig, ich weiß, aber –«

»Du meinst, wir sollen den Bulibascha von Otaci verhexen?«

»Ja.«

Wladimir Pawlowitsch nimmt einen Schluck aus seiner Samagon-Tasse.

»Wieso eigentlich nicht? Also, ich weiß ja nicht, wie's bei euch mit dem Italien-Plan noch aussieht, aber ich für meinen Teil habe auf jeden Fall noch vor, in Hlebniks Zuckerfabrik ein sozialistisches Schnapswerk aufzubauen. Und ich will den Rest von den 40 Tonnen Zucker, die Schnapsbrennanlage in Hlebniks Tunnel und seine Datscha wiederhaben!«

»Und die Wertgegenstände?«

»Die Wertgegenstände würd ich vergessen, die wird der Bulibascha schon längst verhökert haben an einen seiner Hehler-Kumpanen in Mogiljow-Podolski. Ihr könntet aber beim Bulibascha Hlebniks Vermögen reklamieren. Dann habt ihr genug Geld, um nach Italien zu kommen, euch dort die Staatsbürgerschaften zu besorgen, diese Speditionsfirma zu gründen und wie normale Menschen zu leben. Und was haben wir denn bitte schön zu verlieren? Gar nichts!«

»Die Frage ist nur, wer könnte so was machen?«, gibt Filimon der Schweißer zu bedenken.

»Was ist eigentlich mit deiner Großtante Lidia Iwanowna? Die hat doch so was sicher drauf, Pitirim. Eine kleine Verzauberung des Bulibaschas von Otaci, das wär doch gelacht für sie ... Lass uns gleich jetzt rüberfahren zu ihr!«, schlägt der Held der sozialistischen Arbeit Wladimir Pawlowitsch Puşcaş vor.

»Wär's nicht besser morgen?«

»Wieso besser morgen? Morgen hat sie bestimmt wieder Hunderte von Kunden. Und unser Fall ist dringend: Wer zu spät kommt, den bestraft die Geschichte. Die 40 Liter Schnaps nehmen wir mit, als Gastgeschenk und Opfergabe. Filimon, füll bitte den Samagon in die zwei 20-Liter-Benzinkanister um, wir fahren zu Lidia Iwanowna!«

Filimon der Schweißer schreitet sofort zur Tat, sichtlich erleichtert, dass ein Entschluss gefasst wurde und dass nun der Aktionsplan steht.

Pitirim füllt sicherheitshalber noch ein 3-Liter-Einmachglas mit dem Samagon aus Zuckerfabrikdirektor Hlebniks Alkoholbottich und deckt den Direktor anschließend wieder mit dem Banner zu. Der Held der sozialistischen Arbeit zieht sich währenddessen um, und Felix Edmundowitsch der Fuchs trottet an der Hütte und an den geschäftigen Männern vorbei, bleibt kurz stehen, hüstelt leicht und geht dann wieder seiner Wege, Richtung Lagerfeuer, wo sich Nadja Pilipciuc und Roma Flocosu miteinander unterhalten.

»Wie kommt Felix Edmundowitsch denn hierher?«, wundert sich Tutunaru mit dem 3-Liter-Einmachglas Hlebnik-Samagon in der Hand.

»Den Felix Edmundowitsch haben wir im Seitenwagen deines Minsk-Motorrades mitgenommen. Wir lassen doch keinen von den Unsrigen zurück!«, erklärt Ilytsch feierlich, knöpft sein Kronstadt-Kurort-Sommerhemd zu und kämmt sich die feuchten Haare nach hinten. »Hier hat er genug Platz zum Auslaufen. Und kann im Wald nach Herzenslust Viecher jagen. Und vielleicht läuft ihm da auch mal eine hübsche Füchsin über den Weg. Da muss der Felix Edmundowitsch nicht ständig alleinstehend sein ...«

Tutunaru nimmt einen letzten Zug von seiner Kosmos und ruft Ilytschs Adjutanten, der fleißig mit den Benzin-Kanistern hantiert, zu: »Wenn du alte Fotos dabeihast, Filimon, nimm sie bitte mit, für die Lidia Iwanowna zum Üben ... Die von Ilytsch und mir hat sie schon alle durch.«

Lidia Iwanownas mildes Lächeln

Die pensionierte Kommissarin für Lebensmittelindustrie des Rayonalen Sowjets Nord der Moldawischen Sowjetischen Sozialistischen Republik und Trägerin des Rotbannerordens Lidia Iwanowna Cernei betrachtet mit einem ernsten Gesichtsausdruck Filimons Foto. Darauf ist eine Gruppe Sowjetbürger aller Altersstufen zu sehen, die in festlicher Kleidung vor einer Kolchose mit dem Namen »Ilytschs Weg« posieren. Das Medium, das nach dem sowjetischen Volksparfum »Olympischer Teddybär auf dem Holzscheit« riecht, studiert aufmerksam das Gruppenfoto.

Filimon der Schweißer, Pitirim Tutunaru und Wladimir Pawlowitsch sehen ebenfalls gebannt auf das Bild.

Dann hält Lidia Iwanowna ihren Zeigefinger der Reihe nach über die abgebildeten Personen, von links nach rechts, fährt rhythmisch darüber und verkündet:

»Lebt. Lebt. Tot. Tot. Tot. Tot. Tot. Lebt noch, aber nimmer lang. Lebt. Lebt. Tot. Lebt. Tot. Im Sterben. Lebt. Lebt. Tot. Lebt ...«

»Alles richtig!«, bestätigt Filimon der Schweißer und nimmt das zwölfte und letzte vom Medium fehlerfrei durchanalysierte Schwarz-weiß-Bild entgegen.

»Man muss eben üben, damit einem die Fähigkeiten nicht einschlafen.«

Als das Medium vorschlägt, nun die Todesursachen und die Todesumstände der Bürger auf Filimons zwölf Bildern zu bestimmen, versichern ihr die Anwesenden heftigst, dass das nicht nötig sei.

»Wie ihr wollt.«

Lidia Iwanowna steht auf, holt aus dem in einer Ecke der Sommerküche leiernden Kühlschrank ein Glas Schattenmorellen, verteilt sie auf drei kleine Dessertteller und serviert sie ihren Gästen, die sich bedanken und bereitwillig das Obst verspeisen, nachdem Pitirim Ilytsch und Filimon den Schweißer auf dem Weg zum Medium extra darauf hingewiesen hat, dass Lidia Iwanowna falsche Bescheidenheit nicht mag.

Der Held der sozialistischen Arbeit wirft einen schnellen Kontrollblick in die Tiefe von Lidia Iwanownas Sommerküche: Die Kanister mit dem Samagon, die Opfergabe an das Medium, sind fein säuberlich neben und das 3-Liter-Einmachglas mit dem Hlebnik-Samagon auf dem Kühlschrank abgestellt. Auf einem A3-Blatt Millimeterpapier ruht ihr ausformuliertes Bulibascha-Bittgesuch zusammengefaltet in des Mediums Händen.

»Alles da«, konstatiert der Held der sozialistischen Arbeit beruhigt, spuckt den Kern einer Schattenmorelle dezent aus, legt ihn auf der Tischplatte ab und wartet geduldig auf das, was noch kommen soll.

Lidia Iwanowna blickt ihren Großneffen Pitirim fürsorglich an.

»Vor einigen Tagen ist der Corbulaner Protodiakon Derimedont mit einer Familienpackung Parastas-Kerzen hier bei mir gewesen. Er wusste nur Gutes über dich zu berichten und sagte auch, du hättest ihn zu mir geschickt. Das hat mich sehr gefreut. Und jetzt kommst du also selber … Tja. Ich habe euer Bittgesuch gelesen. Seltsam die Situation, seltsam der ganze Fall …«, spricht Lidia Iwanowna, setzt sich wieder an den Tisch und berichtet Pitirim, Ilytsch und Filimon dem Schweißer über ihre letzte Begegnung mit Zuckerfabrikdirektor Hlebnik, ohne das Bulibascha-Bittgesuch der drei aus den Händen zu legen.

»Hlebnik ist hier bei mir gewesen, bevor er nach Amerika abreisen wollte. Der hat mir damals vertraulich erzählt, dass er seit der Gorbatschow'schen Prohibition eine versteckte Schnapsbrennanlage im Tunnel seiner Donduşenier Zuckerfabrik betreibt. In regelmäßigen Abständen ließ er den Zucker dorthin bringen, zwischen 150 und 200 Tonnen Zucker pro Saison, und zu hochwertigem Samagon verarbeiten. Der Bulibascha von Otaci war Hlebniks Partner. Sie machten halbe-halbe. Zuckerfabrikdirektor Hlebnik selbst stellte das Produkt, die Technologie, die Lagerräume, die Transportmittel, seine Apparatschik-Protektion sowie seine Kontakte aus dem Rayonparteiaktiv zur Verfügung, und der Bulibascha von Otaci stellte die Leute, die dort arbeiteten, und organisierte mithilfe der Schwarzhändlergilde von Donduşeni über seine Kooperative EL GITANO SRL den Export des Schnapses ins Ausland. Seit Gorbatschows Bankreform durften sowjetische Kooperativen nämlich Teile der sowjetischen Produktion zu Weltmarktpreisen direkt ans Ausland verkaufen und das Geld auch bei ausländischen Banken anlegen, was der Bulibascha auch getan hat: Er legte seinen Anteil am Geschäft bei einer ungarischen

Bank an. Doch Hlebnik war das alles zu unsicher: Er zog es vor, seinen Anteil in Gold anzulegen … Er erzählte etwas von 3 Goldbarren à 1000 Gramm, die er pro Quartal auf die Seite legen konnte – Mitte der Achtziger waren es mehr, in den letzten zwei Jahren mit der Krise entsprechend weniger. Grob geschätzt müssten es also in etwa 12 Goldbarren pro Jahr und in den fünf Jahren etwa 70 Goldbarren à 1000 Gramm sein, die Hlebnik sich zusammengespart und ›für schlechte Zeiten‹, wie er sagte, denn Kinder hatte er keine, auf die Seite gelegt hat. Als 1991 diese ›schlechten Zeiten‹ nun endgültig gekommen waren und die Zuckerfabrik von Dondușeni geschlossen werden musste, hat Hlebnik beschlossen, nach Amerika auszuwandern, und wollte seine 70 Kilogramm Gold mitnehmen. Zuletzt wollte der Zuckerfabrikdirektor zum Bulibascha, weil er Tudorel-Deomid Balmus um seine Hilfe beim Abtransport des Goldes bitten wollte. Tja. Und seither ist Wadim Wladimirowitsch Hlebnik, Vorsitzender des Nüchternheitskomitees des Rayons Dondușeni, Zweiter Sekretär des Rayonskomitees der KPdSU des Rayons Dondușeni und Direktor der rayonalen Zuckerfabrik von Dondușeni, von der Bildfläche verschwunden. Bis ihr ihn gefunden habt, in dem Ruderboot, tot …«

Stille.

Die drei Männer blicken das Medium erwartungsvoll an.

Lidia Iwanowna sagt eine Weile lang nichts.

Die Spannung steigt.

Selbst die Schattenmorellen werden nicht mehr angefasst.

Stille.

Dann Erleichterung: Die pensionierte Kommissarin für Lebensmittelindustrie des Rayonalen Sowjets Nord der Moldawischen Sowjetischen Sozialistischen Republik und Trägerin des Rotbannerordens Lidia Iwanowna Cernei nimmt den Bulibascha-Auftrag an und weist ihre Klienten an, einen anonymen Brief aufzusetzen, in dem sie beim Bulibascha die Rückgabe von Hlebniks

Gaben inklusive dessen Goldbarren sowie von Vadims Bildern reklamieren sollen.

Abschließend bemerkt das Medium Lidia Iwanowna dazu:

»Innerhalb von vier Tagen meld ich mich bei euch. Derweil setz ich mich mit Hlebnik in Verbindung und streck meine Fühler aus, ob er mit der Sache einverstanden ist … Oder ob er lieber den Bulibascha von Otaci die Zuckerfabrik, seine Datscha und alles andere behalten lassen will. Ich werde euch von Hlebniks Entscheidung Bescheid geben.«

»Und warum sollte der Bulibascha darauf eingehen?«, wundert sich Filimon der Schweißer.

»Weil ihm Zuckerfabrikdirekor Hlebnik im Traum erscheinen wird, beginnend mit heute Nacht, jede Nacht, die ganze Nacht …«, antwortet das Medium Lidia Iwanowna, wirft einen Blick auf das 3-Liter-Einmachglas mit dem Hlebnik-Samagon und lächelt milde.

BULIBASCHA IN NOT

1991. OTACI, OCNIŢER RAYON, REPUBLIK MOLDOVA

Der Hlebnik-Spuk

Der Bulibascha von Otaci, Tudorel-Deomid Balmus, betrachtet mit einer Mischung aus Mitleid und Ekel den kleinwüchsigen Landstreicher ihm gegenüber: gelbstichige, runzelige Haut bedeckt die ausgemagerte Physiognomie des schmuddeligen Roma, das Gesicht von Bartstoppeln überwuchert. Seine roten Augen sitzen wie scheue Bathyskaphe tief in ihren Höhlen, die Lider bewegen sich schwer und widerwillig, als wären sie dem Alkoholkoma nahe. Die Tränensäcke sitzen schlapp wie ein Hängebusen. Die Kleidung: vornehm. Der Geruch: eine Mischung aus Blätterkohl, Weizengrütze, defizitärem Parfum und frischem Urin. Der Bulibascha wendet sich von seinem Spiegelbild ab und stellt alarmiert fest, dass er sich wieder in die Hose gemacht hat. Unabsichtlich.

Nichts kann dem Bulibascha gegen sein Leiden helfen, keine Medikamente, auch keine homöopathischen Präparate oder Mittel der Volksmedizin. Selbst der Hypnose-Psychotherapie-Fernsehguru Kaspirowskij, den er nach großer Anstrengung hat ausfindig machen können, hat den Bulibascha mit dem Hinweis abgewiesen, er könne kein krankes Gehirn heilen. Und aufgelegt.

Seit vier Tagen hat der Bulibascha von Otaci kaum geschlafen, und seit vier Tagen macht er ständig ins Bett und verlässt seine EL-GITANO-Windmühle nicht. Es wird bereits gemunkelt in der Roma-Gemeinde über das mysteriöse Leiden des Bulibascha von Otaci, gar darüber, dass Tudorel-Deomid unheilbar krank sei und bald ins Gras beißen würde. Wilde Gerüchte machen da in seiner *Mahala* die Runde – ein Gerücht wilder als das andere. Und diese Gerüchte, die jeden Tag, an dem sie nicht entkräftigt werden, noch mehr an Fahrt gewinnen, haben bereits angefangen, Tudorel-Deomids Autorität in Otaci seriös zu untergraben. Bald werden seine Konkurrenten aus ihren Löchern herauskriechen, sich zusammenrotten und einen geballten Schlag gegen den Bulibascha wagen. Wie Bluthunde, die Schwäche und Krankheit bei ihrer bis dahin zu stark geglaubten Beute gewittert haben und nun zähnefletschend ansetzen, um die ihnen seit so langer Zeit verwehrte Beute endlich zu reißen und sie schmatzend Stück für Stück bis auf die Eingeweide aufzufressen. Das weiß der Bulibascha. Er weiß auch, dass er in seiner Otacier EL-GITANO-Windmühlenresidenz einstweilen noch sicher ist. Solange seine Wachen noch ihre großzügige Bezahlung bekommen, seine Männer loyal zu ihm stehen und nicht selbst, etwa durch ein lohnendes Angebot seiner Feinde, auf den Gedanken kommen, von ihm abzufallen. Jetzt ist er noch sicher. Aber wer weiß, wie lange noch? Wie lange wird der kalt berechnende Kryptologe Oberst Sergej Wenjaminowitsch Zhurkow einem scheinbar schwachsinnig gewordenen Bulibascha noch dienen wollen? Oder der listig hinterfotzige Major Mihailytsch? Wie lange wird er seine Geschäfte noch aufschieben können? Wie lange hat er noch Zeit, bis seine Geschäftspartner einen Ersatz für ihn gefunden haben werden? Was, wenn Nierenzwischenhändler Klaus aus Darmstadt einen neuen Nierenlieferanten gefunden haben wird? Wie lange kann er sich dann ohne Nieren-Einkünfte über Wasser halten? Und die Otacier Roma-Gemeinde? Und, vor allem, wie lange wird er noch ohne Schlaf leben können? Wie lange kann ein Mensch ohne Schlaf überleben?

Mit großer Sorge rekapituliert sein von Schlaflosigkeit gemarterter Geist all diese Fragen, die ihn zermürben, und auch den Kern des Unheils: Seit vier Tagen erscheint ihm der Geist des Zuckerfabrikdirektors Hlebnik mit Cowboystiefeln und Borsalino in einem 1500-Liter-Samagon-Bottich pünktlich zur sechsten Stunde des Abendstromausfalls und begleitet ihn bis zum Einbruch der moldawischen Morgenstromzeit. Der Zuckerfabrikdirektor kreist dabei in seinem Alkoholtank über dem Otacier Romachef wie eine Furie und plärrt ununterbrochen sozialistische Parolen, Beschlüsse vergangener Parteitage, Grundsätze des Marxismus-Leninismus sowie den Artikel 22 aus dem Zivilgesetzbuch der Moldawischen SSR, gespickt mit sporadischen Beschimpfungen, in einen tragbaren Lautsprecher mit elektrischer Verstärkung hinein und auf den Bulibascha herab:

Nachdem die Sowjetunion, zu deren Bestand die MSSR aufgrund ihres freiwilligen Beitritts und ihrer mit den anderen Unionsrepubliken gleichen Rechtsstellung gehört, den vollständigen und endgültigen Sieg des Sozialismus erreicht hat, ist sie in die Periode des umfassenden Aufbaus der kommunistischen Gesellschaft eingetreten.
Die Aufgaben dieser Periode bestehen: in der Schaffung der materiell-technischen Basis des Kommunismus, die einen Überfluss an materiellen und kulturellen Gütern und eine immer vollkommenere Befriedigung der Bedürfnisse der Gesellschaft und aller ihrer Bürger gewährleistet; in der allmählichen Umgestaltung der sozialistischen gesellschaftlichen Verhältnisse in kommunistische; in der Erziehung der Bürger im Geiste eines hochstehenden kommunistischen Bewusstseins, eines kommunistischen Verhältnisses zur Arbeit und zur vergesellschafteten Wirschaft.
Die Ökonomik der Periode des umfassenden Aufbaus des Kommunismus beruht auf dem sozialistischen Eigentum an den Produktionsmitteln in Form des staatlichen Eigentums – des Volkseigentums – und des kollektivwirtschaftlich-genossenschaftlichen Eigentums. Das kollektivwirtschaftliche-genossenschaftliche Eigentum wird sich seinem Charakter nach allmählich dem allgemeinen Volkseigentum annähern und mit diesem das einheitliche, kommunistische Volkseigentum an den Produktionsmitteln bilden.
Das persönliche Eigentum ist vom sozialistischen Eigentum abge-

leitet und dient als eines der Mittel zur Befriedigung der Bedürfnisse der Bürger. Mit dem Voranschreiten zum Kommunismus werden die persönlichen Bedürfnisse der Bürger in immer stärkerem Maße aus den gesellschaftlichen Fonds befriedigt werden.

Beim kommunistischen Aufbau werden die Ware-Geld-Beziehungen entsprechend dem neuen Inhalt, den sie in der sozialistischen Planwirtschaft erlangen, in vollem Umfang ausgenutzt; auch gelangen solche wichtigen, zur Entwicklung der Wirtschaft beitragenden Instrumente wie die wirtschaftliche Rechnungsführung, das Geld, der Preis, die Selbstkosten, der Gewinn, der Handel, der Kredit und die Finanzen zur Anwendung. Dem Aufbau des Kommunismus liegt das Prinzip der materiellen Interessiertheit der Bürger, der Betriebe, der Kollektivwirtschaften und der anderen Wirtschaftsorganisationen zugrunde.

Der Sowjetstaat übt die planmäßige Leitung der Entwicklung der Volkswirtschaft der UdSSR in Übereinstimmung mit dem Lenin'schen Prinzip des demokratischen Zentralismus aus. Damit ist die weitere Festigung und Entwicklung der operativen und vermögensrechtlichen Selbstständigkeit und Initiative der Betriebe und anderer Wirtschaftsorganisationen sowie die Erweiterung ihrer Rechte im Rahmen des einheitlichen Volkswirtschaftsplanes verbunden.

Die sowjetische Zivilgesetzgebung regelt die durch die Ausnutzung der Ware-Geld-Form beim kommunistischen Aufbau entstehenden Vermögensbeziehungen und die mit ihnen verbundenen Persönlichkeitsrechte ohne Vermögenscharakter.

Die sowjetische Zivilgesetzgebung ist ein wichtiges Mittel zur weiteren Festigung der Gesetzlichkeit auf dem Gebiet der Vermögensbeziehungen und des Schutzes der Rechte der sozialistischen Organisationen und der Bürger.

Die sowjetische Zivilgesetzgebung ist dazu berufen, aktiv an der Lösung der Aufgaben des Kommunismus mitzuwirken. Sie fördert die Festigung des sozialistischen Wirtschaftssystems und des sozia-

listischen Eigentums sowie die Weiterentwicklung seiner Formen zum einheitlichen kommunistischen Eigentum, die Festigung der Plan- und Vertragsdisziplin sowie der wirtschaftlichen Rechnungsführung, die rechtzeitige und ordnungsgemäße Erfüllung der Lieferverträge, die ständige Hebung der Qualität der Erzeugnisse, die Erfüllung der Investitionspläne sowie die Erhöhung des Nutzeffekts der Investitionen, die Durchführung der staatlichen Aufkäufe von landwirtschaftlichen Erzeugnissen, die Entwicklung des Sowjethandels, den Schutz der materiellen und kulturellen Interessen der Bürger und die richtige Verbindung dieser Interessen der ganzen Gesellschaft sowie die Entwicklung der schöpferischen Initiative auf den Gebieten der Wissenschaft und Technik, der Literatur und Kunst.

OHNE REVOLUTIONSTHEORIE KANN ES KEINE REVOLUTIONSBEWEGUNG GEBEN!

WER BEI DER ARBEIT SCHLÄFT, SPIELT DEN FEINDEN DER ARBEITERKLASSE IN DIE HÄNDE!

Art. 22. Folgen der Rückkehr eines für tot erklärten Bürgers

Wenn der für tot erklärte Bürger zurückkehrt oder sein Aufenthaltsort ermittelt wird, hebt das Gericht die Todeserklärung auf. Der Bürger kann unabhängig vom Zeitpunkt seiner Rückkehr das noch vorhandene Vermögen von demjenigen fordern, dem es nach der Todeserklärung ohne Gegenleistung übergeben wurde, du WAPPLER!

IN DER EINHEIT LIEGT DIE KRAFT!

Die allgemeine Krise des amerikanischen Weltimperialismus vertieft sich. Unaufhaltsam schrumpft sein Herrschaftsbereich, immer deutlicher wird es, dass er historisch dem Untergang geweiht ist.

Und wir in der Sowjetunion wissen: Bei aller Ungleichmäßigkeit, Kompliziertheit und Widersprüchlichkeit ist die Bewegung der Menschheit zum Sozialismus und Kommunismus unaufhaltsam.

GENOSSEN UND -INNEN,
VOLL INBRUNST RUFE ICH EUCH ZU:
UNSER AGGRESSIVER KAMPF GEGEN TRUNKENHEIT UND ALKOHOLISMUS!
ES LEBE DER MARXISMUS-LENINISMUS!
ES LEBE DIE SOWJETUNION!
ES LEBE DIE KPDSU!

Die Abschlussphase von Zuckerfabrikdirektor Hlebniks Heimsuchung leitet stets ein Segment ein, das mit der begrüßenden rhetorischen Frage »HEARST, G'SCHISSENER, WARUM HAST MICH UM'BRACHT?!« des Direktors eröffnet wird. Darin fordert Hlebnik die Rückgabe seiner Goldbarren, seiner rayonalen Zuckerfabrik und seiner Datscha. Und das viele Male. Und auf insistent-aggressive Art und Weise.

Hernach wird der Zuckerfabrikdirektor mit einem Schlag still, und über alle Seiten seines 1500-Liter-Alkoholbottichs erscheint die flimmernde Projektion der sowjetischen Nachrichtensendung *Vremya*, die normalerweise um 21 Uhr Moskauer Zeit vom allunionalen Staatsfernsehen über den Äther der gesamten 22,4 Millionen Quadratkilometer der Sowjetunion für ihre 290 Millionen Sowjetbürger diffusiert wird. Da werden Mitschnitte der Ansprachen hoher Parteifunktionäre in Gremien, vor dem versammelten Kollektiv eines Kombinats in Kaliningrad, eines weißrussischen Waffenwerkes, einer moldawischen Zuckerfabrik, einer Wladiwostoker Schiffswerft, eines Kohlebergwerks im Donetzker Becken oder einer Kolchose in der Jüdischen Autonomen Oblast gebracht, die stets mit tosendem Applaus und großem Enthusiasmus vom Publikum angenommen werden. Dann kommen die epischen Erfolgsmeldungen aus allen 11 Zeitzonen des Landes und aus allen Bereichen der Wirtschaft, der Politik, der Kunst, der Medizin, der Wissenschaft, der Kultur und des Sports. Dieser optimistische Teil der Berichterstattung, in dem von übertroffenen Planziffern, unzähligen gewonnenen Goldmedaillen, bahnbrechenden Entdeckungen und astronomischen Errungenschaften der UdSSR die Rede ist, nimmt den Großteil der Sendezeit ein und geht nahtlos in den dem kapitalistisch-imperialistischen Ausland gewidmeten Teil über, der mit Hiobsbotschaften über Streiks, Naturkatastrophen, Arbeitslosigkeit, Geschlechtskrankheiten, soziale Unruhen und Rassismus bestritten wird. Schließlich folgen wieder erfreulichere Meldungen aus den sozialistischen Bruderstaaten, wobei hier das Hauptaugenmerk auf Großprojekte gelegt wird, die in Zusammenarbeit mit der Sowjetunion entstanden sind: Eine Direktübertragung aus dem Weltall zeigt, wie sich der sowjetische Kosmonaut Anton Polikarpow und sein athletischer DDR-Kollege aus Karl-Marx-Stadt auf einem Trainingsfahrrad in Form halten, wobei der gut gelaunte Polikarpow dabei mit einem schwerelos schwebenden Rubik-Würfel spielt. Ihr grinsender vietnamesischer Kollege Hung Chim schwebt überraschend ins Bild hinein, sagt ein kurzes Esenin-Gedicht auf, winkt dem sowjetischen Fernsehzuschauer zum Abschied und wünscht ihm in akzentfreiem Russisch Frieden und angenehme Träume aus dem sozialistischen Weltall.

Und als zum Abschluss noch die attraktive sowjetische Wetterdame Olesja den Wetterbericht für alle Klima- und die elf Zeitzonen der UdSSR bringt, fängt der Vorsitzende des Nüchternheitskomitees des Rayons Dondușeni, der Zweite Sekretär des Rayonskomitees der KPdSU des Rayons Dondușeni und Direktor der rayonalen Zuckerfabrik von Dondușeni Wadim Wladimirowitsch Hlebnik gleichsam an, genüsslich seinen 1500-Liter-Alkoholbottich über den Bulibascha von Otaci zu kippen, wobei der Neigungswinkel des Samagon-Tanks bei der Ankündigung der zu erwartenden Temperaturen an der sowjetischen Pazifikküste stets sein Maximum erreicht. Der Alkohol schwappt schubweise auf Tudorel-Deomid Balmus über, der sich in seinem Bett zu wehren versucht, sich aber weder vom Fleck bewegen noch den Samagon-Massen durch die spastisch-verrenkenden Bewegungen seines Rumpfes entkommen kann. Und als der Tank komplett leer ist und der strohblonde Wetterfrosch Olesja das Wetter für die Republik Karelien an der finnischen Grenze ankündigt, steckt Direktor Hlebnik die rechte Hand in seine rechte Hosentasche, wühlt darin ein bisschen, nimmt daraus ein langes Streichholz und:

FLIRR – RATSCH!

Direktor Hlebnik entzündet es mit zwei Fingern und einer eleganten Bewegung an der Sohle seines linken Cowboystiefels und wirft es gemächlich auf den Bulibascha von Otaci herab. Das brennende Streichholz fällt wie in Zeitlupe auf Tudorel-Deomid Balmus herunter, der sich die Seele aus dem Leib schreit und sich die Hände schützend vors Gesicht hält.

FLIRR – RATSCH – FLUUUUUUUUUUUUUUUUUUUMMMM!

Als das brennende Streichholz mit den 1500 Litern Samagon in Kontakt tritt und eine Stichflamme über dem Körper des Bulibascha von Otaci hochschießt, flüstert Hlebnik Tudorel-Deomid Balmus ins Ohr: »Bis morgen Nacht, trotzkistische Zigeunerschlampe!«

Und dematerialisiert sich.

Dann reißt der Bulibascha von Otaci seine Augen auf und wacht aus seinem Hlebnik-Albtraum schweißgebadet im eigenen lauwarmen Urin auf – unterbewusst hat sein Körper wohl versucht, mit allen Mitteln das vom sadistischen Direktor Hlebnik veranstaltete Flammeninferno zu löschen … – und kann nicht mehr einschlafen. So geht es seit vier Tagen, das gleiche Programm mit dem Wetterbericht, dem Ausschütten der 1500 Liter Schnaps und dem Flammeninferno zum Schluss, jede Nacht. Jede Nacht der Hlebnik-Spuk.

Der Bulibascha von Otaci entledigt sich seiner Kleidung, gibt per Funk seinem Concierge die Anweisung, dass sein Bett in genau einer Stunde von Nichifor dem Reinen persönlich und niemand anderem sonst in Ordnung und seine Kleidung in die Reinigung gebracht werden soll, nimmt eine schnelle Dusche, rasiert sich, zieht eine neue Wäschegarnitur über, schießt sich 2 Gramm brasilianischen Kokains mit Nichifors 500-Francs-Schein ins Gehirn hoch und verlässt sein Schlafzimmer.

Auf dem Korridor, durch dessen Panoramafenster der Bulibascha kurz den Anblick der rotierenden Cohiba-farbenen Mühlenflügel seines EL GITANO genießt, greift Tudorel-Deomid wieder zum Funkgerät und bestellt bei Nichifor dem Reinen drei reißfeste Chiquita-Bananen-Kisten mit Deckel, 2 Kilogramm Watte und einen Stechkarren.

Dann weist er seinen Leibwächter Kolja, der ihn im Flur per Kopfnicken begrüßt, an, ihm zu folgen.

Vor einer dick gepolsterten Tür mit einem Panzerglas-Guckloch bleibt der Bulibascha stehen. Zu Kolja, der seine Schuhspitzen der Größe 48 zum Flur hin repositioniert und seine Uzi bequemer unter den Arm nimmt, sagt Balmus:

»Kolja, du bleibst hier stehen und lässt niemanden rein. Ich wiederhole: niemanden. Wenn Nichifor mit den Chiquita-Bananen-Kisten, der Watte und dem Stechkarren auftaucht, sagst du ihm, er soll draußen auf mich warten, und funkst mich dreimal kurz auf meiner Frequenz an. Klar?«

Kolja nickt.

Der Bulibascha geht hinein. Und macht die Tür hinter sich zu.

Aus einem zugemauerten Hohlraum im Ofen zieht der Bulibascha Goldbarren heraus und bettet sie vorsichtig in die mit Watte präparierten Bananenkisten: 62 Stück, jeder Barren genau ein Kilogramm schwer. In die letzte Kiste legt der Otacier Roma 22 Goldbarren hinein, macht sie sorgfältig zu und verklebt sie mit Klebeband. Als Tudorel-Deomid fertig ist, holt er Nichifor den Reinen mit dem Stechkarren herein und fordert ihn auf, die Kisten aufzuladen und in seinen Wagen hinunterzubringen.

Der Reine plagt sich mit dem Gewicht der Fracht.

»Was ist da drinnen, Bulibascha? Steine oder so was?«

Dazu Tudorel-Deomid trocken:

»62 Kilogramm Gold.«

Nichifor der Reine lacht, erkundigt sich erneut nach dem Wohlbefinden seines Onkels und fährt mit dem Stechkarren hinaus.

Als er wieder allein ist, holt der Bulibascha einen zusammengefalteten Zettel hervor, auf dem mit ausgeschnittenen Zeitungsbuchstaben die Forderungen des Helden der sozialistischen Arbeit Wladimir Pawlowitsch Puşcaş und des Donduşenier Schwarzmarktspekulanten Pitirim Tutunaru an ihn festgehalten sind, über die sich der Bulibascha von Otaci vor vier Tagen noch sehr köstlich amüsiert hat. Nun ist aber alles anders, ihm ist nicht mehr nach Lachen zumute. Balmus faltet das Blatt Papier wieder und steckt es ein. Er wirft einen Blick auf seine Uhr: fünf Stunden bis zum Treffen in der Zuckerfabrik von Donduşeni.

Und verlässt den Raum.

TICKENDE ÜBERGABEN ODER: BEI KANDAHĀR WAR'S KRASSER!

1991. DONDUŞENI, REPUBLIK MOLDOVA

14:05

In Hlebniks Datscha, im Arbeitszimmer des verstorbenen Zuckerfabrikdirektors, sitzen Pitirim Tutunaru, die Italienischlehrerin Nadja Pilipciuc und Vadim der Maler. Die drei Moldawier sind guter Laune: Ilytsch ist soeben die Zuckerfabrik von Donduşeni und Hlebniks Datscha restituiert worden, was noch dazu mit einer offiziellen, notariell beglaubigten Schenkungsurkunde der frisch gebackenen Republik Moldova besiegelt wurde. Ilytschs Samagon-Garde hat wieder ihre Posten bezogen, und Vadims Bilder sind ebenfalls bereits zurückerstattet worden. Und auch Hlebnik im Alkoholtank ist in die Zuckerfabrik, namentlich in die Abfüllhalle 2 des Werkes, eingekehrt – er hatte dem Medium Lidia Iwanowna sein Einverständnis gegeben, auf Ilytschs Vorschlag, dem Direktor im Samagon-Tank in der Zuckerfabrik von Donduşeni ein Mausoleum einzurichten, in Isidoras Schoß. So, hatte Ilytsch argumentiert, würde der Direktor inmitten seines Lebenswerkes seine ewige Ruhe finden und von seinem durchsichtigen 1500-Liter-Samagon-Tank auf Isidoras Schoß aus stets am Geschehen in der Fabrik beteiligt sein. Und andererseits könnten so auch die Lebenden stets optisch und physisch dem Schnapsbrenn-Visionär Wadim Wladimirowitsch Hlebnik nahe sein. Das sei auf jeden Fall lohnender, hatte Ilytsch Lidia Iwanowna gegenüber insistiert, als auf dem Donduşenier Friedhof begraben zu werden und dort visionslos vor sich hin zu verwesen. Tutunaru entstaubt das Foto mit dem Zuckerfabrikdirektor vor der Kreml-Kantine, Granowski-Straße 2, wirft einen Blick auf den Direktor und legt das Foto wieder auf seinen Stammplatz links neben der kleinen Lenin-Büste.

»Der Bulibascha verspätet sich«, reflektiert Pitirim und fragt sich, ob Tudorel-Deomid es sich doch anders überlegt haben könnte. Pitirim spürt, wie Nadja ihre Hand auf seinen Arm legt und leise »Pitirim …« ruft. Tutunaru streichelt die Hand der Italienischlehrerin und richtet seine Aufmerksamkeit auf Nadja Pilipciuc.

»Ja?«

»Warum nennt ihr den Roma Flocosu eigentlich immer ›den Ewig Hungrigen Historiker?‹«

»So hat ihn eigentlich das Woenkomat getauft, die sowjetische Armeebehörde. Wir haben den Namen übernommen«, kommt Vadim Tutunarus Antwort zuvor und lächelt.

»Wie das?«

»Ganz einfach. Als Roma achtzehn wurde, haben sie ihn hier in unser Dondușenier Woenkomat gerufen, zur Musterung. Und zuerst wollte Roma da nicht hingehen, verständlich, denn es war seit einigen Jahren Krieg mit Afghanistan … Nach einer schriftlichen Mahnung, die Roma in seinem jugendlichen Übermut ignoriert hat, haben sie ihn dann zur Musterung abgeholt, mit der Miliz. Da konnte Roma dann nichts mehr machen, er musste zur Armeebehörde mitkommen. Dort hat er alle Tests bestanden und ist aufgefordert worden, seinen Armeedienst zu leisten und dafür ein paar Dokumente zu unterschreiben. Und Roma, schlau wie er ist, zeigt ihnen seinen MGU-Immatrikulationsschein und verkündet der Woenkomat-Kommission, dass er als überzeugter Pazifist eine tiefe Abneigung gegenüber Waffen verspüre und außerdem bereits an der MGU eingeschrieben sei, wo er für ein Geschichtsstudium zugelassen worden sei. Die Militärs haben sich dann auf Romas Kosten amüsiert. Und gelacht, über Romas MGU-Geschichtsstudium. So ein alter Unteroffizier von der Kommission trommelt dann mit seiner Füllfeder auf der Tischplatte, hält Flocosu die Feder entgegen und gibt ihm folgenden Rat: ›Unterschreib hier, Junge. Verarsch uns nicht mit deiner Pazifistenmasche – ich hab da in Prag ärgere Pazifisten als dich umerzogen, als du da noch am Nippel deiner Mutter herumgezuzelt und deine Windeln warmgepisst hast! Drum. Unterschreib hier, solang ich's dir noch im Guten sage. Du machst deinen Militärdienst wie alle anderen, wirst ein richtiger Mann – die Armee wird dich schon erziehen, Junge – das versprech ich dir! Und dann, dann kannst du dir noch was G'scheites überlegen für danach, für die Zukunft. Weil mit deinem komischen Geschichtsstudium, was versprichst du dir davon? Von Kolchose zu Kolchose zu ziehen und als ewig hungriger Historiker um eine Rinde Brot für 2 Kopeken zu betteln?‹ Und gelacht haben sie dann im Woenkomat! Die Militärs haben gelacht. Und die anderen Achtzehnjährigen, die auch zur Musterung gekommen waren und in der Schlange hinter Roma Flocosu warteten, auch. Und Roma, der hat einfach gewartet, bis sich alle wieder beruhigt und aufmerksam in seine Richtung geschaut haben, neugierig darauf, was nun passieren würde. Und hat dann den Zettel in die Hand genommen und angefangen, ihn in Stücke zu zerreißen. Und während die Papierschnitzel wie kleine Hubschrauber auf den billigen grünen Woenkomat-Teppichbelag runterpurzeln und während die Typen von der Kommission ihn mit ihren Blicken durchstechen, als wäre Roma ein Stück Schmelzkäse der Sorte Freundschaft, nimmt er die Füllfeder des alten Unteroffiziers, öffnet ihren Deckel, pflanzt sie wie einen Spieß in die Spannholz-Tischplatte der Kommission hinein, dass Tintenspritzer in alle Richtungen fliegen. Und Roma steht da, aufrecht wie ein Falkenmeister, und verkündet den Typen von der Kommission:

›Besser ewig hungriger Historiker, als grün und halb verwest und aufgedunsen in einem Zinnsarg aus Afghanistan angeliefert zu werden!‹ Und aus. Da hat keiner mehr gelacht. Weil, allein in dem Jahr sind an die zweitausend solcher Zinnsärge aus Afghanistan eingeflogen … Na ja. Roma hat den alten Unteroffizier noch darauf hingewiesen, dass seine Füllfeder defekt sei, hat sich umgedreht und ist rausgegangen. Roma ist später von einem Amtsarzt als für den Militärdienst untauglich befunden und vom Woenkomat entlassen worden. Über diesen Zwischenfall hat man damals viel geredet in Donduşeni. So, wie das halt so ist … Und aus Roma Flocosu ist der ›Ewig Hungrige Historiker Roma Flocosu‹ geworden.«

»Und wo ist er jetzt?«

»Roma? Der hat sich entschuldigen lassen. Er hilft Ilytsch beim Abtransport von Hlebnik in die Zuckerfabrik«, erklärt Tutunaru der Italienischlehrerin und fragt sich beunruhigt, ob der Bulibascha von Otaci überhaupt noch vorhat zu kommen.

Stille.

Genau fünfzehn Minuten später erklingt ein insistentes Klopfen an der Tür zu Hlebniks Datscha-Arbeitszimmer. Langsam wird ein Stechkarren mit drei Chiquita-Bananen-Kisten hereingeschoben. Unmittelbar dahinter tauchen drei Personen im Raum auf: der Roma Nichifor der Reine in Weiß, der den Stechkarren manövriert, Mihailytsch der Major und dahinter der unausgeschlafene Bulibascha von Otaci, Tudorel-Deomid Balmus höchstpersönlich.

14:32

»Was soll *das* eigentlich sein?«, wundert sich Pitirim Tutunaru und fährt mit den Fingerkuppen über einen der Goldbarren, die à 1 kg das Stück auf dem Arbeitstisch vor ihm liegen. Der Donduşenier Spekulant nimmt einen anderen Barren zur Hand. Auf jenem ist dieselbe seltsame Markierung zu sehen wie auf allen anderen 62 Goldbarren auch. Mihailytsch sitzt schweigend neben dem steifen Bulibascha von Otaci und betrachtet apathisch einen Punkt auf Hlebniks Bücherwand: Der Major ist sichtlich verstimmt, als würde er gerade auf einem Haufen Plastiksprengstoff sitzen, der jederzeit detonieren könnte. Es ist nicht schwer, Mihailytsch anzusehen, dass er lieber länger bei Vera in Lwow geblieben wäre. Mihailytsch wirft einen demonstrativen Blick auf seine Wostok-Kommandantenuhr. Nichifor der Reine, der in Direktor Hlebniks illustriertem Kochbuch *Von der guten und bekömmlichen Kost* blättert und immer wieder zum Arbeitstisch mit den Goldbarren hinüberstiert, spitzt indes seine Ohren.

»Das Symbol der Zuckerfabrik von Dondușeni«, sagt der Bulibascha.

»Das sehe ich auch. Aber *das?*« – Tutunaru hält seinen Zeigefinger auf das Wort, das in Großbuchstaben in den Goldbarren eingestanzt ist, und sieht den Bulibascha erwartungsvoll an.

»Hlebnik war es wichtig, eine personifizierte Markierung auf seinem Gold zu haben. Er wollte es wiedererkennen können.«

»*ZUCKERLEBEN?*«

Mihailytsch schaut wieder auf seine Wostok-Kommandantenuhr, diesmal etwas genervter.

»ZUCKERLEBEN – was soll das denn für eine Bedeutung haben?«, hakt der Dondușenier Schwarzmarktspekulant Pitirim Tutunaru nach, den Goldbarren immer noch in der Hand.

Der Bulibascha von Otaci scheint sich nicht sicher zu sein, ob Pitirim ihn einfach nur veräppeln will.

Tudorel-Deomid entscheidet sich nach einigem Zögern dafür, dennoch zu antworten:

»Du kennst das Sprichwort: ›Leben ist gut, aber gut leben ist noch besser‹?«

»Klar.«

Der Bulibascha erklärt gestenreich, als wollte er dem begriffsstutzigen Tutunaru eine simple mathematische Gleichung in der Luft aufmalen, damit er's besser kapiert:

»Gut leben = Zuckerleben.«

Ein müdes Lächeln zeichnet sich in den Gesichtern von Tutunaru, Vadim dem Maler und Nadja ab. Pitirim klatscht einmal in die Hände, räumt die zur Probe herausgenommenen Goldbarren wieder in die Chiquita-Bananen-Kiste, macht eine Schublade auf und holt eine kleine Stofftasche heraus.

»Hier hast du eine Feile für die Fersen und sieben Metallgabeln. Und die Instruktionen für einen … ZUCKERSCHLAF …«

Der Bulibascha von Otaci nimmt Pitirims Stoffbeutel wortlos entgegen, lässt sich mehrmals versichern, dass darin tatsächlich das Gegenmittel für die Hlebnik-Heimsuchungen enthalten ist, steht von Hlebniks Arbeitstisch auf und schickt sich an, den Raum zu verlassen. Er bleibt in der Tür stehen, fixiert die Italienischlehrerin, Pitirim und Vadim abwechselnd mit seinen müden Augen.

»Euch auch ein … ZUCKERLEBEN …«, sagt Tudorel-Deomid mit einem eiskalten Lächeln auf den Lippen. Und verlässt den Raum.

Nichifor der Reine stellt Hlebniks illustriertes Kochbuch *Von der guten und bekömmlichen Kost* wieder auf seinen Platz zurück, lässt Mihailytsch dem Major den Vortritt und schiebt den leeren Stechkarren aus Hlebniks Arbeitszimmer hinaus.

»Halt! Den kannst du auch dalassen!«, ruft Vadim der Maler dem Reinen hinterher, holt den Stechkarren wieder ins Zimmer zurück und schließt die Tür hinter dem Reinen zweimal ab. Dann dreht sich Vadim wieder zu Pitirim und Nadja um und lächelt glücklich.

»Das müssen wir jetzt begießen!«

14:57

Der Bulibascha von Otaci, Mihailytsch der Major und Nichifor der Reine lehnen an Tudorel-Deomids Geländewagen und beobachten den Eingang zu Hlebniks Datscha, als würden sie jemanden erwarten, der aus dem Nomenklatura-Haus herauskommen und sich zu ihnen gesellen müsste. Doch es kommt niemand.

Stille.

Die ganze Umgebung ist still und friedlich.

Mihailytsch wirft Balmus einen ungeduldigen Blick zu.

»Jetzt?«

»Lass sie doch noch ihr Zuckerleben ein wenig genießen …«, sagt der Bulibascha und studiert mit Aufmerksamkeit die Instruktionen auf Pitirims Zettel. Als er sich alles genau durchgelesen hat, gibt er Mihailytsch dem Major ein Zeichen. Mihailytsch holt eine Zündvorrichtung aus seiner Jackentasche, die wie eine abgespeckte Fernbedienung aussieht, betrachtet sie verträumt und drückt auf einen Knopf.

Nichts passiert.

Nichifor wirft Mihailytsch einen fragenden Blick zu. Mihailytsch drückt erneut auf den Knopf. Schaut auf die Fernbedienung. Schaut auf Hlebniks Haus. Wieder passiert nichts.

Der Bulibascha von Otaci, Nichifor der Reine und Mihailytsch der Major schauen auf das Haus.

Stille.

Eine dumpfe Detonation, als würde jemand eine leere Milchpackung zuschrauben, auf sie draufspringen und sie so zum Platzen bringen, ertönt. Fensterscheiben bersten. Der Luftdruck jagt ein paar Glassplitter durch den Garten. Ansonsten ist der Datscha äußerlich nichts anzumerken.

Wieder Stille.

»Ich hoffe, der Stechkarren hat's überstanden …«, sagt Nichifor der Reine und geht zusammen mit den anderen zwei auf die Datscha zu.

15:10

Mit einem eleganten Kick öffnet Nichifor der Reine die Tür zu Hlebniks Arbeitszimmer, aus dem ein Geruch nach verbranntem Holz, Schutt und Paraffin herausströmt. Der Bulibascha hält sich ein Tuch vor Mund und Nase und wartet darauf, dass sich der Schuttnebel etwas lichtet.

Mihailytsch der Major bleibt rechts neben dem Bulibascha von Otaci stehen, verschränkt die Arme vor der Brust und grinst zufrieden.

»Na, war das keine feine Explosion?«

»Also, bei Kandahār war's krasser!«, erklingt Tutunarus Stimme.

Mihailytsch, Nichifor und der Bulibascha starren in den Nebel hinein, als ob sie dort den Leibhaftigen höchstpersönlich vermuten würden.

Als sich die Staubwolke allmählich wieder löst, erkennen sie in Hlebniks verwüstetem Arbeitszimmer Pitirim Tutunaru, die Italienischlehrerin Nadja Pilipciuc und Vadim den Maler. Sie stehen da vor den Chiquita-Bananen-Kisten mit den 62 Goldbarren. Tutunaru hat ein Glas Wein in der Hand, führt es langsam zum Mund und nippt daran.

Aus seiner Hosentasche holt er eine Packung Temp, fischt sich daraus die letzte Zigarette, zündet sie mit einem Streichholz an und nimmt voller Genuss einen Zug.

»Noch so eine Aktion, Bulibascha, und du wirst dir für den Rest deines Lebens in die Hosen pissen.«

15:28

»Bei Kandahār war's krasser? BEI KANDAHĀR WAR'S KRASSER?

Geht's noch, Tutunaru? Wenn wir nicht zufällig in Hlebniks Wein-*Podwal* runtergestiegen wären, wären wir alle in die Luft geflogen!«, sagt Vadim der Maler und lädt eine Kiste Goldbarren auf den trotz Explosion noch fahrtüchtigen Stechkarren.

»Wir sind hier buchstäblich dem Tod von der Schaufel gehüpft! Schau mal her – die Holzfetzen hier, weißt du, was das ist? Das war mal der kleine Gästetisch, wo dieses Kochbuch *Von der guten und bekömmlichen Kost* gelegen hat. Das Buch seh ich gar nicht – das hat's garantiert vaporisiert. Und jetzt schau dir die Couch an mit dem Riesenloch! Die hat's komplett zerfetzt. Und die Wände! Die Decke! Alles schwarz. Überall Glassplitter … Weißt du, wie ein menschlicher Körper hier ausgesehen hätte? Auseinandergeriss'n hätt's uns! Komplett. Und du? Du kommst hier rein, wo uns da die Bombe um die Ohren fliegt, stellst dich zu den Goldbarren, trinkst deinen Wein und sagst uns, wir sollen uns einfach dazustellen … Und als der Bulibascha reinkommt, um sich die Goldbarren zwischen unseren zerfetzten Körpern zurückzuholen, schiebst du die Meldung ›Bei Kandahār war's krasser!‹? Wo ich das gehört hab, hab ich diesem Mihailytsch in die Augen gesehen und mir gedacht: O.k., Vadim. Das war's jetzt für dich. Jetzt packt der Mihailytsch gleich seine Stetschkin aus und … Ich meine … Hast du heute eine Familienpackung Methaqualon mit Valium zum Frühstück gehabt, oder was?«

»Jetzt komm, beruhig dich wieder. Es hat doch funktioniert, oder nicht?« Tutunaru klopft mit dem Handballen auf Gorkis *Mutter*. Die zerfetzte Bücherwand springt aber nicht wie gewohnt auf.

»Man darf in solchen Fällen keine Schwäche zeigen. Man muss solche Situationen psychologisch geschickt angehen, dann geht das schon …«

Vadim lässt nicht locker.

»Und was hättest du gesagt, wenn sie uns erschossen hätten? Einfach so erschossen?«

Pitirim nimmt aus der oberen Chiquita-Bananen-Kiste einen von Hlebniks 62 ZUCKERLEBEN-Goldbarren zur Hand.

»Sie hätten uns nicht erschossen, Vadim. Wenn du so eine Bombe in einem geschlossenen Raum wie diesem hier hochfliegen lässt und da sind drei Leute drinnen. Und du zurückkommst und diese drei Leute sind immer noch da, unversehrt und trinken Wein. Was würdest du tun? *Sie erschießen?* Hast du ihre bleichen

Gesichter nicht gesehen, wie sie uns angestarrt haben, als hätten wir uns vor ihren Augen in eine Troika sprechender rosaroter Flamingos verwandelt?«

Tutunaru holt aus und haut mit dem ZUCKERLEBEN-Goldbarren in seiner Hand mit Wucht auf den zerfetzten Buchrücken von Gorkis *Mutter*.

Nach mehreren Versuchen öffnet sich die Bücherwand und gibt den Zugang zu Hlebniks Tunnel frei.

»Und wie konntest du wissen, dass der Bulibascha nichts von Hlebniks Bücherwand wusste?«

Tutunaru legt den Goldbarren in die Kiste zurück.

»Kennst du das Sprichwort: ›Wer nichts riskiert, trinkt keinen Champagner‹? Das ist einer von diesen Fällen, wo am Ende Champagner getrunken wird!«, sagt Pitirim und gibt der Italienischlehrerin Nadja Pilipciuc einen Kuss. »Und jetzt lass uns lieber die Kisten runtertragen. Das sind immerhin 62 Kilogramm Gold, beim jetzigen Goldpreis mindestens 50000 US-Dollar pro Goldbarren! Wir haben hier 62 italienische Staatsbürgerschaften, mindestens. Und das ist ein Grund zur Freude! Tante Agnieszkas Begräbnis in Krakau wartet auf uns, Vadim. Italien wartet auf uns, Vadim. Das Speditionsunternehmen wartet auf uns, Vadim! Und unser Speditionsunternehmen zwischen Italien und Moldawien wird der Dreh- und Angelpunkt der künftigen moldawischen Diaspora in Italien sein. Wir werden vielen Mitmoldawiern helfen können, Vadim! Und das ist ebenfalls ein Grund zur Freude! Deswegen wär ein bisschen mehr Enthusiasmus deinerseits durchaus angebracht, Vadim …«

Pitirim Tutunaru, Nadja Pilipciuc und Vadim der Maler schieben den Stechkarren durch die Bücherwand und verschwinden in Hlebniks Tunnel.

BULIBASCHAS BEICHTE

1991. DONDUȘENI, REPUBLIK MOLDOVA

Schuld

In Bulibaschas Geländewagen sitzen Nichifor der Reine, der den Wagen lenkt, sowie Tudorel-Deomid Balmus selbst. Mihailytsch der Major befindet sich nicht im Auto – den hat der Bulibascha bereits nach Hause entlassen, zu seiner Ehefrau Swetlana.

Die beiden Otacier Roma fahren auf der holprigen Dondușenier Frunse-Straße. Der Bulibascha sieht gedankenverloren durch die getönten Fensterscheiben auf die Häuser hinaus, die mit ihren reich verzierten Giebeln und Wänden eines nach dem anderen am Bulibascha vorbeiziehen.

Sie erreichen die Kreuzung zum Lenin-Boulevard, der gerade erst in »Unabhängigkeitsboulevard« umbenannt wurde. Nichifor setzt den Blinker, und sie biegen ab auf den Unabhängigkeitsboulevard. Dort passieren sie zuerst das Dondușenier MOLDFELDOBSTGEMÜS-Konservenkombinat, von dessen Eingangsbereich bereits das Wappen der Moldawischen SSR heruntergerissen und durch den moldawischen Adler mit orthodoxem Kruzifix im Schnabel und jeweils Schwert respektive Morgenstern in den Krallen ersetzt wurde. Eine frische moldawische blau-gelb-rote Fahne weht auf dem Flaggenmast des Kombinats, wo noch einige Tage zuvor die sowjetische Flagge mit fünfzackigem Stern, Hammer und Sichel ihren angestammten Platz hatte.

»Hast du ihr mein Petschaft für Tutunaru übergeben, Nichifor?«

»Ja, aber jetzt hab ich selbst keins mehr.«

»Ich hatte auch nur eins dabei und hab das dem Ilytsch gegeben. Keine Sorge, du kriegst ein neues, wenn wir im EL GITANO sind.«

»Na hoffentlich.«

»Und, was hat das Medium gesagt?«

»Lidia Iwanowna hat gemeint, dass sich der Tutunaru über die Bombe beschwert hat.«

»Tja, die Bombe war eine Schnapsidee. Hätte auf den Mihailytsch nicht hören sollen. Aber andererseits, 62 Kilo Gold einfach so gehen zu lassen … ist auch nicht meine Art. Wie konnten sie das eigentlich überleben? Hat die Lidia Iwanowna jetzt neuerdings so krasse Antisprengstoff-Schutzzauber oder was?«

»Darüber haben wir nicht gesprochen. Ich meine, sie war sowieso nicht sehr erbaut wegen der Bombe. Außerdem hat Tutunaru extra darauf bestanden, dass Hlebnik dir noch drei weitere Tage erscheint …«

»Verdammt!«

»Danach kannst du alles so machen, wie es in der Beschreibung steht, und du wirst die Halluzinationen und das Bettnässen los.«

»Hat das Medium sonst noch etwas gesagt?«

»Sollte jemandem von Ilytschs oder Tutunarus Leuten, Ilytsch, Tutunaru oder Lidia Iwanowna selbst etwas passieren oder solltest du oder mit dir assoziierte Leute versuchen, die Zuckerfabrik von Dondușeni, Hlebniks Datscha oder Hlebniks Goldbarren gewaltsam zurückzunehmen, wirst du die Halluzinationen und das Bettnässen nie wieder loswerden.«

»Also ist es in meinem Interesse, dass alles so bleibt, wie es ist, und nichts passiert?«

»Richtig.«

Der Bulibascha schweigt.

So fahren sie wortlos an der Dondușenier Brotfabrik vorbei und den hügeligen Teil des Unabhängigkeitsboulevards Richtung Stadtausfahrt hoch. Und lassen nacheinander die Stadt und dann auch den Dondușenier Wald, aus dem gar nicht so selten Muffelwild und gestresste Wildsäue mit ihren gehorsamen Frischlingen den gelegentlichen Automobilisten auf der Straße nach Otaci erschrecken, hinter sich.

Der Bulibascha ist in Gedanken versunken. Als sie sich dem Schild nähern, auf dem das Dorf Corbu in 2 Kilometern angekündigt wird, fordert der Bulibascha Nichifor den Reinen auf, von der Straße nach Otaci abzufahren, Richtung Corbu.

»Was willst du denn in Corbu, Bulibascha?«, wundert sich der Reine, exekutiert aber Bulibaschas Wunsch.

Der Bulibascha betrachtet die Corbulaner Maisfelder, die im Licht der Spätnachmittagssonne leuchten.

»Eine Beichte ablegen.«

»Aber du kennst doch niemanden hier in Corbu …«

»Eben.«

Schuld und Sühne

1991. CORBU, DONDUȘENIER RAYON, REPUBLIK MOLDOVA

Der Corbulaner Protodiakon Derimedont rückt sich sein Kamilavkion zurecht, lässt seinen Blick panoramisch durch seine dem Heiligen Dumitru geweihte Kirche gleiten, atmet den balsamischen Duft von Kerzen und Myrrhe ein, legt seinen silbernen Weihrauchschwenker ab und lauscht pflichtbewusst der seltsamen Geschichte seines Besuchers, der sich ihm gerade als der Bulibascha von Otaci, Tudorel-Deomid Balmus, vorgestellt hat. Der Bulibascha lässt sich mehrmals vom Corbulaner Protodiakon versichern, dass Derimedont das Beichtgeheimnis auf keinen Fall brechen und alles, was der Bulibascha ihm in der Beichte anvertraut, mit ins Grab nehmen würde. Tudorel-Deomid atmet erleichtert aus und kniet vor dem orthodoxen Geistlichen nieder. Der Protodiakon legt sein Epitrachelion über Tudorel-Deomids Haupt, in der Manier, wie es der orthodoxe Ritus vorschreibt, und gibt dem Bulibascha ein Zeichen, dass er nun bereit sei, ihm die Beichte abzunehmen.

Seiner Kleidung nach zu urteilen muss der Roma wohlhabend sein …, denkt sich Derimedont und fragt sich gleichzeitig: Womit der Zigeuner wohl in diesen Krisenzeiten so viel Geld macht?, ohne sich jedoch äußerlich anmerken zu lassen, dass ihn dieser Gedanke wurmt.

Der Bulibascha von Otaci erzählt dem Protodiakon eine verworrene und etwas eintönige Geschichte über seine Kooperative EL GITANO SRL, die Tudorel-Deomid gleich nach der Liberalisierung des sowjetischen Bankensystems durch den damaligen Ministerpräsidenten Ryschkow gegründet und seither dazu verwendet hat, mit dem Direktor der rayonalen Zuckerfabrik von Dondușeni Wadim Wladimirowitsch Hlebnik Samagon ans Ausland zu verkaufen und sonstige lukrative Valuta-Geschäfte zu tätigen. In seiner Litanei kommen außerdem das Nüchternheitskomitee des Rayons Dondușeni vor, ungarische Bankkonten, Namen irgendwelcher MSSR-Apparatschiks in Chișinău, Tiraspol, Drochia und Bălți, 70 Goldbarren à 1000 Gramm, die Direktor Hlebnik mit der Markierung ZUCKERLEBEN sowie einem Logo seiner Dondușenier Zuckerfabrik versehen und in Bulibaschas Otacier Residenz verwahren ließ, ein ganzer Kontinent – Amerika – und ein gewisser Zwischenhändler Klaus aus Darmstadt. Irgendwann verschließt der Protodiakon seine Augen, balanciert sein Körpergewicht von einem Bein auf das andere und versucht sich so in eine entspanntere, meditativere Gemütsverfassung zu versetzen, als er unter seinem Epitrachelion den Bulibascha murmeln hört:

»Und deswegen habe ich ihn umgebracht … Das war doch richtig so, oder, Batyuschka?«

Derimedont reißt die Augen auf.

»Sei so gut, wiederhol den letzten Teil noch mal, mein Sohn. Etwas lauter, bitte …«

Dazu der Bulibascha unter Derimedonts Epitrachelion, etwas lauter als zuvor:

»Diese ungarischen Vollcholopen haben pleite gemacht! Stell dir das mal vor, Batyuschka. Ich meine die ungarische Bank in Budapest, wo ich meinen Anteil aus dem Samagon-Geschäft mit Hlebnik angelegt hatte. Von einem Tag auf den anderen verdünnisiert. Und da war ich eine Zeit lang echt in der Klemme, weil ich meine Rubel aus den anderen Geschäften bereits wieder investiert oder in anderer Form in Umlauf hatte. Und das Budget der Schwarzhändlergilde zu streichen, das hätte ihren Vorsitzenden Sergej Wenjaminowitsch Zhurkow und seinen Vize Mihailytsch den Major gar zu sehr verstimmt. Deswegen war das keine Option für mich, Batyuschka. Ich konnte ja damals nicht wissen, dass mir kurze Zeit später dieser Klaus aus Darmstadt über den Weg laufen würde und dass das mit den Nieren so gut klappt. Also hab ich damals Hlebniks Goldreserven angezapft, um weiterhin die Roma-Gemeinde von Otaci – 5000 Seelen immerhin – zu unterhalten. Ich hatte freilich vor, sobald ich den Verlust der ungarischen Gelder verkraftet hätte, dem Hlebnik jede Unze Gold wieder zu ersetzen – ich hätte es auch mit dieser komischen ZUCKERLEBEN-Stanzmarke und dem Logo der Zuckerfabrik von Dondușeni versehen, da hätt der Wadim nix gemerkt. Und ich hatte ja auch nur 8 Goldbarren von seinen 70 verwendet. Blöderweise ist Hlebnik dann auf den idiotischen Gedanken gekommen, sofort nach Amerika auszuwandern, als es ihm hier mit der Krise zu heiß wurde und er es heftig mit der Angst zu tun bekommen hatte, die Geschichte mit der Schnapsbrennanlage drüben in Dondușeni könnte auffliegen. Der ist zu mir rauf nach Otaci, mitten in der Nacht, als würden ihn die Türken hetzen, und sagt mir: ›Hör zu, Dyoma, morgen geh ich nach Amerika. Bitte bereite meine 70 Kilo Zuckerleben vor!‹ Und da wusste ich, dass ich schnell eine Entscheidung treffen musste.

Und ich wusste, dass ich nicht schwach sein durfte. Drum hab ich den Hlebnik ins Gästegemach gebracht und ihn schlafen gelegt. Selber aber hab ich mich in der Orangerie eingesperrt und so reflektiert: Wenn ich dem Hlebnik sage, dass ich acht von seinen Goldbarren genommen hab, wird er mächtig sauer sein. Er wird denken, dass ich ihn hintergehe, seine Apparatschik-Kumpanen im Innenministerium einschalten, mich ruck, zuck enteignen und per Schnellverfahren in irgendein unbeheiztes Strafarbeitslager in der Tungusker Tundra verfrachten, und das ist natürlich keine Bar-Mizwa, wie unser Otacier Rabbi Moshe Gutenberg sagt. Und da ist's mir melancholisch zumute geworden. Weil mich Hlebnik im Grunde genommen jederzeit bei den Eiern hätte packen können, schon in den Achtzigern eigentlich – ich meine, was war ich als parteiloser Zigeunerspekulant schon in der Union wert, gell, und das wusste der Hlebnik auch, der Schlawiner. Und die Roma-Gemeinde in Otaci … Die 5000 geld- und arbeitslosen Seelen. Was wär aus denen geworden?

Weil, das Weltbild des Otacier Zigeuners ist einfach. Er weiß: Gott hat ihn gemacht mit zwei Armen, zwei Beinen, einem Kopf, zwei Ohren, einem Mund, zwei Augen und einem Haufen Problemen. Und dass der Bulibascha von Otaci, also ich, da ist, um seine Probleme zu lösen. Und was macht der Otacier Zigeuner, wenn der Bulibascha nicht mehr da ist, für ihn nicht mehr da sein kann? Da überlegt er sich analytisch, wo es sich auf der Welt gut lebt, packt seine Sachen und beantragt politisches Asyl in Deutschland. Und da dachte ich mir, dass es eigentlich um das Leben von 5000 Seelen geht gegen das Leben von Hlebnik.

Kurzum, ich hab Hlebnik stranguliert … Es war eine harte, aber richtige Entscheidung. Wie siehst du das, Batyuschka?«

Stille.

Derimedont verdaut die erhaltene Information des Bulibaschas. Denkt nach. Und fragt den Roma schließlich nach einer längeren Pause:

»Kannst du denn ruhig schlafen?«

Der Bulibascha erzählt dem Protodiakon von den Hlebnik-Erscheinungen.

»Da hast du deine Antwort also. Die Welt der Getöteten ist stärker als die ihrer Mörder, und die Rache der Toten ist schrecklicher als die der Lebenden.« Derimedont nennt dem Roma einige belehrende Beispiele aus der Bibel hierzu, etwa die Geschichte des Brudermörders Kain, wie sich Samuels Seele an Saul gerächt hat oder was mit König David nach seiner Anordnung, Urija den Hethiter beseitigen zu lassen, passiert ist.

Bulibaschas beunruhigte Stimme meldet sich unter Derimedonts Epitrachelion wieder zu Wort.

»Und was wäre dann aus den 5000 Otacier Roma geworden?«

»Vielleicht hat Gospod Gott ihnen das Schicksal gegeben, als Flüchtlinge in Deutschland zu leben ... Weißt du's?«

Stille.

»Und was kann ich jetzt tun, Batyuschka?«

»Buße musst du tun, Tudorel-Deomid, viel Buße. Und vielleicht wird sich dann Gospod Gott deiner Seele gnädig zeigen und Hlebnik dir verzeihen«, antwortet Derimedont und fordert Tudorel-Deomid auf, sich zu erheben und kurz auf ihn zu warten. Der Protodiakon verschwindet mit dem Weihrauchschwenker in der Sakristei.

Als Derimedont von dort mit einigen Parastas-Kerzen für Hlebniks Seele zurückkehrt, erblickt der Corbulaner Protodiakon Tudorel-Deomid vor dem Spendenkästchen der St.-Dumitru-Kirche. In seiner linken Hand hält der Bulibascha einen pummeligen Stapel D-Mark aus Nichifors des Reinen Chiquita-Bananen-Kisten. Konzentriert faltet Tudorel-Deomid jeden Schein einzeln und schiebt das Geld geduldig und mit einem frommen Gesichtsausdruck in den engen Schlitz der Box hinein.

ABSCHIED

1991. DONDUȘENI, REPUBLIK MOLDOVA

Alles gepackt!

Alles vorbereitet!

Der melanzanifarbene tschechoslowakische Minibus des Dondușenier Schwarzmarkthändlers Pitirim Tutunaru ist reisefertig. Und steht genau dort, wo der dreiste und nach Speck riechende Wachtmeister dem Helden der sozialistischen Arbeit Wladimir Pawlowitsch Pușcaș am Tag seiner Pensionierung den Zutritt zur rayonalen Zuckerfabrik von Dondușeni verweigert hatte.

Doch seither ist viel Wasser den Pruth runtergeflossen. Und den Nistru auch. Nun hab ich mein sozialistisches Schnapswerk!, sagt sich Ilytsch und sieht voller Genugtuung Pitirim Tutunaru an. Ilytsch umarmt den Dondușenier Spekulanten. Und ruft im Scherz aus: »Na dann, viel Spaß beim Pizzabacken!«

Lange hat es gedauert, doch nun ist der Traum von Italien für Pitirim Tutunaru, für Vadim den Maler, für den Ewig Hungrigen Historiker Roma Flocosu und für die Italienischlehrerin Nadja Pilipciuc in greifbare Nähe gerückt.

Das lassen wir uns nicht mehr nehmen!, sagt sich Pitirim und greift nach der Hand von Nadja Pilipciuc, führt sie an seine Lippen und drückt sie fest. Pitirim sieht glücklich aus mit dem Corbulaner Mädchen an seiner Seite. Und Pitirim scheint sich dessen bewusst zu sein, dass ihm das Schicksal immer gnädig gestimmt war – das Schicksal, das ihm Hlebniks Gaben und Nadja die Italienischlehrerin beschieden hat. Das große Petschaft des Bulibascha von Otaci haben sie auch bekommen, das Petschaft, das ihnen so viele Türen geöffnet hat und noch öffnen würde. Sie würden keine Probleme mit dem Zoll haben, weder beim Passieren der moldawischen Grenze bei Otaci noch jenseits der Brücke auf Mogiljow-Podolskier Seite in der Ukraine. Und Tante Agnieszkas Telegramm würde ihnen auf polnischer Seite wertvolle Dienste erweisen. Auf dem Weg von Przemyśl nach Krakau.

Pitirim steigt in den Minibus, in dem Vadim der Maler und der Ewig Hungrige Historiker Roma Flocosu bereits warten, Nadja spricht noch mit Ilytsch. Einige von Ilytschs Samagon-Gardisten haben sich ebenfalls dazugesellt, einer von ihnen köpft eine frische Flasche Massandra-Weins. Und auch Felix Edmundowitsch der Fuchs steht dort, bei Ilytsch und seinen Schnapsbrenn-Autodidakten und der Italienischlehrerin, die er mit seiner neugierigen Tschekistenschnauze beschnuppert. Ein Stückchen Doktorenwurst wird ihm zugeworfen.

Tutunaru streicht über das Lenkrad seines tschechoslowakischen Gefährts und schaut rüber zu Vadim dem Maler, der ein belegtes Brötchen mit Doktorenwurst, Radieschen und Frühlingszwiebeln isst und dazu eine Familienflasche Chişinăuer Frischbier trinkt.

»Ich kenne diese Kiste so gut, ich könnte sie blind fahren!«

»Glaub ich nicht«, widerspricht Vadim mampfend. »Blind könntest du nicht mal eine Runde hier um den Platz drehen.«

Tutunaru sieht den Maler herausfordernd an.

»Und was, wenn ich das schaffe?«

»Dann schenk ich dir das Bild mit Felix Edmundowitsch dem Fuchs.«

»Alles klar, ich halte mit Ilytschs *Kalpak* dagegen! Du wirst sehen, Vadim, was ich aus dem Minibus herausholen kann, du ungläubiger Thomas, du!«, ruft Pitirim Vadim zu und setzt sich den *Kalpak* auf, die zottelige Lammfellmütze, die ihm Ilytsch zum Abschied geschenkt hat und die Vadim dem Maler so gut gefällt, und erntet auch Zustimmung und aufmunternde Worte seitens des Ewig Hungrigen Historikers Roma Flocosu. Tutunaru drückt sich den *Kalpak* auf die Augen runter, Vadim tut so, als würde er Pitirim ins Gesicht schlagen, und klopft ihm nach erfolgreicher Prüfung auf den Rücken.

»*Nu hai davai*, also dann mal los!«, ruft Tutunaru, löst die Handbremse, legt einen Gang ein und drückt aufs Gaspedal, damit der Minibus nicht nach hinten rollt, es ist leicht abschüssig.

Pitirim hat aber den Rückwärtsgang erwischt. Sein Gefährt tschechoslowakischer Produktion schnellt mit großer Wucht zurück. Ein Ruck. Ein Schütteln. Als würden sie über einen Bordstein fahren. Ein Stoß an den Reifen. Und dann wieder ein Ruck. Wieder ein Schütteln. Vadim der Maler ruft etwas, Roma Flocosu ebenfalls. Pitirim nimmt sich den *Kalpak* von den Augen und zieht die Handbremse an. Schimpft ob der verlorenen Wette. Als er Vadim dem Maler Ilytschs *Kalpak* zuwirft, scheint dieser die Lammfellmütze, um die sie gewettet haben, gar nicht zu bemerken.

Pitirim Tutunaru blickt in geschockte Gesichter. Schreie. Rufe. Hände, die in die Höhe geworfen werden.

Pitirim springt aus dem Wagen hinaus. Und sieht Blut. Auf dem Boden ist überall Blut. Weichselrotfarbenes Blut. Und blutige Reifenspuren. Es pocht in seinem Kopf. Wie ein Betrunkener torkelt er am Minibus entlang, schiebt die Menschen zur Seite, keiner beschwert sich, sie lassen Tutunaru vorbei, und er, Tutunaru, kann nicht fassen, was er sieht.

Er hält Nadja in seinen Armen.

Die Sonne scheint und lässt das Blut, das überall zu sein scheint, erschimmern. Die Sonne. Die Sonne wirft ein weiches Licht auf Nadjas Gesicht. Und auf ihre Augen. Ihre haselnussfarbenen Augen glänzen, sie glänzen, als hätten sie lange nach Pitirim Tutunaru gesucht und würden sich jetzt freuen, ihn endlich zu sehen, zum letzten Mal zu sehen, und deswegen, nur deswegen, glänzen sie.

Tutunaru spricht und spricht und spricht auf Nadja ein. Aber das Mädchen sagt nichts.

Nadja liegt da und versucht.

Nadja versucht zu lächeln. Ihre Lippen bewegen sich, sie flüstert etwas. Leise.

Pitirim geht ganz nah an Nadja heran, er kann ihren Atem spüren. Ihr leises Flüstern. Ihre Stimme.

Pitirim nickt.

Mit letzter Kraft berührt ihre Hand seine Wange.

Erleichtert.

Pitirim fängt Nadjas fallende Hand auf, nimmt sie in die seine. Und küsst sie. Langsam gleitet Nadjas Kopf zur Seite. Der Glanz in ihren Augen ist verschwunden, als hätte er einfach von einem Moment auf den anderen beschlossen, des Mädchens Körper zu verlassen. Blut fließt aus Nadjas Mund über Tutunarus Hände. Es ist warm.

Zuckerleben

2011. IN DEN ABRUZZEN, ITALIEN

Es ist Samstag, der 23. Juli 2011. Das Begräbnis ist für Sonntag, den 24. Juli angesetzt.

15:30

Tolyan Andreewitsch bremst.

Angelo sieht ihn an, verwundert.

Der Moldawier deutet auf ein Mädchen, das allein am Rand der Strada Statale 83 nach Barrea steht. Es ist Cristina. Die Italienerin sieht verstört aus. Als sie Tolyan Andreewitsch und Angelo erkennt, huscht ein Lächeln über ihre Lippen.

»Ciao, ragazzi!«

Sie steigt in den Ford-Transit-Minibus ein.

Nach und nach erfahren Angelo und Tolyan Andreewitsch, was passiert ist.

»Rocco. Die Kanaille. Der hat mich wegen seiner beschissenen Beretta rausgeschmissen. Kann man denn so was glauben? Der Wichser … Und warum? Weil ich. Ich meine, ich hab ihm gesagt: ›Basta, Rocco. Hör jetzt auf, ständig über deine verdammte Beretta zu winseln, als gäbe es nichts Wichtigeres auf der Welt …‹ Und er schaut mich mit so einem kalten Lächeln an und fragt: ›Wieso, weißt du, wer's war?‹ Und ich sage ihm: ›Wenn du wissen willst, wer sie geklaut hat, ich war's. Und ehe du fragst: Ich hab sie auch nicht mehr, die Beretta. Sie ist bei so einem Serben, der jetzt wahrscheinlich auf dem Weg nach Serbien ist. Mit einem Priester.‹ Und da ist er schon erstarrt zu einem Holzklotz. Und ich schaue ihm in die Augen. In das Weiße seiner Augen und sage ihm: ›Und weißt du warum, Rocco? Willst du wirklich wissen, warum? Weil ich mich wegen dir erschießen wollte, darum. Weil du mich betrügst und nichts auf mich hältst und mich das ankotzt.‹ Und da flippt Rocco komplett aus. Er fängt an zu schreien. Quasselt irgendwas von Ehre und Vertrauen und dass er eine undankbare Natter an seinem Busen genährt hätte – mich. Und ich sage ihm: ›Wenn das alles ist, was du von mir hältst, dann kannst du mich hier gleich rausschmeißen aus dem Auto, Rocco. Und wir sind für immer ledige Menschen!‹ Und Rocco. Wie Zieten aus dem Busch klatscht er mir mit der flachen Hand eine in die Fresse, dass mir der Schädel dröhnt. Blafft mich auch noch an. Bleibt stehen. Schmeißt mich raus aus seinem Alfa Romeo. Zeigt mir den Mittelfinger. Und fährt mit quietschenden Reifen davon. Und dann habe ich anderthalb Stunden auf ihn gewartet, ob er zurückkommt und sich entschuldigt. Aber der ist nicht zurückgekommen. Der Rocco.«

Angelo gehen tausend Dinge durch den Kopf. Er will Cristina einiges fragen, aber er würde es am liebsten unter vier Augen tun, ohne Tolyan Andreewitsch. Verstohlen wirft er dem italienischen Mädchen einen Blick zu. Und Cristina. Cristina scheint nur Augen für Klein-Putin am Rückspiegel von Tolyan Andreewitschs Minibus zu haben. Klein-Putin schwingt zusammen mit einem zweiten Duftbaum, der nach Nadelwald riecht. Tolyan Andreewitsch blickt die Italienerin über den Rückspiegel an.

»Deine Tattoos. Hat Rocco die gemacht?«

»Hat er. So haben wir uns auch kennengelernt, in seinem Tattoo-Laden in Termoli. Ich bin am Anfang so oft ich konnte hingegangen, um ihn zu sehen. Und irgendwann mal hat er mich auch tätowiert, umsonst. Auch die Engelsflügel auf dem Rücken hat er mir geschenkt – dafür hat er einen ganzen Sonntag nur geackert. Nur für mich! So verknallt war der in mich, der Junge! Am Anfang jedenfalls … Tja. Er ist einer der besten Tätowierer, die's gibt. Er hat Kunden, die kommen extra aus Mailand und Genua, aus Cuneo und Turin, aus dem Veneto und aus Palermo, nur um sich von Rocco stechen zu lassen … Und ausgebucht ist er auch ständig, Monate im Voraus.«

»Und was hat er dann hier verloren?«

»Er wollte seine Mutter besuchen. Sie wohnt in den Abruzzen, und da hilft Rocco ihr immer im Garten und macht die Großeinkäufe für sie am Wochenende. Rocco hat ein gutes Herz. Ich glaube, er verbringt einfach nur zu viel Zeit mit den falschen Leuten. *Comunque* … Wo fährst du jetzt hin?«

Der Moldawier lächelt in den Rückspiegel.

»Ich fahr euch nach Castel di Sangro zum Bahnhof. Es ist nicht mehr weit.«

»Und du?«

»Ich fahr zurück an den Lago di Barrea.«

»Was willst du da machen?«

»Ich muss da was erledigen. Eine Art Begräbnis.«

»Wie bitte?«

»Ja.«

»Kann ich mitkommen?«

»Nadja?«, fragt Angelo und betrachtet die georgische Teedose auf dem Beifahrersitz des Moldawiers.

»Nadja?«

19:30

»Könnt ihr euch noch erinnern, Burschen? Um diese Zeit ist bei uns immer der Abendstromausfall gekommen!«, sagt Stabswachtmeister Mischa. Und erhebt sein Glas.

»Auf unseren moldawischen Abendstromausfall!«

Bei Tisch, am Ufer des Lago di Barrea, glaubt Angelo außerdem den Ewig Hungrigen Historiker Roma Flocosu und auch Vadim den Maler zu erkennen, sie sind, wie Mischa auch, Mitte, Ende vierzig. Da sind auch andere Leute, jüngere Männer, ebenfalls Moldawier, die Tolyan Andreewitsch kennen, ihn ständig etwas fragen, ihm aufmerksam zuhören und seine Anweisungen befolgen.

»Nadja ist also gestorben«, sagt Cristina, nachdem ihr Angelo den Rest der Geschichte erzählt hat, und ist plötzlich ganz nachdenklich.

Ein Feuer brennt.

Ein großes Gemeinschaftszelt ist aufgebaut und mehrere Zelte zum Übernachten. Minibusse und Pkws mit römischen Kennzeichen stehen am See. Und ein Tisch, an dem sie zusammen mit den Moldawiern sitzen. Plötzlich wendet sich Vadim der Maler den beiden Italienern zu und betrachtet sie neugierig von Kopf bis Fuß. Schenkt ihnen Chianti nach.

»Ihr seid also die beiden Anhalter, ja?«, fragt sie der Moldawier in akzentfreiem Italienisch und lächelt freundlich. Angelo sieht

Vadim den Maler zum ersten Mal in seinem Leben, hat aber das Gefühl, ihn schon seit Ewigkeiten zu kennen.

Cristina nickt.

»Ist Pitirim Tutunaru auch hier?«, fragt Angelo.

»Pitirim?« Vadim streicht sich nachdenklich durch den Bart, als würde er überlegen, woher die beiden Italiener wohl von Pitirim Tutunaru gehört haben könnten. Als Vadim der Maler aber zu dem Schluss kommt, dass die einzige denkbare Erklärung dafür ist, dass Tolyan Andreewitsch ihnen wohl von Tutunaru erzählt haben muss, lächelt er.

»Pitirim Tutunaru ist dort drüben.« Vadim der Maler zeigt auf Tolyan Andreewitsch, der sich mit Roma Flocosu auf Moldawisch unterhält.

»Was?«

»Pitirim Tutunaru hat seinen Namen in Tolyan Andreewitsch geändert, direkt als wir in Italien angekommen sind. Wir leben jetzt alle in Rom, im Zentrum, Direktor Hlebnik sei Dank.«

»Aber warum denn das?«

»Wo kann man denn besser leben in Italien? Rom ist die Hauptstadt, das Herz Italiens, das ist Nummer eins. Und die ganzen Moldawier, die hier –«

»Nein, ich meine, warum hat Tutunaru seinen Namen geändert?«

»Nun. ›Neues Leben, neuer Name‹, hat er damals gesagt. Und er hat gehofft, so besser über Nadjas Tod hinwegzukommen, wisst ihr. So gut hat das aber nicht geklappt. Obwohl er ihren letzten Wunsch, sich um ihren Bruder Mischa zu kümmern, erfüllt hat. Mischa ist jetzt übrigens unser Security-Chef. Und heute. Heute haben wir uns hier verabredet, um noch mal Abschied zu nehmen von Nadja.« – Vadim der Maler macht eine Pause. »Na, Schwamm drüber. Und ihr beiden? Kommt ihr morgen mit uns mit nach Moldawien?«

»Nein. Wir fahren morgen nach Hause.«

»Und wo ist das?«

»In Termoli.«

»Schade, die Fahrt nach Chişinău, die hätt euch bestimmt gefallen. So ein Land zu sehen, mit richtigen Grenzen, Zoll, einer abtrünnigen Region mit einer russischen Armee, Kosaken und dem größten Waffenlager Europas. Das macht schon was her, da spürt man, dass man reist. Da kommst du mit Ryan Air nicht hin.«

Vadim der Maler steht auf und geht zu seinem 6er-BMW, macht den Kofferraum auf und zeigt ihnen eine Tafel mit dem Aufdruck ROMA-CHIȘINĂU EXPRESS.

»Wer hätte das gedacht. Aber die Sache mit dem Transportunternehmen für Personen- und Warenverkehr zwischen Italien und Moldawien hat tatsächlich gut funktioniert. Und funktioniert jetzt immer noch gut, trotz Eurokrise.«

Vadim legt die Tafel wieder in den Kofferraum zurück.

»Und was macht ihr so mit eurem Leben?«

Einige Minuten nach Mitternacht ist es so weit. Tolyan Andreewitsch öffnet die georgische Teedose, die seit über zwanzig Jahren die Asche der Italienischlehrerin Nadja Pilipciuc enthält. Und schüttet sie über dem Lago di Barrea aus. Der Wind weht die Asche über den See.

Am nächsten Tag wachen Cristina und Angelo erst spät auf. Die italienischen Teenager liegen eine Weile schweigend nebeneinander in ihrem kleinen Zelt. Cristina erzählt Angelo von ihrem Plan, eine Zeit lang zu verreisen. Die Italienerin schwärmt von der Unbeschwertheit der zwei kanadischen Jungs in der Agip-Tankstelle, deren Motorrad Angelo angepisst hatte:

»Sie, diese kanadischen Jungs, die fahren einfach so auf einen anderen Kontinent, um sich die Welt anzuschauen. Und sind frei!

Nicht wie wir, die wir in so einer komischen Zuckerfabrik arbeiten, bis sie uns rausschmeißen. Ich möchte auch so frei sein können. Und Rocco vergessen.«

Angelo liegt auf seinem Schlafsack und hört Cristina aufmerksam zu.

»Und wo genau willst du hin?«

»Kanada.«

»KANADA?«

»Ja, Kanada.«

»Und warum so weit weg?«

»Ich brauche Abstand von Rocco, Abstand von diesem beschissenen Zuccherificio in Termoli und Abstand von Italien generell, viel Abstand … Es gibt außerdem einen Tätowierer in Montréal, Jérôme Labatte heißt er, der soll super sein. Vielleicht kann ich ihn dazu überreden, mir das Tätowieren beizubringen. Und dann, mal schauen, was das Leben so bringt …«

»Und was ist mit mir?«

Angelo verlässt das Zelt.

Draußen ist niemand zu sehen. Die Moldawier sind verschwunden.

Verdutzt schaut Angelo sich um, aber der Platz, auf dem sich am Abend zuvor noch so viele Menschen getummelt haben, ist wie ausgetauscht.

Es ist keiner da.

Cristina kommt aus dem Zelt herausgekrochen und fängt an, ihre Sachen zu packen. Angelo sieht ihr zu.

»Und wie willst du die ganze Sache finanzieren?«

»Ich finde schon was.«

Lustlos greift Angelo zu seinem Rucksack, um sich etwas zu trinken rauszunehmen. Und da sieht er es: Ein schlichtes Jutesäckchen. Angelo nimmt es in die Hand, spürt die raue Faser des Stoffes. Etwas Hartes, Schweres befindet sich darin. Der italienische

Teenager schnürt das Jutesäckchen auf. Und findet einen kleinen Brief.

Einst, als mir kurz nach Nadjas Tod der Lebensmut derart sank, dass ich nicht mehr wusste, was ich mit mir anfangen sollte, hat sich der alte Ilytsch zu mir hingesetzt, sich eine Weißmeerkanal-Papirossa angezündet und gesagt: »Junge, du sollst keine Angst haben zu leben, um deine Träume zu verwirklichen.«
Leider konnten wir heute früh nicht mehr auf euch warten und sind zeitig los (wegen der Berlusconi-Großdemo heute in Rom), sodass ihr alleine nach Castel di Sangro kommen müsst. Aber vielleicht wird euch diese Wanderung guttun. Der Weg dorthin ist einfach, ihr folgt der Strada Statale 83, der See zu eurer Rechten bis Barrea und von dort über Alfedena nach Castel di Sangro.
Zum Abschied gebe ich euch eine Pomană mit auf den Weg, eine Gabe für die Seele der Toten, wie man bei uns sagt. Und wünsche euch ein Zuckerleben, Krise hin oder her.

Tolyan Andreewitsch

Außerdem liegen zwei Goldbarren in dem Jutesäckchen. Angelo nimmt einen heraus und streicht sanft über die eingestanzte Inschrift ZUCKERLEBEN und das Logo der Dondușenier Zuckerfabrik. Das Gold glänzt in der Mittagssonne.

Angelo schaut rüber zu Cristina, die ganz mit dem Packen ihrer Sachen beschäftigt ist – *sie hat nichts bemerkt.*

»Darf ich mitkommen nach Kanada?«

»Du willst mitkommen?«

»*Sì!*«

Cristina lächelt Angelo an.

»Von mir aus.«